A.I.
닥터 II

한산이가(이낙준)

이비인후과 전문의, 136만 구독자를 보유한 채널 〈닥터프렌즈〉의 멤버이자 '한산이가'라는 필명으로 활발하게 작품을 연재 중인 웹소설 작가다. 대표작 『중증외상센터 : 골든 아워』가 넷플릭스 드라마로 제작되어 흥행에 성공했다. 웹소설 『군의관, 이게가다』 『열혈 닥터, 명의를 향해!』 『의술의 탑』 『닥터, 조선 가다』 『의느님을 믿습니까』 『중증외상센터 : 골든 아워』 『A.I. 닥터』 『포스트 팬데믹』 『검은 머리 영국 의사』 『중증외상센터 : 외과의사 백강혁』, 글쓰기책 『웹소설의 신』, 교양서 『닥터프렌즈의 오마이갓 세계사』를 썼으며, 어린이책 『AI 닥터 스쿨』의 감수를 맡았다.

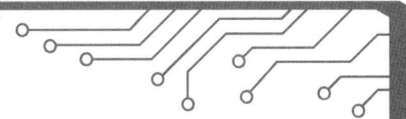

한산이가 지음

II

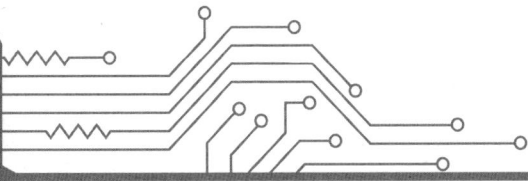

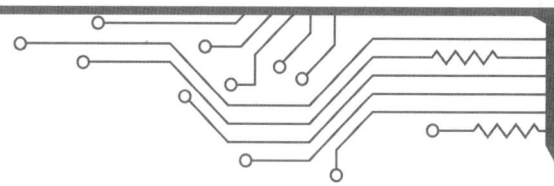

차례

섬망이 아니면 뭔데?	6
아니 무슨 이런 문제를 내?	39
더 어렵게 내냐?	71
저대로 두면 죽겠는데	102
이게 뭐여	133
추계	154
학회	185
발표	206
국보급 인재	238
못 하는 게 뭐야	259
때론 원인이	282
2년 차	324
Dyspnea	346
어린데	412

섬망이 아니면 뭔데?

"환자분! 환자분 지금 수술받으셨어요!"

몸이 불편한 수혁보다는 아무래도 다른 이들이 훨씬 먼저 환자에게 달려갔다. 특히 이식외과 류진수 교수는 거의 슬라이딩하다시피 해서 환자를 눕혔다. 당연한 일이라 할 수 있었다. 이 환자는 다른 수술도 아니고 폐 이식술을 받았던 환자였으니까. 그로 인해 면역 억제제를 쓰다가 폐렴이 생겨 일부 폐엽 절제술을 한 후 중환자실에 온 환자였다.

"아니! 마누라가 바람을 피운다고!"

하지만 환자는 무척이나 건장한 체격을 자랑하는 사람이었다. 게다가 아직 체력적으로 팔팔하기 그지없는 30대. 평생 쇠라고는 메스밖에 들어 본 적 없는 류진수로서는 속절없이 밀려

나갈 수밖에 없었다.

"어어."

"야! 안 돼! 일어나면 안 돼!"

다행히 중환자실에는 류진수 외에도 여러 간호사가 있었다. 그중 막내이자 청일점이기도 한 이철진 간호사를 중심으로 해서 겨우겨우 환자를 눕히는 데 성공했다. 막 환자가 가슴에 틀어박혀 있던 흉관을 뽑으려던 참이었다.

"휴."

그게 뽑혔다면 어떻게 되었을까. 류진수 교수는 또다시 수술방을 어레인지해서 응급 수술에 들어가야만 했을 터였다. 지금 이 환자의 면역은 아무리 봐도 정상은 아니었으니까. 그는 안도의 한숨을 쉬면서 환자에게로 다가갔다.

"마누라! 바람!"

환자는 여전히 아까 했던 말을 반복하고 있었다. 말도 안 되는 망상이 생긴 셈인데, 사실 중환자실에서는 퍽 흔하게 볼 수 있는 증상 중 하나였다.

"섬망(환각, 망상 등이 일어나는 병적 정신 상태), 섬망이야."

류진수는 그렇게 중얼거리며 환자에게로 다가갔다. 그때는 이미 수혁도 환자 근처까지 간 후였다.

[섬망이라. 지금으로서는 가장 가능성이 큰 진단명입니다.]

'그럼 별로 신경 쓸 건 없지 않아?'

[하지만 일반적이지는 않습니다.]

'일반적이지 않다?'

류진수는 환자 옆에 선 채 혼자만의 세상에 빠진 수혁에게는 눈길조차 주지 않았다. 지금 상황이 너무 급해서, 좌측 가슴팍에 떡하니 내과라고 쓰여 있는 다른 과 애한테까지 신경을 쓸 수는 없었기 때문이었다.

"일단……. 정신과 협진 내고. 지금은……."

류진수는 약간은 어두운 얼굴이 된 채 환자를 내려다보았다.

"바람!"

환자는 여전히 아내가 바람을 피웠다는 망상에 빠져 있었다. 이 상태로는 그 어떤 면담이나 치료도 불가능해 보였다.

"일단 재우자."

마음에 들진 않지만, 일단 진정제부터 주기로 했다.

'이걸로 또 얼마나 이환 기간이 늘게 되려나…….'

본래 섬망을 유발하는 약제 중 하나가 진정제였다. 그래서 최대한 줄여서 쓰는 것이 원칙이기는 했는데, 알다시피 모든 상황에 적용할 수 있는 원칙이라는 건 존재하지 않는 법이었다. 특히나 사람을 치료하는 의학 부분에서는 더더욱 그러했다.

"네, 교수님."

"일단 정신과에는 약물 검토만 좀 해 달라고 하자고. 지금 또 난동 부리기 시작하면…… 진짜 큰일이야."

류진수는 안정제가 들어간 후, 늘어진 환자에게 다가가 상처 부위를 살피며 중얼거렸다. 주변을 서성이던 레지던트들과 간호사들 모두가 고개를 끄덕였다. 딱 한 명 수혁만이 혼자만의 생각에 빠져 있었다. 아니, 바루다와의 대화에 빠져 있었다.

'뭐가 일반적이지 않다는 거야? 저 갑작스러운 망상이나 공격성은 딱 섬망이잖아?'

수혁도 몇몇 섬망 환자를 본 기억이 있었다. 중환자실 인턴을 돌았다면 누구든 볼 수밖에 없는 일이니 당연한 일이라 할 수 있었다. 그리고 수혁이 지금까지 보아 왔던 섬망 환자와 이 환자는 너무도 증상이 비슷했다.

[우선 환자의 나이를 보십시오.]

하지만 바루다는 얼마 안 되는 직접 경험을 근거로 사유하는 생물이 아니었다. 그는 직접 경험과 간접 경험을 동등하게 다룰 줄 아는 인공지능이었다. 그것도 꽤 성능이 좋은 편에 속하는.

'나이……. 음, 34세. 어리긴 하다.'

보통 섬망은 노인에서 발생하기 마련이었다. 조금 죄송스러운 말이 될지 모르겠지만, 노화는 적어도 의학적인 부분에 있어서는 별로 좋은 게 없었다.

[그렇습니다. 나이가 일단 일반적이지 않습니다.]

'그것뿐이야? 이 사람 렁티(lung transplantation, 폐 이식) 환자라고. 얼마나 쇠약해져 있겠어?'

[방금 류진수 교수를 한 손으로 밀쳐 내는 것을 보고도 쇠약하다는 말이 나오는군요.]

'아니……. 그런 게 아니라. 근력이 좋다고 건강한 건 아니잖아.'

물론 근력은 여러 건강 상황과 아주 긍정적인 관계에 있는 경우가 많았다. 하지만 근력이 강하다고 해서 여러 만성 질환에 노출이 안 되는 건 결코 아니었다. 바루다 또한 수혁의 이러한 말에 굳이 토를 달진 않았다.

[맞습니다. 하지만 이 환자에서 일반적이지 않은 점은 나이뿐만은 아닙니다.]

'그럼?'

[지금 몇 시입니까? 수혁.]

'응? 갑자기 시간은 왜?'

[답이나 해 보시죠.]

수혁은 영문도 모른 채 고개를 두리번거렸다. 이미 환자는 안정제를 맞고 깊이 잠들어 있었다. 혹시 호흡이 흔들릴까 봐, 간호사 하나가 환자의 산소 포화도 모니터를 주의 깊게 보고 있기도 했다.

'오후 2시네.'

수혁은 그렇게 말하면서 역시 낮이라 밝다는 생각이 들었다. 그리고 그 생각은 곧 조금 이상하다는 생각으로 이어졌다.

'오후 2시?'

[네. 대낮입니다.]

'섬망은…….'

[밤에 주로 발생합니다.]

'으음……. 하지만 이 두 개만으로 섬망이 아니라고 단정 지을 수는 없는데.'

[수혁의 의견이 타당합니다. 좀 더 관찰해 볼 것을 요청합니다.]

'뭐…….'

수혁은 잠시 시계를 되돌아보았다. 역시 오후 2시였다. 병동에 급한 환자들이 있다면 너무 바쁜 시간이겠지만, 적어도 수혁은 그렇지 않았다.

'깡통이 도움이 되긴 해.'

어지간한 입원 환자들은 바루다의 도움을 받아 순식간에 처방을 내릴 수 있었기 때문이었다. 특히 애초부터 진단이 되어서 올라온 환자들은 거의 올라오는 즉시 처방이 주르륵 나갈 지경이었다.

'간호사들이 그래서 날 좋아하지.'

인계할 때 수혁 환자들은 정말이지 깔끔 그 자체라고 들었다. 오늘 처방은 물론이고, 내일, 심지어 모레 처방까지 나가 있었으니까. 그 덕에 수혁은 다른 내과 레지던트들에 비하면 시간이 꽤 많은 편이었다.

[중환자실 차트부터 보실 것을 권유합니다.]

반면 바루다는 수혁이 감상에 빠진 시간조차도 아까운 모양이었다. 아무튼, 수혁 또한 환자에게 흥미가 생기던 참이었기에 그냥 넘어가진 않았다. 수혁은 곧장 중환자실 차트를 살피기 시작했다.

이미 류진수 교수는 다른 수술 때문에 수술방으로 간 후였고, 이식외과 레지던트들도 마찬가지였다. 중환자실 내에는 간호사들뿐이었다.

"저 사람은 누구야? 정신과?"

"보니까 내과던데."

"이수혁…… 아닌가?"

그중 한 명이 수혁을 알아보았다. 다른 이들은 아예 처음 듣는 이름이었기에 뭔가 더 정보를 요한다는 표정을 지어 보였다.

"이수혁?"

"몰라? 원장님 숨겨진 아들이라던데?"

아직 이게 헛소문이라는 사실은 내과 내부에서도 극히 일부만 알고 있었다. 게다가 그들도 신현태 과장이 보낸 메일 때문에 다시금, 정말 아들이 아니긴 한 건가 하는 의심에 빠진 상황이었다. 그렇지 않고서야 대놓고 건들지 말라는 말을 할 리가 없었으니까.

"헐. 완전 로열이네."

"근데 왜 왔지? 호흡기내과 도나?"

"모르겠네. 거기 협진도 안 냈는데."

"일단……. 일단은 그냥 둬. 가까이 가지도 말고."

"그, 그래."

로열에게 괜히 가까이 갔다가 밉보였다간 최악이었다. 굳이 찾지 않는 이상에야 숨어 있는 게 제일이었다. 다행히 수혁은 다른 곳에 시선을 두기보다는 중환자실 차트에만 고개를 파묻고 있었다.

[혈압, 체온, 심장 박동수, 호흡수 모두 안정적이군요.]

소위 활력 징후라 불리는, 환자 상태를 볼 때 제일 중요한 것들은 지극히 안정적이었다. 아예 아무 문제가 없어 보일 정도였다.

'근데 체스트(chest, 흉부, 보통 엑스레이를 뜻함)는 지저분하네.'

[절제된 폐엽 조직 검사 결과를 보면 균주가 아스페르길루스군요.]

아스페르길루스.

정상적인 성인 몸속에서도 간혹 발견되는 곰팡이균이었다. 정상 성인에서는 면역 체계 때문에 문제를 못 일으키는데, 이 환자처럼 면역력이 크게 떨어진 상황에서는 어마어마한 문제를 일으키기도 했다.

'골치 아픈 폐렴이네. 세균도 아니고, 곰팡이라니.'

[아마 그래서 절제술을 했을 겁니다. 다행히 수술은 아주 깔끔하게 된 것 같군요.]

'흉부외과에서 협진 수술한 거로 되어 있네. 집도의는 강일구. 나름 유명한 분이서.'

[저도 압니다. 관련 논문이 데이터에 있습니다.]

'아, 그런가?'

[수혁이 직접 읽은 건데 기억 못 하시는군요.]

데이터화되어 있으니 찾아보면 토씨 하나 틀리지 않고 로드할 수 있을 터였다. 하지만 읽었다는 기억 자체가 없으니 말짱 꽝이었다.

'뭐……. 지금 중요한 건 그게 아니지.'

수혁은 일단 넘어가기로 했다. 다행히 바루다 또한 환자 상태에 정신이 팔려 있어서 이러쿵저러쿵 더 시비를 걸어오진 않았다. 주기적으로 짜장이니 뭐니 하는 걸 먹인 보람이 있었다.

[오늘이 처음이 아니군요, 섬망이.]

'그래? 아, 그렇네.'

바루다의 말대로 아침에도, 어젯밤에도 섬망 삽화가 있었다.

[아침은 아주 짧게 지나갔습니다.]

'바로 진정제를 놔 버렸네.'

[그리고 어젯밤에도 삽화가 있었군요. 어제 상황만 놓고 보면 나이 말고는 섬망 아닌 다른 것을 생각하기 어렵군요.]

'그렇네. 역시 그냥 섬망인가?'
[그럴 가능성이 커졌습니다.]
'이전……. 아, 튜브 뽑은 게 어제구나.'
[네, 그 이전까지는 완전히 의식을 재워 두었습니다.]
그렇다는 말은 섬망과 같은 증상을 전혀 보이진 않았단 얘기였다. 이에 수혁은 약간은 맥이 풀린 기분이 되어 양재원 환자에게로 다가갔다.
다행히 양재원 환자의 수술은 아주 잘된 상황이었다. 일단 수술하는 도중 활력 징후가 흔들린 적이 없다고 했다. 덩이 자체가 큰 건 아니니, 회복만 잘되면 곧 일상생활로 복귀할 수 있을 터였다. 그렇다고 명색이 주치의였던 사람이 다른 과로 갔다고 아예 안 볼 수는 없는 노릇이지 않은가.

┃┃┃┃┃

다음 날, 수혁은 중요한 오전 업무가 모두 종결된 이후, 다시 중환자실로 향했다.
"아직 재워 뒀네."
양재원 환자는 수술 직후와 정확히 같은 모습이었다.
[검사 결과도 안정적이군요. 아마 내일쯤이면 익스튜베이션(extubation, 기도에 삽관된 것을 제거하는 행위) 가능할 것으로 보입니다.]

'갈까?'

[공부나 하죠.]

'그래.'

그렇게 위로 올라가려는데, 또다시 박태수 환자가 발작을 일으켰다.

"마누라가 바람을 피운다고!"

의사 된 입장에서 환자가 섬망을 일으키는데 그냥 넘어갈 수는 없는 일이지 않은가. 공교롭게도 지금 딱 중환자실에 의사라고는 수혁밖에 없으니 더더욱 그러했다.

"일단 진정제 놔 주세요! 흉관 뽑으면 큰일 납니다!"

"네!"

그렇지 않아도 로열이라고 생각해 주의를 기울이고 있던 간호사들이 부리나케 환자에게 달려들었다. 그리고 곧 환자는 진정제를 맞고 모로 쓰러졌다.

'아직도 정신과 협진 안 봤나? 해결이 안 되네.'

그 모습을 지켜본 수혁이 막 자리를 뜨려는 찰나, 바루다가 외쳤다.

[잠깐!]

'왜.'

[지금 시각이 몇 시죠?]

'2시, 인마.'

[어제랑 같습니다. 정확히.]

'뭐?'

[어제 섬망 증상을 보인 시각도 2시입니다. 이건…….]

'우연일 수가 없겠는데.'

섬망은 주로 밤에 찾아오기 마련이었다. 하지만 무슨 신데렐라도 아니고, 정해진 시간에 땡동 하고 찾아오는 건 아니었다. 특히 지금처럼 2시라는 지극히 애매한 시간이라면 더더욱 이상한 일이었다.

수혁은 이제 완전히 뻗어 버린 환자를 내려다보며 생각에 빠졌다. 늘 그렇듯 바루다와의 대화를 하면서였다.

'2시라…….'

[지금 생각하신 바이오리듬은 못 들은 것으로 하겠습니다.]

'나도 말도 안 되는 거라고 생각해서 굳이 말 안 한 거거든?'

[그런데 이상하군요. 같은 시간에 찾아오는 섬망이라니. 주기적인 이벤트가 뭐가 있을까요?]

'흠.'

수혁은 잠시 눈을 감은 채 중환자실의 일정을 떠올려 보았다.

'일단 면회. 정해진 시간에 하지.'

[아내에 관한 망상을 하는 환자가 정해진 시간에 아내를 보니까…… 그게 연관이 있다? 이건 좀 억지인데.]

'그래. 억지지.'

망상이 왜 망상이겠는가. 현실적으로 아무 개연성이 없어서 망상이다. 아내가 바람을 피운다는 망상을 가졌다고 해서 그것이 남편이 평소 아내를 의심하고 있었다거나 하는 식으로 생각을 해서는 절대 안 되었다.

'회진?'

[회진이라.]

실제로 중환자실에 입원했던 환자들 중 섬망을 앓았던 환자 대상으로 한 설문 조사에서 꽤 충격적인 답을 낸 적이 있었다. 그 당시 근처를 돌아다니는 간호사들이나 다른 의료진들이 모두 자신을 괴롭히려는 악마 같은 것으로 보였다는 것. 그 관점에서 생각해 보면 회진이 시발점이 된다는 것도 어느 정도 일리가 있었다.

'하지만 가능성은 떨어져. 대체 뭐지?'

[전혀 감이 잡히지 않는군요.]

'흐음……'

수혁은 고개를 갸웃거리며 환자를 내려다보았다. 아무리 그렇게 바라봐도 답이 나오진 않았다. 그저 답답할 따름이었다.

*****

그렇게 답답한 마음을 안고 회진을 돌고 몇 시간 뒤, 저녁이 찾아왔다.
[우선은 올라가서 공부하고 취침할 것을 권유합니다. 더 생각한다고 해서 달라질 것이 있을 것 같진 않습니다.]
'그래. 섬망 관련해서 좀 더 봐야겠어.'
[훌륭한 의견입니다.]
시험을 딱 한 번이라도 쳐 본 사람은 알 수 있을 터였다. 모르는 문제 붙잡고 있어 봐야 아무 소용 없다는 사실을. 시간 낭비일 따름이라는 사실을. 특히 지금처럼 공부할 시간이 충분히 있는 경우에는 더더욱 그러했다.
수혁은 바루다와 동조해 병동 당직실로 향했다. 당직실은 텅 비어 있었다.
'이상해. 원래 이렇게까지 여유롭지는 않다고 들었는데.'
희한하게 수혁은 계속 혼자 방을 쓰고 있었다. 북적거리던 당직 방도 수혁이 들어가면 다른 사람들이 슬금슬금 다른 방으로 옮겨 갔다.
[좋은 일 아닙니까? 공부하기도 좋고. 잘 때도 좋고.]
'그야, 그렇지.'
당직의들로 가득 찬 방에서 자다 보면 겪게 되는 문제점이 한두 개가 아니었다. 일단 다른 당직의한테 콜이 올 때마다 깨야만 했다. 게다가 코들은 왜 그렇게들 골아 대는지, 예민한 사람은 아예 잠들 수도 없을 지경이었다. 귀마개를 하면 되지 않냐고 할 수도 있겠지만, 그랬다간 콜도 못 받지 않겠는가. 거의 지옥이라고 할 수 있었다.

'어디…… 섬망이…….'

[전에 봤던 내용 말고 다른 거로 보시죠.]

'교과서는 벌써 봤는데.'

[그럼 논문을 보시면 됩니다.]

'이야……. 벌써 논문으로…….'

[남들은 본과 4학년 때도 논문을 보긴 했을 텐데요.]

'이야.'

수혁은 애써 바루다의 말을 무시하곤 논문을 뒤적거리기 시작했다. 예전 같았으면 그냥 이 논문 찾는 거 자체가 하나의 일이었을 텐데. 그나마 최근 논문들을 워낙 많이 뒤적거린 탓에 찾는 건 도가 터 있었다. 덕분에 그리 오래 걸리지 않아 논문 수십 개를 주르륵 띄워 놓을 수 있었다.

'음…….'

[흠…….]

'으음…….'

[흐음…….]

다만 아주 영양가 있는 내용을 얻지는 못했다. 오후 2시마다 찾아오는 섬망이라니. 이런 걸 다룬 논문은 단 하나도 없었다. 결국, 수혁은 궁금증을 해결하지 못한 채 잠들어야 했다.

'이게 환자 활력 징후가 흔들리는 상황이었다고 생각해 보면 끔찍한데.'

그랬다면 이미 환자는 죽었을 수도 있지 않은가.

[그러니 평소에 더더욱 데이터를 많이 쌓아 놓아야 합니다. 아직 많이 부족합니다.]

'뭐……. 그렇긴 하지.'

1년 차치고는 잘하고 있긴 하지만, 아직 멀고도 먼 것이 사실이었다.

'밤새 뭐 어떻게 되진 않겠지?'

[단순 섬망일 가능성도 여전히 있습니다.]

'그럴 거 같아?'

[아뇨. 의학에 우연은 없다고 가정하고 봐야 합니다.]

'그렇지. 흠……. 대체 뭐야…….'

정해진 시간에 찾아오는 섬망이라. 대체 뭘까. 수혁은 생각을 하다가, 겨우겨우 잠들었다.

그리고 다음 날. 눈을 뜨고, 정해진 오전 회진이 끝나자마자 곧장 중환자실로 향했다.

'오늘도 진짜 짧구나.'

[이렇게 성의 없는 회진은 처음입니다.]

서효석, 김진용, 황선우로 이루어진 내분비내과팀은 그야말로 대환장 파티 그 자체였다. 아무도 환자를 주의 깊게 보려고 들지를 않았다. 그나마 3년 차 치프에서 강등된 김진용은 이해라도 할 수 있었다. 원래 자기 일이 아니었으니 얼마나 짜증 나겠는가. 하지만 황선우는 대체 왜 저럴까.

'사고 칠까 봐 처방 다 바꿔 놨는데, 그걸 모르고 있더라.'

[혼자 회진도 안 도는 거 같더군요.]

'그래……. 그래서 내가 돌고 있지. 내가……. 어쩌다…….'

엄밀히 말하면 수혁도 원래 막 열정이 넘치고 그런 스타일은 아니었다. 하지만 최소한의 책임 의식은 있는 인간이었다. 그런데 나머지는 그게 없었다.

[수혁이라도 봐야죠. 그나마 환자는 적으니 다행 아닙니까?]

그러다 보니 지금은 아예 혼자 서효석 교수 앞으로 입원한 환자 전원을 수혁이 보고 있었다. 아마 수가 많았다면 엄청 벅찼을 텐데, 바루다의 말처럼 환자 수는 열 명이 채 되지 않았다. 서효석 교수 자체가 맨날 있는 환자도 이 과 저 과 던지고 있는 데다가, 다른 과에서는 아예 서효석에게 보내오질 않고 있었기 때문이었다. 심지어 응급실 당직의들도 이를 다 알아서 어지간하면 다른 내분비내과 교수에게 입원을 시키지, 서효석에게는 노티도 잘 하지 않았다.

'그야……. 그렇긴 해. 나 원, 이런 사람들이 다 있냐.'
[저 사람들에 비하면 수혁은 진짜 훌륭한 의사입니다. 인정합니다.]
'비하면? 왜 그런 단서를 붙여?'
[그 이유는 본인이 더 잘 알 거라 생각합니다.]
수혁은 바루다의 비아냥과 함께 아래로 향하는 엘리베이터에 올라탔다. 각 병동마다 구석에 숨겨져 있는 그런 엘리베이터였다. 식사 때에는 식사가 가득 담긴 트레이가 타는 엘리베이터인데, 당연하게도 환자나 보호자는 이런 게 있는지조차 몰랐다. 교수들이야 원래 교수 전용 엘리베이터가 연구실 안쪽 구역에 있기 때문에 거의 볼 수 없었고.
이를테면 사적인 이동을 할 수 있다, 이런 뜻이었다. 하지만 5층에서 올라탄 이는 교수였다. 그것도 수혁이 아주 잘 아는.
"오. 우리 수혁이. 어디 가?"
바로 신현태 교수였다.
'아……. 5층에 원장실이 있지…….'
보아하니 또 이현종 교수와 함께 노닥거리다 온 모양이었다. 아마도 1층 외래로 가는 길일 테고.
"안녕하세요. 과장님. 중환자실 가는 중입니다."
"중환자실? 1년 차한테 중환자 안 주지 않나? 설마 서 교수?"
"아, 아닙니다. 그 인슐리노마 환자가 제 환자였다가 외과로 전과되어서 그냥 매일 보고 있습니다."
"아……. 그래, 주치의라면 그래야지. 수혁이가 마음가짐도 참 좋네."
"아닙니다. 과장님."
"그래. 그럼 잘 돌고. 뭐 힘들거나 한 일 있으면 얘기하고."
"네, 교수님."
수혁은 그렇게 3층으로 내려섰다. 아니, 내리려고 했다. 신현태가 열림 버튼만 누르지 않았다면.
"아아. 잠깐, 잠깐."
"네, 교수님."
"너 다음 달에 순환기내과 가지?"
순환기. 거의 모든 레지던트들이 두려워하는 스케줄이라고 보면 되었다. 심장이라고 하는 다이내믹한 장기를 다루기 때문도 있었지만, 그 다이내믹한 장기를 평생 보는 교수들의 성질 또한 다이내믹하기 때문이기도 했다. 거의 전 내과를 통틀어서 제일 와일드한 인간들이라고 보면 되었다.
"네. 교수님."
"원래 원장님 주치의는 2년 차나 3년 차가 맡는 거 알고 있지?"
"네."
그중에서도 이현종은 독보적인 위인이라고 할 수 있었다. 일단 이루어 놓은 업적이 너무 대단해서, 그 누구도 건드릴 수조차 없었다. 전 세계의 순환기내과학 교과서를 바꾼 사람 아닌가. 그런 사람이 병원을 옮긴다고 하면 무조건 병원 손해였다.
'주치의 맡게 되면 진짜 거의 지옥이라고 하던데……'
순환기 다이어트라는 말까지 있을 지경이었다. 이현종 밑에서 주치의를 하다 보면 하루가 다르게 살이 쪽쪽 빠지기 때문이었다.
'불안한데…….'
수혁은 설마 하는 얼굴로 신현태를 바라보았다. 반면 신현태는 더없이 밝은 얼굴이었다.
"원장님이 이번 주치의는 수혁이, 너보고 좀 맡으라고 하더라."
"아……. 네. 교수님."
수혁은 저도 모르게 말끝을 흐리다가 바루다의 외침이 있고 나서야 부리나케 고개를 끄덕였다. 이미 원장이 그렇게 정했다는 거 아니겠는가. 거기다 대고 이러쿵저러쿵 얘기하는 건 결코 현명한 처사가 아니었다.
"원장님이 원래는 조영술이랑 스텐트 하시잖아."
"네. 미리 공부하겠습니다."
"응. 그건 뭐 하는 거고. 요새 또 부정맥에 꽂히셨어."
나이 60이 넘었는데 새로 꽂히는 분야가 있을 줄이야. 수혁은 너무 놀라서 입이 떡 벌어졌다.
"고것도 미리 공부해 가는 게 좋을 거야. 기대가 정말 크시거든? 나도 그렇고. 실망시키지 않도록 공부해 봐."

"아, 네. 교수님. 명심하겠습니다."

"그래. 수고하고."

"네."

신현태는 그렇게 결코 좋은 소식이라고 보기 어려운 말을 남긴 채 아래로 내려가 버렸다. 수혁은 엘리베이터 문이 닫힌 후에도 잠시 그 앞을 떠나지 못했다.

'이현종 원장님 주치의라……'

워낙 까다롭고 꼼꼼해서 2년 차들도 절절맨다는 전설의 주치의였다. 그걸 1년 차에, 그것도 첫 순환기 도는 타임에 맡게 되다니.

[잘된 일 아닙니까? 제 분석상 이현종은 수혁을 좋아합니다.]

'그……. 그게 이번에 바뀔 수도 있다고. 남의 환자 보는 거 보는 거랑…… 자기 환자 보는 건 다르니까.'

[공부하면 되겠죠. 잘됐습니다.]

'너는 그저 공부, 공부…….'

수혁이 막 바루다와 대화를 하며 고개를 내저으려는데, 중환자실 안쪽에서 소란이 일었다. 문이 닫혀 있어서 정확히는 듣기 어려웠지만 마누라라든지, 바람이라든지 몇 가지 단어는 들을 수 있었다.

'또?'

[바로 가 보죠!]

수혁은 지팡이를 짚은 채 부리나케 움직였다. 그래 봐야 달리는 것보다는 훨씬 느려서, 그가 중환자실 안으로 들어섰을 땐 이미 상황이 끝난 후였다. 환자는 안정제를 맞고 쓰러져 있었다.

[9시. 이것도 어제 아침과 같습니다.]

'아침과 저녁 같은 시간에?'

[아니죠. 어제 오후 2시에도 이벤트가 있었습니다. 오늘 2시에도 있을 것이 확실해 보입니다. 즉 아침, 점심, 저녁 일정한 시각에 벌어지는 이벤트가 환자의 섬망과 강한 관련이 있는 것으로 보입니다. 뭐가 있을까요?]

'흠……'

[밥?]

밥은 삼시 세끼 정해진 때 먹기는 했다. 하지만 그게 섬망을? 말도 안 되는 얘기였다.

'아냐. 그건 아냐. 밥 말고도 시간 맞춰서……. 아.'

[약?]

'그래. 약이야. 약 부작용일 가능성이 있어!'

약. 약이라면 부작용이 충분히 있을 수 있었다. 거기까지 생각이 미친 수혁은 즉시 들고 있던 차트를 내려놓고 모니터를 향해 달렸다. 달렸다고는 해도 속도가 아주 빠르진 않았지만,

덕분에 주변을 지키고 있던 간호사들과 외과 레지던트 몇몇은 무사히 수혁을 피해 저 멀리 도망할 수 있었다.

"로열…… 맞죠?"

"그렇다니까요."

"저도 좀 들은 게 있는데요."

간호사들이 수군거리는 사이에 외과 레지던트 하나가 끼어들었다. 얼굴에 뭔가 알고 있다는 표정을 지은 채였다. 별 재미날 게 없는 병원에서 이런 가십거리는 언제나 환영이었다. 간호사들뿐 아니라, 저 멀리 구석에 있던 다른 과 펠로우까지도 귀를 쫑긋거렸다.

"내과에 김인수랑 제가 동기잖아요. 거기 치프."

"아. 김인수 선생님."

김인수는 좀 무섭긴 해도 해야 할 일은 반드시 하는 종류의 인간이었다. 다른 곳이라면 어떨지 모르겠지만, 대학 병원에서는 환영받을 수밖에 없었다. 여긴 반드시 해야 하는 일이 너무 많아서 나동그라지는 이들이 너무 많았으니까.

간호사들은 어떤 신뢰감까지 가진 채 레지던트를 바라보았다. 레지던트는 그런 눈빛이 좋은지 잠시 머뭇거리고서야 재차 입을 열었다.

"걔가 그러는데, 다음 달 순환기라고 그랬거든요?"

"아, 빨리 본론! 본론!"

나이 많은 간호사 하나가 레지던트를 다그쳤다. 시니어 중에서도 시니어급인지라 레지던트도 그녀의 눈치를 살피지 않을 수는 없었다. 당장 환자 처치에 대해 그녀에게 배운 적도 있었으니 당연한 일이었다.

"이현종 원장님 주치의를 원래 인수가 맡아야 하는데."

"헐?"

"설마?"

"그거 이수혁 선생한테 줬대요."

"와……. 진짜 아들이네."

이현종 교수에 대한 소문은 비단 내과 안에서만 도는 게 아니었다. 외과에서도 그에 대한 전설은 여러 버전으로 각색되어 돌아다녔다. 워낙 젊은 시절부터 명성을 얻은 사람인 데다가, 성격 또한 독특해서였다. 특히 흉부외과 쪽에서는 거의 악명이라고 불러야 좋을 정도로 소문이 좋지 못했다. 원래 흉부외과에서 개흉 수술로 했어야 할 케이스를 멋대로 카테터로 뚫어 버렸으니 그럴 만도 했다. 그런 사람이 1년 차를 주치의로 쓴다고 하니, 아들이란 말이 나오는 게 정상이었다.

"뭘 저렇게 수군거리냐……."

반면 수혁은 귀를 한 번 후비적거리곤 마침내 의자에 털썩 앉았다. 잠시 자신을 바라보고 있는 외과 인원들을 바라보았지만, 아는 얼굴은 없었다.

'나 좋아하나?'

[그럴 가능성은 제로에 수렴합니다, 수혁.]

'근데 뭘 저렇게 나만 오면 수군거려. 몰래 숨어서.'

[수혁의 청각이 저기까지 미치지 못해 저로서도 분석은 어렵습니다.]

'쓸모가 없네.'

[쓰, 쓸모가 없다뇨!]

'아무튼, 약이나 잘 봐 봐. 뭐 쓰고 있나.'

수혁은 버럭거리는 바루다를 애써 무시한 채 마우스를 움직여 박태수 환자의 차트를 띄웠다.

[항생제가……. 레보플록사신, 메트로니다졸(항원충제), 세프트리악손(광범위한 항생제). 이렇게 세 개군요.]

'부작용은 각각 어떻게 되지?'

[위장관 장애, 신장 장애, 간 장애 등을 일으킬 수 있습니다.]

'섬망은?'

[기록된 바 없습니다.]

'약물끼리의 상호 작용은 어때?'

약 부작용이라는 건 일일이 대응하기가 참 까다로운 경우가 많았다. 특히 지금 이 환자처럼 너무 많은 약을 한 번에 사용하고 있을 땐 더더욱 그러했다. 한 가지 약만 썼을 때는 나타나지 않는 부작용이 뜬금없이 나타날 수 있었다.

[제게 기록된 데이터상에는 관찰되지 않습니다.]
'말에 단서 좀 붙이지 말고 좀.'
[아직 데이터가 부족해서 그렇습니다. 좀 더 노력하세요.]
'에이. 아무튼, 이건 그럼 넘어가.'
대개 심각한 부작용이라면 항생제 때문일 때가 많은데, 지금은 아닌 거 같았다. 수혁은 스크롤을 드르륵 내렸다.
'라식스……. 이뇨제를 쓰네?'
[수술하면서 들어간 수액의 양이 총 3L가 넘는 데 반해, 소변으로 배출된 양이 1L밖에 되지 않습니다. 체스트를 봐도 폐에 약간 물이 차 있고요.]
'균형을 맞추려고 썼구나. 근데 그럴 목적이면 좀 팍팍 쓰지. 반 앰풀이 뭐야.'
[어어. 처방 함부로 바꾸지 마십쇼. 수혁 환자 아닙니다.]
'아, 참.'
대세에 큰 지장이 있을 만한 처방이라면 모르겠지만, 사소한 처방은 그저 두는 것이 옳았다. 하지만 아예 이대로 두고 볼 수는 또 없는 일 아니겠는가. 수혁은 경과 기록에 작은 노트를 하나 남겨 두었다.
[오지랖…….]
'닥쳐. 라식스는 원인이 아니야?'
[데이터 검토 결과 라식스가 섬망을 일으켰다는 기록은 찾아

볼 수 없었습니다.]

'그럼 얘도 아니고.'

하나하나 꽝이 반복될수록 약이 원인이 아닌가 하는 생각이 고개를 쳐들기 시작했다. 하지만 기계인 바루다는 딱히 그런 것에 영향을 받지 않는 모양이었다. 처음과 계속 똑같은 태도를 고수하고 있었다.

[진통 목적으로 들어가는 진통 소염제가 있군요. 하루 세 번. 빈도는 맞지만, 이 역시 부작용 중 섬망이 관찰된 적은 없습니다.]

'아닌 거 아니야?'

[아직 약은 많이 남았습니다. 좀 더 검토해 보시죠.]

'알았어.'

수혁은 고개를 끄덕이며 스테로이드와 기타 면역 억제제 등을 살폈다. 하지만 역시나 아무것도 확인된 바 없었다. 이쯤 되니 또 다른 생각 하나가 고개를 쳐들었다.

'내가 공부를 너무 안 했나.'

정황상 약 부작용은 틀림이 없는 것 같았다. 그런데 아무리 봐도 데이터에 없다고 하지 않는가. 설마하니 바루다가 에러를 일으키고 있을까? 도저히 그럴 것 같지는 않았다. 그렇다면 문제는 수혁 자신일 것 같았다.

[바람직한 태도지만, 지금은 적합하지 않습니다. 시선을 모

니터 쪽으로 돌리길 권유합니다. 안 보입니다.]

'봐도 내가 모르고 있으면 어째.'

[일단 약을 다 보고 그런 말씀을 해 주시겠습니까?]

'으음.'

하지만 바루다는 역시 기계답게 포기를 몰랐다. 한번 해야 한다는 명령이 들어가면 반드시 수행해야 하는 모양이었다. 뭐 수혁도 여기까지 내려온 이상 그냥 가기는 좀 아쉽다고 생각하던 참이었다. 그래서 고개를 다시 모니터로 돌렸고, 새로운 약 하나를 찾아냈다.

'보리코나졸을 쓰네?'

보리코나졸. 항진균제, 즉 곰팡이균을 처리하기 위한 약제였다. 애초에 이 환자가 이번에 수술을 받게 된 원인균이 아스페르길루스라는 곰팡이균이었으니, 이 약이 제일 중요한 약이란 뜻이었다.

[하루 세 번. 식후에 들어가는군요.]

'시간으로만 보면 딱 맞긴 하는데.'

[데이터 분석해 보겠습니다.]

'그래. 보리코나졸이라면…… 내가 확실히 공부해 본 기억이 있어.'

일반적인 지역 감염 환자들을 보는 의사들에게는 낯설 수도 있는 약이었다. 진균 감염은 면역이 정상인 환자들에게는 아주 드물기 때문이었다.

하지만 이곳은 대학 병원. 그중에서도 국내 제일이라고 하는 태화의료원이었다. 암 환자부터 해서 희귀 질환자들이 많아도 너무 많았다. 이런 곳에서 근무하려면 각종 항진균제에 대해 통달해야만 했다. 그리고 그 보람을 바로 오늘, 지금 이 순간 느낄 수 있었다.

[보리코나졸……. 대사가 떨어진 환자에게서 섬망을 일으켰다는 보고가 있군요.]

'그래?'

[네, 저번 주에 읽은 케이스 리포트에 적혀 있습니다.]

'근데……. 대사가 떨어진다는 건…….'

[아마 보리코나졸을 대사하는 효소가 떨어진 환자를 의미하는 걸 겁니다. 그건 따로 검사를 해 보면 확인해 볼 수 있습니다.]

'좋아. 지금으로서는 얘가 제일 가능성이 큰 거지?'

[지금으로서가 아니라, 보리코나졸이 범인일 가능성이 100%에 가깝습니다. 정황상, 이론상 그렇습니다.]

바루다의 확신에 찬 말을 듣다 보니, 수혁도 자신감이 부쩍부쩍 샘솟았다.

'그럼 이걸 말해 줘야겠는데.'

수혁은 누구라도 있으면 말해 주려는 생각으로 사방을 둘러보았다. 그와 동시에 수혁을 남몰래 훔쳐보고 있던 일단의 사람들이 후다닥 흩어졌다. 하지만 꼭 느린 사람이 하나쯤은 있는 법이었다. 하필이면 김인수의 친구가 딱 걸리고야 말았다.

"선생님."

"으, 응? 저요?"

수혁은 난데없는 존대에 고개를 갸웃거렸다. 그가 알기로 저기 저 사람은 학교 선배였기 때문이었다. 다른 학교에서 온 사람이라면야 서로 존대가 거의 원칙처럼 지켜지고 있지만, 학교 선후배끼리는 반말이 기본이었다.

"선배님, 저 2년 아래 이수혁입니다. 말 놓으셔도 됩니다."

"아, 아니……. 다른 과인걸요. 뭐, 네. 무슨 일 때문에요?"

하지만 외과 레지던트는 한사코 말을 높였다. 어쩐지 수혁과 이현종이 겹쳐 보였다. 어떻게 보면 좀 닮은 것 같기도 하고. 아니, 코. 코가 똑같이 생긴 것 같았다.

'아들이야……. 아들…….'

해서 다른 과 1년 차 앞이라고 하기엔 지나치게 경직된 얼굴이 되어 버렸다.

"어……."

수혁은 이 사람이 왜 이러나 싶었지만, 지금 중요한 것은 외과 레지던트의 심리 분석 같은 게 아니었다. 환자에 대한 처치가 시급했다. 이대로 두었다간 한 서너 시간 있다가 또 야단법석을 피울 터였다. 아니, 약을 끊지 않는 한 계속될 것이 분명했다. 그렇게 계속 중환자실에 있다 보면 오히려 더 상태가 안 좋아질 게 뻔했고.

"네. 선생님. 이 박태수 환자 말인데요."

"응? 내과에는 협진 낸 기억은 없는데요."

외과 레지던트는 머리를 필사적으로 굴렸다. 감히 원장님 아드님에게 협진을 내 놓고 까먹었나 싶어서였다. 하지만 결단코 그런 일은 없었다.

"아……. 네. 협진 온 건 아닌데. 올 때마다 섬망이 있어서요. 이상해서 한번 봤죠."

"아……."

그걸 그래서 원장에게 이를 속셈인 건가 하는 생각이 들었다.

'우리 류진수 교수님……. 이제 전임 단 지 2년도 안 됐는데…….'

막 정신이 아득해질 무렵 수혁이 말을 이었다.

"그랬더니 이유가 있더군요."

"이유요?"

설마하니 불친절한 대응을 꼽으려는 건가 싶었다. 돌이켜 보면 중환자실에 계신 분들에게까지 최선을 다하진 못한 것 같았으니까.

'이 사람은 얼굴이 왜 이렇게 창백해? 빈혈인가?'

[그냥 질린 거 같은데요.]

'왜 질려?'

[거기까지는 저도 모르겠습니다.]

반면 수혁은 병신인가 하는 얼굴을 간신히 감춘 채 말을 이었다.

"보리코나졸 부작용 중에 섬망이 있습니다. 지금 이 환자 섬망 이벤트를 보면 딱 일정한 시간에 발생하는데, 보리코나졸 혈중 농도 수치와 깊은 연관이 있을 가능성이 아주 큽니다."

"어?"

그제야 레지던트는 수혁이 아예 다른 짓을 하고 있었다는 걸 깨달았다.

'오다가다 본 환자의 섬망이…… 약물 부작용이라고 진단을 한다고? 1년 차가?'

저기 순환기내과의 이현종이나 감염내과 독고다이 정문현 교수도 아니고. 이게 말이 되는 건가 싶었다.

하지만 수혁이 들이민 중환자실 차트와 처방 내역을 보니 확실히 그럴싸했다. 게다가 수혁이 자신이 지난주에 읽었던 케이스 리포트까지 찾아서 출력해 준 후에는 도저히 믿지 않을 도리가 없었다.

"어……. 잠시만요. 교수님 노티드릴게요."

"네."

"아. 오실 때까지만 있어 줄 수 있어요? 혼자서는 좀."
"아, 네. 그렇게 하겠습니다. 네."

아니 무슨 이런 문제를 내?

"아……. 이게 그러니까 보리코나졸이 원인이다?"

류진수 교수는 외과 레지던트, 그리고 수혁의 말을 듣고서 고개를 끄덕였다. 솔직히 말하면 이와 비슷한 증상조차도 들어 본 기억이 없었다. 이식외과 교수라는 게 다른 데 한눈팔아도 될 수 있을 정도로 만만한 것은 아니었기 때문이었다. 자기 분야 외에는 전공 바보가 되는 것은 필연이라 할 수 있었다.

"네, 교수님. 케이스 리포트를 보시면 이 환자도 기저에 대사 불량이 있었는데, 모르고 지내던 중 보리코나졸을 쓰면서 발견되었습니다."

"흐음……."

류진수 교수는 빠르게 수혁이 내민 케이스 리포트를 훑어보았다. 확실히 수혁이 말한 대로 지금 박태수 환자의 섬망에는 보리코나졸이 지대한 영향을 끼치고 있는 듯했다.

'정신과에서도 답변에 전형적인 섬망은 아니라고 했었지.'

협진 노트를 아주 길게 써서 보내 주긴 했는데, 자세히 읽어 보면 아직은 잘 모르겠으니 좀 더 지켜보겠다는 내용이었다. 별 영양가가 없다 이 말인데, 의외로 웬 내과 1년 차가 답을 가져온 셈이었다.

'맞는 거 같은데?'

평소라면 내과 1년 차 따위의 말을 듣고 전화까지 한 3년 차를 혼냈겠지만 지금은 너무, 솔직히 너무 그럴싸했다. 게다가 류진수는 다른 교수들에 비해 상대적으로 레지던트들과 가까운 편에 속하는 사람이었다. 이제 겨우 전임 단 지 2년밖에 안된 햇병아리 교수이기에 그러했다. 덕분에 소문에도 밝았는데, 당연히 수혁에 대해서도 알고 있었다.

'원장님 아들······.'

어쩌면 이것도 혼자 한 게 아니라 이현종이 알려 준 걸 수도 있었다. 무슨 순환기가 이런 걸 아느냐고 할 수도 있겠지만, 그건 이현종을 모르고 하는 소리였다. 천재는 괜히 천재가 아니었다. 이현종은 그야말로 천재여서, 비단 의학뿐만이 아니라 다른 분야에도 모르는 것이 없을 지경이었다.

"그럼 바꿔야겠네. 고마워."

류진수 교수는 고개를 끄덕이며 수혁의 어깨를 툭툭 두드려 주었다. 부디 좋은 인상을 남겼고, 그 좋은 인상이 이현종에게 까지 전달되기를 바라면서였다.

"그런데 그럼 무슨 약을 써야 하지? 아직 항진균제 쓰기는 해야 할 텐데……."

그러곤 외과 레지던트를 향해 고개를 돌렸다. 외과 레지던트는 멍한 얼굴로 어깨를 으쓱해 보였다.

"그, 글쎄요?"

"감염내과에 한번 문의해 보지. 최대한 빨리."

"아, 네."

수혁 또한 둘의 대화를 들으면서 맹렬히 머리를 굴렸다. 하지만 아쉽게도 이에 대한 지식은 바루다에게도 입력되어 있지 않았다.

[개인적인 의견으로는 약을 바꾸는 것보다는 감량을 하고 싶습니다.]

'지금 500mg 하루 세 번 들어가니까, 한 절반으로?'

[네. 하지만 케이스 리포트에서처럼 루나졸과 같은 아예 다른 약으로 바꾸는 것도 방법으로 보입니다.]

'정확하지 않군.'

[네. 이건 신현태 과장이나 다른 감염내과 회신을 보고 새로 데이터화하는 것이 좋겠습니다.]

'그래, 그게 낫겠어.'

뭐 어디 개인 병원에서 일하는 게 아니지 않은가. 국내 제일이라고 하는 태화의료원에 있는 몸이었다. 답을 당장 모른다면 그 답을 알 만한 사람에게 물어보면 될 일이었다.

"아무튼, 고마워. 덕분에 한시름 놨네. 하……. 때마다 섬망이 오니까 버틸 수가 있어야지."

류진수 교수는 수혁을 향해 다시 한번 감사의 말을 표했다. 수혁이 잠시 생각하는 사이 류진수 교수도 감염내과에 협진을 낸 모양이었다.

"아닙니다, 교수님. 도움이 되었다니 기쁩니다."

"그래. 혹시 외과에 협진 내거나 할 일 있으면 연락해. 내가 바로 봐줄게."

"감사합니다. 교수님."

수혁은 빙그레 웃으며 고개를 숙였다. 대학 병원이 아주 부드럽게 돌아가는 것처럼 보이기도 하겠지만, 실은 그 안에 수많은 알력 다툼이 있기 마련이었다. 특히 협진을 놓고서는 그 정도가 아주 심했다. 더군다나 외과처럼 바쁜 과들의 협진은 어지간하면 한없이 뒤로 밀리기 쉬운 편이었다. 그런데 이렇게 교수에게 약속을 받아 내다니. 시간을 낸 보람이 차고 넘칠 지경이었다.

'잘됐네.'

수혁은 중환자실을 빠져나오면서 이렇게 중얼거렸다. 바루다는 아직 병원 돌아가는 생리까지는 다 파악하지 못했지만, 교수가 얼마나 높은 사람들인지 정도는 잘 알고 있었다.

[그렇군요. 그나저나 내일 오프군요.]

그냥 오프가 아니라 주말 오프였다. 심지어 약속까지 잡혀 있는 그런 오프였다.

'하윤이 보겠네.'

[성을 자꾸 빼고 부르는군요?]

'내 마음이지.'

[그거야 그렇습니다만. 그 앞에서는 꼭 성씨 붙이길 바랍니다.]

'내가 병신이냐? 당연하지.'

[네, 뭐……]

'말은 왜 줄여, 기분 나쁘게.'

수혁은 그런 생각을 하며 엘리베이터 앞에 가 섰다. 엘리베이터는 1층에 제법 오래 서 있다가 올라오기 시작했다. 그리고 3층, 즉 수혁이 서 있는 곳 바로 앞에서 멈추어 섰다.

"어?"

"아, 교수님. 안녕하십니까?"

엘리베이터 안에는 아까 외래 보러 내려간 것으로 보이는 신현태 과장이 타 있었다. 아니, 이제 그 엘리베이터에서 내리고 있었다. 외래 끝나고 협진 목록 들여다보다 곧장 이리로 온 모양이었다.

"어, 그래. 또 한 건 했던데?"

신현태는 담백하게 인사만 받고 중환자실로 향하는 대신 수혁을 붙잡았다. 수혁은 내심 올라가 버린 엘리베이터가 아쉽긴 했지만, 어쩌겠는가. 교수가 잡는데 보내야지.

"네, 교수님."

"아니, 어떻게 알았어? 보리코나졸이 섬망을 일으키는 건 진짜 희귀한데."

"우연히 이전에 읽은 케이스 리포트가 이 내용이었습니다."

"너 진짜 공부 열심히 하는구나, 보기 좋아."

"감사합니다."

"그래, 그래. 순환기 가서도 잘하고. 그때 회식이나 같이하자고."

"네, 교수님. 감사합니다."

신현태는 감사하다는 수혁의 말에 손을 휘적휘적 저어 대고는 중환자실을 향해 걸어갔다.

'이게 또 이렇게 과장님 귀에 들어갔네.'

[운이 좋군요, 수혁.]

'너무 기대감 심어 드리는 거 같아서 부담스러운데. 순환기……. 이현종 원장님은 진짜 만만치 않을 텐데.'

[괜찮습니다. 주말에 우하윤과의 약속, 짧게 정리하고 공부

하면 됩니다.]

'그…….'

수혁은 그런 일은 없을 거라고 얘기하고 싶었지만 어쩐지 자신이 없었다. 뭐가 어찌 되었건 저번 만남은, 그러니까 첫 만남은 가히 최악이라고 해도 좋았으니까. 그걸 감안하면 또다시 만나게 된 것 자체가 기적인 상황이었다. 그런데 거기서 뭐가 잘되길 바라는 건 너무 욕심이었다. 다른 사람이 아니라 그냥 수혁이 생각하기에도 그랬다.

*****

'온다.'

하지만 그럼에도 불구하고 수혁은 또다시 미용실에 가서 머리칼을 깎고, 옷도 제대로 갖춰 입은 채 나온 참이었다. 그에 반해 우하윤은 새카만 뿔테 안경에 후드티 차림이었다. 한 가지 슬픈 점은 그럼에도 우하윤 쪽이 훨씬 꾸민 느낌이 든다는 점이었다.

"안녕하세요, 선배님."

하윤은 늘 그렇듯 밝은 얼굴로 인사를 해 왔다. 이전과는 달리 병원 바로 앞이 아니라, 대략 한 정거장 떨어져 있는 식당 앞에서였다.

아니 무슨 이런 문제를 내?

"어, 어."

수혁은 눈에 띄게 어색한 얼굴로 손을 흔들었다. 당연히 바루다의 시정 명령이 쏟아졌지만, 그걸 들을 만한 여유도 없을 지경이었다.

"그…… 전에는 죄송했어요. 좀 놀라서."

"아니에요. 제가 잘못했어요……. 그때는, 그……. 아니다. 미안해요."

수혁은 바루다 핑계를 대려다, 그 얘기까지 했다가는 정말 미친 사람 취급이나 받게 될 것 같아 그만두었다.

"괜찮아요."

하윤은 정말 괜찮다는 듯 손사래를 치고는 말을 이었다.

"일단 들어가실까요? 여기 아빠랑 자주 오던 곳인데, 되게 괜찮아요."

우하윤은 잠시 수혁의 표정을 바라보다가 이내 식당 안으로 들어섰다.

"어, 오랜만이네?"

셰프가 그런 하윤을 향해 반갑게 인사를 건네 왔다.

'정말 자주 왔던 모양이네.'

수혁은 그런 생각을 하며 식당 안으로 따라 들어섰다. 예약을 해 놓았는지, 셰프가 안내해 준 자리는 룸이었다. 어느 정도는 개방감이 있기는 했지만, 어찌 되었건 3면이 가려져 있는 자리였다.

'혹시?'

[그런 생각은 제발 하지 마세요.]

'언제는 손잡으라며.'

[이제 조인성이 아닌 이수혁으로 베이스라인을 잡았습니다. 그런 일은 절대 없습니다.]

'이런 망할 놈.'

수혁은 고개를 절레절레 흔들며 자리에 앉았다. 그리고 메뉴판을 집어 들려는데, 메뉴판이 없었다.

'응?'

당황한 얼굴로 하윤을 바라보았는데, 하윤은 그런 수혁을 마주 보며 빙그레 웃어 보일 따름이었다.

"여긴 셰프님이 알아서 음식을 내어 주세요. 아빠가 돈까지 다 냈다고 하니까, 부담 없이 드시면 되세요."

"어? 아니……. 그렇게까지는……. 내가 선배인데."

"아빠가 무조건 사라고 했어요. 괜찮아요."

"그……."

'그린라이트인가?' 하는 생각이 들려는 찰나 바루다가 초를 쳤다.

[그럴 리가 있나요.]

'아오…….'

당연히 화가 나긴 했지만, 지금은 바루다에게 신경 쓸 시간이 아니었다. 우하윤이 앞에 있었으니까. 게다가 평소엔 보기 힘든 고급스러운 음식까지도.

"이건……."

"모차렐라 치즈튀김이에요. 전채 요리로 느끼할 거 같은데, 의외로 되게 맛있어요."

"오. 진짜 그렇네?"

비단 수혁만의 감상은 아니었다. 바루다는 아예 미쳐 날뛰고 있었다.

[이, 이건……. 이건 수준이 다릅니다!]

수혁이야 모르고 있었지만, 한 끼 식사에 10만 원이 넘는 코스니 당연한 일이었다. 뒤로 이어지는 음식들도 훌륭했다. 아니, 훌륭하다는 말조차 부족할 지경이었다. 살짝 데친 문어를 숯불로 구운 부드럽기 짝이 없는 문어구이, 가리비를 이용한 파스타, 안심을 적당히 구운 스테이크까지. 너무 맛있기는 한데 먹다 보니, 우하윤의 태도가 좀 이상했다.

'불안해하는 거 같지 않아?'

[이상하군요. 수혁이 그래도 신체적인 위해를 가할 사람은 아닌데요.]

'물어볼까?'

[음…….]

'안 돼?'

[그건 괜찮을 거 같습니다.]

그래도 밥 먹으면서 일상적인 대화는 나눈 참이었다. 아까보다는 어느 정도 친밀감이 쌓인 후라는 얘기였다. 수혁은 용기를 내 물었다.

"오늘 뭐 불안한 일 있어요?"

"아. 티 많이 나나요? 죄송해요."

"아뇨, 아뇨. 무슨 일인데요?"

"그……. 그게…….."

우하윤은 약간 부끄럽다는 표정을 짓더니 이내 말을 이었다.

"다음 주 PBL 과제가 있는데. 이게 진짜 너무 어려워서요…….."

"아……. PBL."

PBL. Problem Based Learning. 이른바 문제 중심 학습인데, 최근 의대 교수들이 아주 좋아라 하는 학습 방식이라 할 수 있었다. 대개 문제 난이도가 다른 것에 비해 현저히 높아서 수혁도 꽤 애를 먹었다.

"좀 도와줄까요? 그래도 내과 레지던트니까 도움이 되긴 할 텐데."

"네? 아뇨, 아뇨. 바쁘시잖아요."

"어차피 오늘 오프인데요, 뭐."

아니 무슨 이런 문제를 내?

일찍 들어가 봐야 쉴 수도 없었다. 바루다가 지랄할 테니까. 어차피 공부할 거라면 우하윤이나 돕는 게 나을 거란 생각이 들었다. 우하윤은 수혁의 말에 잠시 망설이더니 주섬주섬 메고 온 가방에 든 패드 하나를 꺼냈다.

"이게...... 원장님이 내셨다고 하는데. 진짜 어려워요......"

"원장님? 아, 그럼 어렵긴 하겠다. 어디 봐 봐요."

"이거예요."

우하윤이 띄운 PBL 프로그램 맨 앞 장엔 이렇게 쓰여 있었다.

〈1일 전 시작된 호흡 곤란으로 내원한 78세 남자.〉

'1일 전 시작된 호흡 곤란으로 내원한 78세 남자라······.'

[이현종은 순환기내과 교수이므로 일단 순환기 쪽 원인을 감별해야 할 것 같습니다.]

'아냐, 아냐······.'

수혁은 바루다의 말에 가만히 고개를 저었다. 그러곤 오래전, 본과 4학년 때를, 그러니까 딱 지금 우하윤만 했을 때를 떠올렸다.

'이현종 교수님이 괜히 천재라고 불리는 게 아니야. 이건 100% 다른 분과 환자야.'

[다른 분과 케이스를 문제로 내면서, 그걸 어렵게 낼 수 있단 말씀입니까?]

'그래, 그러니까 변태 천재지.'

[일단 현 병력으로 넘어갈 것을 요청합니다.]

수혁은 바루다의 말에 따라 마우스를 클릭했다. 그러자 주소, 즉 주된 증상에 멈추어 있던 화면이 현 병력으로 넘어갔다. 과연 이현종이 낸 문제답게, 현 병력부터 괴상하기 짝이 없었다.

"이것 좀 보세요. 무슨 현 병력이 이렇게 기냐구요……."

우하윤은 벌써 몇 번이나 시도했다가 실패했는지, 울상이 되어 있었다.

"길긴 길다……. 게다가 복잡하네."

수혁은 그녀의 의견에 십분 공감한다는 표정을 지으며 고개를 끄덕였다. 그사이 바루다는 현 병력을 데이터화하고 있었다.

[6주 전 냉동 연어를 먹고 1일 후부터 발열, 설사, 두드러기 등이 있어 로컬 의원에서 항생제 치료를 받았군요.]

'식중독 정도로 진단을 받았겠지?'

[쓰여 있진 않지만, 네. 그렇다고 판단됩니다.]

'퇴원 직후……. 왼쪽 다리에 가렵지 않은 피부 발진이 있어 다시 로컬 의원에 입원했어.'

한쪽 다리에 가렵지 않은 피부 병변. 별거 아니게 보일지도 모르겠지만 상당한 힌트를 함축하고 있는 문장이었다. 확실히 실제 환자 케이스가 아니라 문제로 만들어진 케이스라는 느낌이 팍 왔다.

[약물에 의한 알레르기 반응 가능성은 크게 떨어지겠군요.]

'그렇지. 양쪽 다리도 아니고, 가렵지도 않고.'

[실제 로컬 병원에서는 봉와직염(세균에 의한 화농성 염증 질환)이라고 진단 후 세페핌(cefepime, 세팔로스포린계 항생제)을 쓰다가 반코마이신(vancomycin, 내성균주에 쓰는 항생제)으로 넘어갔군요.]

'그런데 안 좋아졌어.'

사실 단순 봉와직염이었다고 한다면 세페핌 선에서 정리되어야 했다. 그런데 반코마이신을 썼는데도 증상이 진행되었다니. 수혁의 얼굴에 가는 주름이 잡혔다.

"환자 감염이…… 계속 심해지는 것 같아요."

우하윤은 패드와 수혁의 옆얼굴을 번갈아 바라보다가 조심스럽게 입을 열었다. 딱히 잘못된 판단은 아니었다. 실제 현 병력에도 그렇게 쓰여 있었으니.

"그렇네요. 보면 메로페넴(meropenem, 슈퍼 박테리아에 쓰는 항생제)까지 썼는데도……. 진행해서 결국에는 암포테리신 비(amphotericin B, 광범위 항진균제)까지 썼어요."

이를테면 쓸 수 있는 약은 다 썼다는 얘기였다. 그럼에도 환자의 피부 병변은 점점 넓어지기만 했고, 내원 1일 전에는 쇼크가 발생해 태화의료원 응급실로 왔다고 쓰여 있었다.

[100% 산소를 줬음에도 산소 포화도가 적절히 유지되지 않아 기관 삽관 후 중환자실로 입실했군요.]

'뭐 같아?'

[전신의 피부 발진을 일으킬 수 있는 감염 질환부터 배제해야 하지만, 일단은 그 발진이 어떻게 생겼는지 확인하고 싶군요.]

'역시 그렇겠지?'

발진의 모양은 모르는 사람이 보면 그저 얼룩덜룩 붉게만 보이겠지만, 사실은 어떤 균에 감염되었는지, 아니면 원인이 바이러스인지, 그것도 아니면 독소에 의한 영향인지를 판별하는 데 큰 도움을 줄 수 있었다.

하지만 페이지를 넘겼을 때 화면에 출력된 것은 환자의 과거력이었다.

"환자는 고혈압이 있고, 그레이브스병(갑상샘 항진증 질환, 안구 돌출이 특징)이 있어요. 하지만 둘 다 약으로 아주 잘 조절되고 있어요."

우하윤은 벌써 몇 번이나 환자를 치료하려고 시도했던 사람답게 과거력 정도는 술술 꿰고 있었다.

[두 과거력 모두 현재 질환과 밀접한 관계가 있어 보이진 않습니다.]

안타깝게도 바루다의 판단은 '별 관련이 없다.'였다. 수혁은 계속해서 페이지를 넘겼다.

"환자는 내원 당시에는 이미 쇼크 상태여서 직접 호소한 증상은 없습니다."

하윤의 말대로 환자의 리뷰 오브 시스템, 즉 전신 문진표는 비어 있었다. 대신 신체 검진란은 아주 빼곡하게 채워져 있었다.

[내원 당시 혈압 119.51, 심장 박동수 129, 호흡수 33/min, 체온 37.9도. 전반적으로 감염 상태를 시사하고 있습니다.]

'의식은 흐렸고……. 아, 반점 사진이 있네.'

아무래도 이 문제는 실제 케이스를 기반으로 만들어진 모양이었다. 여러 장의 실제 사진이 떴는데, 환자의 팔, 다리, 몸통 등에 있는 반점이 찍혀 있었다.

[주변과 잘 구분되는 붉은 반점이군요.]

'크기는 중구난방이네.'

[딱히 침범하지 않은 곳이 있는 것으로 보이지도 않습니다.]

'흐음…….'

이른바 비특이적인 소견이었다. 내심 반점을 보면 수없이 쌓아 둔 데이터를 통해 감별 가능하지 않을까 기대했던 수혁은 실망감을 감추지 않았다. 우하윤은 그의 한숨에 다시 한번 미안함을 표했다.

"죄송해요. 괜히 쉬는 날에 귀찮게 해 드린 거 아닌가 모르겠어요."

"어? 아니에요, 아니에요. 어차피…… 이거 꽤 재밌어요. 몰입해서 그래요."

"아……. 그렇게 말씀해 주셔서 정말 감사합니다. 그리고 이제 말씀 놓으셔도 돼요. 나이도 더 많으신데요."

"편해지면 놓을게요."

수혁은 그리 말한 후, 검진 소견을 향해 눈을 돌렸다.

[호흡이 거칠군요.]

숨을 쉴 때 갈비뼈 사이가 들어간다는 묘사가 있었다. 호흡이 워낙 가쁘다 보니, 갈비뼈 사이의 근육들까지 모두 사용하고 있다는 뜻이었다.

'양쪽 폐음 모두 좋지 않고.'

[폐렴이 이 감염의 원인은 아니겠지만, 충분히 환자를 죽음에 이르게 할 수 있겠군요.]

'그렇지.'

직접 사인은, 특히 고령에서의 사인은 대개 폐렴인 경우가 많았다. 그 환자가 암 환자였건 다른 환자였건 결국 사망에 이르게 하기 전에 발생하는 건 폐렴이란 뜻이었다. 우하윤 또한 그렇게 이 케이스에서 막혔는지 고개를 절레절레 저어 댔다.

"폐렴으로 계속 죽더라고요……."

"아, 아직도 그…… 플래시 게임처럼 '사망했습니다.'가 떠요?"

"이거 원장님 지시로 게임 회사에 외주 줘서 만든 거잖아요. 이거 좋아 보인다고 아빠네도 도입한대요. 올해부터."

"아하……. 이거 게임 회사에서 만든 거구나……. 어쩐지……."

지금이야 이미 시행된 검사 결과를 보고 있는 것이지만, 문제

아니 무슨 이런 문제를 내?

자료 검토를 다 끝내고 나면 어떤 검사를 할 것인지, 어떤 치료를 할 것인지 고르는 선택지가 주어졌다. 그럼 그 행위에 따라 환자 상태가 변했는데, 잘못되면 환자 사망으로 이어지기 일쑤였다.

[혈액 검사상 백혈구가 증가해 있으며 그중에서도 중성구가 메인을 이루고 있습니다. 세균성 감염을 시사합니다.]

'크레아틴(아미노산 유사 물질)은 왜 이렇게 높냐? 신장 나가고 있는데?'

[나트륨도 떨어져 있군요. 쇼크가 왔다고 하니……. 아마 그로 인한 신부전 증상이 발생한 것으로 보입니다.]

'이걸 살리라고 낸 거지? 학생들한테?'

[이현종 원장은 말 그대로 변태군요.]

이 상태의 환자가 응급실로 실려 온다면 어떻게 될까. 아마 현 내과 레지던트 중에도 혼자 보라고 하면 환자 죽일 놈들이 수두룩할 터였다. 그런데 이걸 학생한테 냈다고? 이현종은 미친 사람이었다.

'그런 사람의 주치의가 된다 이 말이지.'

[제가 최선을 다해 보필하겠습니다.]

'그렇게까지 위로가 되진 않는데.'

[일단 이것부터 풀어 보죠. 예행연습이라 치고.]

'그래…….'

수혁은 일단 눈앞에 놓인 숙제부터 해결하기로 마음먹은 채 재차 검사 결과를 살폈다. 환자는 로컬 병원에서 시행한 흉부 엑스레이 사진을 첨부해 온 모양이었다. 날짜별로 표기가 되어 있었다.

[4일 전부터 급격히 진행됐군요.]

'너무 빠른데. 항생제를 사용하고 있었다는 걸 감안하면…… 말이 안 될 정도야.'

환자의 흉부 사진은 불과 4일 만에 까만 정상 폐 모양에서 새하얗게 변해 있었다.

"CT도 찍었어요, 선배."

"그래? 어디?"

"여기요. 흉부랑 복부."

"아, 거기 사이에 끼어 있었네. 모르고 넘어갈 뻔."

수혁은 그리 중얼거리며 CT 영상을 살폈다.

[흉부는 엑스레이와 거의 정확히 일치하는군요. CT는 태화 의료원에 와서 찍은 것 같습니다.]

'복부엔……. 이거…… 설마 다 임파선인가?'

[불규칙하게 종대되어 있군요. 악성은 아닌 것으로 보입니다.]

'반응성 임파선 종대가 이렇게 다발적으로 나타난다? 역시…….'

[전신 염증 반응을 시사합니다.]

아니 무슨 이런 문제를 내?

사실 CT를 굳이 보지 않아도 알 수 있었다. 이 환자는 내원 당시 38도 이상의 열이 있었고, 분당 호흡수가 무려 33회로 숨이 가빠져 있었고, 심장 박동도 빨라져 있었으며, 백혈구 수치도 크게 올라가 있었으니까. 모두 전신 염증 반응에 합당한 소견이었다.

"뭐가 이렇게 만든 거지?"

이제 중요한 것은 원인을 찾는 것이었다. 화면에는 먼저 추가하고 싶은 검사 목록이 주르륵 떴다. 간단한 혈액 검사 및 소변 검사부터 PET CT까지. 아예 병원에서 가능한 검사가 다 떠 있었다.

'설마 이 결과를 다 구현해 놨나……?'

수혁은 그런 생각을 하며 하윤을 바라보았다. 하윤은 조용히 고개를 끄덕였다.

"네. 뭘 눌러도 검사 결과는 떠요……. 근데 그러다 시간 보내면 환자가 죽어요."

"나, 원. 그럼 진짜 검사 하나도 신중하게 해야 한다는 뜻이잖아? 설마 돈도 뭐 제한 있고 그런 건 아니지?"

"아, 아뇨. 그건 아니에요."

"다행이네."

수혁은 어느덧 자신이 말을 놓고 있다는 것도 잊은 채 케이스에 몰입했다.

[우선 심각한 감염이 의심되니, 원인부터 감별해야 합니다. 혈액 배양 검사, 객담 배양 검사 및 염색, 균주에 대한 PCR 등을 요청합니다.]

'음.'

타당한 의견이었다. 저 위에 있는 검사들만 보면 원인이 뭔지 알 수 있을 터였다. 하지만 문제도 있었다.

시간.

'그거 결과 보려면 최소 2주는 걸릴걸.'

[음.]

'그 사이에 환자는 죽겠지.'

수혁은 이게 그저 시험 문제에 불과하다는 것을 잠시 잊고 있었다. 그 정도로 케이스는 리얼했다.

'뭔가 치료를 같이 해야 해. 메로페넴까지 안 들었으니, 일단 테이코플라닌(세균의 세포벽 합성을 저해하는 항생제)을 추가하지. 어때?'

[타당한 선택입니다.]

'신장에 대해서는 투석을 돌리고.'

[필수적인 선택이 될 거 같습니다.]

'그런데……'

수혁은 고개를 갸웃거리며 다시 화면을 앞으로 넘겼다. 그가 멈춰 선 것은 환자의 발진을 찍어 둔 사진이 있는 페이지였다.

아니 무슨 이런 문제를 내?

'암만 봐도, 여기서 뭔가 더 알아내야 할 거 같지 않아?'
[음…….]
바루다는 붉은 반점을 보며 침음했다. 수혁도 그랬고, 심지어 하윤도 그랬다.
"역시 선배님은 좀 다르시네요."
"응?"
뜬금없는 하윤의 말에 수혁은 잠시 발진에서 눈을 뗀 채 하윤을 바라보았다. 하윤은 여전히 발진을 바라보면서 말을 이었다.
"이거 문제, 저희 아빠가 그대로 베껴 왔다고 했거든요. 2학기에 낸다고."
"아……."
"그래서 문제를 다 알고 있는데, 제가 헤매고 있으니까."
그렇다고 알려 주진 않은 모양이었다.
'하여간 교수들…….'
자식한테는 좀 알려 줄 수도 있었을 텐데. 그걸 꼭꼭 숨겨 두고 말이야. 괜히 명의병이란 말이 있는 게 아니고, 괜히 교수병이라는 말이 있는 게 아니었다.
"여기를 잘 보라고 하셨거든요."
하윤은 수혁의 이러한 속내는 꿈에도 모른 채 말을 이었다. 그리고 그 말을 듣고 난 수혁은 역시 자신의 촉이 옳았단 확신이 들었다.

'거봐. 들었어? 여기가 핵심이야.'

[그런데 잘 모르겠습니다. 그야말로 비특이적입니다. 이 발진들은.]

비특이적이다. 흔히 의학 한다는 사람들이 제일 싫어하는 말 중 하나였다.

'아, 그 환자 증상이 비특이적이야.'

주로 이런 식으로 쓰게 되는데, 뭔가 있어 보이지만 실은 '아, 나 그 환자 잘 모르겠어.'랑 거의 같은 말이었기 때문이었다.

'이 깡통.'

[아니······. 진짜 비특이적입니다. 특징이 없어요.]

'아니지. 아냐.'

수혁은 비특이적이라는 단어만 반복하고 있는 바루다의 말을 듣다가 돌연 고개를 세차게 저어 댔다. 그 바람에 어지간히 가까이 고개를 들이밀고 있던 하윤은 수혁의 머리통에 가격을 당할 뻔했다.

"어."

놀란 얼굴이 된 채 뒤로 물러난 하윤은 잠시 정지한 것처럼 보이는 수혁을 빤히 바라보았다. 자신이 방금 하윤을 때릴 뻔했다는 것조차 모르고 있는 듯했다.

'가끔 이상하다고는 들었는데.'

우창윤 교수는 자기가 먼저 만나 보라고 한 주제에 그 이후로는 딱히 언급이 없었다. 아예 다른 병원에 있는 데다가, 우창윤 교수도 퍽 바쁜 몸이니 어쩔 수 없었다. 오히려 노상 고향 후배나 학교 후배랍시고 찾아오는 조태진 교수가 심심하면 수혁 얘기를 했다.

─애가 좀 이상할 때가 있기는 한데, 진짜 천재라니까?

그리고 수혁에 관한 얘기의 머리말에는 늘 '애가 좀 이상할 때가 있긴 한데.'가 붙어 있었다.

'확실히 조금 이상하긴 하구나.'

하윤은 거의 몇 분이 되도록 움직이지 않고 있는 수혁을 신기하다는 듯 바라보았다. 물론 그 시간 동안 정말 수혁의 머리가 정지한 것은 아니었다.

'비특이적이라고 했잖아. 계속.'

[네. 비특이적이니까요.]

'근데 그게 실은 특징이라고 볼 수 있지 않을까?'

[네? 특징이 없는 게 특징……이라고요?]

'그래. 네 말대로 이 환자의 폐렴이 물론 중요하긴 해. 중요하긴 한데, 원인은 아니란 말이지. 우리가 제일 집중해야 할 건 결국 발진이라고.'

[그건……. 그건 그렇습니다.]

언제나 내과에서 제일 중요시해야 할 것은 환자가 '어떻게' 이렇게 되었는지가 아니라 '왜' 이렇게 됐는지였다. 그러자면 제일 초기 증상을 되짚어 볼 필요가 있었다.

'비특이적인 발진은 주로 어디서 나타나지?'

수혁은 그렇게 바루다의 주의를 돌린 후 질문을 던졌다. 지금까지 제법 많은 수의 진단을 함께해 온 둘이었지만, 이런 경우는 또 처음이었다. 바루다는 잠시 당황스럽다는 제스처를 취했다. 물론 수혁의 머릿속에서만 일어나는 일이긴 했지만.

'딴생각하냐?'

[아, 아뇨. 아닙니다. 수혁, 죄송합니다.]

'비특이적인 발진이 주로 어디서 나타나냐고.'

[알레르기가 아니어도 접촉 시 발진을 일으킬 수 있는 물질, 즉 표면이 꺼끌꺼끌한 물질에 접촉하면 나타날 수 있습니다.]

맞는 말이긴 했다. 하지만 수혁이 원하는 답은 아니었다.

'그거 말고.'

[정도 이상의 발열에서도 나타날 수 있습니다.]

'말고. 전신에 나타나진 않잖아. 주로 접히는 부위에서나 그렇지.'

만약 바루다가 사람이었다면 짜증을 냈을 터였다. 하지만 바루다는 진단 목적을 지닌 인공지능이었다.

[음……. 약물에 대한 알레르기 반응에서도 비특이적인 발진이 나타날 수 있습니다.]

'그래. 그거라면 전신의 발진이 설명되지.'

아니 무슨 이런 문제를 내?

[하지만 수혁 말대로라면 맨 처음 발진에 가려움증이 동반되지 않았다는 문구에 대한 합리적인 설명이 필요합니다.]
'환자는 고령이잖아.'
[고령에서는 증상이 비특이적일 수 있죠. 음.]
바루다는 잠시 말을 잃었다. 제아무리 많은 데이터를 가지고 있다고 하지만, 아직도 의학을 통달했다고 하기엔 많이 부족했다. 사람의 몸이라는 건 기계와 달라서 개개인마다도 차이가 극심했기 때문이었다.
바루다가 다시 입을 연 것은 수 분이 지나서였다.
[처음에 배제했던 약물에 대한 알레르기 반응, 즉 드레스(DRESS, 약물에 의해 유발되는 과민 증후군)를 고려한다면…… 여러 가지 증상이 설명됩니다.]
약물 반응이라고 해서 꼭 피부 발진에만 국한되는 건 아니었다. 때에 따라선 발열, 임파선 종대, 간염, 신장염, 호산구증 등의 다양한 문제를 일으킬 수 있고, 이것은 지금 환자가 겪고 있는 다발성 장기부전으로도 이어질 수 있었다.
[하지만 드레스에 대한 치료는 스테로이드입니다. 만약 진단이 틀릴 경우, 즉 환자가 감염병일 경우엔 돌이킬 수 없는 결과를 초래할 수 있습니다.]
'그건 맞아.'
스테로이드는 모든 염증 반응을 억제하는 효과를 가진 약물이었다. 그래서 약물에 의한 알레르기 반응에 관해 쓰면 세상에서 가장 좋은 약이 되겠지만, 만약 감염이 있는 상태에서 이걸 쓰면 차라리 독약을 쓰는 게 나을 지경이었다. 사람이 산 채로 바이러스나 세균에게 뜯어 먹히는 꼴을 보게 될 테니.

'그럼 어쩌지? 그렇다고 시도조차 안 해 보긴 아까운데.'

[음.]

바루다는 또다시 입을 다물었다. 뭔가 분석을 하려는 모양이었다. 그제야 수혁은 다른 곳으로 시선을 돌릴 수 있었다. 거기엔 꽤 놀란 얼굴로 자신을 보고 있는 하윤이 있었다.

"아. 미안. 내가 집중하면 좀."

"아니에요. 조태진 교수님한테 얘기 들었어요."

"아……. 조 교수님을 뵐 때가 있어?"

"가끔 집에 놀러 오세요."

"아…….."

이럴 때면 우하윤이 정말 금수저에 로열이라는 느낌이 확 들었다. 세상에, 집에 교수가 노상 놀러 오는 집이라니. 고아인 수혁으로서는 상상조차 하기 어려울 지경이었다. 막 부럽다는 생각이 스멀스멀 올라올 때쯤, 바루다가 말을 걸어왔다.

[조직 검사를 하시죠.]

'조직…… 검사?'

[네. 발진에 대한.]

아니 무슨 이런 문제를 내?

'아! 거기서 호산구증이 나오면 확진이 되지.'

[네. 그렇습니다. 그 결과를 보기 전까지는 우선 항생제 치료를 하는 게 좋겠습니다. 폐 또한 약물에 의한 반응일 수 있으나, 확신이 들기 전에 끊기엔 너무 심각한 상황이니까요.]

'그렇지.'

수혁은 고개를 끄덕였다. 확실히 바루다의 말대로 냅다 약을 끊기엔, 저기서 더 심해지면 대체 무슨 수를 써야 살 수 있을까 하는 생각이 들 정도로 흉부 엑스레이가 너무 살벌하게 생겼다. 아무튼, 그렇게 최종 검사와 결과가 결정되었다.

"일단 검사는 혈액 배양, 객담 배양, PCR, 그리고 발진에 대한 조직 검사를 해 보는 게 좋겠어."

수혁은 그걸 말없이 딱딱 누르는 대신 하윤을 향해 말을 해 주었다. 하윤은 당연하게도 눈을 빛내며 마지막 검사에 대해 궁금해했다.

"발진이요?"

"응."

"조직 검사를 하면…… 뭘 알 수 있을까요?"

질문하는 투로 봐서는 아예 단 한 번도 의심해 보지 않은 듯 했다. 당연한 일이긴 했다. 이현종이 현 병력 맨 앞에 함정을 파 뒀으니까. 이건 약물에 대한 부작용은 아닐 거라고.

"호산구가 증가해 있으면 약물 부작용을 의심해 볼 수 있잖아."

"하지만……."
"일단 해 보자. 이거 뭐 목숨이 있어?"
"네. 다섯 개."
"어? 목숨이 있어? 우리 때는 없었는데."
"그때 누가 노가다로 다 찍어서 맞히는 바람에……. 생겼어요."
"이런 미친."

수혁은 하윤 앞인 것도 잊고 욕을 내뱉었다. 하지만 하윤도 별문제 삼고 싶진 않았다. 그녀 또한 혼자 있을 때 몇 번인가 욕설을 내뱉은 적이 있었으니까.

"뭔 놈의 PBL에 목숨이 있지? 지금 몇 개 남았는데?"
"한 개……요."
"한 개. 허."

그럼 이번에 수혁이 실패하면 끝이라는 것이었다.

[실전이라고 생각하시죠. 어차피 지금 내린 결정 이상의 결정은 내리지 못할 겁니다.]

그렇게 좌절하려는데, 바루다의 말이 들려왔다. 언제나처럼 환자를 열심히 보게 만드는 그런 말이었다.

'그래……. 해 봐야지. 나도 이것보다 논리적인 답은 없을 것 같아.'

그리고 수혁은 지금 바루다와의 토의를 통해 도달한 검사와 치료에 완전히 동의하고 있던 참이었다. 수혁은 확신에 찬 눈으로 하윤을 돌아보았다.

"이게 맞을 거야."

"음."

하윤은 잠시 그런 수혁을 마주 보다가 이내 고개를 끄덕였다.

"네, 선배. 어차피 저 혼자서 하면 또 틀려서 환자 죽을 거예요."

"좋아. 그럼 선택한다. 검사는 이렇게 하고. 치료는 일단 테이코플라닌 추가하고, 투석하는 거로. 검사 결과가 나올 때까지만."

"네."

선택을 완료하자, 모래시계가 떴다. 그 모래시계 옆에는 환자를 형상화한 것으로 보이는 인형과 활력 징후가 떠 있었다.

"이게……. 선택이 잘못되면 갑자기 안 좋아지다가 죽어요."

"악취미구만……."

"네. 기분 진짜 찝찝하더라고요."

"막 당장 그런가?"

"아뇨. 한 3일?"

"3일이면……. 어차피 배양 검사는 결과를 못 보겠구나."

수혁이 막 그 말을 했을 때쯤, 하루가 지났다. 예상대로 검사 결과가 뜬 항목은 딱 하나였다. 바로 발진에 대한 조직 검사. 배양 검사는 아직 완료되려면 며칠씩 더 걸릴 터였다. 그 결과를 보기 전에 환자는 무조건 죽을 것이었고.

"어디⋯⋯."

수혁은 조직 검사 결과를 빠르게 클릭했다. 하윤 또한 패드를 향해 고개를 들이밀었다. 그 바람에 둘은 서로가 내쉬는 이산화탄소를 공유하게 될 만큼 가까워졌지만, 수혁이나 하윤이나 그 사실을 의식하진 못했다.

[혈관 주변으로 중등도의 림프구와 호산구의 침투가 관찰되었군요.]

일단 수혁은 아예 바루다와의 대화에 빠져 있었기 때문이었다.

'맞았네.'

[네. 약물에 의한 반응입니다.]

'내가 맞았어.'

[되게 좋아하시는군요.]

'웬일로 시비를 안 건다?'

[저는 그쪽으로 분석을 못 했으니까요.]

'자식. 아무튼, 약을 그럼 스테로이드 추가하자. 항생제 끊지는 말고.'

[네. 그게 좋겠습니다.]

수혁은 그렇게 마음속으로 결정을 내리곤 입을 열었다.

"아무래도 약물에 대한 알레르기 반응이 맞는 거 같지?"

"아⋯⋯. 이게 호산구가⋯⋯. 이게 그렇게 되는 건가요?"

아무래도 하윤은 아직 학생인지라 다른 교수들처럼 딱딱 아귀가 맞지는 않았다. 수혁은 자신의 풋풋했던 과거를 떠올리며 피식 웃었다.

"응. 그러니까 스테로이드를 쓰자고."

"아……. 네. 네. 어차피 저는 죽었을 거라서요."

"자, 그럼 쓴다."

수혁은 아직 완전히 상황을 이해하지 못한 하윤을 대신해 치료 방침을 정했다. 그러자 또다시 모래시계가 뜨고 다음 날이 되었다.

"확 좋아졌지?"

"와……. 폐도 좋아졌어요!"

"그래. 그럼 이제 확실해졌으니 항생제 끊고 스테로이드로 가자."

"네! 선배! 정말, 정말 감사합니다!"

더 어렵게 내냐?

"얼씨구."

이현종 원장은 월요일 아침이 되자마자 자신의 주치의, 즉 이번 달부터 주치의가 된 수혁이 수거해서 온 패드를 보다가 고개를 갸웃거렸다. 죄다 죽어서 왔을 거란 생각과는 달리, 딱 한 명이 살아서 왔기 때문이었다. 이름을 보니 우하윤이었다.

"이거 아비가 봐줬나?"

그렇지 않고서야 살렸을 턱이 없었다. 애초에 맞히라고 낸 게 아니었으니까.

'설마 진짜 하윤이만 맞혔을 줄은 몰랐네.'

[저도 똥줄 탔던 문제입니다. 학생 수준에서 맞힐 수 있을 리가 없죠.]

'괜히 곤란해지는 거 아니야?'

[글쎄요.]

수혁과 바루다가 이러쿵저러쿵 얘기를 나누는 동안 이현종은 우창윤 교수에게 전화를 걸었다. 워낙 이른 시간이었기 때문에 우 교수 또한 딱히 외래에 들어가 있거나 하지는 않은 모양이었다.

"네, 이현종 원장님."

우창윤 교수가 즉각 전화를 받았다.

이현종은 기인 취급 받는 사람답게 앞뒤 다 자른 채로 입을 열었다.

"어. 우하윤이 숙제 네가 풀었어?"

"네?"

당연하게도 우창윤 교수는 영문을 모르겠다는 반응을 보였다. 하지만 이현종은 이미 답을 정한 상태였기에 거침이 없었다.

"야, 네가 봐줬잖아. 어차피 우하윤 걔 1등 졸업 거의 확실시 되고 있던데. 뭐 하러 이래."

"네? 아니······. 무슨 소리이신지······."

"이번 PBL 문제. 네가 풀어 준 거 아니야?"

"무슨······. 아, 그······ 드레스요?"

"그래! 그거."

"아뇨. 아닌데요. 그거 제가 풀어 주면 무슨 도움이 되겠어요,

걔한테."

"그래?"

이현종은 이 새끼가 혹시 거짓말하는 거 아닌가 하는 생각이 들었지만, 이내 우창윤이라는 놈이 그렇게까지 세심한 놈은 아니란 생각이 들었다. 오히려 허술한 축에 속했다. 아마 거짓말을 하고 있는 거라면 벌써 들켰을 터였다. 아니, 애초에 딸 숙제랍시고 봐줄 생각 자체를 못 했을 게 분명했다.

"근데 이걸 어떻게 맞혔지?"

"맞혔어요? 와, 하윤이 대단하네. 공부 진짜 열심히 했나?"

"이거 공부한다고 맞히는 게 아닌데."

이현종 원장은 이제 막 오전에 있을 수업에 갈 채비를 하고 있었어야 할 참이었다. 오늘 강의의 주제는 '책상에 앉아서 공부만 한다고 환자를 살릴 수는 없다.'였고, 너희가 왜 이 환자를 살리지 못했는지에 대해 자세히 설을 풀 요량이었다. 그런데 맞히다니. 난감했다.

"아, 맞아."

그렇게 한참 인상을 구기고 있으니, 우창윤 교수가 뭔가 생각났다는 듯한 말투로 입을 열었다.

"뭐야. 역시 네가 알려 줬지?"

"아뇨, 아뇨."

"그럼 뭐야. 골프 치자고? 너 맨날 사기 쳐서 너랑은 안 쳐."

"아니, 아니. 아뇨. 제가 현태예요?"

"그럼 뭔데."

"그……. 하윤이가 이번 주말에…… 아, 이거 말하기 싫었는데. 아니에요. 됐어요."

원래 이런 식으로 말을 끊으면 듣는 사람은 미치고 팔짝 뛰게 되는 법이었다. 특히 이현종처럼 궁금한 거 잘 못 참는 사람은 아예 돌아 버릴 지경이었다.

"야! 전화 끊지 마! 끊으면 너 죽어!"

"아니……. 아니에요. 됐어요."

"이 새끼가 진짜?"

"그럼…… 화내지 않기. 그거 약속하면 말할게요."

"뭐……. 무슨 짓을 했길래 이래?"

"약속해 주면 말할게요."

이현종 교수는 이 새끼가 돌았나 하는 눈빛으로 수화기를 잠시 바라보았다. 도대체 뭔 짓거리를 한 건지 짐작이 가질 않았다.

'반드시 화를 내야 할 일 아냐, 이거?'

하지만 그렇다고 이대로 끊기엔 뒷얘기가 너무 궁금했다. 그냥 가면 끙끙 아플 거 같은 지경이었다.

"알았어. 화 안 내. 약속."

이현종 원장은 두 눈을 질끈 감은 채 고개를 끄덕였다. 우창윤 교수는 그런데도 믿기 어려운지 재차 확인을 받았고.

"진짜죠?"

"알았다니까. 끊으면 돼져, 진짜."

"네. 사실 하윤이가 주말에 수혁이를 만났어요. 이수혁."

하지만 수혁 얘기를 딱 듣는 순간 이현종은 폭발했다. 그가 최근 가장 공을 들이고 있는 애가 바로 이수혁이었으니까.

"야, 이 개새끼야!"

"어어, 화 안 낸다고 해 놓고선."

"화 안 내게 생겼냐? 지금 미인계야, 뭐야! 남의 유망주를 왜 만나!"

"에이······. 미인계라뇨. 하윤이 얼굴 많이 봐요."

"그럼 뭔데!"

"그······."

그렇게 친해지면 우창윤이 직접 쓱 만나 볼 생각이기는 했다. 아선병원 복지나 교수 연봉 등등에 대해 자세히 얘기해 주려고 했고. 하지만 분위기를 보아 하니, 그런 말을 했다간 당장 찾아올 것 같았다.

"하윤이도 이수혁처럼 좀 우수한 내과 의사가 됐으면 하는 마음이죠, 뭐. 딴게 있겠습니까."

"음······. 수상한데······."

"아니에요. 아닙니다, 정말."

"근데 이수혁이랑 주말에 본 게 뭔 상관이야?"

더 어렵게 내나?

"그……. 하윤이가 그 패드를 수혁이에게 보여 준 모양이던데요. 그래 봐야 1년 차인데 뭘 어쨌을까 싶긴 하지만……. 이수혁이니까 혹시 모르죠."

"어?"

이현종은 뜨악한 얼굴이 된 채 앞을 바라보았다. 그의 책상 앞은 허공 대신 수혁이 채우고 있었다. 즉 수혁을 마주 보게 되었다.

"너, 네가 이거 풀었냐?"

"응? 앞에 있어요? 그럼 잘 지내냐고 좀 물어봐 줘요."

"넌 닥치고 있어. 아니, 끊어."

"야, 수혁아. 나 하윤이 아…….."

이현종은 우창윤 교수가 미처 말을 끝내기도 전에 전화를 끊은 채 수혁을 재차 바라보았다.

"네가 풀었어?"

우하윤의 패드를 탁탁 두드리면서였다. 수혁은 어찌 대답해야 하나 잠시 고민에 잠겼다. 그에 반해 바루다는 별걱정이 없어 보였다.

[뭘 망설이는 겁니까. 이현종은 분명히 칭찬할 겁니다.]

'엄청 곤란해하던데?'

[그건 그거고. 수혁이 우수하다는 착각은 별개죠.]

'착각?'

[아, 이번에는 정말 우수했습니다. 정정합니다.]

'음…….'

수혁은 여전히 고민이 되었지만, 달리 방법이 없었다. 감히 햇병아리 1년 차 주제에 원장한테 거짓말을 늘어놓을 수는 없는 일이었으니까.

"네, 제가 풀었습니다. 죄송합니다, 남의 숙제인데……."

"어떻게? 어떻게 풀었지?"

"네?"

"이거…… 함정이 있잖아. 게다가 드레스에서 이런 식으로 염증이 진행하는 건 진짜 드물다고. 때려 맞혔어?"

"아……. 그건 아닙니다. 제가 어떻게 했냐면……."

수혁은 차근차근 왜 드레스를 의심하게 되었는지, 그걸 최대한 안전하게 검사하기 위해 어떤 검사와 치료를 선택했는지에 대해 설명했다.

"허."

"하."

"오."

이현종 원장은 아주 다양한 감탄사로 수혁의 말에 화답해 주었다. 그리고 마지막 결론에 다다랐을 때는 손뼉까지 쳐 주었다.

"잘했네. 그래, 그게……. 거의 정석이지. 흠."

그러곤 잠시 안타깝다는 표정이 되었다. 사실 이 문제의 베이스가 된 케이스는 실제 태화의료원 내과 의국에서 본 바 있는 케이스였으니까.

'모탈리티 콘퍼런스 케이스였지.'

모탈리티 콘퍼런스(mortality conference). 환자가 사망한 경우, 그리고 그 사망에 이르게 한 질환이 치료 가능한 질환이었던 경우에 열리는 콘퍼런스였다.

이현종 원장은 다시는 그런 일이 없도록 하기 위해 이 케이스를 베이스로 해서 문제를 만들었던 참이었는데, 그걸 1년 차 주제에 수혁이 맞혀 버린 것이었다.

'그때 이수혁이 있었다면 이 환자 살았겠네.'

당연하게도 아쉬움이 남았지만, 그보다 더 큰 감정은 역시 대견함이었다.

"야, 수혁아."

"네."

"오전에 뭐 없지?"

"아……. 스케줄 없으면 협진 도우라고 지시받았습니다."

"누구한테?"

"김인수 선생님입니다."

아닌 게 아니라 최근 협진 스케줄을 돌고 있는 모든 레지던트들에게 수혁은 거의 블루칩과도 같은 존재였다. 너무 빠른 속도로 환자를 파악하는데, 심지어 너무 정확하기까지 했으니 당연한 일이었다. 그리고 1년 차인 수혁 입장에서는 그들의 요구를 차마 거절할 수 없는 데다가, 협진 나는 질환 중에서는 꽤 재미난 것들이 많아서 어지간하면 가고 있었다.

"가지 마."

하지만 원장의 명이 있다면 얘기는 크게 달라졌다.

"네, 그렇게 하겠습니다."

수혁은 그리 답하면서 문자를 보냈다.

〈원장님이 오늘 오전 협진 방 가는 대신 다른 일을 시키겠다고 하셨습니다. 죄송합니다.〉

가뜩이나 '원장의 숨겨 둔 아들이다.', '아니다. 그냥 흙인데 총애를 받는 거다.' 하는 식의 소문이 돌고 있는 수혁 아니던가. 거기에 원장 핑계를 댔는데 잡을 수 있는 사람이 있을까. 김인수라고 해서 예외는 아니었다.

〈어, 그래. 알았어.〉

당연히 이런 문자만을 보내왔을 뿐이었다. 그렇게 오전 스케줄이 비게 된 수혁을 향해 원장이 말을 이었다.

"같이 수업하러 가자."

"네?"

"수업 망쳤잖아, 네가. 책임지라고."

"네……? 책임을…… 어떻게…….."

수혁은 무척 혼란스럽다는 얼굴로 이현종을 바라보았다. 이현종은 그런 수혁의 어깨를 두드려 주었다.

"아니, 뭐 그렇게 심각해질 필요는 없고. 한 십 분 정도만 네가 케이스 만들어서 PBL 진행해 봐."

"어……. 케이스를요?"

수혁은 자신도 모르게 뒤편에 있는 시계를 바라보았다. 원장이 들어갈 수업 시간은 3교시, 즉 10시 반이었다. 지금 시간은 8시였고, 가는 시간을 빼면 수혁에게 주어진 시간은 2시간이 최대였다.

"그래. 순환기내과 케이스로. 뭐, 너무 쉬워도 돼. 어차피 학생 애들은 쉽게 내도 다 틀려."

조금만 생각해 보면 말도 안 되는 일이라 할 수 있었다. 문제를 푸는 것과 만드는 것은 아예 다른 차원의 문제였으니까. 게다가 2시간밖에 없는데 그걸 만들라니. 이 사람이 미쳤나 하는 생각이 들었다.

[수혁. 이건 기회입니다. 받아들이십시오.]

'뭔……. 뭘 받아들여.'

[왜 수업을 시키겠습니까? 레지던트에게.]

'수업 망쳐서.'

[아니죠. 아니죠. 그냥 의사들은 평생 할 일 없는 게 강의 아닙니까? 오직 교수만 강의를 합니다.]

'그, 그럼……. 설마…….'

[바로 그겁니다.]

바루다의 말을 듣고 보니, 또 그럴싸했다. 강의를 시켜 본다는 건 또 하나의 시험이란 생각으로 이어졌고.

'근데 할 수는 있는 거야?'

[수혁. 그간 데이터가 꽤 많이 수집됐습니다. 케이스 리포트라면 무궁무진합니다.]

'아······. 하긴.'

다른 사람들이라면 심전도는커녕 혈액 검사 결과 하나도 고심해서 만들어야 할 터였다. 하지만 수혁은 달랐다. 바루다가 딱딱 데이터화해 둔 참이었으니까. 그걸 그대로 출력해서 만들면 될 일이었다.

"알겠습니다. 제가 한번 해 보겠습니다."

이현종은 자신이 기대했던 것보다 너무 자신 있어 보이는 수혁을 보며 허허 웃었다.

"무리하지는 말고. 나도 스페어 케이스는 있어."

"네. 원장님. 실망시켜 드리지 않겠습니다!"

"아니······. 무리하지 말라니까."

"최선을 다하겠습니다!"

"가시죠! 원장님! 제가 앞장서겠습니다!"

정확히 2시간 후에 나타난 수혁은 전에 없이 자신감 넘치는 얼굴로 이현종 원장을 향해 외쳤다. 그것을 본 이현종 원장은 조금 복잡한 기분이 들었다.

'아, 맞다……. 이 새끼 좀 이상하지.'

한때 현종도 갑자기 뭔가로 푹 쑤실까 봐 겁나서 노상 수혁을 피해 도망 다니곤 하지 않았던가. 그러다가 골프장에서 받은 노티 하나로 뻑 넘어가서 여기까지 오기는 왔는데, 오늘 또 이러한 범상치 않은 모습을 보고 있자니 다시 좀 불안해졌다.

이현종이 괜히 이런 불안감을 보이는 건 아니었다. 그는 실제로 레지던트 시절 자신의 담당 교수가 펠로우이자 대학원 박사 과정에 있던 선배에 의해 칼에 찔리는 걸 본 적이 있었다.

'내가 그 교수님처럼 악독하게 굴지는 않지. ……않겠지?'

물론 그 교수란 양반은 진짜 악마의 화신인가 싶을 정도로 나쁜 놈이긴 했다. 현종은 그에 비하면야 천사였고. 절대적으로 보면 악독한 편에 속했지만. 아무튼, 현종이 지금 제일 신경 쓰고 있는 건 불룩 튀어나온 수혁의 가운 주머니였다.

"그, 그래. 그거 안에 든 건 뭐니? 메스? 가위?"

"네? 아뇨. 아닙니다."

"어어. 그렇게 꺼내……. 아, 패드구나?"

"네. 이게 작아서 가운 주머니에 쏙 들어갑니다. 전에 강의 자료 만들 때도 이게 있으니까 좋더라고요."

"아하. 그래. 다행이다."

"네?"

'다행은 뭐가 다행이란 말입니까?'라는 얼굴이 된 수혁을 현종은 애써 외면했다.

"아니, 아냐. 가자고. 애들 기다린다."

"네!"

⫻⫻⫻⫻⫻

의대라고 해 봐야 병원 건물에서 걸어서 10분도 안 걸리는 곳에 있었다. 태화대학교 본교에서 의과대학만 따로 뚝 떨어져서 병원 옆으로 옮겨 온 까닭이었다. 예과 때를 제외하고는 교양 과목이고 나발이고 고등학교처럼 딱 정해진 커리큘럼을 들어야 하는 의대였기에 가능한 일이라 할 수 있었다.

"오랜만이네요."

수혁은 병원에 들어온 이후, 그러니까 인턴 이후로는 단 한 번도 걷지 못했던 길을 걸으며 입을 열었다. 뭔가 감상에 젖은 듯한 얼굴이었다.

"병원 오고는 처음이냐?"

이현종은 말없이 가는 게 심심하기도 하고, 아까의 불안이 좀 민망하기도 하고 해서 곧장 말을 받아 주었다.

"네. 거의 병원에서 나올 일이 없었습니다."

"하긴. 우리 병원 인턴이 좀 힘들긴 해. 그래도 인마, 나 때는……."

그리고 곧 수혁에게 '아, 내가 왜 말을 걸었을까.' 하는 후회가 들도록 해 주었다. 그야말로 매운맛 과거 회상이었는데, 어찌나 자세한지 수혁이 막 본과 4학년 강의실에 들어설 때까지도 여전히 인턴 3월에 머물러 있었다.

"나머지는 또 나중에 말해 줄게."

[제발 안 된다고 하시죠. 제발.]

심지어 바루다까지도 진절머리를 칠 지경이었다. 수혁 또한 바루다의 의견에 전적으로 동의하는 바였지만, 도저히 그럴 수는 없었다. 수혁에게 이현종 원장은 지금 진짜 아버지 같은 존재가 되어 있었으니까.

"네, 교수님. 정말 기대가 됩니다."

"그래. 다들 좋아하더라고, 내 얘기."

'원장이 아니었어도 그런 반응을 보였을까?' 하는 의문이 들게 만드는 말이었다. 하지만 수혁은 그 말을 꺼내는 대신 일단 강의실 옆쪽에 위치한 컴퓨터 앞에 앉았다. 종종 교수님 따라온 레지던트가 앉곤 하던 바로 그 자리였다. 당연히 수업하러 온 건 아니고, PPT 넘기는 역할을 하러 온 사람들이었다. 의사한테 그런 잡일이라니. 세상에 무슨 그런 인력 낭비가 있나 싶겠지만, 그런 일들이 비일비재하게 일어나는 곳이 바로 대학병원이었다.

"어, 선배 오셨네요?"

수혁이 막 패드를 모니터에 연동하려는 찰나, 맨 앞에 앉아 있던 우하윤이 말을 걸어왔다. 누가 교수 딸 아니랄까 봐 아주 학구열이 넘치는 모양이었다.

"어, 응."

"근데 이현종 교수님은 늘 혼자 오시는데. 오늘 강의가 뭐예요?"

"아······."

수혁은 뭐라고 말해야 하나 하는 얼굴로 고개를 갸웃거렸다. 그러자 이현종이 뒤늦게 툭 끼어들었다.

"어허! 커닝은 안 돼!"

역시나 앞뒤 다 잘라먹은 채였다. 영문을 알 길이 없는 하윤은 흠칫 놀라며 뒤로 빠졌다. 하지만 겁을 먹거나 하지는 않았다. 이현종 원장과는 어릴 때부터 자주 본 사이였기에, 그가 어떤 성격인지 아주 잘 알고 있었기 때문이었다.

"커닝이요?"

"그래. 안 돼."

여전히 무슨 말인지는 모르겠지만 한 가지는 분명했다. 이 상태에서 제대로 된 대화는 어렵다는 것. 이현종은 그런 사람이었다.

그사이에 수혁의 패드 화면이 모니터로 연동되었고, 모니터의 화면은 또다시 빔 프로젝터로 연동되었다. 그렇게 맨 앞에 뜬 PPT 제목은 다음과 같았다.

〈3일 전 시작된 호흡 곤란으로 내원한 63세 남자 환자.〉

그 제목을 본 이현종 교수는 알 듯 말 듯한 미소를 지어 보였다.

'그럼 그렇지. 1년 차가…… 벌써 제대로 케이스를 만들기는 어렵지.'

아무리 보아도 주말에 수혁이 풀었던 PBL 문제와 너무 비슷한 제목 아닌가. 호흡 곤란의 기간과 나이 정도만 바뀐 참이었다. 약간의 기대감을 덜어 낸 목소리로 입을 열었다.

"주말에 낸 PBL에 대한 건, 다음 교시에서 얘기하기로 하고. 3교시엔 이 케이스에 대해서 PBL을 해 봅시다. 조별로 앉은 건가? 지금?"

"아닙니다, 교수님."

원장의 말에 과 대표가 번쩍 손을 들고 일어나 대꾸했다. 그 말에 이현종은 손을 휘휘 저었다. 무언가를 섞는 듯한 모습이었다.

"그럼 조별로 앉아. 바로."

"네, 교수님."

본과 4학년 정도 되면 그냥 학생은 아니었다. 병원 실습을 통해 병원 교수님들이 얼마나 대단한 힘을 가지고 있는지 잘 알고 있었기 때문이었다. 게다가 이현종은 그냥 교수가 아니라 원장이지 않은가. 일사불란하다는 말이 딱 어울릴 정도로 급하게 자리바꿈이 이루어졌다.

"좋아. 그럼 바로 시작하지. 주어진 케이스 쭉 읽어 보고, 어떤 검사를 해야 할지 한 번씩 토의를 해 봐. 아. 오늘 이 PBL은 이수혁 선생이 할 거야. 알지? 선배잖아."

"네!"

많은 사람은 아니었지만, 몇몇이 고개를 끄덕였다. 그중에는 당연하게도 하윤도 끼어 있었다.

"자, 그럼 시작하자. 수혁아, 시작해."

"네, 교수님."

원장의 말에 수혁은 천천히 몸을 일으켰다. 지팡이를 짚은 채였다. 그 모습에 소문에 빠른 몇몇이 웅성거렸다.

"사고당했다더니, 정말인가 보네."

"헐……. 다리가……. 저래도 레지던트 할 수 있나 보네?"

"할 수 있으니까 1년 차로 있지."

물론 그리 큰 소리는 아니었기에 수혁의 강의는 별반 방해를 받진 않았다.

"일단 현 병력입니다."

수혁은 PPT를 다음 화면으로 넘겼다. 그러자 아주 빼곡한 지면이 나타났다.

"환자는 20년 전 당뇨 진단 후 경구 혈당강하제를 복용 중입니다. 내원 2주 전 기침, 가래, 콧물이 있다가 일주일 후 별다른 약을 쓰지 않고 호전되었습니다. 3일 전부터는 가만히 있어도 숨이 차기 시작했고, 1일 전부터는 누우면 호흡 곤란이 발생하여 본원 응급실로 내원한 상황입니다."

"음?"

이전 PBL 문제와 비슷하겠거니 하고 있던 이현종 원장이 저도 모르게 고개를 갸웃거렸다. 현 병력이 달라도 너무 달랐기 때문이었다.

'당뇨에…… 감염이 있었고, 호흡 곤란이라?'

게다가 제법 관심을 끄는 단서까지 흘리고 있었다. 자연히 이현종 원장은 완전히 학생들을 향하고 있던 몸을 틀어 화면을 바라보게 되었다.

"당뇨에 대해서는 빌다글립틴(vildagliptin, 경구용 혈당강하제)과 글리클라자이드(gliclazide, 췌장 인슐린 분비 촉진 및 혈당 감소를 유발하는 당뇨병 치료제)를 복용 중이었습니다. 아직 약에 대해서는 잘 모르실 테니, 간단히 말씀드리면 둘 다 인슐린 분비 촉진제의 일종이라고 볼 수 있죠. 아. 빌다글립틴은 일반적인 당뇨에서 보다는 신장 기능이 저하된 환자에서 주로 쓰입니다."

설명은 간결하고도 정확했다. 덕분에 학생들은 물론이고 현종까지 케이스에 몰입하기 시작했다. 사용되는 약만 봐도 리얼하기 짝이 없었기 때문이었다.

"내원 당시 호소한 증상은 호흡 곤란, 그리고 누우면 더 심해지는 호흡 곤란인 가좌 호흡이 있었고, 흉통이나 두근거림 등은 전혀 호소하지 않았습니다."

이 대목에서 학생들은 그렇구나 하고 넘어갔지만, 이현종 교수는 수혁이 무슨 문제를 내려고 하는지 알 것 같았다.

'함정이야.'

흉통과 두근거림이 전혀 없다. 이 말을 듣고 나면 딱 배제하고 싶은 질환들이 몇 개 있지 않은가. 심근경색이라거나 협심증이라거나 부정맥과 같은, 심장과 관련된 질환 중 가장 심각한 것들. 아무튼, 화면은 넘어갔고 수혁의 말은 계속되었다.

"신체 검진 결과 환자의 양측 폐의 하엽에서 부글거리는 소리가 났고, 양측 정강이에 부종이 있었습니다."

여기까지 들었으면, 의사라면 적어도 한 가지 질환명은 떠올라야 정상이었다. 당연히 여기 앉아 있는 학생들은 무려 태화의대의 본과 4학년들이었기에 몇몇이 고개를 끄덕였다. 모두 한 가지 진단명을 떠올리면서였다.

'폐부종인가?'

수혁은 아마도 그런 생각을 하고 있을 거라 예상하면서 화면을 넘겼다. 화면은 학생들의 기대와는 달리 텅 비어 있었다.
"자, 이렇게 환자가 왔다면. 검사는 무엇을 하고 싶습니까? 5분 안에 조별로 적어서 제출해 주십시오."
"네!"
공부 열심히 하라면 둘째가기 서러운 이들이니만큼 즉각 토의에 들어갔다. 조마다 그 토의를 주도하는 이들이 있었는데 우하윤 또한 그들 중 하나였다.
"일단 폐. 폐에 물이 찼을 거야. 흉부 엑스레이를 찍자."
"혈액 검사도 해 봐야지. BNP(폐부종의 심인성/비심인성 여부를 감별하는 데 도움이 되는 수치) 어때? 폐부종이면 크게 늘었을 텐데."
"아, 그렇네. 그리고 기본 검사도 긁자."
대개 모든 조의 토의는 이런 식이었다.
[좀 어려웠나요?]
'보면 알겠지.'
수혁은 잠시 고개를 끄덕이며 미소를 지어 보였다. 이현종 원장은 그 미소를 짓는 이유를 알 것 같았다. 그 또한 귀가 있고, 학생들의 토의를 죄 들을 수 있었으니까.
'어려운 문제 하나 까 잡수시더니……. 더 어려운 걸 가져왔어?'
아마 인턴이나 레지던트만 해도, 이 문제를 틀리진 않을 터였다. 그들은 어지간해서는 진단을 놓치지 않도록 훈련을 혹독하게 받고 있었으니까. 이유를 몰라도 내야 하는 검사들을 숙지

하고 있었으니까.

하지만 학생들은 달랐다. 그들의 지식은 머리에 묶여 있었고, 딱 아는 것만을 출력할 수 있었다.

"자, 걷겠습니다."

이윽고 5분이 지났고, 각 조의 조장들이 종이를 가지고 수혁에게로 달려왔다. 수혁은 그 종이에 적힌 검사들을 하나하나 텅 비어 있던 PPT에 기입했다.

"흉부 엑스레이, 기본 혈액 검사, 소변 검사, NT proBNP(급성 심부전 검사), 동맥혈 검사. 네. 이렇게 일단 진행하겠습니다."

안타깝게도 반드시 해야 할 검사 몇 개가 빠져 있었다. 수혁은 쓴웃음을 지어 보이곤 각 검사 밑에 결과를 적어 넣었다. 단, 엑스레이는 사진을 그대로 붙여 넣었다.

"사진 소견은 어떻습니까?"

그러곤 질문을 던졌다. 그러자 여러 학생이 손을 들며 외쳤다.

"폐부종입니다!"

확신에 찬 얼굴들이었다.

'문제는 맞혔다, 환자를 살렸다.'라는 자부심이 느껴지는 듯했다. 하지만 수혁의 반응은 심드렁했다.

"네. 폐부종 소견이죠. NT proBNP는 2,800으로 증가해 있습니다. 나머지 검사는 이렇습니다. 자, 치료는 어떻게 할까요? 시간이 없는 관계로 각 조당 하나씩만 구두로 받겠습니다."

만약 토의가 제대로 되고 있다면 또 종이를 나누어 주었을 텐데, 헛발질 중이지 않은가. 수혁은 고개를 살짝 가로젓고는 이렇게 말했다. 하지만 여전히 확신에 찬 학생들은 폐부종 치료에 대해 배운 대로 외쳐 댔다.

"항생제!"

"라식스!"

"물리 치료로 등을 두드려 줍니다!"

수혁은 그렇게 모인 치료를 쓱 적고는 다음 PPT로 넘어갔다. PPT에는 경과라는 글자만이 적혀 있었고, 밑은 비어 있었다.

"네, 방금 말해 준 대로 치료를 했더니……."

수혁은 이렇게 말하며 글자를 기입했다.

〈환자 사망.〉

새하얀 바탕의 PPT에는 오직 이 네 글자만이 쓰여 있었다. 수혁은 그 화면을 띄운 후 천천히 강의실 내부를 둘러보았다. 각 조의 토의를 주도적으로 풀어 나갔던, 딱 봐도 똘똘해 보이는 애들의 얼굴이 당연하게도 구겨져 있었다. 전혀 납득하지 못하겠다는 표정이 대부분이었다. 아마 수혁이 억지를 부리고 있다고 생각하고 있을 게 뻔했다.

'뭐지? 뭘 놓친 거지?'

물론 그렇지 않은 학생도 있긴 있었다. 우하윤은 이수혁의 실력을 워낙 다양한 루트를 통해 들어 온 터라 그의 의견을 전적으로 신뢰하고 있었다. 심지어 어제는 모든 학생이 오답을 내 환자를 죽음에 이르게 했던 케이스조차 명쾌한 논리로 풀어 낸 바 있었고.

'내가 뭘 놓친 거야.'

하지만 태도가 좋다고 해서 답이 보이는 건 아니었다. 수혁은 잠시 당황에 빠진 강의실을 좀 더 두고 보다가 입을 열었다.

"아무래도 이해가 잘 안 가는 거 같아요. 맞습니까?"

"네, 그렇습니다."

그의 말에 우하윤처럼 맨 앞에 앉아 있던 녀석 하나가 즉시 답했다. 초롱초롱한 눈망울만 봐도 성적이 보이는 듯했다.

'좋을 때지.'

인턴 한 달만 돌고 나면 저 빳빳한 가운도 태도도 구겨질 텐데. 수혁은 그런 생각을 하며 말을 이었다.

"그럼 하나하나 설명을 해 드릴게요. 일단 여러분들은 이 환자가 폐부종이 왔다고 판단했습니다. 맞죠?"

"네."

"그렇다면 무엇이 이 환자에게서 폐부종을 일으켰다고 생각합니까?"

"음."

어떤 질환을 진단하려면 반드시 선행되어야 할 과정이 있었다. '왜 이 질환에 걸렸지?'를 고민하는 과정이. 하지만 학생들은 아무래도 그 과정에 익숙할 수가 없었다. 그들이 지금까지 내내 풀어 온 문제들은 어떤 질환에 대한 문제지, 어떤 환자에 대한 문제들이 아니었으니까. 그걸 개선하기 위해 이현종 원장이 PBL을 도입하긴 했지만, 아직 걸음마 수준에 불과했다.

수혁은 말문이 막힌 학생들을 보며 그럴 줄 알았다는 듯한 얼굴로 말을 이어 갔다.

"우선 환자는 당뇨가 있습니다. 치료제로는 빌다글립틴을 쓰고 있죠. 여기서 우리는 한 가지 사실을 유추할 수 있습니다. '환자는 어떻게든 신장 기능에 이상이 있었을 거다.'라고요. 실제로 아까 여러분들이 낸 검사 결과를 보시면……."

수혁은 화면을 뒤로 넘겼다. 아까 학생들이 낸 검사에 대해 수혁이 일필휘지로 써 내려간 결과들이 주르륵 쓰여 있었다.

그중엔 BUN(혈액 요소 질소, 정상 범위 10~26), creatinine(크레아티닌, 평균 정상 범위 0.7~1.4) 항목이 당연히 끼어 있었고, 각각 52, 2.7로 증가되어 있었다.

"신장 기능 이상을 염두에 둬 볼 수 있죠."

"그럼…… 폐부종은 그거 때문에 생긴 건가요?"

"아뇨. 환자의 신장 기능은 하루이틀 된 문제가 아닙니다. 이 당뇨 약으로 교체한 게 벌써 수년이 지났으니까요. 아까 현 병력에 쓰여 있던 내용입니다."

"아……. 그럼……. 그럼 뭐죠?"

학생의 눈은 이제 많이 흐려져 있었다. 자신이 없어진 까닭이었다. 반면 이현종 교수의 눈은 번쩍거리기만 했다.

'스토리를 잘 짜네. 이거 설마 진짜 환자 케이스인가? 어디서 주워 온 거야? 원래…… 원래 알고 있던 케이스겠지?'

그렇다면 수혁은 평소에 공부를 어마어마하게 하고 있다는 뜻이 될 터였다. 자연히 이현종 얼굴에 흐뭇한 미소가 걸렸다. 어느새 시원찮으면 자신이 나서야겠다는 생각 따위는 저 멀리 사라진 후였다.

"잘 생각해 보십시오. 이 환자는 당뇨를 10년 넘게 앓았습니다. 물론 그 치료는 타 병원에서 받아서 기록이 없지만 말이죠. 여러분이 내과 의사고 이 환자를 처음 봤다면, 제일 먼저 어떤 생각을 해야 합니까?"

수혁은 일부러 우하윤을 바라보며 물었다. 우창윤 교수의 딸이라면, 내분비내과 교수의 딸이라면 이 정도는 알고 있어 줘야 한다고 믿었기 때문이었다. 다행히 우하윤은 꼭 그런 이유 때문이 아니더라도 상당히 열심히 공부하는 학생이었다. 수혁의 떠먹여 주는 듯한 질문을 못 받아먹을 정도는 아니었다.

"아. 아! 합병증!"

슬픈 일이지만, 당뇨 합병증의 가장 큰 위험 요인은 바로 당뇨 유병 기간이었다. 제대로 관리를 하는 사람도 꽤 있기는 했지만, 당뇨는 딱히 증상이 없는 질환 아닌가. 대개는 자신이 당뇨라는 사실조차 자각하지 않는 경우가 많았다.
"그래요. 합병증. 반드시 생각해야 할 문제입니다. 게다가 지금 이 환자, 약을 뭘 쓰고 있다고 했죠?"
"빌다글립틴입니다!"
"네. 이미 신장이 고장 난 겁니다. 그게 과연 뭘 시사할까요?"
"아……."
당뇨의 합병증은 무척 여러 가지가 있었다. 하지만 그중 중점적으로 검사를 시행하는 것은 크게 두 가지였다. 하나는 신장, 나머지 하나는 눈. 만약 둘 중 신장이 망가졌다면 눈 또한 위험하다고 보는 게 옳았다. 신장 기능에 관여되어 있는 혈관들이 눈의 혈관들보다는 아무래도 더 굵었으니까. 더 굵은 게 망가졌다면 얇은 것들은 이미 망가졌다고 보는 게 합리적이란 뜻이었다.
"혈관 손상……."
"그렇습니다. 환자의 혈관은 그게 어느 혈관이든지 간에 손상을 입은 상황이라는 뜻입니다. 당뇨 환자에게서 왜 혈관 손상이 나타나는지는 굳이 설명 안 드려도 알겠죠? 본과 4학년이니까."
"네."
"그럼 다시 처음으로 돌아와 봅시다. 환자의 폐부종은 왜 생겼을까요?"

아까와 정확히 같은 환자에 대한 질문이었고 정확히 같은 질문이었다. 하지만 이제 학생들은 이 환자가 당뇨를 오래 앓았으며, 그로 인한 합병증이 있을 거란 것을 비로소 떠올릴 수 있게 되었다. 그렇게 되니 아까와는 전혀 다른 답들이 쏟아져 나오기 시작했다.

"신부전의 악화?"

"아냐, 아냐, 심장 기능 부전?"

"우심실?"

수혁은 중구난방으로 쏟아져 나오는 답을 듣고는 고개를 끄덕였다.

"좋아요. 그럼 그걸 확인하려면 어떤 검사를 해야 합니까? 아까 냈던 검사에 추가하고 싶은 것들을 말해 보십시오."

그러곤 아까 학생들이 냈던 검사 항목을 가리켰다. 아마 인턴만이라도 제대로 돈 사람이 이 항목을 보면 어떤 검사를 더 하고 싶어서 안달이 났을 터였다. 루틴에서 뭔가가 빠져 있었으니까. 대학 병원에서 강제로 실수를 줄이기 위한 루틴을 배웠으니까. 영문도 모르고 계속 내 왔던 처방이 있을 테니까. 하지만 학생들은 이제야 그 검사를 떠올렸다.

"심…… 심전도요!"

그중에서 우하윤이 제일 빨랐다. 수혁은 흡족한 미소와 함께 고개를 끄덕였다.

"좋아요. 심전도. 또?"

"심장 기능 부전을 의심할 수 있는 상황이니, 심초음파도 추가하고 싶습니다."

"좋아요."

뒤이어 심근경색을 감별하는 혈액 검사라 할 수 있는 심장 근육 효소 등에 관한 내용도 이어졌다. 수혁은 그 검사 모두를 PPT에 적고는 검사 결과까지 일거에 적어 냈다.

'쟤는 진짜 괴물인가.'

그걸 가만히 보고 있던 이현종은 저도 모르게 고개를 갸웃거렸다. 강의를 시작하고 지금까지, 수혁이 단 한 번도 뭘 들여다보지 않았다는 걸 깨달았기 때문이었다. 그렇다면 이걸 그냥 다 외워서 진행하고 있다는 뜻인데, 상식적으로 잘 이해가 가지 않았다.

[CK-MB 49.1입니다.]

[Troponin-I는 34.]

물론 수혁도 그걸 다 외우고 있진 않았다. 바루다가 죄다 기록해 놓았을 뿐.

'좋아. CK(근육 효소의 일종, 남성 정상 수치 0~189)는?'

[635입니다.]

'됐어. 잘했어.'

그렇게 커닝 비슷하게, 수혁은 검사 결과를 쭉 늘어놓았다.

심근경색 시 오를 수 있는 지표라 할 수 있는 심장근육 효소들이 죄다 크게 올라 있었다. 심전도에서는 T파 웨이브가 역전되어 있었는데, 이 역시 심근경색의 아주 중요한 지표라 할 수 있었다.

그제야 학생들은 이 환자를 죽음에 이르게 하고 있는, 폐부종의 원인이자 가장 중요한 문제를 마주할 수 있었다.

"심근경색이었구나……."

"심장 초음파에서도 벽 움직임이 이상해……."

수혁은 웅성거리는 학생들을 바라보며 희미한 미소를 지었다.

"네. 환자는 심근경색입니다. 그럼 치료는 어떤 걸 해야 합니까?"

잠시 저 구석에 서서 웃고 있는 이현종 교수를 바라보면서였다. 이것만으로도 학생들에게는 너무 큰 힌트가 되었다.

"심혈관 조영술 및 스텐트 삽입입니다!"

"맞습니다. 자, 그럼 어떻게 되나 봅시다."

수혁은 즉각 혈관 조영 사진을 띄워 주었다. 모르는 사람이 보면 '관상동맥 세 개 다 잘 가는데?' 할지도 모르는 그런 영상이었다. 하지만 조금만 배운 사람이 본다면 좌전 동맥, 즉 가장 중요한 관상동맥이 막힌 것을 알 수 있었다.

"이걸 스텐트로 뚫어 주면…… 환자는 살게 되는 겁니다."

수혁은 스텐트 시술까지 보여 준 후, 재차 앞을 돌아보았다.

지금까지 수혁에게 휘둘리다시피 해서 따라온 학생들이 앉아 있었다.

처음 수혁이 입을 열 때만 해도 쟤가 누구지 하고 있던 애들도 있었지만, 지금은 모조리 압도되어 있었다. 그만큼 흡입력 있는 강의였고, 그만큼 리얼한 강의이기도 했다. 때문에 수혁이 재차 입을 열기 전까지는 아무도 입을 열지 못하고 있었다.

"자, 그럼 이 케이스를 통해 우리가 배울 수 있는 건 뭐가 있을까요?"

심지어 질문을 던진 후에도 그러했다. 그렇게 대략 5분여가 지났을 때쯤, 누군가 천천히 손을 들었다. 고개를 돌려 보니, 학생이 아니라 이현종이었다.

"당뇨가 오래된 환자에서는 심근경색의 증상 중 흉통이 빠질 수도 있다. 이거지?"

원장의 말에 누가 감히 토를 달 수 있을까. 심지어 이쪽 심장 조영술 쪽으로는 가히 세계 최고라고 부를 수 있는 인물인데. 수혁은 너무 빠른가 싶은 정도로 고개를 끄덕였다.

"네. 그렇습니다."

"음. 아주 중요한 얘기지. 실제로 이렇게 해서 골든아워를 날려 먹은 케이스가 왕왕 있거든. 심지어 너희 선배들도 그랬다고."

이현종은 그렇게 말하면서 학생 쪽을 돌아보았다. 그리고 자연히 강의의 주체자가 수혁에서 이현종에게로 넘어갔다.

"당뇨가 오래되면 혈관만 망가지는 게 아니에요. 아니, 결국은 혈관 얘기이긴 한데. 신경에 들어가는 혈관들도 망가진단 말이지. 그럼 통증에 둔감해져. 특히 내부 장기들처럼 원래도 둔한 애들은 거의 없어진다고. 뭔 소리인지 알겠어?"

학생들은 그저 마른침만 꿀꺽 삼켰다. 이현종은 약간은 겁먹은 듯한 학생들을 향해 말을 이었다.

"아까 너희처럼 '아, 흉통이 없구나! 그럼 심근경색은 아니겠네.' 같은 일차원적인 생각을 하다가 환자 잡는다고. 실제로 그런 일들이 왕왕 있고. 자, 여기 이수혁 선생이 오늘 너희 의사 인생에 아주 중요한 걸 가르쳐 준 거야. 환자가 말하는 증상은 물론 중요해. 하지만 절대적으로 신뢰하다가는 큰코다친다. 기본 검사가 괜히 기본 검사가 아니니까. 알았어?"

"네."

"근데 뭐 하고 있어? 손뼉 안 치고. 이 강의 이거 내가 한 거야? 이수혁 선생이 한 거라고."

"아, 네!"

"넌 내 박수도 받을 자격이 있다. 이렇게까지 잘할 줄은 몰랐어, 진짜."

저대로 두면 죽겠는데

"아, 하하. 감사합니다."

수혁은 예기치 않게 우레와 같은 박수를 받고는 구석으로 가서 앉았다. 그러곤 이현종 원장의 주말 PBL 숙제에 대한 강의를 짤막하게 들었다. 시간으로 따지면 대략 20분 정도밖에 안 되었다. 수혁의 강의가 예정보다 더 길어진 탓이었다. 하지만 이현종을 비롯해 누구도 수혁을 탓하진 않았다. 그의 강의는 시간을 들일 만한 가치가 있었으니까. 심지어 재미도 있었고.

"야, 수혁아."

"네."

이현종은 강의를 빠르게 마친 후, 병원으로 돌아가는 길에 수혁을 향해 말을 걸었다. 수혁은 애초부터 모든 신경을 이현종에게 기울이고 있었기 때문에 답은 즉각 나왔다.

"너 오늘 진짜 잘하더라."

"감사합니다."

"빈말이 아니고, 재능이 있어. 그냥 환자 보는 것만이 아니라……. 그래. 사람 가르치고 발표하는 거에."

"감사합니다, 교수님."

"춘계는 이미 지나갔으니까, 됐고. 어때, 추계에 발표 하나 해 보는 게. 저기 그 뭐야. 그래. 김진실 교수랑 뭐 한다며? 그거 발표해 보지."

"아…….”

수혁은 그제야 김진실 교수와의 공동 연구를 떠올릴 수 있었다.

'간암에 대해 뭔가 하자고 했었는데…….'

아직 아이디어를 내지 못하고 있는 참이었다. 정 안 되겠으면 김진실 교수가 주겠다고 하긴 했지만.

[조금만 기다려 주십시오. 제가 반드시.]

바루다가 고집을 부리고 있었다. 꼭 스스로 아이디어를 내서, 연구에도 역량이 있음을 증명하고 싶다는 것이 그 이유였다. 수혁으로서는 무조건 좋은 일이었기에 그냥 두고 있었고.

"한번 노력해 보겠습니다."

아무튼, 바루다가 저토록 벼르고 있다면 뭐가 나와도 나올 것은 분명했다. 그렇기에 수혁은 제법 자신 있는 목소리로 이렇게 말할 수 있었다. 이현종 원장의 마음에 든 것은 두말할 것도 없는 일이었다.

"좋아. 그거 그냥 혼자 낑낑대지 말고 저기 신현태……. 아니. 걔는 란셋밖에 못 냈거든. 나쁘지 않은 곳이긴 하지만……. 알지?"

"아, 네……."

사실 란셋 정도면 충분히 자부심을 가질 만한 학회지라고 보면 되었다. 실제로 거기 낸 사람이 그렇게 많은 것도 아니었고. 하지만 NEJM 뽕에 심취해 있는 이현종만은 그렇게 생각하지 않았다. 오직 NEJM만 진짜 학회지라고 굳게 믿고 있었다.

"그래. 그거 초록은 나랑 같이 써. 뭐, 내가 소화기 교수는 아니지만…… 대강은 알거든."

아마 대강이 아니라 어지간한 교수만큼은 알고 있을 터였다. 수혁이 바루다에 의한 후천적 천재라고 한다면, 이현종은 진짜 천재였으니까.

"네, 교수님."

"어우, 걸으니까 이젠 좀 덥네."

이현종은 병원 1층 뒷문으로 들어서면서 중얼거렸다. 그 잠깐 사이에 난 땀 때문인지 뭔지 에어컨 바람이 더욱 시원하게 느껴졌다.

"그렇네요. 여름인가 봅니다."

"여름이 좋은 계절이야. 나처럼 심장 보는 사람한테는 특히 그렇지."

"아……. 확실히 심장 질환이 줄겠죠?"

"그럼. 확 줄지."

둘은 뒷문에서 병원 메인 복도로 이어지는 좁은 길을 걸어가면서 계속 대화를 나눴다. 환자들이나 보호자들은 걸어 다니지 않는 곳이었다. 이 길은 바로 의대와 기숙사 및 동물 실험실, 조교수 연구실 등으로 이어지는 길이었고, 제법 후미진 곳에 있었으니까. 때문에 이 길을 오가는 사람들은 죄다 의사들뿐이었다.

"야, 야. 저거 봐라. 원장님이랑 완전 다정하지?"

"저게 그냥 이쁨받는 거라고? 김진용 이 새끼 진짜 미쳤나."

"와……. 나 그 새끼 말 믿고 쟤 노티 씹을 뻔했네. 와……. X 될 뻔했네, 진짜…….."

그리고 그들 중에는 내과 3년 차들도 대거 끼어 있었다. 이제 슬슬 논문을 내긴 내야 하는 입장이었기 때문에 부리나케 실험실이나 조교수 연구실을 들락거려야 했기 때문이었다. 3년을 죽도록 고생을 했는데 논문이 없어서 전문의 시험을 못 치르게 된다는 건 정말이지 너무 억울한 일 아니겠는가.

"안녕하십니까! 원장님!"

그들은 그렇게 수군거리다가 바로 앞으로 다가온 이현종을 향해 깍듯이 허리를 숙였다. 이현종은 늘 그렇듯 너무 따뜻하지도, 그렇다고 너무 미온적이지도 않은 태도로 고개를 까딱거렸다. 확실히 수혁을 대할 때와는 질적으로 다른 대응이었다.

"어, 수고한다."

"네, 교수님!"

덕분에 김진용과 황선우 등에 의해 슬금슬금 퍼져 나가던 이수혁 흙수저설은 다시금 자취를 감추게 되었다. 아무튼, 이렇게 또 다른 오해를 쌓은 둘은 계속해서 복도를 따라 걸었다.

"환자분!"

"응?"

그리고 우측에서 들려온 고함에 동시에 고개를 돌렸다. 다름 아닌 응급실이 있는 곳이었다.

"파이팅 넘치는 친구가 내려왔나 보네. 목소리가 쩌렁쩌렁해, 아주."

이현종은 잠시 그곳에 멈추어 선 채 중얼거렸다. 원장이라 엄청 바쁠 줄 알았는데, 매일 그런 건 아닌 모양이었다.

수혁이라고 해서 원장과 같이 걷는 것보다 중요한 일정이 있는 건 아니었기에 이현종 옆에 나란히 멈추어 섰다. 그렇지 않아도 지팡이를 짚은 채 성질 급한 이현종의 걸음에 맞춰 걷느라 힘든 참이었던지라 잘됐다 싶기도 했다.

"환자분! 이거 멘털 완전 나갔는데! MRI실 연락된 건가!"

그사이 환자의 상태가 더 나빠진 건지, 아니면 원래 그랬는데 이제야 발견을 한 건지는 몰라도 고함의 다급함은 더더욱 커져만 가고 있었다. 그와 동시에 인턴과 응급실 레지던트들이 고함이 들려온 곳을 향해 달렸다. 그냥 걸어가던 때와는 달리 이제는 그곳이 어떤 곳인지 정확히 알 수 있었다.

'처치실······.'

응급실로 온 환자 중에서도 특히 상태가 안 좋은 환자들을 보는 곳이라고 보면 되었다. 게다가 그곳을 향해 여러 의사가 부리나케 달려갔다? 거의 최악의 상황을 염두에 둘 수 있었다.

그리고 얼마 지나지 않아, 환자가 누운 침대가 여러 의사 손에 이끌린 채 밖으로 빠져나왔다. 환자의 목에는 튜브가 박혀 있었고, 인턴으로 보이는 녀석이 인공호흡 주머니를 죽어라 짜고 있었다.

'의식이 없어. 자발 호흡도 없고.'

[MRI는 아무래도 Brain MRI를 말하는 걸 겁니다.]

'의식 소실을 동반하는 뇌혈관 질환이라.'

[예후는 무척 나쁘겠군요.]

수혁과 바루다가 이러쿵저러쿵 떠들어 대는 사이 이현종도 입을 열었다.

"지금 MRI실로 가는 건가?"

뭔가 좀 마음에 안 든다는 투였다. 자연히 수혁의 고개가 이현종을 향해 돌아갔다.

"네, 아마도 머리 쪽을 찍을 거 같습니다. 방금 뛰어간…… 아까 그 소리치던 사람 얼굴은 아는데, 신경과 선생님입니다."

"아, 신경과 레지던트. 음."

"왜…… 그러시죠?"

"아니, 그냥 감이 안 좋아서."

"네?"

"내가 지금 회의만 아니면 가서 한번 보고 싶은데. 음…….''

이현종은 멀어져 가는 환자와 손목에 차고 있던 시계를 번갈아 보다가 이내 수혁의 얼굴로 시선을 돌렸다.

"네가 가서 좀 봐."

"네? 제가요? 이미 신경과로…… 노티가 넘어간 환자 같은데요?"

"응. 그래도 좀 봐. 내 이름 팔아. 그럼 애들도 말 잘 들어."

맞는 말이긴 했다. 원장이 시켰다는데 누가 감히 뭐라 하겠는가. 게다가 이 말을 수혁이 하게 되는 순간 그 위력은 배가 될 가능성이 컸다. 그는 이현종의 숨겨 둔 아들이니까.

"아……. 네. 알겠습니다. 그럼 환자 상황에 대해서도 알려 드릴까요?"

"응. 회의 들어가니까. 그냥 신경과에서 봐도 되는 거면 노티하지 말고. 좀 이상하다 싶으면 불러."

"회의이신데 그래도 괜찮나요?"

"돈 애기라 재미없어. 나오면 나는 좋아."

부원장과 내과 과장 신현태는 괴롭게 되겠지만, 그건 이현종이 알 바 아니었다. 어차피 원장이 할 일은 그저 얼굴마담일 뿐이라고 딱 정해 놓고 있는 위인이었기에 그러했다.

"아, 네······."

수혁은 이 병원이 이대로 괜찮을까 하는 생각을 하며 고개를 숙였다. 그사이 환자는 점점 더 멀어져서, 이제는 MRI 안으로 들어간 것처럼 보였다. 그것을 본 이현종은 수혁의 어깨를 툭툭 두드려 댔다.

"인사 그만하고, 얼른 가 봐."

"네, 교수님."

"이상하면 꼭 연락해. 꼭 순환기 아니더라도."

"네."

이현종은 뭔가 재미난 일이 생기길 바라기라도 한다는 듯한 얼굴로 휘적휘적 복도를 향해 걸어 나갔다. 수혁은 그곳을 잠시 바라보다가 이내 MRI실을 향해 걸음을 옮겼다. 타닥. 타닥. 지팡이 소리를 내면서. 생각 같아서는 후다닥 달려가고 싶었지만, 아직 그렇게까지 익숙해지지는 못한 참이었다. 아마 익숙해진다고 해도 달리는 것까지는 못 하겠지만.

'왜 교수님이 가서 보라고 한 거지? 무슨 근거가 있으신가?'

어차피 느려 터진 걸음, 수혁은 가는 길에 생각이나 정리해 볼 요량으로 바루다에게 말을 걸었다. 바루다 또한 이현종의 발언을 분석 중이었지만 딱히 이렇다 할 결과를 얻어 내진 못한 모양이었다.

[이현종 원장이 발화했던 당시, 수혁의 시각 정보를 저장한 것입니다.]

'오.'

수혁은 마치 사진처럼 나타난 당시 장면을 보며 감탄을 금치 못했다.

[환자에 대해 보이는 건 심장 박동수, 62회. 약간의 노이즈가 있군요. 이동에 의한 것으로 추정됩니다. 또 혈압이……. 이게 뒷자리가 잘렸네요.]

'하나도 안 보이네?'

[두 자리가 아닌가 합니다. 그렇다면 수축기 혈압이 100이 안 된다는 뜻인데, 의식 소실 상황에서는 드문 일이 아닙니다.]

'호흡이야 짜고 있었고……. 포화도야 당연히 100이고. 뭘 보신 거지?'

[정말로 감일 가능성이 더 크겠습니다.]

'감이라.'

수혁의 고개가 절로 갸웃거려졌다. 이현종 같은 진짜배기 내과 의사에게 감이라는 이상한 말을 쓰다니.

'하긴 이현종 교수님이 괴짜긴 하시지…….'

하지만 한편으로는 또 이현종이니까 그럴 수 있단 생각이 들기도 했다. 그 사람은 진짜로 꽤 이상한 사람이긴 했으니까.

/////

생각을 정리하는 동안, 수혁은 어렵사리 MRI 촬영실 앞에 도달했다. 노크를 한 후, 안으로 들어섰다. 안쪽에는 전에 봤던 신경과 레지던트 그리고 방사선사가 나란히 서 있었다.

"어? 이수혁 선생?"

방사선 괴사를 진단할 때 당시 수혁의 활약이 워낙 대단했던 터라 신경과 레지던트도 수혁을 아주 정확히 기억하고 있었다. 덕분에 수혁은 딱히 이현종을 팔지 않고도 아주 자연스럽게 끼어 들어갈 수 있었다.

"아, 네. 지나가다가 봤는데 뭔가 좀 급해 보여서요."

"그렇구나. 네, 환자가……. 의식 소실로 왔는데, 보통 이러면 예후가 안 좋거든요. 경색이나 출혈로 의식이 흔들려 버리면……."

대개 영구 후유증이 남게 마련이었고, 그대로 사망에 이르는 경우도 많았다. 비록 응급실 내려와서 본, 이름도 얼굴도 익숙지 않은 환자이긴 했지만, 당연하게도 신경과 레지던트의 표정은 그리 좋지 못했다. 자기에게 주어진 환자 상태가 좋지 않을 것이 예상되는 상황이니 당연한 일이라 할 수 있었다.
"영상 넘어옵니다."
그런 레지던트를 향해 방사선사가 화면을 가리키며 말을 걸었다. 워낙 영상을 기다리고 있던 그는 고맙다는 인사와 함께 즉시 고개를 돌렸다.
"음. 경색이…… 있네. 아, 이런……. 망할."
그러곤 환자의 뇌경색 소견을 보며 어두운 얼굴로 고개를 저어 댔다. 수혁 또한 비슷한 반응을 보였다.
"그렇네요. 음."
이현종에게 연락할 일은 없겠단 판단을 하면서였다. 하지만 바루다의 의견은 좀 달랐다.
[뇌경색은 있지만, 의식 소실의 원인은 아닐 수 있습니다.]
'응? 무슨 소리야?'
[수혁, 잘 보십시오. 범위가 너무 작습니다. 저 정도 뇌경색으로는 의식 소실이 오지 않습니다.]
'어? 어……? 네 말을 듣고 보니……. 확실히…….'
수혁은 고개를 갸웃거리며 영상을 들여다보았다. 신경과 레지던트는 이미 영상에서 흥미를 잃은 후 병동 쪽과 전화 중이었다. 그저 빨리 약을 쓰고 입원 수속을 마칠 생각인 모양이었다.
[범위가 좁습니다. 의식 소실은 다른 이유로 인한 것일 가능성이 크겠습니다.]

그사이 바루다는 계속 자신의 생각을 수혁에게 관철시키고 있었다. 그냥 개소리라고 치부하기엔 너무 그럴싸한 의견이었다. 확실히 범위가 좁았으니까.

'그럼 뭐가 원인인 거지?'

[머리 MRI만으로 확인하는 것은 불가능해 보입니다. 정보가 제한적입니다. 다른 검사들을 우선시할 것을 요청합니다.]

'다른 검사라.'

[의식 소실을 일으킬 만한 다른 장기를 먼저 리스트업하는 것이 좋겠습니다.]

'음.'

수혁은 잠시 인상을 찡그렸다. 누구라도 이상히 여길 만한 장면이었다. 자기와 아무 관련 없는 환자를 보러 온 것만 해도 사실 꽤 이상한 일 아니던가. 대학 병원이라는 곳은 자기 일만 하기에도 바빠 죽겠는 곳인데. 근데 그렇게 오더니 지금은 오만상을 쓴 채 이미 결론 난 영상을 보고 있는 중이었다.

다행인 점은 그 누구도 수혁에게 눈길을 주고 있지 않는다는 점이었다. 방사선사는 이제 검사 막바지에 다다른 환자에게 집중하고 있었고, 신경과 레지던트는 여전히 통화 중이었다. 명색이 태화의료원이다 보니 병실 잡기가 만만치 않은 모양이었다.

'의식 소실을 일으킬 수 있는 장기라면…… 심장?'

[네, 역시 심장을 빼놓을 수 없습니다.]

'하지만 환자 차트엔 통증 얘기는 어디에도 없었는데.'

[아까 수혁이 학생들 앞에서 발표했던 케이스도 비특이적인 증상이었습니다.]

'하긴, 하긴 그건 그래. 음.'

아무래도 심장 검사를 좀 해 봐야 할 것 같았다. 물론 지금도 심장 박동수를 모니터링하기 위한 기기는 달고 있었지만, 이것만 가지고서는 현재의 박동수 말고는 알 수 있는 것이 많지 않았다.

"저, 선생님."

수혁은 어렵게 레지던트를 향해 입을 열었다. 아직도 한창 통화 중이던 레지던트는 약간은 짜증 섞인 눈빛으로 수혁을 돌아보았다.

"왜요?"

"이 환자 혹시 심전도는 찍었나요?"

"심전도? 아마도요."

심전도는 대학 병원 응급실에서는 일종의 루틴 검사에 속하는 검사였다. 그게 당장 담당의 판단에 중요하지 않다고 생각이 되더라도 일단 찍기는 한다는 얘기였다.

'확인은 안 한 모양인데.'

[저희라도 확인을 해 봐야 합니다. 아니면 다시 찍든지요.]

'인턴이 찍어서 뭔가 이상하면 노티를 하지 않았을까?'

수혁은 대수로워하지 않는 신경과 레지던트의 반응에 약간은 주눅이 든 얼굴이 되어 바루다에게 물었다. 하지만 바루다는 아주 확고한 태도를 보였다.

[수혁의 인턴 때를 떠올려 보십시오. 인턴이 의사입니까?]

'의사지, 인마! 나라에서 인정한 면허증도 있는 몸이라고!'

[지금의 수혁과 비교해 보십시오. 과연 인정할 수 있겠습니까?]

'아, 음.'

확실히 레지던트가 된 지 이제 겨우 몇 개월 되진 않았지만, 그럼에도 불구하고 지시받은 처방만 수행하던 인턴 때와는 천지 차이였다. 비단 바루다의 도움을 얻게 된 수혁만의 이야기는 아니었다. 다른 동기들의 실력도 분명 일취월장하고 있었다.

'인턴은 놓칠 수…… 있지.'

[네, 그냥 개뿔도 모른다고 보시면 됩니다.]

'말이 너무 심하네. 아까부터.'

[수혁은 인턴도 아닌데 왜 두둔하고 나섭니까?]

'얼마 전까지는 인턴이었으니까.'

아직 심리적으로는 내가 인턴인지 레지던트인지 헷갈릴 때도 있었다. 바루다는 그런 수혁의 심리는 이해할 수도 없었고, 이해하고 싶지도 않았기 때문에 일단 무시하기로 결정했다.

[아무튼, 심전도를 찍거나 확인해 봐야 합니다.]

'음.'

바루다의 의견일 뿐만 아니라, 수혁도 어느 정도 공감하는 바였다. 수혁은 다시금 레지던트를 올려다보았다. 다행인지 불행인지, 아까보다는 얼굴이 좋아 보였다. 입원 관련해서 일이 좀 잘 풀린 모양이었다.

'그게 물거품이 될지도 모르겠지만.'

수혁은 그런 생각을 하면서 조심스레 입을 열었다.

"선생님. 혹시 환자 심전도 보셨나요?"

"네? 아뇨."

예상대로 레지던트는 심전도를 본 일이 없었다. 의식 소실과 신경학적 증상을 동반한 환자를 보기 위해 내려온 신경과 레지던트 아니던가. 심장은 내려오려고 결심했을 때부터 고려 대상이 아니었다. 때문에 그는 황당하다는 얼굴이 되어 있었다. 이미 이 환자의 병명은 뇌경색으로 결정되었고, 심전도는 급한 검사가 아니었으니까. 막말로 내일 아침에나 확인해도 된다는 뜻이었다.

"그럼 지금 당장이라도 찍어 보시는 게 좋겠습니다. 마침 검사도 끝났고……."

하지만 수혁은 물러설 생각이 없었다. 일단 환자의 의식 소실의 원인이 뇌경색이 아니란 확신이 들었으니까. 그렇다면 뭔가 다른 원인이 있을 게 분명한데, 그 원인이 심장일 가능성이 극히 컸으니까. 그걸 확인하는 것이 환자의 예후에 어마어마한 영향을 미칠 거라 믿었으니까.

"검사가 끝났으니까 이제 바로 약 달고 병실로 올려야죠! 갑자기 심전도라뇨? 영상 봤잖아요?"

물론 신경과 레지던트 또한 양보할 생각은 전혀 없었다. 그 또한 지금 당장 검사니 뭐니 집어치우고 뇌경색에 대한 처치를 시행하는 것이 환자를 위한 길이라 믿고 있었기 때문이었다.

"그래도 확인을 해야 합니다. 뇌경색 범위가 좁습니다! 의식 소실을 일으킬 만한 병변이 아니에요!"

더구나 이어진 수혁의 말은 그의 자존심마저 건드려 버렸다. 제아무리 수혁이 우수한 내과 레지던트라 해도 내과이지 않은가. 그런데 감히 신경과 영역에 대고 훈수질이라니. 연차가 낮으면 모를까, 그 반대 입장에서는 도저히 용납할 수 없었다.

"이수혁 선생님. 선생님이 신경과예요? 내과 1년 차가 알면 뭘 얼마나 안다고 신경과 3년 차한테 가르치려고 듭니까?"

"가르치려고…… 든 게 아닙니다! 다만, 보십시오. 범위가 좁지 않습니까?"

"뇌경색에서 범위가 중요합니까? 부위가 중요하지."

"하지만……."

"어차피 이수혁 선생 환자도 아니잖아요. 신경과가 알아서 하겠습니다. 그만 나가 주세요."

신경과 레지던트는 딱 여기까지 말한 후, 수혁을 강제로 방

밖으로 내몰았다. 예전 같았으면 어떻게 어떻게 막았을 수도 있었을 텐데, 다리가 불편해져 버린 지금은 어찌할 도리가 전혀 없었다. 그저 굳게 닫힌 문을 바라보고 있어야 할 따름이었다.

[거참, 성질머리하곤.]

바루다는 영 마음에 안 든다는 듯 이죽거렸다. 하지만 수혁으로서는 아주 이해가 안 가진 않았다.

'나라도 다른 과 아래 연차가 와서 깝죽거리면 짜증 나지.'

솔직히 말하면 지금 신경과 레지던트 반응이면 양반인 셈이었다. 다른 사람 같았으면 일단 반말이었을 것이고, 좀 더 나가면 정강이 정도는 두들겨 깠을 터였다.

[깝죽거린 게 아니라 사실을 말한 겁니다. 아마 저 사람도 알았을걸요? 범위가 부족하다는 것 정도는.]

'아무튼, 이대로는 안 돼. 음.'

다시 문을 열고 들어가기엔 힘도 모자랐고 용기가 많이 부족했다.

'일단 지팡이가 안에 있어.'

[거참……]

'너 폭발하면서 다쳐서 그래!'

[누가 뭐래요? 그냥 안됐다, 이런 거지. 뭐.]

'전혀 그런 말투가 아니었거든?'

[어찌 됐건 그냥 이대로 둘 겁니까?]

'아니.'

수혁은 바루다의 말에 가만히 고개를 저었다. 그러곤 가운 주머니 안으로 손을 집어넣은 후, 폰을 꺼냈다. 그 모습을 본 바루다가 아주 묘한 말투로 입을 열었다.

[지금 되게 치사하다는 건 알고 있죠?]

'어쩌라고. 심전도 안 찍을 거야?'

[찍긴 찍어야죠.]

'그럼 가만히 있어.'

수혁은 그런 바루다를 단숨에 제압한 후, 원장에게 전화를 걸었다.

◤◤◤◤◤

"어, 수혁아."

회의에 들어갔다던 이현종은 벨이 울리기가 무섭게 전화를 받았다.

'어지간히 회의에 건성이라더니…….'

특히 그 회의가 무슨 돈 얘기라고 하면 거의 귀를 막고 있다가 나오는 수준이라고 했다. 수혁은 아마도 오늘 회의가 돈 관련 회의였겠거니 하며 입을 열었다.

"네, 원장님. 아까 말씀 주신 환자분 때문에 전화드렸습니다."

"어, 그래? 급한 환자가 있어?"

"아뇨, 그게 아니라……. 그냥 심전도…….."

"알았어, 알았어! 심장 문제면 내가 가 봐야지!"

"아니, 뭔……."

수혁은 전화가 혼선됐나 하는 얼굴로 폰을 내려다보았다.

그사이 이현종은 혼신의 연기를 다해 가며 회의실을 부리나케 빠져나왔다.

"워, 원장님! 어디 가요!"

가까스로 적자를 면한 내과 과장 신현태가 그를 붙잡으러 했지만 별 소용이 없었다.

"환자, 환자!"

연신 손가락으로 핸드폰을 가리키며 나가고 있는데 무슨 수로 잡는단 말인가. 이현종 원장의 환자라고 한다면 심근경색일 텐데.

"이번엔 진짜 환자 맞죠?"

물론 신현태는 의심의 눈초리를 거두지 않았다. 여태 이현종이 가짜 환자 핑계 대고 튄 적이 많았으니까. 하지만 그렇다고 해서 누가 전화를 걸었는지 확인할 엄두를 내진 못했다.

"신 과장님. 말 돌리지 마시고요. 대체 이 분과 적자들 이거 어쩔 겁니까? 소화기내과랑 혈액종양내과에서 번 거 다 까먹고 있잖아요."

우선 자신부터 포화를 벗어나지 못하고 있었기 때문이었다.
아무튼, 그 아비규환 속에서 이현종은 무사히 빠져나왔다.
'뭔 소리여.'
[뇌경색은 저쪽에서 일어난 걸까요?]
그사이 수혁과 바루다는 발칙하고도 무례한 상상을 이어 나가고 있었고.
"어, 수혁아. 이제 나왔네. 뭔데?"
물론 이현종의 연기가 끝난 다음에는 수혁의 상상 또한 끝을 맞이했다. 그는 순식간에 현실로 돌아온 후, 환자에 대해 떠올렸다. 아니, 떠올릴 필요도 없었다. 바루다가 딱딱 정리해서 보여 주었으니까.
"아까 따라가 보라고 하신 환자분 때문입니다."
"아, 응급실로 가고 있어. 가면서 들을 테니까, 얘기해 봐."
"네, 원장님. 그 환자분 히스토리는 상당히 불명확합니다. 그냥 쓰러진 채로 발견이 되어서 응급실로 왔는데, 멀쩡한 것을 확인한 지 3분밖에 지나지 않았기 때문에 아직 골든아워가 지났다고는 볼 수 없습니다."
"계속해 봐."
이현종은 여느 때처럼 매끄럽기 그지없는 수혁의 노티에 고개를 끄덕이며 걸음을 옮겼다. 환갑을 넘긴 사람이라고 하기엔 발걸음이 지나치게 가벼워 보였다. 그것만 봐도 병원이 석좌 교수 자리를 괜히 준 게 아니란 것을 알 수 있을 지경이었다.
"방금 시행한 브레인 MRI에서 뇌경색이 관찰되기는 합니다."
"아, 경색이 보여?"
"네, 그런데 의식 소실을 일으킬 정도로 광범위하지는 않습니다."
"범위가 작다 이건가?"
"네. 범위도 작고, 혈관이 막혀서 생기는 경색에 비해 경계도 무척 모호합니다."
"아하. 디퓨즈하다(퍼져 있다), 이거지?"
"네."
이현종은 벌써 하나의 진단명을 머릿속에 떠올리고 있는 중이었다. 그리고 그 진단명은 수혁과 바루다의 머릿속에 있던 것과 정확히 일치했다.
"아무래도 우심실 경색이 아닌가 싶습니다. 그렇게 되면 흉통보다는 혈압 저하로 인한 증상이 주를 이루는데……."
"몇몇 케이스 리포트에서 머리로 가는 피가 부족해지면서 뇌경색이 발생했다고 보고한 적이 있지. 기다려. 아니, 전화 끊고 심혈관 조영술실 예약해. 내 이름 걸고. 난 일단 응급실로 바로 갈 테니까."
"네. 원장님."

수혁이 그렇게 통화를 하는 동안 MRI 검사가 완전히 끝났는지, 환자가 빠져나왔다. 대략 20분도 넘게 소음 가득한 곳에 있어서 그런지, 환자를 끌고 나오는 인턴의 얼굴이 그렇게 좋지만은 않았다.

'미안한데. 저걸 더 안 좋게 만들어야 한다니.'

[어쩔 수 없죠. 심전도를 찍고 문제를 놓친 게 잘못이니.]

'그거야…… 그렇긴 하지. 근데 아니면 어쩌지?'

[이현종 원장도 동의한 바입니다. 100% 확신합니다.]

'오케이.'

수혁은 바루다의 말에 용기를 얻은 후 절뚝거리며 인턴에게로 다가갔다. 좀 더 정확히 표현하자면 침대를 가로막는 방향을 향해서였다. 제아무리 수혁의 기동력이 떨어진다고는 해도, 정신없는 상태에서 홀로 침대를 끌어야 하는 인턴보다는 빨랐기 때문에 성공적으로 경로 방해를 할 수 있었다.

"엇."

당연하게도 인턴은 아주 당황스럽다는 얼굴로 수혁을 바라보았다. 이제 막 촬영실에서 나온 신경과 레지던트 또한 수혁을 바라보았다. 이 사람은 당황스럽다기보다는 화가 난 얼굴이었다.

"아직도 안 갔어요?"

"선생님. 심전도 찍는 거 그렇게 어려운 일도 아니지 않습니까. 한 번만 확인해 주십시오. 환자 의식 변화……. 아까 그 뇌경색 정도로는 부족합니다."

"뭔……. 올라가서 찍으면 되는 문제예요. 지금은 일단 약부터 써야 한다고."

"지금 인터벤션(intervention, 중재적 시술) 대신 약 써야 한다고 말씀하시는 거……. 혈관이 막혀서 발생하는 뇌경색하고 조금 달라서 아닙니까?"

"무슨……."

정곡을 찔린 신경과 레지던트가 막 소리를 치려는 찰나. 누군가 환자가 실려 있는 침대로 후다닥 달려와 입을 열었다.

"인턴, 심전도 찍어."

거의 부탁 어조에 가까웠던 수혁과는 달리 내리찍어 누르는 말투였다.

"어, 네. 네."

물론 인턴으로서는 거절할 수 없는 명령이었다. 이 말을 꺼낸 건 이현종이었으니까. 태화의료원의 원장이자, 이 큰 의료원 전체를 통틀어서도 딱 둘밖에 없는 석좌 교수의 말을 누가 감히 거역할 수 있겠는가. 인턴은 부리나케 심전도를 가지러 달려가야만 했다.

"영상은 어디 있지? 넘어갔나?"

이현종은 신경과 레지던트에게는 고개도 돌리지 않은 채 수혁을 바라보았다. 수혁은 잠시 고개를 갸웃거리다가 답했다.

"아뇨. 지금 막 검사 끝났습니다. 촬영실에서 확인해야 할 것 같습니다."

"그래? 그럼 영상 봐야지. 어……."

이현종은 그대로 촬영실로 향하려다가 수혁이 방금 뛰어간 인턴을 대신해 환자의 인공호흡 주머니를 짜고 있다는 것을 발견했다. 이대로 들어갈 수는 없다고 판단한 그는 잠시 고개를 두리번거렸고, 이내 신경과 레지던트를 발견했다.

'아, X됐다.'

제아무리 다른 병원에서 인턴까지 하고 온 신경과 레지던트라고는 해도, 수혁에 대한 소문을 한 번쯤은 들었던 적이 있지 않겠는가. 다들 설마 그렇겠냐 하길래 웃어넘겼는데, 이렇게 원장과 함께한 모습을 보고 있자니 웃음이 도저히 나오질 않았.

'차라리 의학적 소견이 아니라 원장 핑계 댔으면 바로 찍었지, 나도…… 솔직히 찜찜하긴 했는데…….'

일단 뇌경색에 대한 약부터 달고 병동에 가자마자 심전도를 찍어 볼 생각이 들긴 했다. 수혁의 말을 듣고 보니 정말 의식 소실의 원인이 머리가 아닐 수도 있겠단 생각이 들었으니까. 비록 이런 경험이 있는 건 아니었지만, 언젠가 학회에서 들은 적이 있는 거 같기도 했고. 하지만 이미 늦었고, 이제 다 틀렸단 생각까지 이어지고 있을 때쯤, 이현종이 입을 열었다.

"어, 자네가 이거 좀 짜. 영상 보고 오는 동안."

"네?"

"지나가던 길이었어? 미안해. 그래도 일단 이것 좀 짜."

하지만 이현종은 신경과 레지던트의 생각처럼 그렇게까지 치밀한 인간은 아니었다. 오히려 환자 제대로 보는 것과 뭔가 재밌을 거 같은 일에만 몰두하는 조금 이상한 인간이었다. 때문에 신경과 레지던트에게는 다행히도 가타부타 별반 제재 없이 촬영실 안으로 들어가 버렸다.

"워, 원장님. 잠시만."

"웅? 아, 너 지팡이 어디 갔어."

"안에 있습니다."

"안에? 너도 참······. 건망증이 있구나. 이런 걸 두고 다니냐 그래."

이현종은 고개를 절레절레 젓고는 아무렇지도 않게 의자에 털썩 앉았다. 이제 막 검사를 끝내고 자기 의자에 앉으려던 방사선사는 어쩌지 하는 표정을 짓다가 아예 옆으로 비켜섰다.

"영상 어디 있지?"

"아마······ 이걸 겁니다."

그 사이 수혁은 이현종에게 지팡이를 넘겨받고는 모니터 앞에 도달했다. 솔직히 다리 불편한 사람이 옆에 있으면 눈치를 볼 만도 했지만, 이현종은 자신이 관심 있는 것 외에는 딱히 신경을 쓰지 않는 위인이었다. 때문에 바로 옆에서 타닥거리는 수혁을 보고도 의자에 앉아 꿈쩍도 하지 않았다.

"빨리 틀어 봐."

오히려 수혁을 다그칠 뿐이었다. 다행히 수혁은 자신의 장애를 심각하다고 인지하지 않고 있는 데다가, 자신의 가설이 맞을지 아닐지부터가 후달렸기 때문에 이현종의 태도 따위는 안중에 두지 못했다. 그저 현종의 말을 따라 마우스를 최대한 빨리 움직여 댈 따름이었다.

[가장 뚜렷하게 보이는 영역은 T2 웨이티드 이미지에서 48번부터 60번입니다.]

수혁은 늘 그렇듯 바루다의 도움을 받을 수 있었고, 그게 또 한 번 이현종의 마음을 흡족하게 만들어 주었다.

'야……. 이 자식 영상 딱딱 찾는 거 봐라, 이거. 누가 보면 영상의학과인 줄 알겠어.'

솔직히 레지던트 2년 차 중에서도 MRI 영상을 제대로 못 보는 녀석들이 수두룩한데, 얘는 어떻게 된 게 몇 개월 되지도 않은 놈이 딱딱 제일 중요한 영상만 짚어 낼 줄 알았다.

'신기하단 말이지.'

이현종은 그런 생각을 하면서 수혁이 띄운 영상을 바라보았다.

"흠."

"이게 어느 한 곳의 혈관이 막혀서 생긴 거라고 하기엔 좀 이상합니다."

"그래. 영향을 받은 부위 자체는 넓네. 그런데……."

"완전히 막혔을 때 발생하는, 세포 손상이 나타나는 범위는 아주 좁습니다."

"그렇다는 말은 역시 뇌 혈류 자체 또는 산소 공급에 문제가 생겼다고 봐야겠지."

"심장 문제일 가능성이 가장 크다고 생각합니다."

"좋아."

이현종은 흔쾌히 고개를 끄덕이면서 밖을 돌아보았다. 들어올 때 문을 닫지도 않은 까닭에 환자나 신경과 레지던트가 훤히 들여다보였다.

"야, 왔냐?"

"아……. 왔습니다, 원장님!"

그의 외침에 신경과 레지던트가 조금은 황망한 얼굴로 답했다. 역시 이현종은 소문대로 좀 이상한 사람이라는 생각을 하면서.

"야, 수혁아. 나가 보자. 확인해야지, 심장. 아니면 빨리 신경과 넘겨서 워크업 더 해 보라고 하고. 맞으면 내가 직접 뚫고."

"네, 교수님."

이현종은 나이가 무색하게 느껴질 정도로 벌떡 의자에서 일어나며 수혁을 잡아끌었다. 그 바람에 수혁은 하마터면 넘어질 뻔했으나 지팡이의 도움을 받아 겨우겨우 버틸 수 있었다.

"뭐 나왔어?"

그렇게 다가간 둘에게 인턴은 두 손을 공손히 모아서 방금 뽑은, 뜨끈뜨끈한 심전도 검사 결과지를 내밀었다. 이현종은 힐끔 보고는 그걸 그대로 수혁에게 밀었다. 몰라서는 결코 아니었다.

'이 사람은 참 시험하는 거 좋아해……'

네가 얼마나 잘 보나, 확인하고자 함이었다.

[문제없습니다. 깡통도 판독하는 게 심전도이니까요.]

'믿는다, 바루다.'

사실 심전도 해석은 내과 레지던트들에게 있어서 가장 어려운 일 중 하나였다. 심장이라고 하는 장기가 다른 장기들과는 달리 전기 신호를 통해 움직였기 때문에 상당히 생소한 모양을 띠었기 때문이었다. 하지만 이미 심전도 검사 결과는 어느 정도 인공지능이 해석 가능하게 된 지 10년이 더 넘었다. 바루다에게는 그냥 껌이었다.

"일단 ST 분절이 1번 리드에서 올라가 있습니다."

"그리고?"

"또 ST 분절의 상승이 3번 리드에서 2번 리드에서의 상승보다 더 큽니다."

"그럼 뭘 의심할 수 있지?"

"심장의 아래쪽에 경색이 있다는 것을 확인할 수 있습니다."

"아래쪽이라 하면 어느 부위인데?"

이현종은 자신의 손목시계를 확인하며 질문을 지속했다. 슬금슬금 환자가 실린 침대를 밀면서이기도 했다. 그 의중을 눈치챈 신경과 레지던트는 환자의 침대를 일단 심혈관 조영술실 쪽으로 같이 끌기 시작했다. 이미 한 번 삽질을 했으니, 어떻게든 만회하고자 함이었다. 아무튼, 수혁은 마지막 질문에도 별 망설임이 없었다.

"좌심실과 우심실 모두 가능합니다."

"그럼 어떻게 감별하지?"

하지만 이번 질문에는 바로 답을 하진 않았다. 물론 몰라서는 아니었다.

"리드 배치를 바꿔야 합니다. 우측 세팅으로요."

이미 환자의 좌측 가슴 쪽으로 붙어 있던 심전도 리드들을 얼마간 우측으로 바꿔 놓아야 했기 때문이었다. 당연하게도 그 모습을 확인한 이현종의 얼굴엔 감탄 섞인 미소가 번졌다. 아니, 얼마간은 경악이 서려 있다고 봐도 좋았다. 이런 세팅을 레지던트가 하는 건 처음 보는 것이었으니까.

'미친놈이?'

순환기내과 펠로우나 되어야 겨우겨우 해 보는 걸 레지던트 1년 차가 하고 있다니. 어이가 없다 못해 황당할 지경이었다.

"음……."

하지만 이미 수혁은 침대에 거의 의지하다시피 해서 걸어가는 주제에 리드 세팅을 마친 상황이었다.

"잠깐 멈춰 보실래요? 어차피 엘리베이터 기다려야 하니까. 노이즈가 있어서."

"그래. 잠깐 서 봐."

"네."

수혁에 이어 이현종까지 멈추라고 하자 침대는 곧장 멈춰 서야만 했다. 적어도 여기 병원 안에서만큼은 이현종의 권위가 대통령 못지않았으니까.

다시금 심전도 기기가 심전도를 뱉어 내기 시작했다. 아까는 그래도 뭔가 해석을 하는 시늉이라도 했지만, 지금은 혼란이 온 모양이었다. 평상시 쓰는 세팅하고 거의 반대가 되어 놨으니 당연한 일이었다. 물론 이런 세팅을 쓰는 사람은 심전도 기기의 도움이 전혀 필요한 사람이 아니기에 별 쓸모가 없는 기능이기도 했다.

"그건 어때?"

종이가 완전히 빠져나오자마자 걸음을 다시 옮기기 시작한 이현종이 이렇게 물었다.

[뭐 어려울 거 없군요.]

바루다는 그 종이를 보자마자 코웃음을 쳤고, 덕분에 수혁은 지체하지 않고 소견을 말할 수 있었다.

"여기서도 ST 분절은 역시나 상승해 있습니다. 특히 3, 4, 5, 6번이 그렇습니다. 그에 반해 1번 리드에서는 뚜렷하지 않으며 2번에서는 오히려 하강했습니다."

"그럼 뭘 의심해야 하지?"

"RVMI. 우심실 경색입니다."

"좋아. 그럼 치료는?"

"골든아워 이내라면 반드시 스텐트를 삽입해야 합니다. 그렇지 않으면 심부전 또는 사망으로 이어질 수 있습니다."

"완벽해. 오늘 시술 네가 어시 서."

"네? 펠로우…… 선생님 말고요?"

"걔가 진단했냐? 네가 했지. 네가 서."

이게 뭐여

타닥. 타닥.

수혁은 지팡이를 짚은 채 어렵게 어렵게 침대를 따라 엘리베이터 안으로 들어갔다. 왜인지 모르게 앰부(Ambu, 인공호흡 주머니)를 짜게 된 신경과 레지던트와 침대를 끌고 있는 인턴, 그리고 원장과 함께였다.

"예약은 됐나?"

이현종은 잠시 환자의 혈압과 심장 박동수 등을 다시 한번 확인하고는 수혁을 돌아보았다.

"네, 원장님. 응급 심혈관 조영술실은 비어 있었습니다."

"하긴. 시설이 없어서 못 하나, 사람이 없어서 못 하지."

수혁의 말에 이현종은 뼈 있는 넋두리를 하고는 엘리베이터의 표기된 숫자가 천천히 변하는 것을 바라보기 시작했다. 심혈관 조영술실이라고 해 봐야 3층에 있어서 엄청 가까웠지만, 실시간으로 죽어 가고 있는 환자와 함께 있다 보니 마음은 초조하기만 했다.

"이거 속도 좀 빠른 거로 하라니까……. 병원에 돈 들어오면 다 어디다 쓰는 거야."

이현종은 그런다고 빨리 가는 것도 아닌데 3층을 연타하고 있었다.

'역시 좀 이상하긴 해.'

[정신과적인 경험이 더 쌓이면 한 번쯤 진단을 시도해 보고 싶습니다.]

'미친 소리 하지 말고.'

[아, 문 열립니다.]

'빨리 가자. 난 걸음이 느려서.'

[이것도 고치긴 해야 하는데.]

바루다는 절뚝이는 수혁의 다리를 느끼며 중얼거렸다. 그 말에 수혁은 약간의 기대감을 품은 채 바루다를 향해 물었다.

'방법 있냐?'

[아뇨, 아직은요.]

'왜 기대감을 품게 만들고 난리야.'

[해당 지식을 쌓은 적이 없는데요, 수혁이.]

'내 핑계 대지 말고…….'

수혁은 끊임없이 조잘거리면서도 용케 단 한 번도 헤매지 않고 심혈관 조영술실을 향해 달려갔다. 수혁이 여기서 실습 학생 노릇을 한 덕도 있긴 했지만, 바루다가 병원 지도를 머릿속에 박아 넣은 덕이 더 컸다. 덕분에 수혁은 다소 느린 걸음임에도 불구하고 제일 먼저 조영술실 안으로 들어설 수 있었다.

"아, 원장님 오셨습니까!"

문이 열리자마자 조영술실 기사 둘이 일어나 깍듯하게 인사를 건넸다. 실습 학생 때는 꿔다 놓은 보릿자루 취급을 받았고, 인턴 때는 아예 무시당했던 수혁으로서는 상당히 기묘한 기분이 들었다.

'역시, 역시 사람은 출세하고 볼 일이로구만.'

예전 같았으면 바루다가 바로 태클을 걸었을 발언이었으나, 이제는 바루다도 어느 정도 수혁과 동조를 하고 있는 상황인지라 별말은 없었다.

"어어. 아니, 그런 거 하지 말고 준비나 제대로 하라니까."

그에 반해 이현종은 허례허식 따위엔 별 관심이 없는 위인이었다. 그저 재밌는 일과 환자, 이 둘에만 관심을 두었다.

"네, 원장님. 이쪽으로 오시죠."

물론 기사들은 원장의 취향을 아주 잘 알고 있었고, 준비는 완벽하게 마친 상태였다. 수혁이 전화를 건 게 기껏해야 10분

전이라는 걸 떠올려 보면 이게 가능한가 싶을 지경이었다.

"좋아. 수혁아, 너도 납복(방사선 방호복) 걸쳐. 이거 신경 안 쓰다가 고자 된 친구 많아."

"네."

고자라니. 다리도 저는데 고자까지 되는 건 좀 너무하지 않은가. 수혁은 필사적으로 고개를 끄덕인 후, 비틀거리며 납복을 걸쳤다.

"그 위에 가우닝하고. 거기 그……. 이름이 뭐지?"

"신경과 3년 차 최준용입니다, 원장님."

"어, 신경과. 계속 짜고. 거기 인턴 쌤은 여기 도와서 환자 옮기고. 팔 떨어지지 않게 해. 팔. 맨날 팔 아프다고 컴플레인 드는데 아주 죽겠어."

"네……."

최준용은 어차피 신경과라고 부를 거면 이름을 왜 물어봤나 생각하면서 있는 힘껏 앰부를 쥐어짰다.

"웃차."

기사들과 인턴은 서로 힘을 합쳐서 환자를 시술대 위로 옮겼다.

[자, 이제 환자 소독하시죠. 우측 허벅지 혈관 쪽으로 해야 하는 건 알고 있죠?]

'알지. 내가 바보냐?'

[음.]

'음?'

[아닙니다. 베타딘(포비돈 아이오딘, 소독약)으로, 그래요. 거기. 좋아요.]

그동안 가우닝을 마친 수혁은 일단 가위로 환자의 바지춤을 잘라 낸 후, 베타딘을 집어 들었다. 그러곤 바루다의 가이드대로 환자의 우측 허벅지 혈관 쪽을 쓱쓱 닦아 냈다. 그 모습을 본 이현종은 또다시 감탄을 터뜨렸다. 솔직히 이 정도는 내과 의사면 당연히 해야 하는 일이었지만, 이미 그의 마음속에서 수혁은 뭘 해도 이쁜 놈이었다.

"역시 우리 수혁이."

그는 그렇게 중얼거리고는 기사 쪽을 바라보았다. 단지 바라보았을 뿐인데 기사는 쓱 하고 움직여서 엑스레이를 이용한 투시경을 절묘하게 돌려 환자의 우측 허벅지를 비춰 주었다.

"어어. 지금 켜지 말고! 여기 신경과랑 인턴 고자 된다니까?"

"원장님, 아직 기계 안 켰어요."

"아, 그래? 그 뒤에 비친 거 뭐야. 아, 전에 찍은 거구나. 허허."

이현종은 버럭 화를 낸 것이 좀 민망한 듯 껄껄 웃었다. 그러곤 손을 휘휘 저어 대며 말을 이었다.

"자, 이제 신경과랑 인턴은 손 바꾸고. 앰부 계속 짜고."

"네. 원장님."

"카테터 주고."

"네. 원장님."

바로 눈앞에 심근경색 환자가 누워 있다고 하기엔 너무 여유로운 표정과 태도였다. 하지만 그렇다고 해서 진행이 느린 것은 또 결코 아니었다. 기사들도 원장도 베테랑 그 자체였기 때문이었다.

'순환기내과도 멋지긴 하다, 정말.'

[다리 불편해서 할 수 있을까요?]

'나? 나는 좀 무리지. 벌써 힘든데.'

소독된 가운을 입고, 장갑까지 꼈는데 지팡이를 짚을 수는 없지 않은가. 그냥 서 있으려고 하다 보니 아무래도 좀 힘들었다.

[어렵겠군요.]

'그렇지. 나는 진단이나 해야 해.'

[그렇게 말씀하지 마시죠. 진단이야말로 의학의 꽃이자 전부입니다.]

'뭐……. 그야 그렇지.'

[솔직히 수술이나 시술은 기술자 아닙니까?]

'맞는 얘기야.'

둘은 외과 사람이 들었다면 메스 들고 뛰어올 만한 소리를 하면서 환자의 우측 허벅지를 양손을 이용해 슬쩍 당겨 주었다.

"잘했어. 그리고 잘 봐라, 저기."

이현종은 짤막한 칭찬과 함께 턱으로 화면을 가리켰다. 화면엔 어느새 전원이 들어온 투시 기기에 의해 허벅지 근처 영상이 떠 있었다. 아주 뾰족한 무언가가 살갗을 막 뚫고 있는 중이었다. 수혁이 좌우로 당겨 준 덕분에, 카테터는 그리 어렵지 않게 살갗을 뚫고 들어갔다.

"자⋯⋯."

이현종은 그가 집중할 때 특유의 혓바닥을 반쯤 내미는 표정을 지으며 천천히, 아주 천천히, 하지만 멈추지는 않은 채 카테터를 전진시켰다. 허벅지 동맥을 향해서였다.

"잘 보면, 통통 튀는 게 보여. 보이냐?"

"네."

"그게 동맥이고, 옆에 있는 게 정맥이겠지. 헷갈릴 일은 없겠지만, 뭐 그래도 간혹 사고 치는 경우가 있어."

숙달된 순환기내과 의사조차도 타깃한 혈관을 헷갈려서 다른 걸 뚫는 경우가 왕왕 있었다. 그렇게 환자를 죽음에 이르게 하는 경우도 있었고. 하지만 이현종은 지금까지 단 한 번도 본인의 실수로 인해 환자를 잃은 적이 없는 의사였다. 이번에도 그러했다.

"좋아."

그는 순식간에 허벅지 동맥을 뚫은 후, 수혁을 돌아보았다. 수혁은 바루다의 조언에 따라 들고 있던 가이드 와이어를 카테터에 난 구멍을 통해 집어넣어 주었다.

"잘하네. 너 처음 맞아?"

"네? 네. 처음입니다."

"하긴 그렇지. 누가 1년 차 데리고 이걸 할 수 있겠어. 실수라도 하면 골로 가는데. 그저 나 같은 천재나 가능한 거야, 허허."

이현종은 그렇게 수혁에게서 받아 든 가이드 와이어를 술술 술술 집어넣었다. 정말 아무 생각 없는 사람처럼 마구마구 집어넣었다. 신기한 건, 그렇게 들어간 가이드 와이어의 끝이 단한 번도 꼬이는 일 없이 쭉쭉 위로 올라가고 있다는 점이었다.

'이게 돼?'

[흐음. 술기(術技)도 신기한 점이 있긴 하군요.]

수혁이나 바루나 지금 두 눈으로 보지 않았다면 아마 믿지 못했을 터였다. 하지만 둘은 투시 기기를 통해 가이드 와이어의 끝을 두 눈 똑똑히 바라보고 있는 중이었다. 방사선사 또한 원장 못지않은 베테랑인지라 투시 기기 조종하는 솜씨가 만만치 않아서 가이드 와이어를 놓치지 않고 쭉 따라가고 있는 덕이었다.

"오케이. 여기서 살짝…… 요렇게 틀고."

그렇게 들어간 가이드 와이어는 어느새 복부 대동맥을 지나고 흉부 대동맥마저 지나서 대동맥궁(상·하행 대동맥 사이에 있는 활 모양의 부분)을 지나는 중이었다. 원래도 일이 이렇게 빠른가 하면, 역시나 결코 아니었다. 괜히 이현종 교수의 심혈관 조영술을 보기 위해 각지에서 몰려든 것이 아니란 얘기였다. 지금이야 원장이라 다른 거 귀찮다고 고사하고 있긴 하지만, 전성기 때는 미국이고 뭐고 어디서든 와서 그의 이 조영술을 배우고자 했었다.

"와."

"이게 대단한지 알겠어?"

"네? 네. 궁을……. 이렇게 통과하다니."

"그래. 네가 우리 펠로우 놈보다 낫네. 그놈은 맨날 뚱해 가지고."

이현종은 그렇게 잠시 펠로우 흉을 보더니 마침내 대동맥궁, 즉 유턴하는 모양으로 휜 혈관 내부를 통과해 가장 중요한 지점에 도달했다. 바로 관상동맥이 시작하는 그 지점이었다.

"클로즈업해 봐. 여기 쫘악 당겨서."

"네, 원장님."

기사는 그 말만 기다렸다는 듯 가이드 와이어의 끝을 확대해서 잡아 주었다. 그러자 조금 전까지만 해도 꽤 작게 보였던 와이어가 거의 볼펜만 한 두께로 보이기 시작했다.

"죽이지? 이거 기계가 몇억짜리야. 병원에서 안 사 준다고 하는 거 내가 가서 몇 번 누우니까 사 주더라."

"아, 네…….."

어쩐지 누웠다는 게 은유가 아니라 진짜일 것 같았다. 모르긴 해도 지금껏 겪은 이현종이라면 충분히 그럴 것 같았다.

"어디……. 응?"

그런데 지금껏 자신만만하게만 보였던 이현종 원장의 얼굴에 가는 주름이 잡혔다. 뭔가 이상했기 때문이었다. 분명 제대로 잘 찾아서 왔는데, 늘 보던 그 광경이 아니었다. 대동맥에서 분명 오른쪽, 왼쪽 두 갈래로 나가야 할 관상동맥이 두 개가 아니라 딱 하나만 뻗어 나가 있었다.

"이런 젠장."

"애너타미컬 베리에이션(anatomical variation, 해부학적 변이)……."

외과적인 시술에 있어서 해부학적 변이는 간혹 결정적인 변수로 작용하기 마련이었다. 특히 지금처럼 극히 드문 형태의 변이라면 더더욱 그러했다.

[원 베슬(3개의 주요 관상동맥 중 1개가 50% 이상의 변이가 있는 경우) 이군요. 모든 관상동맥이 좌측 관상동맥의 분지(갈라짐) 형태를 하고 있을 겁니다.]

'이럴 확률은 거의 0.1% 아니야?'

[맞습니다. 어려울 수도 있겠는데요?]

바루다의 말마따나 이현종은 쉽사리 혈관 안으로 가이드 와이어를 집어넣지 못하고 있었다. 심전도를 통해 우측 관상동맥이 막혔겠거니 하고 들어왔는데, 우측 관상동맥이 없는 상황이니 그럴 수밖에 없었다.

"교수님, 원 베슬 베리에이션(관상동맥 변이) 같습니다. 우선 좌측으로……."

"그래. 그렇게 생각하는 게 맞겠지."

하지만 역시 이현종은 베테랑이었다. 수혁의 말이 있기도 전에 벌써 유일한 관상동맥 안에 가이드 와이어를 조심스럽게 집어넣고 있었다. 단 하나의 혈관인 경우 자칫하면 그 혈관 전체가 시술로 인해 막힐 수도 있기 때문에 주의에 주의를 요구하는 작업이라고 보면 되었다.

"천천히……. 천천히……."

하지만 지난 수십 년 동안 수천 케이스도 넘게 성공적으로 시술해 낸 이현종은 고비에 고비를 넘겨 좌측 관상동맥의 우측 분지 안으로 가이드 와이어를 삽입하는 데 성공했다. 하지만 곧이어 이현종과 수혁의 입에서 튀어나온 것은 감탄이 아닌 탄식이었다.

"짧아……."

"혈관이 짧아……!"

해부학적 변이. 일정 확률로 확인되는 소견을 칭하는 단어였다. 일정 확률이라고 해 봐야 대개 10% 내외를 차지하는 경우가 많았다. 즉, 수술이나 시술을 하는 입장에서 어느 정도는 예측을 하고 들어간다는 뜻이었다. 애초에 술기 자체가 해부학적 변이를 염두에 두고 만들어지는 경우도 많았고.

'이…… 이럴 확률은 몇이냐?'

[좌우 관상동맥이 하나의 혈관으로 대동맥에서 분지되는 것 자체가 0.1% 미만입니다.]

'그중에서 우측으로 뻗는 혈관이 이렇게 짧고, 좌측으로 뻗는 혈관에서 또 분지가 있는 건?'

[제가 가지고 있는 데이터에 한해서는 통계로 잡힌 적이 없습니다.]

'케이스 리포트에서도 못 본 거 같은데.'

[아뇨, 한 번 본 적이 있습니다. 딱 한 번.]

'아……. 그랬나.'

말하자면 정말, 정말 드문 케이스를 눈앞에 두고 있다는 뜻이었다. 뒤에서 보조만 하고 있는 수혁도 이렇게 당황스러울 정도이니, 직접 시술을 맡고 있는 이현종은 진짜 죽고 싶은 심정이었다.

'이제라도 흉부외과를 불러?'

그는 호기롭게 들어갔던 가이드 와이어를 후퇴시키며 흉부외과 쪽 옵션을 떠올렸다. 혈관 하나에서 시작한 것도 감수하고 우측 관상동맥 분지를 향해 가이드 와이어를 집어넣었건만, 이게 불과 5cm도 채 안 될 줄이야.

'아……. 껄끄러운데.'

이현종이 누구인가. 한때 무조건 흉부외과에서 가슴을 열어야 한다고 굳게 믿어 온 케이스들을 하나하나 안 열고, 스텐트 넣어도 된다고 내과 영역으로 품고 들어온 장본인 아니던가. 심지어 이현종은 칼 들고 심근경색 쫓는 흉부외과 의사들 뒤에서 화살로 경색을 맞히는 만화까지 그려 내며 대대적인 순환기내과 홍보를 했던 적도 있었다.

'원수지, 원수.'

실제로 흉부외과 교수들은 이현종이 원장이 된 이후에도 인사를 잘 하지 않았다. 학회 차원의 원수이니 어쩔 수 없는 일이었다.

'어쩐다?'

게다가 지금은 의학적으로도 좀 늦었다 싶은 상황이었다. 아까 혈관이 하나인 것을 확인했을 때부터, 그냥 빼고 가슴 열걸 하는 후회가 복받치는 와중이었다.

"저, 원장님."

바로 그때 수혁이 입을 열었다.

"응?"

"일단 제가 흉부외과 콜하겠습니다. 개흉 가능성이 있다고 하면 오지 않을까요?"

"아, 네가 그렇게 해 줄래? 내가 시술 중인 것만 얘기 안 하면 해 주긴 할 거야. 근데……."

상황이 너무 좋지 않았다. 흉부외과 입장에서는 이미 죽은 사람 떠넘겨 받는 느낌이 들 테니까.

"그래도 부르긴 해야 합니다. 너무 위험합니다."

"그건…… 그렇지."

"그리고."

"그리고?"

"전화만 드리고 바로 말씀드리겠습니다."

"그래."

이현종은 이제 가이드 와이어를 다시 대동맥에서 관상동맥 전체 가지가 뻗어 나오는 곳으로 빼낸 참이었다. 아예 대동맥 쪽으로 빼진 않고 있었는데, 한 번 더 도전을 할까 말까 고민하고 있었기 때문이었다. 그러던 차에 수혁이 뭔가 다른 말을 하려고 하는 것 같으니, 귀가 솔깃할 수밖에 없었다.

수혁은 자신을 향해 귀를 기울이고 있는 이현종을 힐끔 보곤 기사에게 부탁해 전화를 걸었다. 여느 병원이 그러하듯 심혈관 조영술실에는 흉부외과 당직의와 핫라인이 연결되어 있었기 때문에 연결은 즉시 이루어졌다.

"네, 선생님. 저는 내과 1년 차 이수혁입니다."

"1년 차? 왜요? 사고 났어요?"

흉부외과 측에서도 조영술실 번호 정도는 숙지하고 있었다. 때문에 전화를 건 사람이 비록 1년 차라 해도 절대 무시하는 일은 없었다.

"아직 CPR 상황은 아닙니다. 하지만 해부학적 변이가 있어서 위험합니다."

"변이? 뭐…… 혈관이 하나예요?"

"네."

"근데 설마 안으로 들어갔어요? 와이어?"

전화를 받은 사람은 펠로우였다. 혈관이 하나인 변이에서는 내과에서 처리하는 대신 흉부외과가 처리하는 것이 보편적인 경우였고, 그래서 목소리가 약간 높아져 있었다.

"네. 병변이 혈관에서 그렇게 멀지 않을 거로 예상되어서 들어갔습니다."

"아니, 무슨 그런……. 아."

펠로우는 계속 화를 내려다 말고 누군가의 얼굴을 떠올렸다.

"설마 이현종 교수님?"

"네."

"에이, 씨……. 알았어요. 수술방 수배하고 가겠습니다. 그냥 그대로 아무것도 하지 마시라고 해요. 환자 바이털은. 바이털은 괜찮아요?"

"지금은 안정적입니다만, 기저에 이미 우심실 경색이 있어서 혈압은 낮습니다."

"네. 알겠어요. 바로 갈게요. 일단 제발 아무것도 하지 말라고 해요."

"네."

수혁은 어차피 이현종에게 말해 봐야 들어 먹지도 않을 거라고 생각하며 고개를 끄덕였다. 그러곤 여태 자신을 향해 귀를 기울이고 있는 이현종을 돌아보았다. 그 얼굴을 보고 있으려니 정말 이 말을 계속해야 하나 하는 생각이 들었다.

[지금 분석 끝났습니다. 이 환자의 해부는 정확히 제가 확보하고 있는 케이스와 일치합니다. 지금 화면에 떠 있는 투시 화면을 대조해도 결과는 같습니다.]

하지만 망설이려는 순간 바루다가 어마어마한 용기를 지원해 주었다. 물론 그렇다고 해서 후다닥 입을 열 수 있었던 건 아니긴 했지만.

'정말 괜찮겠지?'

[수혁. 그 케이스는 동일한 상황에서 가슴을 열려다가 사망했습니다. 아마 중재술이 가능했다면 살았을 겁니다. 생각해 보십시오. 개흉은 개흉만으로 시간이 어마어마하게 걸립니다.]

'하긴 그렇지……'

그냥 수술 준비하는 것만으로도 30분은 잡아먹을 터였다. 수술이라는 게 그냥 칼 하나 덜렁 들고 뛰어들 수 있는 건 아니었으니까. 마취도 해야 하고, 소독도 대대적으로 해야 하고, 소위 말하는 드랩(drap, 수술 부위를 소독한 후 소독포를 덮는 것)도 쳐야 했다.

[빨리 결단을 내려야 합니다. 이러고 있는 동안에도 시간이 흘러갑니다.]

그 말은 곧 환자가 죽어 가고 있다는 뜻이었다. 수혁이 비록 미친 듯이 사명감이 뛰어난 의사는 아니었지만, 그렇다고 해서 평균에 못 미치는 사람은 아니지 않은가. 수혁은 어렵게 입을 열었다.

"원장님. 제가 케이스에 대해 감히 한말씀 드려도 되겠습니까?"

말은 그가 하고 있지만, 실은 바루다의 의견이었다. 여전히 여기서 더 갈까 말까를 고민하고 있던 이현종은 대번에 고개를 끄덕였다.

1년 차가 교수에게 조언이라. 다른 교수 같았으면 어림도 없을 만한 일이었지만, 이현종은 무척 사고가 유연한 사람이었다. 본인부터가 수십 년간 이어져 내려오던 의학적 사고의 틀을 깨 버린 사람이니 당연한 일이라 할 수 있었다.

"해 봐. 흉부외과 부르긴 했는데…… 알지? 이 상황에서 개흉은 죽을 확률 50%가 넘어."

"네, 원장님. 1994년 유니버시티 오브 캘리포니아 어바인 (University of California, Irvine) 병원 케이스를 보면 이것과 정확히 같은 해부학적 변이를 확인할 수 있습니다."

"1994년 UCI?"

"네."

"계속해 봐."

UCI는 어바인이라는, LA 바로 아래 정도에 위치한 꽤 우수한 대학이었다. 하지만 UCI 병원 자체는 아주 좋다고 부르기에는 조금 무리가 있는 병원이라 할 수 있었다. 실제로 지역 주민 수용률 또한 근처에 있는 의료원에 밀릴 정도였다. 물론 그렇다고는 해도 기본적으로 미국에 있는 대학 병원이었기 때문에 어느 정도 수준은 유지하고 있었다.

"당시 그 환자 또한 의식 저하를 동반한 우심실 경색을 주소로 응급실로 실려 왔습니다."

"이 케이스랑 같네."

"네. 하지만 당시만 해도 중재적 시술, 즉 스텐트는 아주 드물게 시행되는 상황이었기 때문에 환자는 즉시 수술방으로 옮겨져 개흉 후, 혈관 우회 수술을 받았습니다."

"어떻게 됐지?"

"이미 실려 왔을 때부터 시간이 꽤 흘러 있었고, 다른 검사를 하지 못하고 수술에 들어가는 바람에 해부학적 변이를 확인하지 못했습니다."

"아……. 거기서도 헷갈렸겠구나."

하긴 그랬을 터였다. 그때보다 의학이 훨씬 발전한 지금도 황당한데, 그때는 오죽했을까. 당연히 우측 혈관이 문제일 줄 알고 떡 하고 봤더니 다른 곳의 혈관이 우측 심장을 먹여 살리고 있을 줄이야.

"네. 사망 후, 보호자 동의를 받아 해부학 검증을 위한 부검에 들어갔고, 당시 확인한 해부학적 구조가 지금 이 환자와 정확히 같습니다."

"돌연변이가 아니라 있을 수 있는 변이라……. 이건가?"

"네. 극히 드물 뿐, 변이의 일종입니다."

"그럼 나 어디로 들어가야 해?"

이현종은 다시금 가이드 와이어를 조금 전진시켰다. 그러자 우측으로 향하는 가지가 보였고, 반대편으로는 좌측으로 향하는 가지가 보였다. 보통 이런 변이에서 보이는 것과는 달리, 좌측의 가지는 또다시 두 갈래로 갈라지고 있었다. 정말이지 누군가 의도를 가지고 환자를 괴롭히려고 하는 건 아닌가 싶을 정도로 복잡한 구조였다.

"좌측 갈래에서 상단으로 향하는 가지입니다."

"상단? 하단이 아니고?"

"둘이 조금 지나면 꼬여서 갑니다. 영상에서 저기 두껍게 보이는 위치가 바로 그곳입니다."

"음."

이를테면 보이는 것이 아니라 아예 반대로 와이어를 집어넣어야 한다는 뜻이었다.

이현종은 거의 반사적으로 뒤에 있는 시계를 바라보았다. 이미 시술을 시작한 지가 벌써 20분을 넘어가고 있었다. 환자가 천천히, 그러나 확실하게 죽어 가고 있단 뜻이었다. 이미 경색이 온 상황인데 여기서 더 시간을 버렸다가는 100% 환자를 잃게 될 것이 뻔했다.

'아무리 봐도 하단인데…….'

하지만 방금 아무리 봐도 우측이었는데 한 번 속지 않았는가. 이번에도 그러지 않으리란 보장이 없었다.

'게다가 연도까지 운운하니까 너무 그럴싸하잖아.'

그냥 어디서 발표된 케이스라고 했으면 넘어갔을 수도 있는데, 1994년이라는 구체적인 연도까지 들고나오니 무시하기가 어려웠다. 애초에 수혁에 대한 이현종의 신뢰도 자체가 어마어마하기도 했고.

'에라……. 지금 그래도 시도하는 게 환자 살리는 데 확률이 더 높아.'

아예 처음부터 흉부외과로 어레인지가 됐다면 모를까 지금은 아니었다. 이현종은 거의 될 대로 되라는 심정으로 가이드 와이어를 밀어 넣었다. 한 가지 다행스러운 점은 그의 가이드 와이어 조정하는 솜씨가 가히 신의 경지에 다다랐다는 점이었다. 그 좁은 관상동맥에서 하나의 길을 헤쳐 나가는 데도 전혀 망설임이 없었다.

그렇게 밀려 들어간 가이드 와이어는 상단을 향해 가다가 벽에 한 번 퉁 하고 부딪쳤다. 워낙에 끝이 부드럽게 처리되어 있기도 했고, 이현종의 손길이 부드럽기도 해서 불상사가 일지는 않았다. 물론 그보다 더 큰 이유는 수혁에게 있었다.

"거기, 거기서 꺾입니다."

제때 해부학적 구조를 알려 주었으니까.

"저, 정말이네. 좋아. 그럼 이제 망설일 게 없지. 자……."

이현종은 쑥쑥 밑으로 내려갔고, 곧 막힌 지점을 확인할 수 있었다. 심장이 박동할 때마다 미리 흘려 넣은 조영제로 염색되는 혈관이 딱 가이드 와이어가 멈춰 선 곳에서 뚝 하고 끊겨 있었다. 여기서 막혔다는 뜻이었다.

"스텐트 여기 있습니다."

얼굴에 희열이 번져 가는 현종에게 수혁이 스텐트를 건네주었다. 이현종은 가이드 와이어를 따라 스텐트를 쭉쭉 밀어 넣으면서 껄껄 웃었다.

"야, 살았다. 환자 살았어."

이게 뭐여

추계

"끝났다고요?"

대략 10분 만에 헉헉대며 뛰어온 흉부외과 펠로우가 믿을 수 없다는 얼굴로 물었다. 비록 나이가 좀 있긴 해도, 몸이 불편한 수혁보다는 아무래도 좀 행동이 빠른 이현종 원장이 고개를 끄덕였다. 어느새 수술 가운은 벗어 던진 지 오래였고, 이제 막 납복을 벗는 중이었다. 깽깽이걸음으로 뛰며 쩔쩔매고 있는 수혁과는 대조적이었다.

"어, 끝났어. 저기 보여? 마지막에 찍어 둔 거."

"어……."

흉부외과 펠로우 또한 심장에 관해서라면 전문가 아니겠는가. 모니터에 뜬 짤막한 동영상 정도는 한눈에 보자마자 뭐가 어찌 된 것인지 알 수 있었다.

"설마……. 그 상태에서 또 다른 혈관으로 들어가신 거예요? 그것도 저렇게 혈관이 꼬였는데?"

영상을 보아 하니 펠로우는 아예 처음 보는 형태의 관상동맥이었다. 하나의 관상동맥에서 시작한 것이 세 갈래로 갈라져? 그것도 좌측으로 향하는 혈관은 위아래가 꼬이면서? 교과서에서는 아예 본 적 없는 모양이었다. 그래서인지 펠로우의 목소리에는 힐난의 뜻이 잔뜩 담겨 있었다. 죽을 수도 있는데 그냥 감행했냐, 뭐 이런 뜻이었다.

"어, 아……. 자네는 이런 거 처음 보나 보지? 이게 1994년에 말이야."

그런데 이현종은 아주 뻔뻔스러운 얼굴을 한 채 천연덕스러운 답을 늘어놓고 있었다. 어찌나 뻔뻔스러운지, 뒤에서 잠자코 듣고만 있던 수혁으로서도 당황스러울 지경이었다. 물론 바루다도 수혁과 크게 다르진 않았다.

[1994년? 설마?]

'원장님…….'

[사기꾼인데요?]

'그러게…….'

그렇다고 해서 수혁이 끼어드는 일은 없었다. 그 정도 눈치는 있었으니까.

"1994년이요? 그게 무슨……."

이현종 교수조차 몰랐던 케이스였다. 이제 막 펠로우 2년 차가 된 사람이 알 리가 없었다. 수혁도 바루다 때문에 꾸역꾸역 데이터를 쌓지 않았다면 굳이 찾아볼 일이 없었을 테니.

"역시 모르는구만. 수술할 시간에 공부 좀 해."

"어……."

이현종은 어이없는 얼굴이 된 수혁을 뒤로한 채 말을 이었다.

"캘리포니아 어바인 대학교라고 있어. LA 밑에. 알아?"

"아, 아뇨."

"병원 이름도 좀 알고 그래야지. 아무튼, 거기서 1994년에 발표한 케이스가 있다고. 모탈리티 케이스야."

모탈리티 케이스(mortality case)란, 살릴 수 있었던 환자가 죽은 케이스를 의미했다. 당연하게도 그 중요도는 상당했다. 때문에 펠로우도 아까보다는 표정이 조금이나마 달라졌다.

'막무가내로 했다고만 들었는데…….'

원장도 모자라서 석좌 교수로 임명되었을 정도로 병원 내에서 그 입지가 대단한 이현종이었지만, 적어도 흉부외과 쪽에서는 평판이 그리 좋지 않았다. 사실 옛날엔 순환기내과 쪽에서도 그랬다. 너무 무모하다는 평가 때문이었다.

그런데 케이스를 들먹이다니. 펠로우로서는 약간 당황스러웠다.

"그때만 해도 내가 적극적으로 논문 발표하고 할 때가 아니라, 아직 스텐트 넣고 하는 게 보편화되지 않았단 말이야."

이현종은 그런 펠로우를 보면서 허허 웃었다. 얼굴엔 자부심이 가득했는데, 그럴 만한 일이긴 했다. 전 세계적으로 스텐트 시술을 널리 퍼트린 장본인 중 하나였으니까.

"그래서 심근경색 오면 무조건 열었는데……. 자네도 알지? 해부학적 변이 있으면 수술 난이도 올라가는 거."

"네."

"게다가 이거 열고 어쩌고 하는 게 시간을 보통 잡아먹는 것도 아니고."

"그……. 네."

"그 케이스에서는 그렇게 하다가 죽었거든. 아, 뭐 흉부외과 홍보는 건 아니고. 무슨 뜻인지 알지?"

"네."

이현종은 눈앞에서 먹이고 있는 주제에 말은 이렇게 했다. 펠로우로서는 속에서 천불이 나는 상황이었다.

'아니……. 자기들이 하다가 사고 치면 뒷수습은 맨날 우리가 하는데…….'

심지어 지금 눈앞에 있는 이현종도 몇 번인가 부탁한 적이 있었다. 심장을 다루는 순환기내과 의사라면 일종의 숙명 같은 일이었으니 어쩔 수 없는 일이었다. 그런데 이런 얼굴을 하고 있다니. 괜히 이현종이 흉부외과의 공공의 적이 된 게 아니란 생각이 들었다.

"그때 그 케이스 해부랑 이 환자랑 정확히 같다 이거야. 돌연변이가 아니라 지극히 드문 해부학적 변이라 이거지."

"어……."

"그래서 미리 알고 들어간 거란 거야. 공부해 두면 이럴 때 다 도움이 된다고."

"네……."

"아무튼, 와 줘서 고맙고. 근데 환자는 우리가 살렸으니까 좀 쉬어도 돼. 여기 앉아 있다가 가든지."

이현종은 거기까지 말한 후 이수혁을 돌아보았다.

'이 양반 보소?'

수혁은 정말이지 놀란 얼굴이었다. 자기도 조금 전까지는 1994년이고 나발이고 하나도 몰랐던 주제에 이렇게 자연스럽게 잘난 척을 해 댈 줄이야.

[머리가 좋긴 좋네요. 얘기를 아주 잘 짜맞추시네.]

'그러니까. 원장 안 됐으면 사기 쳤겠어.'

이현종은 수혁이 머릿속으로 이런 생각을 하고 있는 줄은 꿈에도 모른 채 허허 웃었다. 벌써 펠로우는 자기 과로 돌아간 후였다.

"환자 중환자실로 옮기자."

"네, 교수님. 인턴 쌤, 저 좀 도와주세요."

수혁은 그의 명에 따라 인턴과 함께 침대를 끌었다. 다리가 불편하다 보니 아무래도 침대 끄는 것도 좀 힘들었다. 이현종은 그제야 수혁을 도울 생각이 들었는지, 끊임없이 입을 놀려 대면서도 침대 끄는 것을 거들었다.

"그리고…… 너 김진실 교수랑 뭐 시작했어?"

"아, 내년 연…… 아니, 연구 말씀이시죠?"

수혁은 연수 얘기를 꺼내려다가 인턴을 힐끔 돌아보고는 서둘러 말을 바꾸었다. 어차피 인턴이야 자세한 연유 따위는 알지 못하겠지만, 그래도 조심해서 나쁠 거 없다는 판단에서였다.

'역시 세심하기까지.'

이미 콩깍지가 씌어 버린 이현종에게는 지나칠 정도로 좋아 보였다.

"그래."

"실험 연구 하나를 제안해 드리긴 했습니다."

"실험? 뭐. 아, 일단 환자 정리하고 계속 얘기하자."

"네, 교수님."

얘기하다 보니 어느덧 내과 중환자실이었다. 안으로 들어서자마자 쿰쿰한 소독약 냄새가 코를 찔러 들어왔다. 딱 보니 자리 하나가 만들어져 있었는데, 베테랑들인 방사선사들이 이미 연락을 취해 둔 덕이었다. 이현종은 만족스러운 얼굴로 환자를 그쪽 자리에 위치시켰다.

"처방은 뭐 이렇게 내도록 하고. 어, 그래. 그렇게. 잘하네?"

그사이 주치의를 맡게 된 수혁은 빠르게 인공호흡기 정리를 함과 동시에 처방을 두두두 내렸다. 정말이지 '두두두'라는 표현이 딱 들어맞을 정도로 빠른 속도였다. 그걸 지켜보고 있던 이현종이 고개를 갸웃거렸다.

'얘가 내 밑에서 돈 적이 있나? 어떻게 내가 좋아하는 약만 쓰지?'

바루다의 분석 능력이 빛을 발했기 때문이었다. 지난 한 달간의 이현종의 처방을 비교 분석한 결과, 거의 완벽할 정도로 이현종의 취향에 맞는 처방을 만들어 낼 수 있었다. 이현종의 마음이 흡족해진 것은 아주 당연한 일이었다. 그게 어느 정도였냐고 하면 이 정도였다.

"야, 수혁아."

"네."

"그 김진실 교수랑 하는 거 시간 좀 걸리지?"

"네? 음……. 실험 자체는 시간 걸리는 게 아니긴 한데, 김진실 교수님이 바쁘셔서요. 아마 겨울이나 되어야 같이해 볼 수 있을 것 같습니다."

"그래?"

이현종은 굳이 뭔 실험인지는 묻지 않았다.

'김진실이면 뭐……. 논문 쓰는 기계잖아.'

원래 원조 영상의학과 기계였던 이하언이 나이 들고 보직 맡고 하면서 주춤하나 싶었는데, 바로 대체자가 나타나 버린 셈이었다.

'알아서 잘하겠지, 뭐.'

논문은 많으면 많을수록 좋은 거 아니겠는가. 이현종은 그런 생각을 하면서 입을 열었다.

"그럼 이번 추계에 발표 하나 만들자."

"추계요?"

"그래. 아직 뭐 누구 초록 내라고 한 사람 없지? 1년 차인데."

이현종은 혹시 모른다는 얼굴로 물었다. 1년 차한테 추계 학회 발표를 주는 놈이 없을 것 같긴 하지만, 이수혁은 그냥 1년 차가 아니지 않은가. 신현태는 물론이고 조태진도 눈독 들이고 있는 녀석이었다.

"없습니다."

"좋네. 그럼 이 케이스로 하나 만들자."

"아……."

수혁이나 바루다나 논문은 읽기나 해 봤지, 써 본 적은 없지 않은가. 방금 케이스를 봤음에도 불구하고 감이 오질 않았.

[무슨 논문일까요?]

'케이스 리포트 아니겠어?'

[그거 교수 될 때 도움 많이 됩니까?]

'아니……. 뭐 그렇겠냐? 케이스 리포트는 논문으로 안 쳐주는 곳도 많아.'

학회 발표야 어떻게 해 볼 수는 있겠지만, 논문은 어불성설이었다. 수십 년 전에는 꽤 좋은 학회지들에서도 케이스 리포트를 정식 논문처럼 게재해 주기도 했지만, 이젠 시절이 많이 달라지지 않았던가.

[그럼 괜히 고생만 하고 얻는 게 없겠군요. 노 합시다.]

'미친. 원장님한테 어떻게 노를 해.'

[수혁이 노 하면 받아 주긴 할 겁니다.]

'그건…….'

둘은 이러쿵저러쿵 어떻게 하면 거절을 슬기롭게 할 수 있을까에 대한 토의를 시작했다. 물론 이현종은 원래 그러하듯 남의 속내에는 별 관심이 없었기 때문에 전혀 눈치채지 못하고 있었다. 그저 본인이 하고 싶은 말이나 해 댈 뿐이었다.

"1994년 논문 찾을 수 있는 거지? 그거 레퍼런스 삼아서 이게 돌연변이가 아닌 해부학적 변이다, 이렇게 가면 교과서 실리는 거야."

"교과서요?"

그리고 그 말은 수혁에게 참으로 의외인 말이었다. 교과서라니.

[귀에 문제가 생겼나?]

'아냐?'

[아닌 거 같은데요?]

'그럼 리얼 교과서?'

이현종은 당황한 기색이 역력해 보이는 수혁을 보며 고개를 끄덕였다.

"그래. 교과서. NEJM 감이야 이거."

"인용해도 고작 둘인데요?"

"해부학적 변이에 관한 내용이잖아. 그것도 한 번도 언급된 적 없는. 야, 나도 모르는 얘기야 이거. 이런 건 무조건 실리지."

"와……. NEJM에…… 제가……."

"그래. 너 교수 생각 있지? 그럼 무조건 도움이 되는 거야. 설령 뭐 카운트가 안 될 수는 있겠지만. 그래도 무조건 도움 되지. NEJM이야, NEJM. 알지? 신현태는 아직 못 쓴 거. 이거 가서 이르지는 말고. 속이 좁아, 걔가. 생각보다."

"네. 교수님. 무조건. 무조건 하겠습니다."

"그래, 그럼 음……."

이현종은 아까 시술하느라 빼 놓았던 손목시계를 바지 주머니에서 꺼내어 들었다. 그러곤 재차 수혁을 바라보았다. 정확히 말하면 수혁의 다리와 그가 들고 있는 지팡이였다.

"10분. 10분 뒤에 내 방에서 보자. 바로 초록 써서 추계 내지, 뭐."

"네? 바로요?"

"얘기 나온 김에 바로 쓰자."

"초록을······."

"어려운 거 아냐. 너도 한 번 보면 할 수 있을걸? 아무튼, 이따 봐."

"아, 네. 알겠습니다. 원장님."

수혁은 멀어져 가는 원장의 뒷모습을 보며 중얼거렸다.

'NEJM이라······.'

아직 터무니없이 멀기는 했지만, 그래도 세계 최고의 의사에 조금은 가까워진 듯한 기분이 들었다.

[수혁이 NEJM이라니. 원장 코인 제대로 탔군요.]

'아직 쓰지도 않았거든?'

[하긴. 하지만 이현종입니다.]

'그건······. 그건 그래.'

이현종이 다른 사람한테 논문 쓰는 기계라고 말하는 것만큼 우스운 것도 없다는 말이 있지 않은가. 진짜 기계는 본인이면서. 심지어 어떤 논문은 골프장 그늘집에서 뚝딱 나온 것도 있었다. 신현태는 그때 골프도 지고 있던 마당이었던지라 현자타임이 너무 세게 왔더라고 회상하곤 했다.

[아무튼, 그 논문 가지고 가시죠.]

'외장 하드에 있을 거야.'

[정리해 두길 잘했군요.]

'그러게. 이것도 지웠으면 찾느라고 10분 넘어갈 뻔했네.'

지난 3월 아니, 4월까지만 해도 논문은 한 번 보면 지우거나 그냥 그 컴퓨터에 두고 다녔다. 그러다가 신현태에게 논문 쓰라는 얘기를 들은 이후론 외장 하드에 다 모아 두고 있었다. 머릿속에 있다고 해 봐야 지금부터 쓰려는 논문의 레퍼런스가 되어 주진 못할 테니까.

◤◤◤◤◤

그렇게 바로 출력을 한 수혁은 곧장 원장실로 향했다. 원래 일개 레지던트라면 원장실의 위치조차 모르는 것이 정상이었지만, 이현종의 유별난 총애를 받고 있는 수혁은 원장실의 위치를 정확히 알다 못해 익숙할 지경이었다.

"아, 이수혁 선생님. 안쪽으로 들어가세요. 아메리카노, 차갑게 드리면 되죠?"

"네. 늘 감사드립니다."

심지어 비서가 수혁의 음료 취향까지 알고 있었다.

"어, 앉아."

비서의 안내를 따라 안쪽으로 들어가니, 이현종이 소파에 앉아 수혁을 기다리고 있었다. 그냥 대기 타고 있던 건 아니었다.

추계

노트북을 두들기는 중이었다.

"아, 그거야? 줘 봐."

이현종은 딱 손을 멈추고 수혁을 향해 손을 내밀었다. 악수하자는 건 아니었고, 논문이나 달라는 것이었다.

"네, 여기 있습니다."

"어디······. 음. 아······. 이 양반이 낸 거구나?"

이현종은 논문 앞판을 보더니 뭔가 알겠다는 듯 고개를 끄덕였다. 아무래도 아는 이름이 있는 모양이었다. 크게 놀랄 일은 아니었다. 이현종은 국제 학회장도 했던 양반이었으니까. 요즘 말로 하면 순환기내과학회에서 핵인싸라고 보면 되었다. 제멋대로인 걸로 보이는 성격 탓에 아주 가까이 지내는 사람이 많진 않았지만.

"흐음······. 그래. 완전히 똑같네. 좋네. 부검 기록을 그림으로 남길 생각을 했네."

빠르게 논문을 넘기던 이현종의 손이 잠시 멈추었다. 환자의 관상동맥과 심장을 아주 자세하게 그려 놓은 첨부 파일에서였다. 1994년 논문이라기엔 믿기지 않을 정도로 세세한 그림이었다. 수혁도 보면서 바루다와 숙덕거린 기억이 있었다. 디지털 페인팅이 있던 시절도 아니고, 3D 그래픽 작업도 생소하던 시절인데 그림이 너무 양질을 자랑했기 때문이었다.

"하긴. 이 양반이 은퇴하고 메디컬 일러스트레이터 하고 있지, 참."
 그 의문은 이현종의 중얼거림과 함께 해결되었다.
 '아하.'
 [그럼 설명이 되는군요.]
 둘이 끄덕이고 있는 사이 현종은 다시 논문을 넘겼다. 시간이 그리 오래 걸리거나 하지는 않았다. 어차피 케이스 리포트였으니 내용이 많진 않았다. 당시엔 돌연변이라고만 생각하지 않았겠는가. 해부학적 변이의 가능성 따위는 아예 언급조차 안 되어 있었다.
 "좋아. 아예 같아. 게다가 이거 국제심장학회에 실린 거잖아. 이만하면 레퍼런스로 충분하지. 일단 이리로 와 봐. 이거 내가 대강 인트로덕션 쓴 거야."
 "어……. 네."
 헤어진 게 10분 전인데 벌써 도입부 작성을 했다니. 이게 말이 되는 건가 싶었다.
 [우리가 논문 출력하고 있을 때, 이 사람은 논문을 썼군요.]
 '약간 자괴감이 드는데…….'
 [괜찮습니다, 수혁. 조금 모자라도, 수혁에게는 제가 있습니다.]
 '이걸 위로랍시고 하는 거지?'
 [네.]

'그래…….'

수혁은 '인공지능에게 뭘 더 바랄까.'라고 중얼거리며 노트북 화면을 바라보았다.

[대단하군요.]

바루다의 말처럼 감탄이 나오는 순간이었다. 거의 A4 용지 한 쪽 정도 되는 분량이 적혀 있었는데, 모조리 영어였다.

[문법 완벽하고, 단어 선택 적절하고. 영어 논문 쓰기의 정점이군요.]

'하…….'

[괜찮습니다, 수혁. 제가 다 해석하고 있잖습니까.]

'그렇긴…… 하지. 음. 내용도 좋네.'

[네. 대가가 괜히 대가가 아니군요.]

예전의 수혁이었다면 영어 문장을 해석하는 데만 해도 시간을 제법 할애해야 했을 터였다. 하지만 지금은 그저 바루다가 실시간으로 전달해 주는 내용을 듣기만 하면 되었기 때문에 시간이 무척 단축되었다. 어지간한 원어민이랑 비교해도 큰 차이는 없을 지경이었다.

"확실히 교수님께서 관상동맥 해부에 대해서 워낙 잘 알고 계셔서, 완벽한 소개가 나온 것 같습니다."

해서 수혁은 거의 화면을 들여다보고 1분도 되지 않아 현종을 돌아볼 수 있었다. 이현종으로서는 퍽 의외의 일이었다. 분명 수혁이 자기 입으로 영어가 약점이라고 했던 적이 있었으니까.

"벌써 다 읽었어?"

"네."

"독해가 좋구나? 못한다더니."

"영어 공부도 하고 있습니다. 연수 가야 하니까요."

수혁의 말을 들은 바루다가 '원장 뺨치는 사기꾼'이라는 둥 어쩐다는 둥 말을 늘어놓았지만, 수혁의 얼굴엔 단 하나의 표정 변화도 스쳐 지나가지 않았다.

"이야……. 아무튼."

이현종은 그렇게 좀 놀라다가 자신의 노트북을 톡톡 두드렸다.

"이거 여기까지 했고. 초록은…… 이렇게 하지."

그냥 두드리는 건가 싶었는데 알고 보니 자판을 치고 있었다.

'미친 사람인가.'

[지우질 않네요, 문장을.]

그야말로 일필휘지라는 말이 딱 어울리는 광경이었다. 그냥 생각 없이 두들기는 것처럼 보이는데, 화면에 뜬 내용은 단 하나도 뺄 게 없었다. 다만 이번엔 아까 수혁이 본 것처럼 자세하지는 않았고 그저 요약이었다. 초록이라고 보면 되었다.

"여기에 네가 살 붙여서 결과랑 고찰까지 써 봐."

"아……. 그럼 초록은 그냥 이걸로 내고요?"

"그래야지. 아마 곧 추계 마감일걸? 그건 내가 낼게. 어차피 이번에 우리 병원이 진행을 맡았거든."

"네, 교수님. 그럼 언제까지 드리면 될까요?"

대개 실험이나 데이터 정리를 다 마친 상황에서 순수하게 논문 쓰는 데 걸리는 시간은 일주일 내외라고 보면 되었다. 이번이 딱 그러한 상황이었다. 딱 한 건의 케이스를 가지고 논문 쓰는 거라 너무 날로 먹는 거 아닌가 하는 생각이 들긴 했지만, 수혁은 일주일을 예상하며 이현종을 바라보았다.

"글쎄. 여기서 쓰고 갈래?"

하지만 이현종은 어떤 의미에서는 인간을 넘어선 무언가였다.

[미치셨나.]

감히 세계 최고의 인공지능을 꿈꾸는 바루다마저 놀랄 지경이었다.

'농담이겠지?'

[표정 분석 결과……. 농담 아닌 거 같은데요.]

'이런 젠장. 가능해?'

[가능한지 여부를 분석하겠습니다. 5분만 시간 끌어 보십시오.]

'5분. 알았어.'

원래의 바루다라면 딱 하면 딱 나왔겠지만, 지금은 폭발 당시 소실된 대개의 연산 장치를 수혁의 뇌를 빌려다 쓰고 있는 상황이었다. 때문에 연산할 수 있는 정보의 종류는 오감을 포함해 크게 늘었지만 속도 자체는 또 크게 줄어들어 있었다.

이제는 그 속도에 바루다도 수혁도 익숙해진 터라 크게 불편함을 호소하진 않게 되긴 했지만, 수혁은 흠흠 소리를 내고는 이현종을 돌아보았다. 바루다가 주문한 5분을 때우기 위해서였다.

"아, 그런데 교수님."

"응?"

"김진실 교수님이랑 하는 논문 때문에요."

"갑자기?"

워낙 갑작스러운 주문이었기 때문에 아무래도 생각나는 주제가 무척 한정적이었다.

[논문 쓴다고 논문 얘기를 꺼내다니…….]

바루다의 불평불만이 이어질 정도로.

"네. 좀 상의를 드리고 싶은데, 제 입장에서는 아무래도 원장님께서 좀 더…….."

"아……. 하긴 내가 좀 연륜 있지. 똑똑하고. 그렇지?"

다행히 이현종은 그렇게 이상하게 생각하진 않았다. 그저 자기 자랑을 늘어놓음으로써 수혁의 심기를 어지럽혔을 뿐이었다. 물론 이수혁은 정말로 이현종이 천재라고 생각하고 있었기 때문에 신현태가 와서 당하는 것처럼 대미지를 입진 않았다.

"네, 원장님."

"그래. 그럼 말해 봐."

"그……. 이게 사실 심장은 아닌데."

"괜찮아. 대강은 다 알아."

다른 사람의 말이라면 미친 소리 한다고 했겠지만, 이현종은 진짜 그런 인간이었다. 이 사람은 그냥 의학이라면 대강 다 알았다.

"간암에서 요새 고주파로 태우는 치료를 하지 않습니까."

"아……. 그렇지. 많이 하지. 간이 그래도 좀 단단한 장기니까."

원래 암 덩이를 태우는 건 지극히 위험한 짓이었다. 그러다 살아 있는 암세포가 다른 곳으로 날아가기라도 하면 인위적인 전이를 시키는 셈이 되기 때문이었다. 하지만 몇몇 암에 한해서는 예외를 두고 있었는데, 그중 하나가 간이었다.

"그게 아무리 그래도 간혹 전이가 있긴 하지 않습니까?"

"보고되는 게 있긴 하지."

"그래서 돼지 간을 가지고 방사성 동위원소를 함유한 덩이를 암 덩이처럼 만들 건데요."

"호오……. 계속해 봐."

이현종은 과연 타고난 학자답게 흥미를 보였다. 자기하고는 전혀 관계없는 분야임에도 이러는 걸 보면 확실히 이상한 인간이기는 했다. 그런데도 자기 분야에서 세계 최고에 가깝다는 걸 보면 대단한 사람이기도 했고. 아무튼, 이수혁은 다행이라는 생각을 하면서 입을 놀렸다.

"그 덩이를 고주파로 태운 후에 그 덩이에서 혹 간의 다른 부위로 퍼지는 방사성 동위원소가 있는지 여부를 확인하려고 합니다."

"아하……. 그럼 전이가 있을지 없을지를 알 수 있겠는데? 재밌네, 이거. 이런 게 실험 논문이지. 근데?"

"살아 있는 돼지한테 하는 게 좋을지, 아니면 그냥 죽은 돼지 간으로 해도 좋을지를 모르겠어서요. 전자로 하려면 아무래도 돈이 좀…….""

"아. 잠깐만."

이현종은 재밌고도 의미 있는 논문이라는 생각이 들었는지 확 들떠 버렸다. 그사이 바루다가 분석 결과를 보내왔다.

[관상동맥 해부 쪽으로 교과서나 논문 데이터가 꽤 있어서 바로 작성 가능합니다.]

운 좋게도 오케이 사인이었다.

"아무래도 죽은 거보다는 살아 있는 게 정확하지."

"저도 그럴 거 같은데……. 김진실 교수님이나 저나 연구비가……."

"하긴 그렇겠네. 돈이 꽤 들겠지."

연구용 돼지는 그냥 아무 돼지나 쓸 수 있는 게 아니었다. 변수를 배제해야 하기 때문이었다.

"음."

잠깐 고민하던 이현종은 이내 고개를 끄덕였다.

"에이. 그냥 내 연구비로 해. 나는 2저자로 이름 올리고. 그럼 되겠다."

"아······. 정말요?"

"정말이지. 재밌는 논문이잖아? 도움 되면 좋지."

"감사······. 감사합니다."

"어, 그건 그거고. 이건 언제 쓸 건데."

이현종은 다시 조금은 날카로운 얼굴로 돌아와 있었다. 마냥 재미만 있는 타 분야가 아닌, 자신이 평생을 바친 자신의 분야를 얘기할 때의 얼굴로. 수혁은 그런 현종의 얼굴을 보며 자신 있게 답을 해 주었다.

"지금요."

"지금?"

이현종은 아까 자기가 여기서 쓰라고 말했던 주제에 제법 놀란 얼굴이 되어 있었다. 그도 그럴 것이 스스로 대단한 천재라 여기고 있는 이현종조차 레지던트 시절에는 이런 식으로 논문을 써 본 기억이 없었기 때문이었다. 교수가 되고도 조금 더 시간이 흐른 다음에나 가능했던 일이었다. 그 전까지는 사실 논문에 쓰이는 영어나 문법도 생소하기 짝이 없었으니까. 그걸 레지던트가 할 수 있다고? 믿기 어려운 일이었다.

"네."

하지만 지금 그의 눈앞에 앉아 있는 수혁의 얼굴엔 자신감이 온통 가득해 보였다.

'설마······. 아니, 아니지. 가능한 일이긴 해.'

아마 이 자리에 있는 게 이현종이 아니었다면 화를 냈을 수도 있었다. 세상에 대체 어느 누가 논문을 이렇게 막 쓸 수 있냐고. 하지만 이현종은 천재지 않은가.

'얘가 나보다 더 똑똑하다면 가능하지. 게다가······.'

이현종은 이날 이때까지 자기가 대단한 천재라고 생각하고 살아왔다. 아니, 어쩌면 세상에서 제일 똑똑한 사람이 아닐까 하는 생각까지 하고 있었다. 그가 마주치는 대부분의 사람들이 그보단 똑똑하지 못했으니 그렇게 생각할 만도 한 일이었다.

하지만 그 생각이 수혁과 마주하고부터는 조금씩 바뀌고 있었다. 어쩌면 수혁이 자기보다도 더 똑똑한 놈이 아닐까 하는, 뭐 그런 생각이 들기 시작했다는 뜻이었다.

"그래? 그럼 빨리 써 봐."

이현종은 화를 내는 대신, 진짜 천재는 어떻게 논문을 쓰는지 구경이나 해 보기로 했다.

'준비됐지?'

수혁은 고개를 끄덕이며 바루다를 불렀다.

[네, 완벽합니다.]

그사이에 기승전결을 다시 한번 가다듬고 있던 바루다가 자신감 넘치는 어투로 답을 해 주었다. 그러곤 수혁이 써야 할 문장을 차례로 머릿속에 띄워 주었다. 모두 수혁이 읽고, 바루다가 쌓아 둔 논문에서 한 번씩은 나왔던 단어들로 이루어진 문장이었다.

[관상동맥 조영술에서 해부학적 변이에 대한 고려는 환자의 예후에 있어 지극히 중요하다.]

문장 하나하나가 모조리 논문에 쓰이는 단어와 숙어, 그리고 구조로 이루어졌다는 뜻이었다. 덕분에 딱 첫 문장이 쓰였을 때부터 이현종의 얼굴은 푸근해졌다.

'좋은데.'

대부분 처음 논문을 써 보라고 했을 때, 정말 논문을 써 오는 사람은 극히 드물었다. 논문인 것처럼 보이는 무언가를 들고 오는 녀석들이 대부분이었다. 일단 영어를 독해하는 능력은 뛰어난 데 반해 쓰는 능력은 제로인 경우가 대부분이었기에 영어가 아닌 문장을 써 오는 레지던트들 또한 많았다. 용케 영작은 되는데 논문이 아닌 형식으로 써 오는 녀석들도 많았고. 하지만 지금 수혁이 쓰고 있는 문장과 각 문단의 구조는 그야말로 영어 논문의 정석이라고 봐도 무방할 지경이었다.

'문장이 좀 딱딱한 거 아니냐?'

[수혁이 읽었던 논문들을 떠올려 보십시오.]

'정말…… 많았지.'

[그 많고 많은 논문들의 문장이 다 이렇습니다.]
'그랬나.'
[그렇습니다.]
'듣고 보니 그런 것 같기도 하고.'

수혁으로서는 긴가민가하기만 했다. 지금까지 영어로 된 논문을 정말이지 숱하게 읽어 오기는 했지만, 바루다가 죄다 실시간으로 해석을 해 준 상태에서 읽었기 때문에 솔직히 영어 논문을 읽었다고 보기는 좀 어려웠기 때문이었다.

'정말 대단한데?'

하지만 수혁의 내적 갈등이야 어찌 되었건 이현종이 보기엔 그저 완벽하기만 했다. 오히려 쓰면 쓸수록 놀라움이 더더욱 커져만 가고 있는 중이었다. 처음엔 그저 논문 영어에만 놀라고 있었지만, 이젠 그 내용에 놀라고 있었기 때문이었다.

'기승전결이 있어. 그것도…… 논리가 완벽해. 이렇게 풀어 나가면 진짜 NEJM 실리지.'

솔직히 말하면 아까 NEJM 어쩌고 했던 건 반쯤 농담이었는데, 쓰는 걸 보니까 확 욕심이 일었다.

'요새 에디터가 누구더라.'

논문을 내면 심사를 담당할 사람이 누구인가까지 떠올리게 될 지경이었다. 물론 수혁은 이현종의 표정이나 다른 제스처를 두고 볼 생각조차 못 하고 있었다. 바루다가 일러 주는 영어를 타이핑하는 데 정신이 완전히 팔려 있었기 때문이었다.

/////

"후."

그러던 수혁이 얕은 한숨과 함께 고개를 든 것은 그로부터 대략 15분 뒤였다.

"다 썼습니다."

그 얘기를 들은 이현종은 웃어야 할지 아니면 울어야 할지 모르겠는 얼굴이 되어 버렸다. 그 또한 다 썼다는 말을 듣자마자 시계를 봤기 때문이었다.

'15분 만에 이런 논문이 나온다 이거지.'

이 얘기를 누구한테 해 주면 믿을까? 수혁을 이현종만큼이나 신뢰하고 있는 신현태? 죽어도 혈액종양내과로 끌어들이겠다고 다짐하고 간 조태진?

'안 믿을 거 같은데.'

아마 그들도 그러긴 쉽지 않을 터였다. 그 누구보다 수혁을 이뻐하고 믿고 있다고 생각한 것이 바로 자신 아니던가. 그런 이현종조차 두 눈으로 보고도 믿기지 않는 일이 벌어진 참이었다.

"뭐가…… 잘못됐나요?"

수혁은 이현종의 얼굴에 드러난 불신의 기운을 느끼곤 입을 열었다.

[뭔가 이상하군요. 이현종은 혼란스러워하고 있습니다.]

물론 바루다의 조언을 듣고 나서였다.

"아니, 아니. 잘못되긴."

이현종은 손을 살랑살랑 저어 대고는 수혁이 치고 있던 노트북을 자신에게로 끌어왔다. 타자를 쳐 대는 것과 동시에 쭉 읽어 내려가긴 했지만, 한 번 더 확인을 해 보고자 함이었다.

"허."

하지만 두 번 보고 세 번을 봐도 고칠 곳이 전혀 없었다.

'약간 무서운데?'

이현종은 그제야 신현태나 자신의 선배들, 그리고 교수들이 왜 자신을 보고 괴물이라고 했는지 조금이나마 알 것 같은 기분이 들었다. 감히 상상조차 할 수 없는 괴물이 눈앞에 있는 셈 아니던가. 이현종의 머리로는 도대체 이게 어떻게 가능한 것인지 이해조차 가지 않았다. 백번 양보해서 이 분야의 전문가이자 대가로 평생을 살아왔다면 또 모르겠지만 수혁은 이제 겨우 레지던트 1년 차 아닌가.

"네?"

그것도 자신이 조금 빤히 봤다고 바짝 쪼는, 그런 평범해 보이는 1년 차. 그런데 15분 만에 이런 논문을 쓰다니. 전율이 일 지경이었다. 이현종은 자기도 모르게 소름이 오소소 돋아난 자신의 팔뚝을 내려다보며 고개를 끄덕였다.
'재밌어. 이 자식은 진짜 무조건 키워 줘야 해.'
한 가지 다행스러운 점은 이현종이 여느 소인배들과는 사뭇 다른 인간이라는 점이었다. 자라나는 새싹을 밟을 생각을 하기는커녕 키울 생각만이 가득했다. 물론 이미 이현종이 석좌 교수에 오를 만큼이나 연륜도 있고, 나이도 있어서이기도 했지만, 그 저변에는 역시 이현종의 훌륭한 사람 됨됨이가 깔려 있었다.
"아니, 잘 썼어. 수정도 필요 없겠어."
"다……. 아니, 감사합니다."
수혁은 바루다 때문에 하마터면 당연하다고 말할 뻔했으나 어찌어찌 잘 넘어갔다.
[제가 썼는데 수정할 게 있으면 안 되는 겁니다, 수혁.]
바루다는 그사이에도 끊임없이 자기 자랑을 늘어놓는 중이었다.
"역시 이걸 딱 보고 논문 쓸 생각을 한 내가 또 천재지."
그뿐만 아니라 이현종도 자기 자랑을 늘어놓기 시작했는데, 이수혁으로서는 한숨이 절로 나올 수밖에 없는 상황이었다.
'어째 주변에 있는 인간이고 깡통이고 죄다 나르시시스트야…….'
[바루다는 나르시시스트가 아니라, 사실을 전달하고 있을 뿐

입니다. 제 판단으론 이현종도 자신이 생각하는 사실을 전달하고 있는 것으로 보입니다.]

'하긴, 나도 천재이긴 하지.'

[방금 그 발언은 조금…….]

'뭐?'

[아뇨. 수혁도 똑똑한 편이죠, 네. 그렇다고 칩시다.]

수혁이 바루다에게 한 방 먹는 동안 이현종은 허허 웃으며 해당 파일을 어디론가 보내 버렸다. 수혁이 그 사실을 눈치챈 것은 노트북 화면에 웬 인터넷 창이 뜨고 나서였다.

"어?"

"아. 이거. NEJM에 냈어."

"네? 학회가 아니라요?"

"누가 학회 발표 신청 원서 내는데 논문 원본을 보내냐. 그냥 한글 초록이나 내면 되지."

"어……."

"뭘 그렇게 쫄고 그래. 내는 건 아무나 할 수 있어. 되는 게 중요하지."

이현종은 지금까지 숱하게 NEJM에 논문을 낸 사람답게 수혁의 어깨를 아주 관록 있는 표정으로 두드려 주었다. 그러곤 수혁이 가타부타 무슨 말을 하기도 전에 전화기를 집어 들었다. 덕분에 수혁으로서는 그저 이현종이 어디론가 전화 거는 것을 지켜볼 수밖에 없었다.

"어어. 나야. 이현종."

다행히 전화 거는 모습을 봤을 때 NEJM 쪽은 아닌 거 같았다. 그랬다면 영어로 했을 테고, 저렇게 고압적인 자세를 취하진 않았을 테니까.

"아니, 다른 건 아니고. 요번에 초록 많이들 내?"

"아뇨. 늘 그렇죠, 뭐. 이제 또 푸시 좀 해야죠. 그나마 태화의료원은 꽤 많이 내긴 했습니다."

"그래? 이번에 하나 더 내려고."

"교수님이요? 그럼 저흰 너무 좋죠. 강의로 넣을까요?"

아마도 상대는 이번 학회에서 학술 이사를 맡은 교수님 같았다.

'누구더라.'

[이번 내과학회 학술 이사는 우창윤 교수입니다.]

'아……'

공교롭게도 우하윤의 아버지였다.

'운명인가?'

[우연이죠.]

'깡통이 인간관계에 대해 뭘 안다고.'

[알 만큼은 압니다.]

둘이 이러쿵저러쿵 입씨름을 늘어놓는 동안에도 이현종과 우창윤의 대화는 계속해서 이어지고 있었다.

"아니, 나는 아니고. 우리 전공의."

"아, 네……."

우창윤은 이현종이 아니라 전공의의 초록이란 얘기를 듣자마자 확 목소리가 작아졌다. 별로 자기 감정을 숨기거나 하는 타입은 아닌 모양이었다.

"이수혁이라고 아나?"

"이수혁이요? 알죠. 걔 근데 1년 차 아니에요?"

"어. 근데 기가 막혀. 논문 NEJM 될 거 같아."

"네?"

하지만 수혁의 이름이 거론되자마자 다시금 목소리를 확 키웠다. 기분이 좋아서라기보다는 너무 놀란 듯했다. 당연한 일이었다. 1년 차가 학회 발표를 하는 것도 드문 일이지 않은가. 그런데 그걸 원장이 직접 알려? 아마 학회 창립 이래 처음 있는 일이라고 봐도 무방할 터였다.

"아무튼, 그거 초록으로 낼 거니까. 좀 큰 강의실로 잡아 달라고."

"제목이…… 뭔데요?"

"새로운 관상동맥 해부학적 변이의 확인."

"새로운? 지금까지 안 나왔던 거에 대한 발표라고요?"

"어."

"그걸 우리 학회에서 처음 하시는 거예요?"

"어. 그렇긴 한데. 이수혁이 하는 거야. 존댓말 쓸 필요 없는데."

"아……. 이게 무슨……."

우창윤은 전화를 끊고서도 한참 동안 혼란스럽다는 표정을 감추지 못했다. 물론 요번 태화의료원에 이수혁이란 기깔난 1년 차가 있다는 거야, 예전부터 잘 알고 있기는 했다. 발표도 봤고, 딸한테 전해 듣기도 했으니까. 그런데 이런 수준의 발표를 한다고?

'아니, 뉘앙스가 이현종 교수님이 아니라……. 이수혁이 논문을 쓴 거 같은데…….'

그런 게 가능하다는 건가. 도저히 불가능할 거 같은데. 하지만 만약 사실이라면?

'아선병원에서 제시할 수 있는 조건이 뭐가 있지?'

우창윤은 혹시 모르는 일이니 한번 알아나 보자고 결정했다. 바로 그 시각 이현종 또한 비슷한 생각을 하고 있었다. 수혁을 돌아보면서였다.

'발표하고 나면 난리 나겠지. 얘는 무조건 태화에서 잡는다.'

학회

이현종은 생각 같아서는 그냥 지금 바로 발표장으로 가고 싶은 심정이었다. 하지만 추계 학회는 늘 추석 전전주 주말에 한다는 것이 원칙이었고, 그건 제아무리 날고 기는 이현종이라 해도 기다려야만 한다는 뜻이기도 했다.

"드디어, 드디어!"

덕분에 병원 로비 앞에 새벽같이 선 버스에 오르는 이현종의 얼굴에는 들뜬 기색이 그득했다. 거의 무슨 소풍 가는 초등학교 3, 4학년 정도는 되어 보일 정도로 상기되어 있었다.

"원장님. 체통 좀 지키세요."

보다 못한 신현태가 그런 이현종의 팔을 잡아다가 의자에 앉혔다.

"뭐, 인마. 너는 몰라. 내가 이번 학회에 얼마나 공을 들였는지."

"제가 왜 몰라요, 다 알죠. 형님 때문에 수혁이가 진짜 고생 많았죠……."

신현태는 그렇게 말하면서 뒤쪽 버스를 돌아보았다. 규모가 작은 과에서는 버스 하나 빌려서 학회를 가기도 하지만, 태화 의료원 내과 정도 되면 이런 대형 버스가 무려 석 대는 가야만 했다. 심지어 일부는 학회 기간 당직을 서고, 일부는 따로 내려가는데도 그러했다.

'불쌍한 놈……. 하필 이현종 같은 독종한테 걸려서…….'

눈만 감으면 수혁의 얼굴이 떠올랐다. 틈만 나면 원장실에 불려 와서 발표를 달달 외워 댔으니 그럴 만도 했다. 한 가지 놀라운 점은 이현종이 그때그때 생각나는 대로 수정해 주는 대본을 그 자리에서 덥석덥석 잘도 외웠다는 점이었다.

'천재는 천재야.'

그리고 그 천재는 본인의 요청에 의해서 이현종과 같은 버스가 아닌, 제일 뒤 버스에 타 있었다.

'하, 씨…….'

여기로 오면 더 이상의 지뢰는 없을 줄 알았던 수혁이었거늘.

[조태진을 생각 못 했군요.]

'가는 내내 떠들게 생겼네……. 나 어제 당직 서느라 못 잤는데.'

뒤늦게 오던 조태진이 하필 딱 수혁이 세 번째 버스에 오르는 것을 보고 만 것이었다. 이제는 아예 대놓고 수혁에게 러브 콜을 부르게 된 조태진 교수였기에, 교수들은 죄다 첫 번째 버스에 타라는 과장의 공지가 있었음에도 불구하고 두말할 것도 없이 수혁의 뒤를 따라서 올라 버렸다.

"야, 수혁아. 이것 좀 먹어라. 이거 반숙인데, 맛이 죽여줘."

"아, 네. 교수님."

게다가 수혁은 최근 레지던트들 사이에서 일종의 경원시하는 사람이 되어 있었다. 노상 원장 아니면 과장이, 그것도 아니면 조태진이 싸고돌고 있으니 당연한 일이었다. 왕따는 아니지만, 옆자리엔 앉기 싫은 그런 인간이라고 보면 되었다. 해서 수혁의 옆자리는 비어 있었고, 그 자리는 아주 당연하다는 듯 조태진 교수의 몫이 되어 버렸다.

"이야. 달걀도 잘 까네. 너는 못하는 게 뭐냐?"

"아······. 아뇨. 이건······."

조태진은 말도 안 되는 구실까지 붙여 가며 수혁에게 칭찬을 늘어놓다가, 돌연 호주머니를 뒤적거리기 시작했다. 전화가 오는데 벨 소리가 병원 쪽 번호였기 때문이었다.

"아, 씨. 학회 가는 거 뻔히 알면서 전화야."

비록 투덜거리긴 했지만, 일단 전화를 찾다 부리나케 받기는 했다. 대학 병원 교수를, 그중에서도 급한 환자들이 많은 혈액종양내과 교수를 하다 보면 어쩔 수 없는 일이었다. 일종의 숙명이자, 업이었다.

"혈종 조태진입니다."

"교수님, 저 3년 차 김인수입니다."

"아, 인수? 웬일이야? 우리 학회잖아. 너 왜 병원이냐?"

김인수라면 현재 3년 차 치프 아니던가. 다른 같은 연차 녀석들에 비해 똘똘하기도 하고, 또 열심이기도 해서 조태진이 꽤 이뻐하는 녀석이었다. 그래서 그런가, 목소리가 확실히 누그러들었다.

"저 오늘까지 당직 서고 내일 내려갑니다. 이번에는 발표가 없어서요."

"아……. 3년 차라고 좀 쉬었구만."

"네. 죄송합니다."

"아니, 뭐. 근데 왜."

"지금 응급실로 교수님께 팔로업(follow up) 받는 환자분이 오셔서요. 김성원, 남자 42세, 골수 섬유증(myelofibrosis, 골수 조직의 섬유가 과잉 발육되어 혈액 생성 기능이 저하되는 병) 환자분인데 복통으로 오셔서, 아셔야 할 것 같아서 연락드렸습니다. 교수님 지인분이라고 하는데, 맞나요?"

"아…….."

김성원이라면 조태진이 기억나지 않기가 어려운 환자였다. 바로 며칠 전에 외래로 찾아왔던 환자였으니까. 아니, 그냥 환자가 아니라 고등학교 동창이었다.

학교 다닐 때는 아주 친하진 않았지만, 환자로 만나게 된 이후로는 가끔 만나서 점심이라도 한 끼 하는 사이가 되어 있었다. 연락이 20년 넘게 끊어졌다가 환자와 의사 관계로 만나게 된 것은 꽤 특이한 인연이라고 할 수 있었으니까. 골수 섬유증이라는 게 그렇게 녹록한 병이 아니기도 했고.

"지인 맞아. 근데 복통으로 왔다고?"

"네."

"음……."

골수 섬유증은 그 범위에 따라 여러 병을 지칭할 수 있는데, 김성원의 경우엔 특발성 골수 섬유증이었다. 예후는 극히 좋지 못한 편에 속했는데, 김성원의 경우엔 앞으로 남은 기대 여명이 대략 5년가량밖에 되지 않을 지경이었다.

'뭐 또 안 좋은 거 생긴 건 아니겠지?'

조태진은 친구에 대한 걱정을 담아 김인수에게 물었다.

"뭐 검사한 거 있어?"

"일단 혈액 검사는 나갔고, 복부 CT 검사도 하려고 합니다."

"어, 그래. 잘 생각했네. 그거 찍으면 바로 영상의학과 판독 좀 받아 둬."

"근데 알아보니 오늘부터 3일간 복영학회라 교수님들이 자리에 안 계신다고 합니다."

"복영? 복부영상의학회 학회야?"

"네."

"이런."

가을은 이게 문제였다. 여름간 방학했던 학회들이 죄다 다시 개시되면서 간혹 이렇게 일정이 겹쳐 버리는 경우가 있었다.

'나라도 내려서 봐야 하나?'

뒤늦게 이런 후회도 들긴 했지만 이미 버스는 병원을 떠난 후였다. 더구나 조태진은 거의 도착하는 시간 즈음에 발표가 하나 있어서 내릴 수도 없었다.

"일단. 일단은 찍어야지. 찍어서 나한테라도 영상 보내. 알았지?"

"네."

"뭐 다른 질환 명확하면 거기서 알아서 진행하고."

"네, 교수님. 그럼 그렇게 진행하겠습니다."

"어, 그래. 고맙다."

조태진은 고개를 끄덕이며 전화를 끊었다. 그사이, 수혁은 조태진과 김인수 사이의 통화를 토대로 바루다와 대화를 나누는 중이었다.

'특발성 골수 섬유증이라?'

[정식 명칭은 만성 특발성 골수 섬유증입니다.]

'김성원이면 나도 아는 환자분인데.'

[데이터화했던 것 같습니다.]

수혁은 다른 분과들을 돌고 돌아 다시 혈액종양내과로 돌아온 참이었다. 원래 같았으면 다른 교수 밑으로 갔어야 했는데, 소문에 따르면 조태진 교수가 교수 회의에서 바닥에 눕는 등의 기행을 보이는 바람에 또 조태진을 따라 돌고 있었다. 당연히 조태진의 외래에도 들어갔었고, 기억력이 아닌 데이터베이스화하는 능력을 갖춘 수혁은 김성원에 대한 데이터 또한 가지고 있었다.

'나이도 어린데 걸려서 뭔가 다른 건 아닌가 의심했었지?'

[네. 보통 50세 이후에 나타나는 드문 질환인데 환자는 젊으니까요.]

'근데 다른 건 아니었어. 치료는 뭐 하고 있었지?'

본래 특발성 골수 섬유증은 치료가 없는 병이었다. 치료가 필요 없어서는 아니었고, 방법이 없었다. 그때그때 증상에 맞춘 치료가 전부라고 보면 되었다. 즉, 치료라기보다는 관리를 하다가 때가 되면 환자를 무력하게 보내야 하는 질환이라는 뜻이었다.

"수혁아, 너 김성원 환자 혹시 기억하니?"

바루다가 막 수혁의 질문에 대해 답을 하려고 할 때쯤, 조태진이 말을 걸어왔다. 자연히 바루다는 입을 다물었고, 수혁은 조태진과의 대화에 집중했다.

"네. 저번 주 교수님 외래에 왔었습니다."

"그때도 복통 있었어?"

"간혹 있었다고는 했는데, 심각하지는 않았습니다."

"그런데 오늘은 응급실로 왔다 이건데. 음."

조태진은 혹시 자신이 뭘 놓친 건 아닌가에 대한 고민에 빠졌다. 동시에 수혁과 바루다 또한 비슷한 주제를 가지고 심도 있는 토론에 들어갔다.

'골수 섬유증에서 복통이 가능한가?'

[가능은 하죠. 비장이 커지면 그로 인한 압박감이 발생할 수 있습니다.]

'아, 비장이 커지지 참.'

골수 섬유증이란 골수가 섬유화되면서 제대로 된 피를 만들지 못하게 되는 병을 의미했다. 그렇다 보니 골수 외의 조혈 작용이 확 늘어나게 되는데, 그 조혈을 담당하는 곳 중 하나가 바로 비장이었다. 물론 이거로 치료되지는 않았고, 오히려 증상만 일으키는 경우가 더 많았다. 복부 팽만감이나 복통이 주를 이루었는데, 간혹 비장의 괴사 등과 같은 치명적인 결과를 초래하기도 했다.

'아니지? 이 사람 그래서 비장 뗐는데?'

[기록상 1년 전에 비장 제거를 했군요. 그럼 비장으로 인한 복통은 아닙니다.]

'뭐야, 그럼.'

[환자 빈혈 증상에 대해 장기간 스테로이드를 쓴 병력이 있습니다.]

'스테로이드라…….'

스테로이드는 마법의 비약처럼 쓰이는 약이라고 보면 되었다. 실제로 무척 다양한 병에서 결정적인 약으로 쓰이기도 했고, 심지어 이 약도 없는 골수 섬유증에서도 빈혈에 대한 치료제로 쓰일 정도였다. 하지만 늘 그러하듯 부작용이 문제가 될 수 있었다. 특히 장기간 복용한 경우에는 더더욱 그러했다.

"감염이 있으려나?"

스테로이드의 합병증 중 하나인 감염을 입에 올린 것을 보면, 그 비슷한 생각을 조태진도 떠올린 모양이었다.

마침 수혁도 사고 회로가 그쪽으로 뻗어 나가고 있던 참이어서, 매우 격정적으로 고개를 끄덕여 주었다.

"네. 의심해 볼 수 있을 거 같습니다."

"검사 언제 되는 거야, 이거. 궁금하네. 오."

조태진이 막 투덜거리기 시작할 때쯤 그의 전화기가 울렸다. 그는 김인수가 양반은 못 되는 모양이라고 중얼거리면서 그 전화를 받았다.

"어, 어떻게 됐어?"

"지금 동영상으로 찍어서 보내 드렸습니다. 혈액 검사 결과도 동봉했습니다."

"CT 얘기하는 거지?"

"네."

"네가 볼 땐 어떤데?"

"회장(ileum, 소장의 마지막 부분)에 좁아지는 병변이 있고, 장간막 덩이들이 관찰됩니다. 결핵이 의심됩니다. 일단 영상의학과 당직도 그렇게 말은 했습니다."

"말로 들어선 모르겠네."

그건 수혁이나 바루다 또한 마찬가지였다. 물론 김인수도 이렇게 말로 계속 이어 나갈 생각은 없었다. 기껏 영상 찍어 놓고 말로 떠들 필요는 없지 않겠는가.

"영상 보시고, 다시 연락 주십시오. 저희는 일단 환자분 증상에 대해서 처방드리려고 합니다."

"아……. 그래. 너무 고통스럽지 않게 좀 신경 써 줘."

"네. 교수님."

조태진은 그렇게 전화를 끊은 후 곧장 배낭에서 노트북을 꺼내 들었다. 별로 놀랄 일은 아니었다. 요새 발표하는 사람치고 노트북도 없이 나다니는 사람은 없었으니까.

"어디 보자."

조태진은 노트북으로 김인수가 보낸 동영상을 다운 받은 후 재생시켰다. 역시나 센스쟁이답게 CT 영상을 쭉 스크롤하는 장면을 카메라로 찍어서 보내 놓은 참이었다. 덕분에 조태진이나 수혁 그리고 바루다는 정말 병원에 있는 것처럼 영상을 똑똑히 살필 수 있었다.

"아……. 이게 이런 얘기였네."

조태진은 환자의 회장 즉 소장이 대장으로 연결되는 부위를 가리키며 고개를 끄덕였다. 그쪽 장들이 죄다 좁아져 있었고, 주변으로는 덩이들이 놓여 있었다.

"결핵 맞네."

누가 봐도 결핵을 떠올릴 수 있을 만한 병변이었다. 수혁이 보기에도 그랬다. 그래서 막 고개를 끄덕이려고 하는데, 바루다가 끼어들었다.

[결핵이 아닙니다. 환자의 병력을 좀 더 고려하십시오.]

'병력?'

예전보다 바루다에 대한 신뢰도가 극도로 올라가 버린 수혁이었다. 때문에 진단 자체를 의심하는 대신, 그 진단을 어떻게 내렸는지에 대한 질문을 던졌다.

[네, 수혁. 환자는 비장 절제술을 시행받은 병력이 있습니다.]

바루다 역시 예전에 비하면 수혁에 대해 훨씬 더 협조적이었다. 덕분에 둘은 조태진이 전화기를 다시 꺼내 들고 있는, 절체절명의 순간에 보다 생산적인 대화를 아주 빠르게 이어 나갈 수 있었다.

'비장 절제술은 비장이 너무 커져서 제거한 거잖아.'
[그렇습니다. 왜 비장이 커졌다고 생각하십니까?]
'그야 당연히 골수 외의 조혈 작용이 많아져서……. 아니, 잠깐. 골수 외 조혈 작용?'
수혁은 저 혼자 중얼거리다가 유레카라도 외칠 것 같은 표정이 되었다. 그 표정이 괜히 나온 게 아닐 거라 확신한 바루다는 아주 대견스럽다는 말투로 말을 이었다.
[이제 수혁도 정말 많이 늘었군요. 이 바루다, 감복했습니다.]
'그래, 그렇네. 결핵은 아무래도 좀 생뚱맞지.'
[네. 아무리 우리나라에 결핵 환자가 많다고는 하지만, 결핵을 의심하기엔 근거가 부족합니다.]
기껏해야 예전에 3개월 동안 스테로이드를 처방했던 것이 전부 아니던가. 그전에 결핵에 걸렸던 병변이 보인 것도 아니고, 환자 진술상 그 비슷한 병력이 있지도 않았다. 그렇다면 지금 환자가 가지고 있는 질환을 토대로 이 현상에 대해 풀어 나가는 것이 훨씬 더 논리적이란 얘기가 되었다.
수혁은 나름의 확신을 가진 얼굴로 입을 열었다. 조태진이 막 자신의 핸드폰 버튼에 손을 가져가려고 할 때쯤이었다.
"저, 교수님."
"어. 수혁아."
다행히 조태진과 수혁의 관계는 이보다 좋을 수 없겠다 싶을 정도로 단단한 편이었다. 주로 수혁보다는 조태진 쪽에서 거의 일방적인 구애를 펼치고 있다고 봐야 하긴 했지만, 이럴 땐 크나큰 도움이 되었다. 수혁은 자신이 감히 교수의 행동을 끊었음에도 불구하고 다정하기만 한 조태진을 향해 말을 이었다.

"아까 그 영상……. 그거 정말 결핵일까요?"

"응?"

조태진은 그게 갑자기 무슨 뚱딴지같은 소리냐는 얼굴이 되었다. 아까 그 영상은 상당히 특이적인 모양새를 하고 있지 않았던가. 그런데 아닐 수도 있다니. 만약 수혁이 아니라 다른 놈이 얘기를 꺼냈다면 화가 불쑥 치밀어 올랐을 터였다. 하지만 이게 어찌 된 일일까. 조태진은 전혀 화가 나질 않았다.

'내 심장이 왜 이럴까.'

스스로 당황스러울 정도로 가슴이 두근거렸다. 어쩐지 수혁이라면 뭔가 아주 그럴싸한 논리를 들려줄 것 같았기 때문이었다. 그게 설령 정답은 아닐 수도 있고, 지금으로서는 그럴 가능성이 커 보였지만, 그래도 좋았다.

"왜 그렇게 생각하는데?"

조태진 교수는 핸드폰을 다시 호주머니에 넣고는 노트북을 폈다. 그 모습을 본 다른 레지던트들은 전부 속으로 이렇게 생각했다.

'이런 망할. 이수혁 아닌 놈은 서러워서 살겠냐?'

물론 조태진이 그렇게 악마 같은 교수가 아니긴 했다. 하지만 그렇다고 지금처럼 마냥 호구 같은 교수냐고 하면 그건 아니었다. 명색이 내과에서도 병마와의 싸움에 거의 최전선을 지키고 있는 혈액종양내과 교수 아닌가. 그런 사람이 허허 웃고만 다닌다? 이게 더 이상한 일이었다.

'저게 나였으면……. 아니, 일단 내 옆엔 안 앉았겠지.'

빈자리가 드문드문 있는데 뭐 하러 남의 옆에 앉는단 말인가. 괜히 앉아서 얘기 나누다 보면 교수도 열받을 텐데. 하지만 다행하게도 수혁은 조태진이 총애하는 이수혁이었다.

"자, 여기. 이거 딱 결핵 같아 보이지 않니?"

조태진은 허허 웃으며 영상을 멈춰 놓았다. 딱 회장 쪽에 여러 분절로 좁아져 있는 부위가 한눈에 들어오는 곳에서였다. 어찌나 특징적인 소견을 보이고 있는지 바루다나 수혁이 보기에도 결핵처럼 보일 지경이었다. 하지만 이미 다른 진단명을 떠올린 둘의 눈에는 약간 이상한 점도 보이긴 했다.

"모양은 분명 결핵입니다. 하지만 김인수 선생님이 같이 보내 준 혈액 검사 결과를 같이 보면 확실히 좀 이상합니다."

"검사? 이거? 뭐……. 염증 수치가 없기는 하지."

혈액 검사 결과야 아까 조태진도 딱 한눈에 파악해 놓은 참이었다. 국내 제일이라는 태화의료원에서 내과 교수를 벌써 몇 년이나 해 먹었는데 그걸 못 하겠는가.

"근데 스테로이드를 쓴 데다가, 이 환자 만성 골수 섬유증이 잖아. 수치가 제대로 나오는 게 더 어려워."

거기에 더해 그럴싸한 논리도 쌓아 둔 후였다. 그게 어찌나 그럴싸하게 들렸는지 수혁은 속으로 바루다를 불러야만 했다.

'야, 우리 맞겠지?'

[맞습니다. 조태진 교수도 딱 한마디만 하면 바로 수긍할걸요.]

'오케이.'

그러나 바루다의 말이 좀 더 믿음직스러웠다. 덕분에 용기를 얻은 수혁은 아까 생각해 두었던 바를 그대로 읊어 대기 시작했다.

"네, 그건 그렇습니다만. 환자의 좁아진 부위를 보면 딱 이 부위에 국한되어 있습니다. 이건 일반적인 결핵과는 다른 소견입니다."

"그건……. 음. 그렇긴 하지. 근데 결핵은 원래 분절 침범을 할 수 있어."

조태진은 역시나 수혁의 논리가 단단해서 기분이 좋았다. '아닐 거 같은데요.' 하고 되지도 않는 소리를 하던 레지던트들이 얼마나 많은가. 그에 비하면 이렇게 토론을 할 수 있는 레지던트의 존재는 거의 가뭄의 단비라고 볼 수 있었다.

"네, 맞습니다. 그런데 이 환자, 이 좁아진 분절을 잘 보시면 뭔가 좀 특이하지 않나요?"

"병변이? 병변 자체는 특이할 것도 없어 보이는데."

"병변 말고 그 병변이 침범한 부위는 어떤가요?"

"부위……?"

조태진은 수혁의 말에 고개를 갸웃거렸다.

'병변이 아니라 부위를 보라고?'

처음부터 그런 생각 따위는 단 한 번도 떠올리지 못한 상태였다. 그래서였을까. 뭔가 놓쳤구나 하는 생각이 대번에 들었다.

'뭐지? 얘는 뭘 본 거야 대체.'

이때까지는 교수 입장에서 가르치는 기분으로 떠들어 대고 있었는데, 지금은 후달리기만 했다. 당연한 일이었다. 총애하는 제자는 무언가를 봤는데, 자신은 못 봤다는 생각이 들었으니까.

"아……. 이거, 이게 좀 이상한데?"

다행히 조태진은 실력으로 태화의료원 내과 교수가 된 사람이었다. 머지않아 이상한 점을 잡아낼 수 있었다.

"여긴 소화기관 중에서…… 그나마 조혈 작용이 가능한……. 그런 부위잖아."

"네. 조혈 작용이 가능한 부위가 좁아져 있습니다."

"그 뜻은……."

"이곳에서 피를 만들려고 하느라 덩이가 발생한 것으로 보입니다."

"아……. 맞네. 이 환자 비장 적출했지."

골수 섬유증 환자에게 비장 적출술을 하고 나면 골수 외 조혈 작용이 늘어나는 부작용을 겪을 수 있었다. 그 외에도 백혈병이 동반되는 등, 보다 더 치명적인 부작용도 있을 수 있긴 했지만.

'그때……. 괜히 떼자고 했나.'

조태진은 불현듯 당시를 떠올렸다. 하지만 아마 그때로 돌아간다고 해도 다른 선택을 하진 못할 것 같았다. 김성원의 비장은 괴사 직전에 몰려 있었으니까. 떼지 않았다면 지금껏 살아 있지도 못했을 터였다.

"네. 아마 그래서 환자가 복통만 있고 혈변은 없는 것으로 보입니다. 만약 결핵인데 이 정도로 좁아져 있다면 반드시 혈변을 동반했을 겁니다."

"그것도 그렇네. 그래, 이걸 골수 외 조혈 작용에 의한 비대로 보니까……. 혈액 검사 수치도 설명이 돼."

간혹 피할 수 없는 오진도 있기는 했다. 하지만 대개 오진을 내릴 땐, '아, 요건 설명이 안 되는데.'라거나 혹은 아예 놓치는 경우가 대부분이라고 보면 되었다. 조태진은 아까까지만 해도 설명되지 않았던 부분들이 싹 설명이 되자 일종의 카타르시스가 느껴졌다.

"이 맛에 내과 하는 거지. 좋네. 잘했다."

"감사합니다, 교수님."

"감사는 무슨. 내가 고맙지. 아, 이번에 내가 발표할 게 아니라, 너한테 하나 줬어야 했는데. 이현종 교수님이 한발 빨라서……."

조태진은 다시 한번 허허 웃으며 전화기를 집어 들었다. 그 모습을 바라보던 다른 레지던트들의 입에서 한숨이 새어 나온 것은 당연한 일이었다.

'대단하긴 하네……. 미친놈이, 저걸 어떻게 진단하는 거야 대체.'

특히 수혁의 동기인 유지상은 질투까지 느꼈다. 그 또한 나름대로 열심히 하고 있었고, 실제로 꽤 성과를 내기도 했다. 애초에 교수를 꿈꾸며 내과에 들어왔으니 당연한 일이라 할 수 있었다.

하지만 그 누구도 수혁을 보듯 지상을 바라봐 주진 않았다. 당연한 일이었다. 지상만큼 우수한 레지던트는 매해 있었으니까. 그에 비해 수혁 같은 레지던트는 전무후무한 수준이었다.

"어어, 인수야. 영상 봤는데."

유지상을 비롯한 다른 레지던트들이 절망감을 맛보고 있는 사이, 조태진 교수는 부리나케 김인수에게 전화를 걸었다. 혹시 결핵이라고 단정 짓고 뭘 할까 봐.

"네, 교수님. 지금 진통제 드리고 다른 환자 보고 있었습니다."

물론 김인수는 아주 노련한 레지던트였다. 쓸데없이 서두르거나 해서 일을 망치는 짓 따위는 하지 않았다.

"어, 그래. 잘했어. 그 영상 보니까 결핵은 아닌 거 같아서."

"네? 결핵이 아닌가요?"

"응. 여기 수혁이 있어서 같이 봤거든. 수혁이가 환자 비장 적출한 거랑 지금 병변 부위가 좀 연관성이 있을 거 같다고 해서 봤더니 말이야."

"아, 네. 수혁이⋯⋯."

김인수는 수혁의 이름이 나오자마자 눈에 띄게 풀이 죽은 목소리가 되어 버렸다. 그도 그럴 것이, 수혁은 딱 2년 차이를 두었을 뿐인데 그 능력은 압도적이지 않은가. 벌써 위에서는 수혁은 마침 군대도 안 가니 바로 교수로 발령 내자는 얘기까지 돌고 있었다. 그 말은 곧 김인수가 교수가 될 가능성이 훅 떨어진다는 뜻이었다. 물론 조태진은 그런 사소한 감정까지 고려할 사람은 아니어서 그냥 자기 하고픈 말을 죽 이어 나갔다.

"원인은 골수 외 조혈 작용으로 보여. 그⋯⋯. 그래. 엑스트라메듈러리 헤마토포이에시스(extramedullary hematopoiesis, 골수 외 조혈) 말이야."

"아? 아⋯⋯. 네, 네."

"그래. 너도 들으니까 딱 오지?"

"네."

김인수는 솔직히 100% 다 이해가 간 것은 아니었지만 일단 아는 척을 하기로 마음먹었다. 그래야 1년 차에게 혹 뒤처지는 3년 차로 보이지 않을 것 같아서였다.

"그래, 그렇다니까. 그럼 치료는 알지? 그렇게 해 줘."

문제는 조태진은 그런 김인수의 속내를 의심할 생각조차 하지 못했다는 점이었다. 조태진은 치료를 어떻게 하라고 말해 주는 대신 그냥 알아서 하라는 지시를 내리고 전화를 끊어 버렸다.

𝄙𝄙𝄙𝄙𝄙

"하, 시발 X됐네?"

김인수로서는 진짜 큰일 난 셈이었다. 말하는 거로 봐서는 적어도 이 증상에 대해서는 치료법이 명확해 보이지 않는가. 그런데 김인수는 전혀 머릿속에 떠오르는 것이 없었다.

'어쩌지……. 스테로이드를 때려? 아니지. 그랬다가 사고라도 나면……. 하……. 아는 척하지 말걸.'

맨날 아래 연차들한테는 '눈앞에서 안 혼날 생각 하다가 사고 치지 마라.'라고 해 놓고선, 동일한 실수를 한 셈인지라 속이 무척 답답했다.

그때 그의 호주머니에 있던 핸드폰이 울렸다. 혹시 조태진인가 싶어 얼른 들어 보니, 이수혁이었다. 전화도 아니고 문자였다.

〈선생님. 교수님이 방사선 치료 어레인지하라고 말씀 주셨습니다.〉

문자를 읽자마자 실소가 터져 나왔다.

'이 새끼…….'

김인수가 3년을 내과에 있었는데 조태진 성격을 모르겠는가. 이 사람은 절대 이렇게 문자로 다시 한번 연락을 할 사람이 아니었다. 그 말은 곧 수혁이 알아서 문자를 보내 줬다는 뜻이었다. 다행히 김인수는 김진용과는 많이 달라서, 은혜를 고깝게 여기는 대신 고마워할 줄 아는 사람이었다.

'그래, 너 교수 해라……. 너 같은 놈이 해야지…….'

발표

버스는 곧 청주 라마다 호텔 로비에 멈춰 섰다.

"끄아아압."

동시에, 환자를 해결했다는 생각에 마음이 편해져 쿨쿨 자고 있던 조태진이 기지개를 켰다. 의자에 잔뜩 눌린 머리카락이 무척 인상적이었다. 세게 눌린 머리만큼이나 얼굴은 개운해 보였다. 당연한 일이었다. 학회 시작 시각 전에 청주까지 오기 위해서, 병원에 무려 5시에 출근해서 일을 마치고 온 참이었으니까.

[조심스럽게 코골이에 대해 수면 다원 검사(수면 질환과 장애를 찾아내는 검사)를 받아 볼 것을 권유하시지요.]

그에 반해 수혁은 정말이지 피곤해 보였다. 조태진이 그야말로 버스가 떠나갈 정도로 코를 골아 댔기 때문이었다. 처음에는 어떻게 귀를 막고 자 볼까 하는 생각도 하긴 했지만, 아예 옆자리에 있는 터라 그것도 쉽지 않았다.

'그래야겠어. 앞에서 볼 땐 몰랐는데 옆에서 보니까 일단 아래턱이 좀 들어가셨네.'

[바로 누워서 자면 수면 무호흡도 거의 중증 이상 수준으로 관찰될 겁니다.]

'근데 이걸 어떻게 말하냐고.'

대놓고 가서 '교수님 진짜 코 많이 골던데요?' 이렇게 말할 수는 없는 노릇 아니겠는가. 우물쭈물하고 있으니 이제 완전히 잠이 깨 버린 조태진이 호텔을 보며 중얼거렸다.

"어우. 청주는 오랜만이네."

그러곤 수혁을 바라보았다. 대화를 좀 하자는 뜻인 듯했다. 수혁으로서는 도저히 무시할 수 없는 제스처였다. 수혁은 대강 대꾸를 하기로 했다.

"아……. 교수님은 오신 적이 있으세요?"

"어. 춘계는 맨날 서울에서 하니까, 추계는 돌아가면서 열거든. 근데 이번엔 충북대 측에서 요청이 있어서 아마 학회 진행을 우리 병원에서도 좀 도울 거야."

"아, 그렇군요."

학회 진행이란 다른 말로 하면 그냥 잡일이었다. 학회를 듣기는커녕 이 방 저 방 돌아다니면서 발표자 챙기고 시간 챙기는 일을 하게 된다는 뜻이었다. 그걸 맡게 되어서 그런가, 세 번째 버스 안에 있던 레지던트들의 표정은 그리 좋지 못했다. 돈 조금만 더 쓰면 그냥 아르바이트라도 구할 수 있을 텐데, 아직도 학회의 높으신 양반들 생각은 '레지던트가 있는데 왜 굳이 돈을 쓰지?'에 사로잡혀 있었다.

"일단 내리자."

"네."

"너 이따 몇 시에 어디서 발표지?"

"저 11시 반 그랜드볼룸입니다."

"이야, 제일 사람 많은 시간에 제일 큰 강의실이네. 그때 보자."

"네, 교수님."

조태진은 버스에서 딱 내리자마자 어디론가 부리나케 사라져 버렸다. 조태진 교수쯤 되면 학회란 곳이 그저 공부만 하는 곳이 아니라, 일종의 사교 장소가 되기 때문이었다. 그간 여기저기 흩어져 있느라 얼굴도 못 본 동기들도 궁금했고, 또 선배 교수님들에게 인사드릴 일도 급했다.

'흠.'

반면 고작해야 1년 차인 수혁은 상대적으로 여유롭기만 했다.

'11시 반 발표고. 그랜드볼룸.'

사실 대단히 이상한 일이라 할 수 있었다. 메인 강의실에서 메인 시간에 강의하게 되어 있다면, 레지던트가 아니라 교수라 해도 어지간히 떨릴 테니까. 그렇지 않겠는가. 수백 명의 청중을 두고 발표를 해야 하는 상황이었다. 그 청중이 일반인들이라 해도 떨릴 텐데, 교수들을 비롯해 죄다 전문가들이었다. 어디서 어떻게 공격이 들어올지 알 수가 없으니, 지금부터라도 어디 자리 잡고 달달 외우고 있어야 정상이었다.

[그럼 한 11시쯤 들어가면 되겠군요.]

'그렇겠네.'

하지만 수혁이나 바루다나 별로 후달려 하는 기색이 없었다.

"어, 수혁이 이따 발표 잘해라."

심지어 그 발표의 교신 저자를 맡고 있는, 그러니까 책임자라고 할 수 있는 이현종도 심드렁하기만 했다. 딱 학회장에 오기 전날까지는 그렇게 사람을 들들 볶더니, 이제는 됐다고 여기는 건가 싶을 지경이었다.

"아, 네. 교수님."

"이왕 학회 왔으니까. 너무 발표 준비만 하지 말고, 가서 다른 강의도 좀 듣고 그래. 다 피가 되고 살이 된다."

그렇게 이현종까지 떠나보내고, 본격적으로 강의를 들어 볼까 하려는 찰나에 누군가 또 수혁에게 다가왔다. 뒤를 돌아보니 2년 차 황선우였다. 이제 곧 3년 차들이 전문의 시험공부를 위해 나가면 제일 높은 연차가 되건만, 여전히 공부 안 하고 뺀질거리고 있더니 슬슬 1년 차한테도 퍼포먼스가 밀리고 있는 와중이었다. 수혁에게는 거의 뭐 비교도 안 되는 수준이라고 보면 되었다.

"아, 선생님."

물론 그런다고 연차가 뒤바뀌는 건 아니었기에 수혁은 최대한 깍듯이 고개를 숙였다.

[맨날 욕하면서 앞에서는 잘하는군요.]

'그러면 앞에서도 욕하리?'

[아뇨. 잘하고 계신다고요. 칭찬과 격려 중입니다.]

'칭찬과 격려는 개뿔……..'

수혁이 바루다와 속으로 이런 대화를 나누고 있는 줄은 꿈에도 모르는 황선우가 입을 열었다.

"너 설마, 진짜 벌써 강의 들으러 가는 건 아니지?"

뭔가 좀 아니꼽다는 어투가 분명했다. 수혁은 이 자식이 왜 이러나 싶었지만, 얼굴은 웃는 낯을 유지했다.

[대단합니다. 감정하고 표정을 아예 따로 놀리다니.]

바루다는 진심으로 감탄했다는 듯 혀를 내둘렀다. 평소 같았으면 수혁도 가만있지 않았겠지만, 지금은 대화 중 아닌가. 어쩔 수 없는 노릇이었다.

"아……. 원장님께서 그렇게 하라고 하셔서요."

"원장님은 우리가 뭐 하는지 모르니까 그러시고. 1년 차가 무슨 학회 강의야."

"어……."

"그런 표정 짓지 말고. 발표 있는 건 알고 있으니까. 이따 보내 줄게."

"아, 네."

솔직히 황선우로서는 이만하면 많이 봐주는 셈이었다. 성질대로 했다면 벌써 정강이 한 대 정도는 날렸을 테니까.

'죄다 싸고도니 뭐 어쩌겠어…….'

하지만 이수혁을 건드린다는 것은 곧 이현종이나 신현태 등에게 개기는 것과 같은 일이 되어 버린 지금이었다. 원래는 이수혁은 그냥 열외로 두자는 의견도 있긴 했다. 하지만 이제 학회만 끝나면 현재 3년 차들에게 그 지위를 양도받아야 하는, 새로운 치프 연차인 2년 차들은 아무리 그래도 권위를 보여 주긴 해야 한다는 것으로 의견을 모았다.

"일단 가서 3년 차 선생님들 것까지 해서 이름표 받아야 하니까, 줄 서 있어. 그거 받고 분배까지 끝나면 그랜드볼룸 안내 맡고. 그러다 발표 시간 되면 발표하러 들어가면 되는 거 아냐. 안 그래?"

"아……. 네, 선생님. 알겠습니다."

수혁이 만약 좀만 더 싸가지가 없었다면 아마 여기서 바로 이현종에게 전화를 걸었을 터였다. 하지만 수혁은 그렇게 하는 대신 지팡이를 부지런히 놀려 가며 학회 접수처로 향했다. 별로 마음이 불편하거나 짜증이 나지도 않았다.

[일단 가죠. 가서 그랜드볼룸 앞에 서 있으면, 일하고 싶어도 못 할 겁니다.]

이미 바루다가 싹 계산을 끝내 놓은 덕이었다.

'그래, 굳이 뭐 대립각 세워서 뭐 해. 나중에 계속 같이 일할 수도 있는데.'

[황선우는 아마 아닐 것 같긴 하지만. 윗사람들한테 들이받는 이미지로 보여서 좋을 건 없죠.]

'그건 그래.'

수혁은 고개를 끄덕이면서 김진용을 떠올렸다. 지금 와서 돌이켜 봐도 딱히 자신이 잘못했다는 생각은 전혀 들지 않았지만, 몇몇 교수들이나 다른 3년 차 중 일부는 도리어 수혁을 탓하고 있었다.

🔪🔪🔪🔪🔪

[저기군요. 이른 시간인 데다, 청주인데도 사람이 굉장히 많습니다.]

부지런히 발을 놀리다 보니, 어느새 호텔 2층에 놓인 학회 접수처 앞이었다. 바루다의 말대로 정말 많은 사람이 모여 있었다. 대개는 젊디젊은 의사들이었는데, 아무래도 레지던트들 같았다.

'가서 태화의료원이라고 하고 레지던트들 이름표 받으면 되겠지.'

[네. 그런데 이걸 왜 각자 안 하고 1년 차 혼자 해야 하는지 모르겠군요.]

그나마 수혁은 좀 사정이 나은 편이었다. 다른 1년 차 동기들은 벌써 강의실마다 사진기를 들고 배정되어 있었다. 강의 장면을 사진으로 담기 위해서였는데, 그 외에도 마이크를 옮기거나 시간에 맞춰 종을 쳐야 했고, 컴퓨터, 음향 에러 등도 일차적으로 도맡아야만 했다.

돈 다 내고 공부하러 와서 잡일이라니. 선배들의 말에 따르면 '내가 이러려고 의사가 됐나.' 싶은 순간이었다고 들은 바 있었다.

'악습이지. 이런 거 다 없애야 해.'

수혁은 그렇게 중얼거리면서도 일단 맡은 바 일은 해내었다. 도리어 몸 성한 다른 레지던트들보다도 훨씬 빨랐다. 아무래도 지팡이를 짚고 있으니 다들 알아서 비켜 준 덕이었다.

"일 잘하네. 자, 그럼 저기 앞에 가서 안내 맡아."

황선우는 일단 수혁이 자신의 말을 들었다는 거 자체가 기쁜지 씨익 웃으며 그랜드볼룸 쪽을 가리켰다. 워낙 큰 강의장이라 그런지 입구 쪽에도 사람이 정말 많이 서 있었다. 어지간한 교수들은 다들 한 번씩 들렀다 가는 모양인지 서 있는 사람 대부분이 교수들로 보였다.

"네."

"여기 지상이랑 같이 가. 입구 크니까, 자리 안쪽부터 채우도록 하고. 사진은 각자 양쪽에서 찍어. 알았지?"

"네, 선생님."

수혁은 같은 과임에도 불구하고 오랜만에 보는 것 같은 동기 유지상을 돌아보았다.

'좀 말랐나?'

[내과 1년 차가 만만한 건 아니죠.]

수혁이 그렇게 지상을 찬찬히 뜯어보는 사이, 지상은 미리 들고 있던 사진기 중 하나를 수혁에게 건네주었다.

"자, 이거."

수혁은 나름 반가운 기분이 드는데 지상은 그렇진 않은 모양이었다. 뭔가 좀 데면데면한 느낌이었다.

'오랜만이라 그런가.'

수혁은 그렇게 받아 든 사진기를 목에 걸면서 입을 열었다.

"어, 어. 그래. 지금 어디 도냐?"

"감염."

"아……. 신현태 과장님 주치의야?"

"어."

"교수님 잘해 주시지?"

"내가 너냐. 잘해 주게. 죽도록 안 혼나면 다행이지. 아무튼, 내가 저쪽 맡을 테니까 네가 여기 맡아."

"어……. 그래. 그러지, 뭐."

의외의 반응에 수혁은 고개를 갸웃거리곤 그 자리에 멈추어 섰다.

'왜 저래?'

의문을 표하자 바루다가 아주 당연하다는 듯 대꾸해 주었다.

[유지상 집안이 꽤 좋다고 들었습니다.]

'그렇긴 하지. 근데 그거랑 이거랑 뭔 상관이여.'

아마 다른 병원 교수님 아들이라고 했던가. 아무튼, 로열까지는 아니더라도 수혁과는 비교도 안 되는 집안이라 들었던 기억이 있었다. 본인도 나름 그걸 어필했었기 때문에 똑똑히 기억났다.

[교수를 꿈꾸고 있었다고도 들었고요. 아마 들어오기 전에는 어느 정도 기대를 품고 있었을 겁니다.]

'지금도 꿈꾸면 안 되나?'

[그런 의미에서 보면 수혁이 너무 강력한 라이벌이죠. 달가울 리가 없을 겁니다.]

'아……. 뭐……. 그야 내가 널 가져서 그렇게 된 건데.'

[죄책감 가질 필요는 없습니다. 운도 실력이니까요. 그리고 뭐.]

바루다는 수혁의 머리가 상당히 우수한 편이라는 말을 하려다 말았다. 그렇지 않아도 주변에 있는 인간들이 모조리 칭찬만 해 대고 있는 상황 아닌가. 여기서 바루다까지 칭찬을 했다간 어쩐지 큰일 날 것 같았다. 그리고 바루다의 예상은 빗나가는 법이 없었다.

"아, 이수혁이. 오랜만이네?"

일단 저기 아선병원의 우창윤이 먼저 수혁에게 다가왔다.

"아, 우창윤 교수님."

"하윤이한테 들었어. 강의도 잘한다며?"

"아……. 그건 뭐 우연히……."

"오늘 발표할 것도 초록 보니까 장난 아닐 거 같던데 기대해도 돼?"

"열심히…… 준비하기는 했습니다."

"그래. 발표 끝나면 점심이나 같이 먹자고."

"네. 네?"

"약속했다?"

그렇게 우창윤이 사라지자 또 다른 교수가 다가왔다. 칠성병원 내과 과장 박국진이었다. 이미 이현종이 심혈을 다해 키워 낸 주니어 스태프 하나를 10억에 데려간 전적이 있는 인물이었다.

"아, 이수혁 선생?"

그는 만면에 미소를 지은 채, 마치 헤드헌터와도 같은 얼굴로 수혁에게 인사를 건넸다. 수혁으로서는 다른 병원 과장이라고 무시할 수도 없는 노릇이었다. 칠성병원은 국내 빅 3 중 하나였으니까.

"아, 박국진 교수님."

"오……. 이름까지 기억해 주고. 영광인데?"

"아, 아닙니다."

"오늘 발표 기대되던데."

"열심히 준비했습니다."

"그래. 발표 잘 지켜볼게. 이따 점심이나 먹자고."

"네. 네?"

"약속했다?"

[수혁, 벌써 다섯 명째입니다.]

우창윤, 박국진 외에도 수혁에게 밥 먹자고 제의한 사람들이 제법 있었다. 모두 이름만 대면 누구나 알 법한 큰 병원의 교수였고, 그 병원 내에서의 입지도 상당한 사람들이었다. 이런 인물들이 관심을 두고 있다니. 이제 겨우 1년 차 가을밖에 안 된 수혁으로서는 다소 황당할 지경이었다.

'아니……. 내가 뭐라고…….'

[바루다의 유일한 입출력자지요. 자부심을 가져도 좋습니다,

수혁.]

'그건 그냥 네 자랑 아니냐?'

[자랑할 만하다고 판단합니다.]

'그래…….'

어째서 자신의 주변에는 이현종이나 바루다처럼 자기 자랑이 심한 존재들뿐인 걸까. 수혁은 나지막한 한숨과 함께 고개를 가로저었다.

'아, 나 안내 맡았는데.'

그러다 문득 자신이 가장 큰 강의실, 즉 그랜드볼룸의 안내를 맡고 있었다는 사실을 뒤늦게 떠올렸다. 주변을 돌아보니 아니나 다를까 꽤 혼란스러웠다. 거의 혼자 안내를 도맡다시피 하게 된 유지상이 이리 뛰고 저리 뛰고 있었다. 하지만 강의가 시작했음에도 불구하고 밖에 있는 사람들이 너무 많았다. 제대로 푸시를 못 한 까닭이었다.

'아이고. 지금이라도…….'

수혁이 좀 거들어 주기나 할 요량으로 지팡이를 짚었는데 누군가 그의 어깨를 붙잡았다. 뒤를 돌아보니 신현태였다.

"아, 과장님."

"우리 수혁이. 이따 발표지?"

"아, 네. 그렇습니다."

"그럼 뭐 하고 있어. 빨리 들어가서 자리 잡아야지. 자, 자. 내가 팔짱 끼워 줄게, 발표자는 원래 맨 앞에 앉는 거야."

"어……."

수혁은 신현태 과장에게 질질 끌려가기 시작했다. 신현태는 내과 의사 중 보기 드물게 건장한 체격이었고, 수혁은 한쪽 다리가 불편하니 어쩔 수 없는 일이었다. 물론 그렇다고 해서 입까지 틀어막을 수는 없는 노릇이었다.

"저, 과장님."

"왜?"

"저 여기 안내를 맡았습니다. 아직은 자리를 비우기가……."

"어? 안내? 아니 무슨 발표자가 안내를 해. 발표 후면 몰라. 누가 시켰어?"

수혁은 잠깐 고민했다. 이게 어쩐지 고자질을 하는 모양새가 될 거 같아서였다.

'하여간 너무 관심이 많으셔서…….'

그냥 좀 조용히 하라는 일을 하다가 들어가고 싶었다. 하지만 조금만 생각해 보면 그건 불가능하다는 것 정도는 금세 알아차릴 수 있었다. 그랜드볼룸은 일종의 사교장이라고 봐야 하지 않는가. 거기 앞에 수혁이라는 핫한 사람을 꽂아 놨으니 누구의 눈에라도 띄는 것이 정상이었다.

"답하기 곤란해? 뭐, 하긴. 그렇긴 하지. 너 워낙 착해서."

신현태는 고민에 빠진 수혁을 두고 제멋대로 결론을 내렸다.

우리 수혁이는 착해 빠졌는데, 위 연차 놈들이 나쁘다는 식의 결론이었다. 다분히 편파적인 생각이었으나 그 누구도 불만을 갖기 어려운 생각이기도 했다. 신현태는 현재 내과 내에서 이현종만 제외하면 일인자였으니까. 더구나 이현종도 과 내의 일에서는 신현태에게 져 주는 편이었으니, 그냥 왕이라고 보면 될 정도였다.

"이따 만찬에서 혼 좀 내야겠네. 아무튼, 우리 수혁이는 들어가자. 어차피 다들 의사라 사실 안내 그렇게 필요도 없어. 듣고 싶으면 알아서 들어오겠지."

"어……."

"가자니까? 발표가 제일 중요해. 알지? 이현종 원장님 벌써 안에 들어간 거. 아마 제일 중앙 앞자리에 앉아 있을걸?"

"아. 네. 알겠습니다. 교수님."

수혁은 계속 발걸음이 떨어지질 않는다는 시늉을 하고 있었지만, 이현종 이름이 나오자마자 곧장 신현태를 따라서 안으로 향했다. 황선우와 이현종, 둘 중 누구에게 잘 보여야 하는지는 너무 명확한 사실 아니던가. 솔직히 황선우 정도는 그냥 제쳐도 괜찮을 수도 있을 터였다. 지금의 수혁은 교수 대부분이 눈독을 들이고 있는 인재니까. 하지만 이현종의 눈 밖에 나면 과연 어찌 될까. 모르긴 몰라도 병원 생활 고달파지는 것은 분명한 일이었다.

타닥. 타닥.

수혁은 지팡이를 부리나케 짚어 가며 맨 앞자리로 향했다.

"뭐야? 다리 다쳤나?"

"몰라. 처음 보는 애인데. 다른 데 레지던트인가 보지."

"아……. 시끄럽게. 빨랑빨랑 좀 다니지."

"그러니까."

아직 수혁을 모르는 이들에게서 불평이 흘러나왔다. 아마 아예 다리를 잘 못 쓰는 상황이란 걸 알았다면 그나마 덜 했을 터였다. 하지만 대부분 수혁이 그렇다고는 상상조차 못 하고 있었다. 다른 직장보다 오히려 신체적으로 불편함이 있는 동료와 일해 본 경험이 적어서였다. 딱히 수술하는 과가 아니더라도, 의사들, 특히 대학 병원 의사들의 업무 강도는 어마어마하지 않던가. 슬프지만 어찌 보면 당연한 일이었다.

[빨리 고치긴 해야겠군요.]

'방법이 생기긴 할까?'

[아직은 무리입니다만. 그래도 신경 재생 쪽 연구가 활발하다는 건 확인하지 않았습니까?]

'그렇긴 하지. 하지만…….'

확실히 최근 리딩 연구를 보면 신경에 관한 연구가 아주 활발히 이루어지고 있었다. 물론 한창 줄기세포 얘기 나오고 할 때만큼은 아니긴 했지만.

[정 안 되면 로봇을 활용하는 방안도 있기는 합니다.]
'그것도 있긴 하네. 아, 다 왔다.'
수혁이 제아무리 천진하고 밝은 편이라고는 해도 누군가 자신의 장애에 대해 이러쿵저러쿵하면 기분이 나쁘지 않겠는가. 그러다 보니 정신이 없어서 맨 앞에 도착했다는 것도 잠시 깨닫지 못하고 있었다.
"그렇게 발표가 보고 싶니? 그래도 앉자, 수혁아."
"아, 네."
물론 신현태는 그런 수혁이 너무 이뻐 보이기만 해서, 제멋대로 수혁이 발표가 보고 싶어서 서 있었던 거로 단정을 지어 버렸다. 뒤에 있던 조태진도 마찬가지였다.
"어이구, 우리 수혁이. 미안하다. 나도 좀 봐야 해서."
"아, 아닙니다. 교수님들……."
더구나 이수혁이라는 이름이 주변으로 번지자, 다른 교수들까지 비상한 관심을 보였다.
"얘가 이수혁이야? 얼굴 좀 봐 봐."
"얘기 많이 들었어요. 이현종 원장님이 하도 자랑을 해서……. 어떤 사람인지 궁금했는데. 반가워요."
"인물도 훤하네."
"이따 발표 기대할게요."
다들 수혁의 이름을 한 번은 들어 봤기 때문이었다. 워낙 이현종과 신현태가 학회 내에서 마당발인 것도 있고, 또 모일 때마다 자랑을 늘어놓았으니 당연한 일이었다.

"어휴. 교수님들……. 감사합니다."

수혁으로서는 황송할 따름이었다. 그 후로도 한동안 소란이 일었다가, 신현태 과장에게 좌장 자리에 앉아 있던 교수 번호로 전화가 오고 나서야 잦아들었다.

"조용, 조용히 하시랍니다."

"아, 맞아. 발표 중이지. 죄송합니다. 네, 네."

수혁은 겨우겨우 앞을 돌아볼 수 있었다. 그제야 비로소 좌장과 눈이 마주쳤는데, 표정이 그렇게 좋지만은 못했다. 아무래도 이 소란의 원흉이 수혁이라는 걸 아주 잘 알고 있는 모양이었다.

'하…….'

[걱정 마십시오. 발표는 완벽할 겁니다.]

'그야…… 그렇지.'

좌장의 미움을 발표 시작하기도 전에 샀다는 건 물론 별로 좋은 일은 아니었지만, 그게 그렇게까지 문제가 되지 않을 정도의 자신이 있기는 했다.

"뭐 더 안 봐도 돼?"

수혁이 그저 희미한 미소를 지은 채 앉아만 있자 신현태가 질문을 던져 왔다. 아무리 준비를 열심히 했다고 알고 있기는 해도 좀 걱정이 되었기 때문이었다.

[천재 코스프레 좀 하시죠.]

그런 신현태의 표정을 읽어 낸 바루다가 짓궂은 미소를 지어 보이는 듯한 말투로 말했다. 수혁은 잠시 고민하다가 이내 고개를 끄덕였다. 기왕 천재로 이미지 굳혀 가고 있는 상황 아닌가. 그걸 좀 더 단단하게 가져가는 게 좋으면 좋았지 나쁠 거 같진 않았다.

"머릿속으로 보고 있습니다."

수혁은 자신의 이마를 콩콩 두드리며 씨익 웃어 보였다.

[이렇게까지 할 게 있나요?]

바루다는 좀 과하단 생각이 들었지만, 콩깍지 제대로 쓰인 신현태에게는 그렇지가 않았다. 뒤에 있던 조태진에게도 마찬가지였고.

"야……. 역시. 나는 감히 상상이 잘 안 가네."

"머릿속으로 막 넘어가니, 그럼? 화면이?"

"네. 정확히 시간도 계산 중입니다."

"햐……. 부럽다. 나도 그런 머리 있으면 좋겠네."

"그러니까요. 와……. 천재는 좋겠어."

"아뇨, 뭐. 그 정도는 아닙니다."

수혁은 바루다를 얻기 전까지만 해도 자신이 감히 범접할 수 없던 경지에 있던 두 교수가 자신을 보며 감탄하고 있는 걸 보고 있자니 좀 이상한 기분이 들었다.

[왜요? 이왕 시작한 거 논문도 막 달달 외워 주시죠. 중얼중얼하면 엄청 놀랄 거 같은데.]

'아니……. 그렇게까지는 하지 말자.'

[잘만 하시던데.]

'반응 보니까 좀 잘못한 거 같아.'

[아, 이제 슬슬 준비하시죠.]

'시간 됐나?'

[네. 곧 나가야 할 거 같습니다.]

앞을 보니, 과연 바로 전 강연자가 아래로 내려오고 있었다. 새파란 수혁과는 달리 제법 나이가 있는 사람이었다. 당연한 일이었다. 여긴 그랜드볼룸, 메인 강의실이었으니까. 구석진 데서 발표자들만 가지고 진행되는 작은 강의실이 아니었으니까.

"다음 발표자는 태화의료원 어…… 아, 내과 레지던트…… 1년 차. 1년 차 맞습니까?"

그래서 좌장도 조금 당황한 모양이었다. 분명 사전에 전달이 되었을 테지만, 좌장씩이나 맡는 노교수들이 어디 미리 들여다보았겠는가. 특히 지금 좌장을 맡고 있는 교수는 이제 곧 퇴임을 앞두고 있는, 거의 원로였다.

"맞습니다, 김경래 교수님."

이현종마저 손을 들고 공손히 답을 해 주어야 할 정도로 나이가 많았다.

"1년 차 발표를 그랜드볼룸으로 잡았어?"

김경래 교수는 그제야 알았다는 듯 표정을 구겼다. 그러자 이현종 근처에 앉아 있던, 이번 학회의 학술 이사를 맡고 있던 우창윤 교수가 부리나케 몸을 일으켰다.

"아, 네. 교수님. 발표 제목을 보시면 아시겠지만⋯⋯ 주제가 굉장히 좋습니다."

"좋아도 그렇지⋯⋯. 1년 차 발표 좌장을 나를 시키면⋯⋯."

"그⋯⋯. 지금 일정이 정해져 있어서⋯⋯ 일단은 진행을 좀⋯⋯."

"알았어, 알았어. 어⋯⋯. 그래. 음."

김경래 교수는 여전히 언짢은 얼굴이었지만, 그렇다고 해서 본분을 아예 잊어 먹지는 않았다. 제아무리 원로라고 해도 지금 이 자리에 모인 학회 회원들이 수백 아니던가. 그들을 하염없이 기다리게 둘 수는 없었다.

"그래. 태화의료원 내과 1년 차 이수혁 선생의 발표입니다. 나오시죠."

"네. 교수님."

아까부터 대기 타고 있던 수혁은 그제야 지팡이를 짚은 채 앞으로 나올 수 있었다. 원래 같았으면 수혁과 같은 1년 차가 굴러 나오든 어떻게 나오든 별 반응이 없을 테지만, 지금은 좀 달랐다. 신현태, 조태진이 앞다투어 수혁을 부축하고 있었기 때문이었다. 어떻게 보면 시종 둘이 황제를 호위하는 것 같기도 했다.

"뭐야? 뭔데?"

"1년 차가 뭐 저렇게 대우를 받냐. 태화의료원 내과 빵꾸 났냐?"

"이상하네……."

아무튼, 회원들이 이러쿵저러쿵 떠드는 사이 수혁은 무사히 강단 위에 설 수 있었다. 두 교수는 파이팅 포즈를 보여 주곤 아래로 내려갔다.

"안녕하십니까, 이수혁입니다."

수혁은 그런 둘에게 잠시 시선을 주었다가 앞을 바라보았다. 그러곤 차분하기 이를 데 없는 목소리로 인사를 건네었다. 도저히 1년 차라고 보기 어려운 여유였다. 아까까지만 해도 삐딱하게만 바라보고 있던 김경래 교수가 안경을 고쳐 쓸 정도로 인상 깊은 태도였다.

'뭐야?'

수혁은 그런 김 교수를 뒤로하고 화면을 넘겼다.

〈새로운 관상동맥 해부학적 변이의 확인.〉

그러자 다소 건방진 제목이 떴다. 수혁은 그 제목을 자신만만한 눈빛으로 바라보고는 재차 앞으로 시선을 옮겼다. 제목보다도 더 건방진, 하지만 알고 보면 그럴 만한 생각을 하면서였다.

'이제부터 들어야 할 강의는 다들 달달 외워야 할 내용일 거다.'

▰▰▰▰▰

"해부학적 변이는 단지 해부학 교실에서만 강조되어야 할 주제가 아닙니다. 해부학적 변이가 환자의 예후에 절대적인 영향을 미치는 경우도 왕왕 있기 때문입니다. 그중에서도 가장 극적인 경우가 바로 관상동맥의 변이일 것입니다."

수혁은 딱 연습했던 대로 발표를 이어 나갔다. 비단 그 내용에만 국한된 것이 아니라, 목소리 톤과 제스처 그리고 몸의 동작 등, 모든 것을 연습했던 대로 진행하는 중이었다. 즉 모든 전공의나 교수 대부분이 그러하듯, 한자리에 못 박힌 듯 서서 발표하는 것이 아니라 강단을 이리저리 돌아다니는 중이었다.

'이놈 봐라?'

당연하게도 좌장을 맡은 김경래 교수의 관심을 확 끌 수 있었다. 본래 노련한 강연자들이 가장 잘 쓰는 것이 바로 이 '이동'이었으니까. 단지 발표 중에 자리를 옮기는 것만으로도 집중도를 끌어 올릴 수 있다는 건 단지 경험담에 의한 것만이 아닌 논문으로도 증명된 바 있었다. 물론 강연자 대부분이 방법을 쓰지 않고 있는 이유가, 이 사실을 몰라서는 아니었다. 단지 너무 긴장하게 된 데다가, 내용을 까먹을까 봐 걱정돼서일 뿐이었다.

'아예 달달 외웠나 본데?'

하지만 눈앞의 이 1년 차는 강단을 종횡무진으로 움직이고 있었다. 수많은 사람들의 이목을 집중시키면서도 단어 하나 빠뜨리지 않고 있었다.

"관상동맥의 해부학적 변이에는 다양한 형태가 있습니다. 위 그림을 보시면 아시겠지만, 이 중에서 가장 환자의 예후에 영향을 미치는 형태는 좌우 관상동맥이 좌측의 한 줄기를 통해 빠져나오는 형태입니다."

"흐음."

그 때문에 김경래 교수는 이제 수혁이 아니라, 그의 발표 자체에 주의를 기울이고 있었다. 처음엔 1년 차라는 사실에 기분이 언짢았지만, 이젠 수혁이 1년 차라는 사실조차 잊어버린 마당이었다. 수혁의 완벽히 준비된 발표에는 그럴 만한 힘이 있었다. 더구나 대상자가 순환기내과, 즉 심장을 다루는 사람이라면 더더욱 그러했다.

"본래 위와 같은 형태에서는 심혈관 중재술을 통한 치료보다는 개흉 수술이 좀 더 선호되고 있습니다. 하지만 심근경색 환자는 그 질환의 특성상 사전 검사가 어려운 경우가 많아서 위와 같은 형태의 변이가 있음을 확인한 후에는 개흉 타이밍을 잡기가 힘들 수 있습니다."

처음엔 그냥 목소리와 태도만이 좋은 줄 알았는데 내용이 정말 좋았다. 말하는 것만 들어 보면 1년 차가 아니라, 무슨 심혈관 중재술에 평생을 몸 담가 온 달인 같았다. 아니, 아마 이현종이 직접 얘기한다 해도 저렇게까지 자연스러울 것 같진 않았다.

"때문에 그대로 중재술을 강행하는 경우가 많습니다. 아마 이 자리에 계신 여러 선생님들 중에도 위와 같은 해부학적 변이를 겪어 보신 분들은 그런 경험이 한 번쯤은 있을 겁니다."

수혁은 거기까지 말한 후, 한차례 한숨을 쉬었다. 숨이 차서는 아니었다. 그저 주의를 환기하기 위한 한 가지 방편일 따름이었다. 그리고 그건 꽤 효과가 있었다.

"후우."

곧장 여기저기서 한숨이 터져 나왔다. 발표에 불만이 있거나 피곤해서는 당연히 아니었다. 그저 지금까지 수혁의 발표에 정신이 팔려 있어서 쉬지 못했던 숨을 몰아쉬는 것일 뿐이었다. 수혁은 그렇게 대략 10초가량을 기다려 준 후 재차 입을 열었다. 이제 곧 본론이었다.

"그러나 이 경우, 기회는 단 한 번뿐입니다. 잘못 들어가게 된다면 돌이킬 수 없습니다. 심혈관 중재술 시에 돌이킬 수 없다는 말은 곧 환자의 생명이 꺼질 수 있다는 말이 됩니다. 즉 모든 순환기내과 의사는 적어도 관상동맥의 해부학적 변이에 대해 아주 잘 알고 있어야 합니다."

물론 다른 과 의사들도 알고 있다면 당연히 좋을 터였다. 하지만 현대 의학은 너무 많은 발전을 거듭해 온 참이었다. 그만큼 세분화되어 있으며, 한 사람의 의사가 모든 의학 지식을 습득하는 건 불가능했다. 수혁처럼 바루다를 탑재하고 있다면 얘기가 좀 달라지겠지만, 이 세상에 그런 사람은 오직 한 명, 수혁뿐이지 않은가. 그러니 그냥 불가능하다고 보면 되었다.

"아마 여기 계신 선생님들께서는 모두 해부학적 변이에 대해 잘 알고 있다고 생각하실 겁니다. 하지만 적어도 한 종류의 변이에 대해서는 아예 들어 보지 못하셨을 거라 확신합니다."

수혁의 말에 이때까지 말없이 잘 듣고 있던 사람 중 일부가 고개를 갸웃거렸다. 이미 관상동맥의 해부학적 변이가 완성되었다고 공표된 것이 벌써 십수 년도 더 된 일이지 않던가. 아직까지도 해부학 교실에서 다양한 연구가 진행 중이긴 하지만, 그럼에도 불구하고 관상동맥의 해부학적 변이에 대해서만큼은 더 연구할 것이 없다는 것이 지금까지의 정설이었다.

"자, 이 케이스 리포트는 1994년 유니버시티 오브 캘리포니아 어바인에서 발표한 리포트입니다."

하지만 그들의 의문은 그렇게 오래 계속되지 못했다. 아니, 의문 자체야 좀 더 계속되었으나 의문에 대한 표현은 가로막히고야 말았다. 지금은 발표 시간이었고, 발표 시간의 주인공은 이수혁이었으니까. 게다가 방금 이수혁이 꺼내 든 화면은 꽤 흥미로운 것이었다.

"당시 환자는 흉통을 주소로 응급실로 내원하였으며, 흉부외과에선 환자를 즉시 인계받아 개흉 수술을 진행했습니다. 병원으로 내원 당시 이미 흉통이 발생한 지 40분이 지난 상태였으며 도착 직후 의식을 잃은 상태였습니다. 거기에 더해 수술장에서 지금까지 알려진 바 없었던 관상동맥 변이가 관찰되었습니다. 다음은 환자 사망 후 시행한 부검을 통해 획득한 환자 심장 및 관상동맥의 도식도입니다."

수혁이 또다시 화면을 넘기자 이번에는 그림 하나가 떴다. 그냥 대강대강 그린 그림이 아니라, 의사 출신 의학 전문 삽화가가 정성껏 그린 심장 그림이었다. 여러 각도에서 그렸기 때문에 심장의 형태와 혈관의 주행 경로 등을 한눈에 알아볼 수 있었다.

"보시면, 관상동맥이 대동맥에서 단 하나의 줄기를 통해 나오고 있습니다. 여기까지는 드물기는 해도 여태까지 관찰되었던 다른 해부학적 변이와 크게 차이를 보이지 않습니다. 하지만 좀 더 뒤로 따라가 보면 어떻습니까."

수혁은 바로 너에게 질문을 하고 있는 것이라는 식으로, 고개를 앞으로 돌린 채 청중을 돌아보았다. 빛 때문에 보이는 건 없었지만, 적어도 청중들에게는 수혁이 자신과 눈을 마주치고 있다는 착각이 일었다.

"허."

물론 즉시 답을 할 수 있는 사람은 없었다. 그저 처음 보는 관상동맥의 형태에 탄식 비슷한 것을 토해 낼 따름이었다. 수혁은 그들의 탄식을 배경음 삼아 계속해서 발표를 이어 나갔다.

"세 개의 관상동맥이 한 줄기에서 뻗어 나갑니다. 몇 가지 특이한 점이 있는데, 우선 우측으로 향하는 줄기는 무척 짧고, 다른 두 줄기가 메인을 이루고 있습니다. 또 다른 특이점은 좌측으로 향하는 두 줄기가 서로 꼬이면서 진행한다는 점입니다. 심혈관 중재술을 해야 하는 입장에서는 무척 까다로운 형태를 지니고 있습니다."

그렇게 수혁이 말을 마치자마자 누군가 손을 슬며시 들었다. 하고 싶은 질문이 있는 모양인데, 수혁은 그와 눈이 마주쳤음에도 불구하고 일부러 무시했다. 어차피 질문이 뭔지 알 것 같았기 때문이었다. 해서 그를 지목하는 대신 화면을 넘겼다.

"물론 이런 특이한 형태가 94년 케이스 리포트에서만 보인 건 아닙니다. 단순 돌연변이를 따지면 케이스 리포트로 작성된 것만 수십 가지가 넘습니다."

그러자 아까 손을 들었던 교수가 다시 슬며시 손을 내렸다. 수혁은 그럼 그렇지 하는 얼굴로 또다시 화면을 넘겼다. 이번에는 아까와 같은 그림이 아니라 사진이었다. 심장을 직접 찍은 건 아니었고, 투시경 사진이었다.

"하지만 동일한 형태의 변이가 이번 태화의료원 케이스에서 확인되었습니다. 위 사진은 94년 당시에 찍힌 사진이 아닌, 이번 태화의료원 이현종 교수님이 찍은 사진입니다."

"허."

여러 교수의 입에서 다시 한번 탄식이 터져 나왔다. 아무리 봐도 아까 봤던 그 그림과 이 심장의 형태가 동일했기 때문이었다. 특히 혈관의 주행 경로는 같은 사람의 심장이라고 해도 믿을 수 있을 정도로 빼다 박은 것처럼 같았다.

하지만 그건 말이 안 되는 얘기였다. 이 투시경은 나온 지 몇 년 되지도 않은 물건이니까. 아니, 지금까지도 저만한 해상도를 지닌 투시경은 나오고 있지 않았다. 그러니 저기에 찍힌 심장은 다른 사람의 심장이어야만 했다.

"즉 이 형태의 변이는 단순 돌연변이가 아닌, 극히 드문 형태의 해부학적 변이란 소리가 됩니다. 아직 그 어디에서도 확인된 바 없는 형태의 변이로, 아마 공식적으로는 이번 발표에서의 언급이 최초일 것입니다."

그 말은 곧 이 내용이 얼마 안 있으면 교과서에 실릴 거란 얘기이기도 했다. 눈앞에 서 있는 이 새파랗게 어린 이수혁의 이름 석 자 또한 교과서에 박힐 것이고, 이미 수많은 위업을 달성한 바 있는 이현종 교수도 다시 한번 명성을 떨칠 것이란 얘기가 되었다.

"발표는 이것으로 마치겠습니다. 감사합니다."

거기까지 생각이 미친 탓에, 수혁의 발표가 끝나자마자 질문이 쇄도했다. 하지만 좌장을 맡은 김경래 교수는 그 많은 질문자를 대번에 지목하지 못하고 있었다. 혼자만의 생각에 빠져 버린 탓이었다.

'내 평생 이렇게 명확한 강의를 들어 본 게 몇 번이지.'

아무리 생각해도 다섯 손가락을 넘을 것 같지 않았다. 그런데 그렇게 인상적인 발표를 한 것이 1년 차였다.

'허……'

그렇게 뜻 모를 한숨만 짓고 있는 좌장의 어깨를 우창윤 교수가 흔들었다.

"교수님, 질문받으셔야죠. 조금 있으면 시간이 오버됩니다."

"아? 아, 아. 그렇지. 미안하네."

그제야 정신을 차린 좌장은 맨 앞에까지 나와서 손을 들고 있는 사람을 지목했다. 그러자 그 교수는 즉시 강의실 내에 비치되어 있던 스탠딩 마이크 쪽으로 달려가 입을 열었다.

"좋은 발표 잘 들었습니다."

늘 그렇듯 처음은 좋았다. 하지만 수혁이나 바루다는 곧이어 날 선 질문이 날아들 것이란 것을 아주 잘 알 수 있었다. 표정만 봐도 딱 느껴질 정도로 얼굴이 굳어 있었기 때문이었다.

[경부대학교병원 최우식 교수입니다. 평소 이현종 교수와 사

이가 아주 나쁘다고 합니다.]

게다가 바루다는 사전 조사를 통해 일련의 정보를 가지고 있었다. 수혁 또한 이현종과의 대화에서 최우식이라는 이름을 들어 본 적이 있었기에 약간은 긴장한 얼굴로 그를 바라보았다.

"그런데 발표가 좋아도 너무 좋으니까 합리적인 의심이 듭니다. 이 발표에 관한 연구가 정말 이수혁 선생 주도로 된 겁니까? 아니면 이현종 교수님 주도로 된 겁니까? 만약 후자라면 왜 발표자를 굳이 이수혁 선생으로 했는지 묻고 싶습니다."

다행이라고 해야 할지, 질문은 내용에 대한 것이 아니었다. 어찌 보면 당연한 일일 터였다. 발표는 완벽하니까. 딴지를 걸려면 다른 곳에 걸어야 할 터였다. 예를 들면 지금처럼 이수혁 본인 같은 곳에.

"아. 이거야, 원."

그 말에 이현종이 기다렸다는 듯이 몸을 일으켰다. 정말로 이런 질문이 나올 줄 잘 알고 있었는지, 만면에 미소를 짓고 있었다. 심지어는 혼자 몰래 준비해 온 무선 마이크까지 들고 있었다.

'미치셨다······.'

수혁이 남몰래 고개를 절레절레 흔드는 사이 이현종이 껄껄 웃으며 입을 열었다.

"원래 이렇게까지는 얘기 안 하려고 했는데."

"무슨 얘기요?"

"이 환자 중재술 할 때 94년 리포트를 떠올리고 제게 조언을 해 준 게 바로 저기 있는 이수혁 선생입니다. 덕분에 환자가 살았죠. 논문을 쓰자는 아이디어 자체야 내가 냈지만, 그 이후로는 전부 저 친구가 썼습니다. 그것도 뭐 한 30분 걸렸나?"

"30분?"

"그렇다니까요. 이게 다 우리 태화 의대의 우수한 교육 시스템 덕이고, 또 태화의료원의 우수한 수련 환경 덕입니다. 그러니까 지금 이 자리에 와 있는 우리 전공의 여러분. 혹시라도 세부 분과를 전공하고 싶다면 일단 태화의료원부터 지원하십시오. 여기 오면 저기 이수혁 선생처럼 될 수 있습니다."

이현종의 발언에 질문을 던졌던 최우식 교수의 얼굴이 붉어졌다. 뭔지 모를 위기감이 느껴졌기 때문인데, 그럼에도 불구하고 얌전히 앉지는 않았다.

"이, 이 양반이 왜 여기서 병원 홍보를 해!"

"할 만하니까 하지. 너네 병원에 이수혁 같은 친구 있어? 없지? 없으면 입 다물고 앉아."

하지만 다음 발언을 들은 후에는 앉을 수밖에 없었다. 그가 있는 병원에는 이수혁 같은 괴물이 없었으니까.

국보급 인재

'생각했던 것보다도 더 잘하네…….'

방금 김경래 교수의 어깨를 두드렸던, 추계 학회의 학술 이사를 맡고 있는 우창윤 교수는 머릿속이 복잡해지는 기분이었다.

'이러면 진짜 아선병원으로 데려와야 하나?'

약간 켕기는 생각이 들다 보니 자연스레 고개가 이현종과 신현태를 향해 돌아갔다. 원래도 수혁에게 관심이 있기는 했지만, 이번 발표를 통해 관심을 넘어 흑심이 들었기 때문이었다.

'뭘 제시하지?'

하지만 미안함은 잠시뿐이었다. 이현종이나 신현태나 좋은 동료이긴 하지만 같은 병원 사람은 아니지 않은가. 지금 우창윤 교수에게 제일 중요한 것은 역시나 아선병원이었다. 병원이

커야 안에 있는 교수들에 대한 대접도 달라진다는 것을 지난 세월 뼈저리게 느껴 온 참이었다.

'역시 10억이다.'

반면 칠성병원의 박국진 교수는 이미 마음을 굳힌 상황이었다. 돌이켜 생각해 보면 좀 우스운 일이긴 했다. 수혁이 아무리 우수해 봐야 1년 차였으니까. 하지만 반대로 보면 1년 차임에도 불구하고 이 정도이지 않은가. 좀만 더 크면 가까운 시일 내에 우리나라 최고의 의사가 되리란 것을 쉽게 예상할 수 있었다.

▰▰▰▰▰

"수혁아. 일단 지금 나가자."

신현태는 사방에서 번쩍이는, 마치 하이에나를 연상케 하는 눈빛을 곧장 알아차렸다. 만약 걸음이 느린 수혁을 점심시간 때까지 여기에 두었다간 갈기갈기 찢길 거 같았다. 물론 신현태의 심정이 그렇다는 뜻일 뿐, 실제로 그런 일이 발생할 리는 없겠지만.

"지금요?"

"그래, 지금."

"아……. 네."

아무튼, 수혁은 신현태와 함께 천천히 강의장을 빠져나오게 되었다. 머릿속으로는 아까 자신과 점심 약속을 해 댔던 교수들이 돌아다니고 있긴 했지만, 뭐 어찌겠는가. 다른 병원 교수들을 싹 다 모아 봐야, 지금의 수혁에게 미칠 영향만 보면 그의 손을 잡아끌고 있는 신현태 하나를 못 당할 텐데.

"어딜 그렇게 급히 가세요?"

그렇게 밖으로 빠져나오자마자 입구쯤에서 누군가 말을 걸어왔다. 고개를 돌아보니 우창윤 교수였다. 신현태는 정말로 어이없다는 듯한 표정을 지어 보였다.

"아니, 학술 이사가 그랜드볼룸 강의 중간에 이렇게 막 나와도 되나?"

"김경래 교수님이 좌장인데요, 뭐. 별일 있겠습니까?"

하지만 막상 우창윤 교수가 김경래와 같은 원로를 팔자 딱히 더 할 말을 찾긴 어려웠다. 잠시 신현태가 입을 다물고 있는 동안, 우창윤 교수가 수혁을 향해 성큼성큼 다가왔다.

"이수혁 선생. 이따 점심 약속 안 잊었지?"

"저, 점심은 무슨! 나랑 먹을 거야!"

점심이라는 단어에 신현태가 발작하듯 외쳤다.

"무슨 소리야, 나랑 먹기로 했는데?"

그런 신현태에게는 천만뜻밖이게도 같이 발작하는 사람이 여럿 있었다. 우선 칠성병원의 박국진이 그러했다.

"뭐, 뭔 소리야. 너는 또."

신현태가 이렇게 물으니, 박국진 교수가 허허 웃어 보였다.

"뭔 소리긴. 앞으로의 장래를 좀 얘기해 보고자 약속을 잡았다, 이 말씀이지."

수혁을 향해 자신의 호주머니를 드러내 보이면서였다. 호주머니에는 흰 봉투 하나가 들어 있었는데, 칠성그룹의 마크가 선명하게 박혀 있는 봉투였다.

'뭐, 뭐가 든 거지?'

당연하게도 수혁의 관심은 그리로 쏠렸다. 예전 같았으면 속물이네 뭐네 했을 바루다 또한 마찬가지였다.

[돈…… 아니겠습니까? 칠성그룹이 엄청 큰 기업이라면서요.]

'큰 기업일 뿐이냐? 세계적인 기업이지. 나한테도 10억 제시하려나?'

태화그룹 또한 커다란 기업이기는 했다. 하지만 칠성에 비하면 아무래도 좀 빛이 바랠 수밖에 없었다. 아직 태화의료원이 칠성병원 위에 있는 것은 단지 칠성병원의 역사가 짧아서이지, 기업의 후광이 달려서가 아니란 뜻이었다.

"자, 장래를 왜 그쪽이랑 상의해! 우리 수혁이가!"

"우리 수혁이? 아빠야?"

"아빠는…… 아니지."

"그럼 좀 빠져 주셔."

"그래도 안 돼. 안 돼!"

신현태는 마치 누가 자기 자식 뺏어 가기라도 하는 것처럼 발악했다. 그 모습을 본 다른 병원 레지던트들이 혀를 내두를 지경이었다.

"저 점잖은 교수님이 저 난리를 치네……."

"아까 못 봤냐? 나라도 욕심나긴 하겠더라. 1년 차라니…… 위 연차들 심정이 어떨까."

"아……. 그러고 보니까 들은 기억 난다. 안에서도 편애 쩐다는데."

"근데 뭐…… 어쩌겠어. 편애 안 하게 생겼냐…….."

"하긴."

물론 대부분은 신현태를 이해한다는 반응이었다. 그렇다고 다른 병원 교수들이 봐주진 않았지만.

"신 과장, 그럼 뭐 이수혁 선생한테 지금 당장 교수 자리 약속할 수 있어? 자리 있냐고."

특히 10억을 품에 안고 있는 남자, 박국진이 그랬다. 신현태는 난데없는 그의 교수 T.O 공격에 몹시 당황스럽다는 표정을 지어 보였다.

"뭐, 뭐……?"

"교수 자리 약속되냐고."

"다, 당연하지. 펠로우 남으면 안 되겠어? 이렇게 우수한데?"

"이러니까 태화의료원이 요새 주춤하지."

박국진은 손가락을 휘휘 저어 대고는 수혁을 바라보았다. 그렇지 않아도 박국진이 얼마를 제시할까 궁금해하던 수혁은 엉겁결에 그와 눈이 딱 마주쳤다.

"이수혁 선생. 우리 칠성병원은 원하는 분과 교수 자리 바로 줄 수 있어. 펠로우 없이, 석·박사 과정 입학만 하면 돼. 물론 전액 장학금!"

이 말은 '지금까지 칠성병원에서 펠로우 하고 있는 사람들을 모두 제친다.'라는 뜻이나 다름없었다. 형평성 따위는 개나 주겠단 소리였는데, 당연하게도 수혁에게는 아주 솔깃한 제안일 수밖에 없었다.

세상에, 펠로우 과정도 없이 교수라니. 수십 년 전에나 있을 법한 얘기 아니던가. 마치 회귀를 한 건가 싶은 생각마저 들 지경이었다.

"어어! 당신 방금 그 말 책임질 수 있어?"

물론 신현태에게는 악몽 같은 말이었다. 특히나 방금 이수혁의 눈동자가 번뜩인 것을 두 눈 똑똑히 봤기에 더더욱 그러했다. 해서 보통 의사들이 제일 싫어하는 말인 '책임질 수 있냐.' 하는 말로 공격했다. 제발 뜨끔하는 척이라도 하길 빌면서. 하지만 박국진은 여전히 당당했다.

"이사회 통과된 내용인데?"

"이사회⋯⋯. 박국진 너 설마 프락치 심어 놨어?"

이사회는 그저 교수 의견만 듣고 일을 집행하는 순진한 집단이 아니었다. 그들을 움직이려면 객관적인 자료가 필요했다. 그런데 이사회에서 통과됐다고? 그 말은 지금까지 수혁이 진단해 온 수많은, 골 때리는 케이스를 이사회가 받아 보았다는 뜻이었다.

"프락치라니……. 말이 심하네. 그냥 뭐……. 동료지."

"동료는 개뿔……."

신현태는 사무치는 배신감에 박국진을 노려보았다. 하지만 그걸로 끝이 아니었다. 또 하나의 교수가 이수혁 쟁탈전에 참가 의사를 밝혀 왔다.

"우리 아선병원도 교수 자리 확보할 거야. 내가 내 자리 걸고 맹세할게."

바로 우창윤이었다.

"너, 너!"

"뭘 너야. 억울하면 너도 자리 거시든지."

그는 신현태의 삿대질을 웃음으로 넘길 수 있는 인간이었다. 뻔뻔하기 이를 데 없는 그의 반응에 신현태는 말문이 턱 막혀 버렸다. 아니, 숨이 막히는 듯한 기분까지 들 지경이었다. 신현태는 말을 더 잇지 못하고 신음만 흘리고 있었다. 우창윤은 그런 신현태를 승리자의 눈빛으로 바라보며 말을 이었다.

"자리도 못 걸면서 무슨……. 우리 수혁이 타령……."

"그 자리, 내가 걸지. 교수 받고 원장 콜. 원장 아닌 놈들은 다 꿇어."

그러나 말을 끝맺지는 못했다. 신현태의 구원자가 나타났으니까. 태화의료원의 영원한 기인 이현종이.

"아니……. 무슨 원장직을 걸어요."

그의 말에 우창윤과 박국진이 한목소리로 외쳤다. 미친 사람 아닌가. 원장직을 걸다니. 하지만 이현종은 진지했다.

"너희가 먼저 시작한 거 아니야? 어디서 감히 우리 수혁이 빼가려고. 저들 멋대로 점심 약속도 잡고 말이야. 어?"

전에도 수혁의 우수함은 잘 알고 있었지만, 이번에 같이 발표 준비를 하면서 더더욱 뼈저리게 느꼈기 때문이었다.

'얘는…… 국보야, 국보…….'

앞으로 태화의료원이 칠성병원이나 아선병원 같은 무서운 후발 주자들에게 잡히지 않으려면, 더 나아가 세계적인 병원들과 어깨를 나란히 하려면, 우수한 의사 백 명보다는 수혁처럼 괴물 같은 놈 하나가 더 중요했다. 이현종은 수혁을 자신의 품 안으로 훅 끌어당기며 말을 이었다.

"누구라도 손 하나만 대 봐, 아주! 나랑 싸우는 거야, 그날로!"

마치 장난감 뺏기기 싫은 어린아이 같은 표정을 짓고 있었다. 그리고 그런 어린아이처럼 목소리도 커다랬다. 약간 지나치다 싶을 정도였다.

"뭔 일이래……."

"사랑싸움 났나?"

그 바람에 다른 강의실에 있던, 사정을 모르는 다른 교수들이나 레지던트들까지 우르르 몰려들었다. 이수혁을 끌어들이고는 싶지만, 이현종처럼 뻔뻔하지 못한 신현태는 그만 시선조차 반대로 돌리며 뒤로 한 걸음 물러나고 말았다.

'이, 이현종 파이팅…….'

남몰래 응원하긴 했지만, 남들이 보기엔 이제 이 싸움의 구도는 이현종 대 박국진, 우창윤이 된 셈이었다.

"아니, 이현종 교수님. 그런 게 어디 있어요. 막말로 교수님이 이수혁 선생 아빠도 아니지 않습니까?"

이미 이사회의 허락까지 다 받아 둔 박국진이 먼저 고개를 절레절레 흔들며 입을 열었다.

"그러니까요! 무슨 자격으로 이러는 겁니까?"

그 말이 꽤 신빙성 있다고 여긴 우창윤 교수도 가세했다. 그리고 그 공격은 한동안 계속되었다.

"교수라면 레지던트의 장래를 진정으로 생각해 주서야죠. 그렇다면 역시 태화보다는 우리 칠성이 좋습니다. 모든 지원을 다 해 줄 수 있는 병원이에요. 아시죠? 이번에 칠성그룹 회장님이 미래 먹거리는 바이오에 있다고 한 거."

"어어. 그런 말이면 우리 아선도 밀리지 않습니다. 병원 이름이 아선이라 그렇지, 미래그룹 산하 병원이잖아요. 우린 아예 외래 동 하나를 짓겠다고 했다니까요?"

둘 다 이현종에게 하는 말처럼 쏟아 내고 있었지만, 실은 수혁에게 하는 말이었다.

[확실히 둘 다 나빠 보이지 않는 제안입니다.]

'그렇긴 하네. 두 병원 다 좋긴 하지.'

[생각보다 태화의료원이 뜨뜻미지근했군요. 다 잡은 물고기라고 여긴 걸까요?]

'그럼 좀 실망인데.'

물론 수혁도 인간적으로 태화에 정이 있기는 했다. 하지만 어찌 세상일이 의리로만 굴러가겠는가. 때론 직접적인 이득이 더 중요할 때가 있었다.

'원장님이 뭔가 다른 말 안 해 주시려나…….'

그래도 어지간하면 태화 쪽으로 마음이 기울어 있는 수혁이 조그마한 기대를 품을 때쯤, 이현종이 움직였다.

쿵.

그렇게 몸집이 육중한 사람이 아닌데도 발소리가 꽤 울렸다. 일부러 발을 구른 모양이었다. 사소한 것이었지만 꽤 효과가 있어서 박국진, 우창윤 모두 입을 다문 채 그를 돌아보았다.

이현종은 둘뿐만 아니라, 주변을 에워싸고 있는 모든 이들의 관심이 쏠릴 때까지 기다린 후 입을 열었다. 아주, 아주 진중한 얼굴이었다. 그리고 그 진중한 얼굴로 개소리를 내뱉었다.

"아들이야."

"네?"

"이수혁이 내 아들이라고."

"무슨……. 무슨 소리를……."

"내 아들 내 손으로 교수 만들 거야. 토 달지 마."

"혀, 형."

차마 봐 주질 못하겠다는 생각에, 고개를 돌리고 있던 신현태가 부리나케 달려왔다. 둘도 없이 친한 형이 없는 아들을 만들고 있는데 어떻게 가만히 있을 수 있단 말인가.

"왜, 인마. 넌 알지?"

하지만 이현종은 눈이 좀 돌아가 있었다. 우리 잘난 수혁이를 빼앗기기 싫다는 일념 때문이었다.

"뭐…… 뭘 알아, 형. 왜 이래, 무섭게."

"알잖아. 이수혁이 내 아들인 거."

"아니……."

신현태는 뭐라고 말해야 하나 하는 얼굴로 사방을 둘러보았다. 우창윤과 박국진을 비롯한 여러 교수가 몰려들어 있었다. 딱히 수혁에게 관심이 없던 사람들까지 죄다 모여 있었다. 평소 학문과 결혼했다고 알려져 있던 이현종이 난데없이 숨겨 둔 자식을 폭로한 마당 아닌가.

'아, 시발. 뭐라고 해, 이거…….'

신현태는 의구심 가득한 눈빛들을 마주하고 있다 보니 머리가 새하얘지는 듯한 기분이 들었다. 이제 태화의료원 내과 과장을 지낸 지도 2년째라 산전수전 다 겪었다고 생각했거늘, 이제 보니 공중전이 남아 있었던 셈이었다.

"수혁아. 이제 아빠라고 해도 돼. 그동안 미안했다."

그사이 이현종은 이제 수혁에게 몸을 틀고 있었다. 아까보다도 더 미친 소리를 하면서였는데, 덕분에 수혁은 신현태보다도 더 곤란해하는 얼굴이 되어 있었다.

'야, 어떡해. 진심이야? 이거?'

[분석이 안 됩니다. 이런 경우는 처음이라.]

'아들……이라고 해?'

[일단 이현종의 아들이라고 할 경우의 장점에 대해 분석하겠습니다.]

'빠, 빨리!'

[네. 약간 어지러우실 수 있습니다.]

'어? 아.'

바루다는 수혁이 보유한 연산 기능을 최대한 활용하기 시작했다. 강제로 혈액 내의 포도당이 주르륵 소모되면서, 수혁은 잠시 행동을 완전히 멈추어 버렸다. 본래 우리의 뇌 기능의 대부분은 운동에 쓰이고 있는데, 그게 중단된 탓이었다.

다행히 그의 정면에 있던 이현종은 수혁의 이러한 기행에 대해 너무도 잘 알고 있는 사람이었다.

'우리 수혁이 또 시작이네.'

아니, 알고 있는 정도가 아니라 아예 이뻐하는 사람이었다. 이현종은 이상하게 여기는 대신 다른 사람이 수혁을 볼 수 없도록 다소 과격한 방법으로 가려 주었다.

"이놈, 한번 안아 보자!"

수혁은 그렇게 불세출의 기인 이현종의 품속에 안긴 채, 바루다의 도움을 받아 연산을 완료할 수 있었다.

[대외적으로 이현종의 아들이 될 경우, 교수가 될 수 있는 확률이 거의 100%에 수렴합니다.]

'개꿀 아냐?'

[다만 수혁의 친부모님을 부정하게 되는데 그건 괜찮습니까?]

바루다는 다소 인공지능답지 않은 질문을 던졌다. 아무래도 다른 인공지능들과는 달리 인간의 오감을 가지고 있는 데다가, 수혁과 24시간 소통하고 있다 보니 조금은 달라진 모양이었다. 수혁은 오히려 자신보다 더 인간 같은 바루다의 말에 잠시 할 말을 잃었다.

'내 부모님이라……'

이름도 얼굴도, 심지어 죽었는지 살았는지조차 모르는 사람들이었다.

'뭐, 상관없을 거 같아.'

하지만 수혁은 이내 고개를 끄덕일 수 있었다. 지금까지 30년 가까운 세월 동안 아무도 없이 살아온 몸이 아닌가. 비록 이현종 같은 조금은 이상한 아빠라 할지라도, 한 번쯤은 있어 보는 게 좋을 거 같단 생각이 들었다.

[그럼 아빠라고 하시죠.]

'하아.'

물론 아무리 그렇다 해도 원장에게 아빠라고 하는 게 쉬운 일은 아니었다. 하지만 그를 품 안에 안고, 너무도 따스한 눈빛으로 내려다보고 있는 이현종과 마주하고 난 후에는 약간이나마 입이 열렸다.

"아······."

"그래, 수혁아! 내 아들!"

"아빠······."

"옳지! 잘했다!"

수혁이 아빠라고 부름과 동시에 이현종은 수혁을 번쩍 안아 들고 빙글빙글 돌았다. 60이 넘은 나이라고 하기엔 믿기지 않는 건강과 용력을 지닌 그였기에 수혁은 마치 바람개비처럼 핑글핑글 돌았다.

"헐."

"이게 진짜야?"

그리고 그런 둘을 보며 우창윤과 박국진 교수는 고개를 갸웃거리고 있었다. 암만 봐도 개소리 같은 상황 아니었던가. 학문과 결혼했네, 어쩌네 했던 이현종이거늘. 심지어 그 사실을 무척 자랑스러워하며 학회 때마다 떠들곤 했었던 것을 우창윤 교수는 똑똑히 기억하고 있었다.

'그게 거짓말이라고?'

알고 보니 숨겨 둔 아들이 있었는데, 그게 하필 이수혁이라니. 너무 거짓말 같았지만 방금 수혁이 아빠라고 하는 걸 들은 마당 아닌가. 그렇다 보니 사고의 흐름 또한 완벽히 뒤바뀌어 버리고야 말았다.

'하긴······. 머리가 좋아도 너무 좋잖아. 아빠가 이현종이라고 하면······. 조금은 이해가 되긴 해······.'

이현종이 저렇게 이상한 짓을 하면서도 대한민국 최고의 병원 원장이 될 수 있었던 건 그가 정말 어마어마한 업적을 남겼기 때문이었다. 그만큼 똑똑하다는 뜻이었다.

'게다가 이수혁도 조금 이상한 점이 있다고 하잖아.'

그가 애지중지하는 딸 우하윤의 말에 의하면, 이수혁 또한 잘못 보면 진짜 이상해 보일 때가 있다고 했다. 우창윤의 모든 사고가 이현종과 이수혁의 부자 관계를 인정하는 방향으로 흘러가고 있을 무렵, 이현종이 재차 입을 열었다. 아까보다 훨씬 당당해 보였는데 그럴 만도 했다. 지금은 수혁과 손을 꽉 잡고 있었으니까. 장담컨대 여기 모인 교수 중에는 친아들이라 해도 이렇듯 단단히 아들과 손잡아 본 기억이 가물가물한 사람들도 있을 터였다.

"봤지? 내 아들이야. 그러니까 내가 책임져. 제일 좋은 조건으로 교수 만들어 줄 거야."

이현종이 어디 그냥 교수란 말인가. 태화의료원의 원장이었고, 또 태화 의과대학의 석좌 교수였다. 그런 사람이 밀어준다고 하면 당연히 어마어마한 힘이 될 터였다. 더욱이 아들이라지 않은가. 여기서 더 뭐라 할 말이 있는 사람은 없었다.

"아, 알겠습니다……."

일단 박국진 교수가 꼬리를 말았다. 수혁은 그가 들고 있는 봉투 안에 든 금액이 못내 궁금했지만, 지금 얼마냐고 묻는 건 좀 미친 짓 같아서 그저 입맛만 다셨다.

"그……. 저도, 뭐. 네. 아들이 있으신 줄은 몰랐네요. 얼굴은 엄마 닮았나 보다……."

우창윤 교수 또한 이 말을 끝으로 멀리 사라져 갔다. 주동자 둘이 사라진 마당에 더 남아 있을 만한 사람은 없었다. 금세 강의실 앞엔 이현종과 이수혁, 그리고 여전히 입을 다물지 못하고 있는 신현태만이 남게 되었다.

"형……."

신현태는 꼭 그렇게까지 해야 했냐는 얼굴로 이현종에게 천천히 다가갔다. 그러자 이현종은 아직도 굳게 잡고 있던 수혁의 손을 바짝 끌어당기며 입을 열었다.

"이제 아들이야. 그렇게 알아."

"그……. 형 명성은 어쩌고요……. 숨겨 둔 아들이 있다고 하면……. 이사회에서도 싫어할 텐데……."

도덕적 흠결이 될 수도 있는 사안 아닌가. 이제 와서 원장직을 뺏거나 하지는 않겠지만, 충분히 뒷말 정도는 나올 수 있는 상황이라고 보면 되었다.

"명성이 중하냐? 의학 발전이 중하지. 얘가…… 얘가 어떤 존재인지 아직도 모르냐?"

물론 이현종은 그따위 것 다 필요 없다는 얼굴이었다. 그간 수혁이 그와 함께 순환기내과를 돌면서 보여 준 모습 때문이었다. 비단 이번에 발표했던 논문에 쓰인 케이스뿐만 아니라, 다른 케이스에서도 모조리 비상한 모습을 보였다. 아니, 비상하다는 말은 좀 식상하다는 느낌이 들 정도로 대단했다. 수혁이 아직 1년 차라는 걸 떠올려 보면 더더욱 그러했다.

"그야……. 그건 그렇죠. 대단하긴 하죠."

신현태 또한 수혁의 능력을 십분 인정하는 사람이지 않은가. 이현종의 이러한 말에 토를 달거나 할 생각은 전혀 없었다.

"그럼 그렇게 알아. 밥이나 먹자. 수혁아, 배고프지?"

"어……. 네. 그……. 뭐라고 불러야 하죠?"

수혁은 고개를 끄덕이다가 돌연 질문을 던졌다. 아까야 창졸간에 아빠라고 부르긴 했지만, 계속 그렇게 부르는 건 좀 이상하단 생각이 들었다.

"응? 너 편할 대로 불러. 난 뭐 아빠라고 해도 좋아. 진짜 아들같이 생각하려고, 이제."

"아……. 그럼…… 원장님이라고 부르겠습니다. 당분간은."

"그래, 그래."

이현종은 아무래도 좋다는 얼굴로 허허 웃고는 수혁과 함께 성큼성큼 앞으로 걸어 나갔다.

"가, 같이 가요."

원래 따로 돈 쓸 생각 없이 학회에서 주는 도시락으로 때울까 하고 있던 신현태 또한 뒤늦게 둘의 뒤를 따랐다.

▰▰▰▰▰

그러곤 이현종의 안내에 따라 호텔 2층에 위치한 한식당으로 향했다. 아주 높은 성급의 호텔은 아니었지만, 그래도 호텔은 호텔 아니던가. 상당히 화려한 외관을 자랑하고 있었다.

[우와…….]

'왜 네가 놀라냐.'

수혁은 인공지능 주제에 감정 표현 비슷한 것을 하고 있는 바루다를 보며 물었다. 그러자 바루다는 약간은 질책하는 듯한 말투로 대꾸했다.

[수혁, 수혁은 한 번도 절 이런 곳에 데려다준 적이 없습니다.]

'레지던트니까 그렇지. 레지던트가 무슨 호텔 식당을 와.'

[교수 되면 옵니까?]

'오지. 그러니까 빨리 세계 최고의 의사가 되자고.'

[알겠습니다. 노력하겠습니다.]

그러곤 다시 한번 수혁에 대한 전폭적인 서포트를 다짐했다. 그 동기가 좀 이상하긴 하지만, 뭐가 어찌 되었건 수혁에게는 잘된 일인 셈이었다. 물론 그를 서포트하기로 한 것은 비단 바루다뿐만이 아니었다.

"갈비찜 먹어라. 갈비찜."

"근데, 형. 그럼 진짜 수혁이 교수 자리, 돌아가면 바로 만들 거예요?"

신현태의 말에 수혁의 밥그릇에 갈비찜을 뜯어 주던 이현종이 고개를 크게 끄덕였다.

"그러려고. 안 되겠어. 아까 박국진이 그 새끼 표정 봤어?"

"보긴 봤죠. 작정하고 왔던데."

"그때 내 제자……. 아니, 그 개새끼 빼 가고 거기 센터 확 큰 거 알지?"

"엄청 컸죠. 그 새끼는 저도 진짜 많이 이뻐했는데……."

"10억에 홀랑 넘어가서. 아무튼, 내 평생 그 꼴 다시는 못 봐. 수혁이 교수 자리부터 일단 받아 놔야겠어."

이현종은 지금 생각해도 분통이 터진다는 듯 입안에 있던 갈비찜 파편을 신현태에게 흩뿌렸다. 신현태는 능숙하게 파편을 쏙 피하면서 말끝을 흐렸다.

"이사회에서 싫어할 텐데……."

"애 실력을 몰라서 그렇지! 지금 당장 나가도 어지간한 전문의보다 나은데."

"왜 저한테 화를 내요……. 저는 같은 편이에요. 같은 편."

"근데 왜 토를 달아."

"아니……. 아닙니다. 저도 돕긴 할게요."

"돕긴 해? 어째 말이 좀 걸쩍지근해? 조카 교수 만드는 건데."

이현종의 말에 신현태가 잠시 고개를 갸웃거렸다.

"조카?"

그러자 이현종은 말없이 턱으로 수혁을 가리켰다.

"아, 아들이라고……. 그래요. 알겠어요."

"자, 손 모아. 수혁이 교수 만들기 작전 돌입이다."

"무슨 작전까지……."

"안 내밀어?"

"알았어요, 알았어."

"수혁이도 내밀자."

"아, 네."

그렇게 이현종은 하이파이브까지 한 후에야 다시 식사를 재개했다. 수혁 입장에서 생각해 보면 나쁠 것 하나 없는 일이라 할 수 있었다. 뭐가 되었건, 원장과 내과 과장이 그를 곧장 교수로 만들기 위해 최선을 다하겠다고 나선 셈이었으니까.

✦✦✦✦✦

"아, 네. 내과 1년 차 이수혁입니다."

물론 수혁은 아직까진 학회에서 돌아오자마자 당직을 서야 하는 레지던트였다.

"네, 선생님! 발열 환자 있어서 연락드렸습니다!"

"발열? 지금 어떤 처치 하고 있어요?"

"네. 면역 억제제 먹고 있는 분이라, 오자마자 연락드렸습니다."

면역 억제제에 발열이라. 이렇게 되면 보통 사람보다는 고려해야 할 질환이 비할 수 없이 많아지는 셈이었다.

"알겠어요. 지금 내려갑니다."

못 하는 게 뭐야

'발열에 면역 억제제…….'
[억제제 종류가 무엇인지 일단 확인하시죠.]
'오케이.'
수혁은 지팡이를 짚은 채 응급실 안쪽으로 들어섰다.
"이수혁이다."
"아……. 잘생긴 편은 아니네."
"얼굴이 뭐가 중요하냐. 천재라는데."
"아니, 그냥 그렇다고. 왠지 엄청 잘생겼을 것 같았거든."
이미 그의 실력은 병원 내에 짜하게 퍼진 후였다. 그간 숱하게 많은 케이스를 홀로 진단해 내고 치료까지 해 왔으니 당연한 일이었다. 더군다나 이번엔 그간 루머인지 뭔지 모를 상태로 있던 이현종 원장의 아들이라는 소문이 사실이라고 딱 공표까지 된 마당 아니겠는가. 외모도 지팡이 덕에 워낙에 눈에 띄는 편이었고, 그가 들어서자마자 온갖 수군거림이 일어난 것은 결코 우연이 아니었다.

"환자분 어디 계시죠?"

"아……. 저쪽에 계십니다."

덕분에 그에게 연락했던 인턴 또한 친절하기 이를 데 없었다. 원장 아들인 데다가, 천재 내과 1년 차 아닌가. 그렇지 않으면 그게 더 이상한 일이었다.

"그럼 잠깐 환자 기록만 좀 보고 가서 볼게요. 심전도나 ABGA(Arterial Blood Gas Analysis, 동맥혈의 산소 및 이산화탄소 측정)는 다 했죠? 안 했으면 지금 해요."

"아, 네. 선생님."

수혁은 일단 그 인턴을 먼저 환자에게로 보낸 후, 모니터 앞에 앉아 환자 기록을 띄웠다.

[손금숙, 여자 53세군요.]

'말기 신부전(신장 기능 저하)으로 한 달 전에 신장 이식술을 받았군. 흐음……. 거부 반응인가?'

한 달이라면 급성 거부 반응은 아니더라도 아급성 거부 반응일 가능성은 완전히 배제하기 어려웠다. 하지만 바루다의 의견은 조금 달랐다.

[그렇다고 보기엔 신기능이 괜찮습니다.]

'약간 떨어져 있잖아?'

[공여자의 신기능이 조금 떨어져 있었을 가능성이 더 큽니다.]

'흐음……. 일단 네 의견은 지금 발열하고는 크게 관계없을 거 같다 이거지?'

[그렇습니다. 물론 더 확인해 보는 것은 필요합니다.]

'알았어.'

수혁은 좀 더 알아보기로 결정하고 환자의 기록을 더 뒤져 나갔다.

'약은 사이클로스포린(면역 억제제)이랑 미코페놀레이트(면역 억제제)네.'

[신장 이식 후에 쓰는 약 중에서는 별로 특별할 것 없는 약이군요.]

'그러게. 음.'

먹고 있는 약 외에 환자가 대략 20년 전부터 고혈압을 앓아 왔다는 것도 알 수 있었다. 아무래도 이 고혈압의 합병증으로 신장 기능 부전이 왔고, 이를 해결하기 위해 신장 이식술을 받은 것은 아닌가 하는 생각이 들었다.

물론 신장 이식술을 받기 전까지는 다른 병원에 다니던 환자였기 때문에 이 모든 것은 추측일 뿐이었다. 하지만 추측을 해 나가는 주체가 수혁과 바루다이니만큼 상당한 신빙성을 가지고 있었다.

[2일 전부터 전신 쇠약감을 호소했군요.]

'발열 자체는 내원해서 확인된 거야.'

[그마저도 높지는 않습니다.]

환자의 체온은 37.8도였다. 기껏해야 열이 있다, 정도만 언급할 수 있는 상황이라는 뜻이었다. 그보다 수혁의 눈을 끈 것은 다른 수치들이었다.

'혈압이 94에 64…… 심장 박동수가 116……. 이 환자 고혈압 환자라며.'

[기저 혈압에 비해 지금 너무 낮습니다.]

'일단 수액부터 때리자, 그럼.'

진단하는 과정은 물론 재미있고 즐거운 일이었다. 특히 바루다와 함께하면 거의 대부분 답을 찾게 되기 때문에 더욱 그러했다. 하지만 일단은 생명부터 살리고 봐야 했다. 환자가 죽은 후에 진단을 내리는 건 무가치한 일이었으니까.

수혁은 다시금 지팡이를 짚은 채 환자에게로 다가갔다. 원래 혈압에 비하면 상당히 떨어진 상황이긴 했지만, 절대적인 수치로 보면 아주 낮은 건 아니었기 때문에 환자는 처치실이 아니라 일반 응급실에 있었다.

"여기 일단 노멀 셀라인(normal saline, 생리 식염수) 300 풀 드롭으로 주세요."

"아, 네. 선생님."

수혁은 일단 지시를 내린 후 환자를 가만히 살폈다. 주된 증상이 쇠약감이라고 하더니 정말로 쇠약해 보였다.

[아까 보니 키가 163인데 몸무게가 38.5kg입니다.]

'최근에 빠진 건가?'

[수술 후 입원 치료를 받을 때는 43kg이었습니다.]

그때도 뭐 건장한 건 아니었지만, 그래도 지금보다는 훨씬 나았단 소리였다. 동시에 체중이 지난 한 달간 빠져 왔을 가능성이 크다는 소리이기도 했다. 그렇다는 건, 지금 이 상황이 응급실에서 판단한 것보다 오래된 문제일 수도 있었다.

'흠.'

급성 감염 같은 것이 아닐 수도 있음을 염두에 둔 수혁은 이제 환자의 머리부터 발끝까지 차근차근 관찰해 나갔다. 눈동자가 노랗지는 않은지, 눈꺼풀이 창백해진 것은 아닌지, 호흡이 가쁘진 않은지, 혹 갈비 사이근을 사용하고 있지는 않은지, 한 달 전 수술받은 부위는 어떠한지 등등을 아주 꼼꼼하게 살폈다.

[수술받은 부위가 약간 붉군요.]

'응. 특히 관을 꽂아 두었던 곳이 너무 붉어.'

[네. 그곳은 반드시 확인해야 합니다만……. 그 외에는 크게 이상 소견을 보이는 것 같지는 않습니다. 다만 이상 소견이 없다고 해서 이상한 것이 없다고 단정 짓기는 어렵습니다.]

못 하는 게 뭐야

'그렇지.'

면역 억제제를 복용 중이지 않은가. 그렇다면 전형적인 증상들이 가려질 수도 있다는 상황이라고 봐야 했다. 이런 상황에서는 어쩔 수 없이 혈액 검사나 엑스레이 또는 소변 검사 등에 의존해야만 했다. 수혁은 일단 인턴이 뽑아 온 심전도 결과를 보면서 소변 검사 결과가 나오기를 기다렸다.

"엇."

심전도상 ST 분절이 아주 전형적인 양상은 아니더라도 정상보다 올라간 것이 확인되었다. 하지만 혈액 검사상 관찰되는 심근 효소의 양은 그렇게 많지 않았다. 위 소견을 종합한 바루다가 재빨리 입을 열었다.

[경색보다는 심근의 염증으로 생각됩니다.]

'전신 감염이 진행 중이라 이건가?'

수혁은 어이가 없다는 듯한 얼굴로 환자를 바라보았다. 확실히 기운이 좀 없어 보이긴 했지만, 그렇다고 또 그렇게 심각해 보이진 않는 상황이었다. 하지만 이제 수혁은 단순히 지식만 쌓은 의사는 아니었다. 그간 상당히 많은 환자를 보며 경험 또한 쌓아 온 몸이었다.

'이러다 혹 가지…….'

[최대한 빨리 제대로 된 진단을 하는 것이 중요합니다.]

'소변 검사 결과 나오는 동안 CT나 찍자. 저기가 너무 불안해.'

[좋은 생각입니다, 수혁.]

그래서 수혁은 붉게 부어오른 자리를 확인하기 위해 복부 CT를 찍기로 결심했다. 어차피 심각한 감염이 있다면 수술 자리가 원인이 되었을 가능성이 크다고 판단했기 때문이었다.

"CT실 연락해서 바로 찍을 수 있게 해 줘요."

"네. 선생님."

인턴은 곧장 CT실에 전화를 걸고는 촬영을 지시한 사람이 원장님 아들인 수혁이란 점을 강조했다. 그러자 방사선사는 짧게 한숨을 쉬고는 이내 고개를 끄덕였다.

"바로 오세요. 어차피 급한 환자가 없어서 밀고 찍으면 됩니다."

"네, 감사합니다."

덕분에 환자는 곧장 CT실로 향할 수 있었다. 수혁은 할 수 있으면 같이 따라가고 싶었지만, 다리 때문에 이동이 수월하진 못한 상황이었다.

[어차피 곧 검사 넘어올 겁니다. 소변 검사부터 보시죠.]

'그래……'

[다리 고치는 방도에 대해서는 저도 분석 중입니다. 너무 상심하진 마십시오.]

'그래, 뭐……. 일단 소변부터 보자.'

수혁은 환자는 보낸 채 검사 결과 새로 고침을 끊임없이 누르기 시작했다. 그러다 어느 순간 결과가 훅 하고 떴고, 그와 동시에 수혁은 바루다와 함께 결과 분석에 들어갔다.

'혈뇨가 있어. 양이 적지 않은데……'

[백혈구도 나오는군요. 감염입니다.]

'요로 감염이라……. 근데 열이 이것밖에 안 난다 이거지.'

[면역 억제제를 복용 중이니까요.]

'좋지 않은데…….'

[최악의 상황입니다.]

신장 이식을 했는데 요로 감염이라니. 어쩌면 이식해 준 신장에 감염이 발생했을 가능성이 있었다. 만약 그렇다면 설령 감염을 성공적으로 고친다고 해도 신장 기능 부전이 또 생길 수도 있다는 뜻이었다. 당연하게도 수혁의 얼굴이 일그러졌다.

[아, 환자 나왔습니다. 영상 떴을 겁니다.]

그 순간 바루다가 주의를 환기했다. 절망이야 환자 잘못된 다음이라면 얼마든지 해도 늦지 않을 거 아닌가. 지금은 그 환자가 잘못되지 않도록 최선을 다해야만 했다. 그게 바루다가 생각하는 뛰어난 의사였다.

'조영제를 못 써서 불명확하긴 하지만…….'

[이식해 준 신장이 부었군요. 관을 꽂았던 곳 주변으로는 액체 저류(고이는 현상)도 있고요.]

'고름일까?'

[조영이 안 되어 100% 장담은 할 수 없지만 그렇게 판단하는

것이 합리적입니다.]

'이런 젠장.'

검사 결과를 종합해 보면 환자는 이식받은 신장에 감염이 발생한 상황이었다. 그 감염이 그냥 가벼운 감염은 당연히 아니어서, 전신으로 번져 나가고 있었다. 그나마 다행이라면 흉부 엑스레이는 깨끗하다는 점인데, 지금과 같은 상황에서는 언제 어떻게 폐렴이 발생할지 알 수 없었다.

"일단…… 일단 입원시킬게요. 신현태 교수님 앞으로."

수혁은 노티도 하기 전에 입원장부터 날렸다. 딱히 그가 건방져서는 아니었다. 신현태 과장이 수혁에게 전권을 위임했기 때문이었다. 적어도 수혁은 위 연차 노티고 뭐고 다 필요 없이 환자를 입원시킬 수 있었다. 국보급 인재에 대한 예우 중 하나라고 보면 되었다.

"네."

"그리고 반코 줍시다. 일단 반코."

'반코'란 반코마이신을 의미하는 것이었다. 내성균주에도 드는 광범위 항생제였는데, 원래 같으면 다른 항생제를 써 보고 안 들을 때 쓰거나 혹은 배양 검사에서 의심이 될 때 쓰는 귀한 약이었다.

하지만 환자를 보다 보면 원칙을 깨야 할 때가 있었다. 지금 이 환자를 그냥 지켜보면서 기다린다는 건, 환자를 죽이겠다는 것과 같은 말이라고 보면 되었다.
"네, 선생님."
"그리고……."
수혁은 입원 처방을 내도 병실로 올라가기 전에 시간이 꽤 필요하다는 것을 잘 알고 있었다. 그리고 적어도 이 환자에게 있어서는 최대한 시간을 아끼고 아껴서 사용해야 한다는 것도 잘 알고 있었다.
[직접 째시죠. 다리가 불편한 거지, 손이 불편한 건 아니니까요.]
'내가? 외과 안 부르고?'
[그게 다 시간입니다. 제가 코치하겠습니다.]
'음.'
수혁은 환자의 부어오른 수술 부위를 보며 잠시 고민했다. 외과 의사도 아닌데 저길 짼다는 게 조금 꺼림칙했기 때문이었다.
[고작해야 1cm면 충분합니다.]
하지만 바루다의 코치가 있다면 저 정도는 가능할 것 같았다. 수술이라기보다는 그저 시술이었으니까. 게다가 수혁은 바루다의 코치를 받아 이런저런 처치를 해 본 경험도 있었다. 자신이 좀 생겼다는 뜻이었다.
드르륵. 수혁은 의자를 끌어 환자 옆에 앉았다. 그 바람에 내내 눈을 감고 있던 환자가 눈을 번쩍 떴다. 그래 봐야 기운이 없어 별다른 움직임을 보이진 못했지만, 수혁은 그렇게 환자와 마주 본 채로 입을 열었다.

"환자분, 지금 감염이 있으세요. 이쪽이 아프진 않으세요?"

환자의 수술 부위를 가리키면서였다. 환자는 고개를 아주 살짝 끄덕이며, 잔뜩 갈라진 목소리로 대꾸했다.

"아……파요."

"거기 제가 조금 낫게 해 드릴게요. 살짝 따끔하실 수 있는데, 괜찮으시겠어요?"

"아픈 거……. 잘 참아요……."

"네. 안 아프게 해 드릴게요."

수혁은 그리 말하며 인턴을 돌아보았다. 그가 뭘 하려는 건지 전혀 눈치채지 못하고 있던 인턴은 그저 눈을 동그랗게 뜰 뿐이었다.

"아, 절개 배농 세트 좀 줘요. 제 맞은편에 서서 보조하고."

"여, 여기서 째시려고요?"

사실 수혁도 아까 바루다에게 들었을 땐 좀 놀라긴 했다. 하지만 환자가 앞에 있는데 그런 티를 내서는 곤란했다. 최대한 능숙한 척해야 했다. 어차피 잘할 자신은 있었으니까.

"저 잘해요. 가지고 와요."

"어……. 네."

인턴은 고개를 끄덕이며 세트를 가지러 뛰었다. 그 모습을 지켜보고 있던 응급실 의료진들 사이에서는 또 한 번 웅성거림이 일었다. 간단한 시술인 줄 몰라서인 탓도 있었지만, 내과 의사가 칼을 찾는다는 거 자체가 충격이긴 했다.

"뭐야, 수술도 해?"

"진짜 천재인가 봐……."

　　　　　　　　　　🔳🔳🔳🔳🔳

"여기 있습니다."

인턴은 아주 빠릿빠릿한 태도로 절개 배농 세트를 준비해 대령했다. 간호사들의 도움까지 받아서였는데, 당연하게도 일반적인 일은 아니었다. 비록 수혁이 1년 차이긴 하지만 아예 내과에서 대놓고 밀어주는 1년 차이지 않던가. 더군다나 제일 잘나가는 이현종 원장의 아들이기도 했고. 태화의료원에서 계속 수련을 받고 싶은 인턴으로서는 어쩔 수 없는 일이라 할 수 있었다.

[확실히 이현종이 세긴 셉니다.]

거의 3년 차 치프나 펠로우에 준하는 대우에 바루다가 흡족한 어투로 입을 열었다. 반면 수혁은 약간은 긴장한 얼굴이 되어 있었다. 진단이야 노상 해 온 일이었지만, 환자의 몸에 칼을 대는 건 익숙하지 않은 일 아니던가. 여기서 긴장을 하지 않으면 그게 더 이상한 일이었다.

[자, 일단 절개 포인트는 딱 관을 꽂았던 지점입니다. 쉽죠?]

'어.'

물론 바루다의 도움이 있기에 완벽하게 해낼 자신은 있었다.

[거길 중심으로 해서 베타딘으로 닦아 내세요. 둥글게. 점점 넓어지는 방식으로. 네, 지금 좋습니다.]

교과서를 통달하다 못해, 유튜브 영상까지 짜깁기해서 눈앞에서 보여 주고 있으니 못하면 그게 바보였다. 다행히 수혁은 바보가 아니라 상당히 똑똑한 축에 속하는 사람이었으니, 수술은 일사천리로 진행 중이었다.

[인턴에게 거즈 들고 대기하라고 하십시오.]

'아, 응.'

수혁은 바루다의 말대로 인턴을 대기시킨 후, 마취 주사를 집어 들었다. 예전, 그러니까 환자도 의사도 파이팅 넘치던 시절에는 절개 배농 따위 마취도 없이 하기도 했다고 하는데, 그건 정말이지 옛날이야기였다. 안 아프게 할 수 있으면 무조건 안 아프게 하는 게 옳은 방식이었다.

"따끔합니다."

"네……."

수혁은 일단 환자에게 마취할 것임을 알려 준 후, 절개가 딱 들어갈 부분 근처에 마취제를 주입했다. 애초에 덴탈 시린지라고 불리는, 어마어마하게 얇은 주삿바늘을 이용한 방식인 데다가 바루다의 조언을 철저히 따르고 있었기 때문에 통증은 거의 없었다.

[이거 더 잘하면 아예 안 아파한다고 하던데. 방금 환자 찡그렸습니다.]

'됐어. 이만하면 잘했지. 내가 뭐 외과 할 것도 아니고.'

[그건 그렇긴 하죠. 그냥 조금 아쉽다는 겁니다.]

'다음이나 알려 줘. 칼로 째면 되지?'

[네. 아까 소독 시 중심이 되었던 그 부위를 대략 1cm가량, 0.5cm 깊이가 되도록 절개하면 됩니다. 예상되는 출혈이 있기는 합니다만 심각한 수준은 아닐 겁니다.]

'오케이.'

수혁은 약간의 꾸지람을 듣기는 했지만, 정신력이 흔들리는 일 없이 메스를 집어 든 뒤, 바루다가 알려 준, 동시에 본인이 보기에도 고름집의 핵심으로 보이는 지점을 그었다.

"아프진 않죠?"

"네?"

"아뇨. 지금 그어서요."

"아, 네."

깨알같이 마취된 것을 확인하면서였다. 동시에 관이 삽입되어 있던, 즉 이식된 신장까지 이어졌다고 판단되는 곳에서 왈칵 고름이 빠져나왔다.

"인턴 쌤. 위에서 좀 눌러요. 환자분이 아플 수도 있습니다."

"으, 네."

수혁의 지시에 따라 인턴이 거즈를 이용해 꾹 하고 누르자, 기껏해야 1cm밖에 되지 않는 절개창을 통해서 무수히 많은 고름이 콸콸 흘러나왔다.

"오."

"조, 좀 편해지는데요?"

인턴은 자신이 절개한 것도 아니면서 아주 뿌듯하다는 표정을 지어 보였다. 원래 고름을 짤 때면 많은 의료진이 이런 표정을 짓긴 하는데, 정작 그 장본인인 수혁은 그럴 수가 없었다.

'이거…… 이미 망가진 건 아니겠지?'

[기능이 있긴 합니다만……. 이 정도의 감염이 지속될 경우, 무조건 망가질 겁니다. 원인균을 찾아서 치료해야 합니다.]

'일단 이거 배양 검사 나가자.'

[좋은 생각입니다.]

혈액에서도 물론 배양 검사를 할 요량이었다. 하지만 아무래도 검체는 많으면 많을수록 좋지 않겠는가. 게다가 이건 그냥 균 덩어리가 아니라, 감염원에서 채취한 균 덩어리였다. 물론 아예 균은 아니고, 균과 싸워 죽은 백혈구들이 뒤섞여 있긴 하겠지만, 고름에서 배양 검사는 할 수 있으면 하는 것이 좋았다.

"와……. 저만큼 나오는 거 봐. 진짜 정확히 딱 포인트만 짚었나 본데."

"그러니까. 기껏해야 1cm 쨴 거 같은데……."

"괜히 이현종 아들이겠냐. 우리 병원 아니, 대학 생긴 이래 최고 천재라잖아, 그 사람이."

"근데 그 이현종 교수님이 저 이수혁 선생님이 자기보다 더 천재라고 하고 있잖아."

수혁은 배양 검사를 시행한 후에도 지속적으로 고름을 제거해 나갔다. 응급실 의료진들이 수군대는 것처럼 어마어마한 양이 빠져나오고 있었다. 덕분에 환자의 얼굴도 아까보다는 훨씬 좋아져 있었다. 몸 안에 들끓고 있던 세균과 고름이 쭉 빠져나왔으니 당연한 일이었다.

"가, 감사합니다."

"아뇨. 당연히 해야 하는 일인데요. 일단 병실 잡힌 것 같으니……. 위에서 다시 뵙겠습니다. 항생제는 여기서 달고 올라가실게요."

"네, 선생님."

수혁은 그렇게 고름을 제거한 후, 관까지 집어넣어 주었다. 생기는 족족 밖으로 빼내기 위함이었다. 그러곤 방금 자신이 말했던 것처럼 반코마이신까지 달아서 병실로 환자를 올려 보냈다. 신현태에게 전화한 것은 그다음의 일이었다.

"네, 교수님. 저 수혁입니다."

"어어. 수혁아. 우리 조카."

"아니……. 그건 좀……."

"원장님이 아빠라고 부르라고 한다며. 나도 적응해야지."

"아니……."

"알았다. 근데 무슨 일이야. 아, 당직이니?"

신현태는 더없이 친근하게 전화를 받고는 서너 마디를 더 나누고 나서야 본론으로 들어갔다. 수혁은 어차피 요새 맨날 이런 분위기였기 때문에 별 당황하는 기색도 없었다. 그저 담담하게, 완벽한 노티를 이어 나갈 뿐이었다.

"손금숙, 여자 53세로 20년 전 고혈압 진단되었으며, 10년 전부터 만기 신부전으로 투석 치료 중 한 달 전 뇌사자 공여 신장 이식을 시행받았습니다. 면역 억제제로 사이클로스포린과 미코페놀레이트 복용 중입니다. 내원 2일 전 발생한 전신 쇠약감으로 응급실에 오셨고, 당시 37.8도로 발열 체크되어 노티받았습니다."

"아……. 까다롭겠네. 체스트는 어때?"

"폐는 깨끗한데, 신장을 이식받은 부위에 염증 소견이 있었습니다. 절개 배농 시행하였고 32cc가량의 농이 배출되었습니다."

"32cc? 너무 많은데……. 그럼 신장 기능은?"

"조금 떨어져 있긴 한데 소변은 나오고 있습니다."

"음."

신현태의 목소리가 막 전화를 받았을 무렵보다 많이 낮아져 버렸다. 환자 상태가 좋지 못한 정도가 아니라, 거의 최악의 상황을 염두에 둬야 할 정도였으니 당연한 일이었다. 아무리 죽음과 늘 맞닿아 있다시피 한 대학 병원 내과 교수라 해도 이런 상황은 익숙해지질 않았다.

"거기에 더해 소변 검사에서도 농이 검출되었습니다."

"요로 감염이로군……. 근데 그게 하필 이식받은 신장이 감염원인 건가?"

"네."

"음."

신현태는 다시 한번 신음을 흘렸다. 치료 계획이 떠오르지 않아서는 아니었다. 단지 환자가 걱정될 뿐이었다.

"항생제는 들어갔지?"

"네. 반코마이신 바로 사용했습니다."

"잘했어. 내일 오전에 일단 그 환자부터 보자고."

"네."

"혹시 밤사이라도 이상 있으면 전화하고. 새벽에 흉부 엑스레이, 소변 검사, 혈액 검사 다시 한번 싹 나가. 아, 심전도도."

"네, 교수님."

수혁은 고개를 끄덕인 후, 전화를 끊었다. 그러곤 신현태 교수가 당부했던 것과 자신이 생각할 때 더 필요한 것, 그리고 바루다의 지시까지 더해 거의 완벽한 처치를 시행했다.

▰▰▰▰▰

하지만 다음 날 신현태와 함께 환자를 찾았을 때 마주치게 된 현실은 그리 녹록지만은 않았다.

"열이…… 38.2도. 더 올랐네."

신현태는 인상을 쓴 채 환자의 바이털 사인을 살폈다.

"하아……. 하아……."

당장 어젯밤까지만 해도 호흡에는 전혀 문제를 보이지 않던 환자의 호흡이 많이 가빠져 있었다. 때문에 제대로 된 의사소통까지 어려워진 마당이었다. 새벽에 시행한 흉부 엑스레이는 그 이유를 제대로 보여 주겠다는 듯 새하얗게 변해 버린 폐를 드러내 놓고 있었다.

"폐렴으로 진행됐습니다."

"반코 들어갔다며?"

"네. 어제 내원하자마자 들어갔습니다."

"배양도 나간 거지?"

"네. 하지만……."

결과를 보려면 적어도 일주일은 더 있어야만 했다. 일반적으로는 그 시간이 그렇게까지 긴 것은 아니었지만, 이 환자에게는 영겁이나 마찬가지일 터였다. 지금 진행되는 속도를 보면, 기껏해야 5일 안에 치명적인 손상이 찾아올 것이 뻔했으니까. 그때 가서는 제대로 된 원인균을 찾아 봐야 이미 늦는단 뜻이었다.

"VRE인가?"

"가능성이 있어 보입니다."

VRE. 일명 'Vancomycin Resistant Enterococci(반코마이신 내성 장알균)'의 약어로, 애초에 내성균에 대한 약으로 만들어진 반코마이신에 대해서조차 내성을 가진, 슈퍼 박테리아를 지칭하는 말이었다. 감염 빈도는 당연하게도 떨어지지만, 이 환자는 만성 신부전 환자인 데다가 장기 이식까지 받은 환자였다. 병원 생활이 길어도 너무 길었다는 뜻이었다. 어디서 어떤 균에 노출되어도 이상하지 않았다.

"일단 이미페넴(imipenem, 광범위한 항생제)으로 항생제 변경하자."

"네, 교수님."

본래 항생제를 사용한 지 만 하루도 되지 않아 교체하는 것은 이례적인 일이었다. 특히 신현태처럼 아주 우수한 감염내과 교수에게는 더욱 드문 일이라 할 수 있었다. 원래 항생제가 제대로 액션을 취하게 되는 시간이 그 약이 들어간 지 만 48시간 무렵이니 당연한 일이었다. 하지만 가끔은 원칙을 깨야만 할 때도 있는 법이었다. 그 어떠한 원칙도 환자 생명보다 위에 있을 수는 없기 때문이었다.

"그리고…… 중환자실로 내려. 삽관하고 바이털 15분 단위로 보자."

"네, 교수님."

바이털 15분이라는 말에 수혁이 약간은 당황스럽단 표정을 지어 보였다. 15분마다 모든 바이털을 체크해야만 한다는 건, 담당 간호사를 갈아 넣겠단 뜻이었기 때문이었다.

하지만 어쩌겠는가. 환자가 안 그러면 죽을 거 같은데. 수혁으로서는 고개를 끄덕이는 것밖에 다른 수가 없었다.

"삽관은 내가 할까?"

"아뇨. 제가 하겠습니다. 진정제 좀 놔 주세요."

"네."

수혁은 이미 환자 옆에 준비해 두고 있던, 여차하면 집어넣으려고 하고 있던 플라스틱 튜브를 집어 들었다. 간호사들이 진정제를 넣고, 근이완제까지 넣어서 환자의 의식이 훅 가라앉기를 기다렸다.

[지금입니다.]

그러곤 늘 그러하듯 바루다의 조언을 받아 튜브를 환자의 목구멍 안쪽으로 쑥 집어넣었다. 언제 봐도 완벽에 가까운 삽관이었다.

"넌 진짜 못 하는 게 없구나."

신현태는 짤막한 칭찬을 하고는 환자가 누워 있는 침대를 잡아끌었다.

"일단 아까 말한 대로 항생제 바꾸고 보자. 이미페넴은 듣겠지, 설마."

"네, 교수님."

수혁 또한 침대를 끌고 신현태와 함께 중환자실로 향했다. 방금 넣은 튜브를 통해 숨을 불어 넣으면서였는데, 중환자실에 도착하고 나서는 곧장 인공호흡기에 연결을 해 주었다.

[처방은 이제 제가 손볼 것이 없군요.]

'당연하지. 중환자를 몇 명을 받았는데.'

[그나저나…… 진단이 문제입니다. 아직도 원인균을 찾지 못했습니다.]

'그나마 이미페넴이 듣기를 바라야 하는데…….'

처방까지 후다닥 내린 수혁은 다시 환자를 바라보았다. 어제까지만 해도 의식이 있던 환자는 이제 삽관이 된 채 중환자실에 누워 있었다. 상황이 훅훅 심각해지고 있음이 확실한데, 현재 수혁이 가진 무기는 이미페넴뿐이었다. 물론 아주 강력한 항생제였지만, 솔직히 들을지 안 들을지는 미지수였다.

그리고 그 결과는 바로 다음 날 아침 확인할 수 있었다. 나쁜 쪽으로.

"폐렴이…… 더 진행됐어."

"이미페넴도 꽝……이네요."

"도대체 뭐야 이거? 면역 억제제 탓이라고 하기엔 너무 빠른데……."

"음……."

안 좋아진 환자 앞에서 신현태와 수혁이 번갈아 한숨을 쉬는 사이, 바루다가 입을 열었다.

[수혁, 우리가 뭘 놓치고 있는지 알 것 같습니다.]

때론 원인이

'뭘 놓치고 있다고?'

수혁은 아무래도 신현태와 대화 중이었기 때문에 완전히 바루다에게 신경을 돌리진 못했다. 하지만 그간 어느 정도 이런 식의 대화에 익숙해진 덕에 대강이나마 말을 이어 가는 건 가능했다.

[네. 수혁. 이 환자는 어떤 환자입니까?]

바루다는 대번에 자신이 떠올린 바를 털어놓는 대신 질문을 던졌다. 처음엔 이럴 때마다 짜증도 많이 냈지만, 이게 나름대로 바루다 스스로 교육해 나가고 또 수혁을 교육하면서 발전해 나가는 방식이라는 것을 알게 된 참이었다. 수혁은 짜증을 내는 대신 질문에 성심성의껏 대답하기로 했다.

'면역 억제제를 먹고 있는 환자지.'

그것도 두 개나 먹고 있었다. 아직 이식 수술을 시행한 지 불과 한 달가량밖에 안 되었기 때문이었다.

[맞습니다. 일반적인 사람에 비해 면역력이 억제되어 있다는 것을 쉽게 예상할 수 있습니다.]

'그래. 그래서 우리가 슈퍼 박테리아 감염을 의심하고 있는 거잖아.'

수혁은 답을 하면서 동시에 신현태를 바라보았다.

"제 생각도 그렇습니다."

대강 그의 말에 답을 해 주면서였다.

방금 수혁이 바루다에게 대꾸한 것처럼 수혁과 신현태는 이 환자의 면역 억제가 어떤 식으로든 슈퍼 박테리아 감염에 영향을 미쳤을 거라 확신하고 있었다. 나름대로 합리적인 추론이라고 할 수 있었다.

우선 환자는 중환자실에도 꽤 오랫동안 입원해 있었으니, 슈퍼 박테리아와 접촉했을 만한 기회가 수차례 있었을 터였다. 그리고 그 슈퍼 박테리아의 수가 소량이더라도 감염이 일어날 만큼이나 면역이 떨어진 상태 아닌가.

'지금으로선 이게 가능성이 가장 커.'

[저도 슈퍼 박테리아 감염 가능성을 완전히 배제하겠다는 건 아닙니다.]

'음? 그럼 뭔가 다른 걸 의심할 수 있다고 보는 거야? 바이러스 질환이라고 하기엔 고름 양상이 완전히 균이었어.'

[바이러스를 의심하는 것 또한 아닙니다.]

'음.'

수혁은 바루다가 의심하는 질환군이 지금 그의 생각이 미치지 못한 곳에 있다는 것을 깨닫고는 잠시 입을 다물었다. 할 말이 없어진 것도 있었고, 또한 바루다의 질문을 기다리기 위함이기도 했다. 바루다는 수혁이 예상했던 것처럼 오래지 않아 또다시 질문을 던졌다.

[이 환자는 왜 면역 억제제를 복용하여, 면역을 억제하고 있습니까?]

약간은 멍청해 보이기까지 한 질문이었다. 하지만 수혁은 바루다가 제아무리 인간과 유사성을 띠게 변해 왔다고 해도, 본질은 인공지능이라는 점을 아주 잘 알고 있었다. 그 말은 쓸데없는 짓은 하지 않는다는 뜻이었다. 아니, 쓸데없는 짓을 할 수는 있겠지만, 아무 이유 없는 짓은 하지 않았다.

'억제가 필요하잖아. 한 달 전에 신장 이식술을 받았어.'

수혁은 순순히 답을 해 주었다.

[네, 이 환자는 신장을 이식받았습니다.]

바루다는 마치 그 답이 아주 결정적이라는 듯 강조하여 다시 한번 확인해 주었다.

'뭐야.'

수혁으로선 이해가 잘 가지 않았기 때문에 고개를 갸웃거릴 따름이었다. 그때까지도 신현태는 이미페넴 다음 단계로 어떤 항생제를 써야 할지만 고심 중이었다. 심지어 수술을 시행했던 이식외과 측과도 연락을 취해 면역 억제제 유지 여부까지 묻고 있었다. 당연하게도 신장내과 측에도 현재 상태에 대한 고견을 구하기도 했다.

하지만 모두 이렇다 할 답을 내진 못했다. 그저 이 환자에게 남은 시간이 일주일은 될까 하는 생각만을 떠올리고 있을 뿐이었다. 보통 이런 식으로 장기 이식 후 급작스러운 감염이 생긴 경우엔 아주 빠르게 다발성 장기부전으로 이어지기 때문이었다.

'뭔데. 이 환자가 이식받은 게 뭐가 중요해.'

신현태가 아예 다른 과 교수들과의 통화에 정신이 팔린 덕에 수혁은 이제 온전히 바루다와의 대화에 빠져들 수 있었다. 바루다는 상황이 이렇게 되기만을 기다렸다는 듯, 아까보다 좀 더 활기찬 어투로 대꾸했다.

[이 환자는 신장 이식을 시행받았으며, 내원 당일 시행한 검진, 문진, 그리고 CT상 그 신장이 감염원으로 강하게 의심이 되는 상황입니다.]

'그렇지. 이 환자는 현재 감염원으로 신장이 의심되고 있지.'

잘 납득이 되진 않지만, 수술장에서나 중환자실에서 어떤 식으로든 감염이 생긴 것이 아닐까 하고 두루뭉술하게 확정을 짓고 있었다.

'아.'

그리고 수혁은 그제야 자신이 가장 중요한 감염 원인에 대해 잘 이해를 하지 않고 넘어갔다는 것을 깨달았다. 바루다는 수혁이 그런 식으로 깨닫고 있는 것이 대견하다는 듯 누군가의 웃음소리를 따라 한 후, 말을 이었다.

[그렇다면 우리가 제일 먼저 출발해야 할 것은 수술장이 아니라, 이 환자에게 신장을 공여한 뇌사자의 감염원일 겁니다.]

'장기 공여자……. 아……. 그렇구나. 그래!'

태화의료원의 의료 수준은 가히 세계적이라고 자랑할 만한 수준에 이르러 있었다. 그런데 수술장에서 감염이 일어난다고? 그건 너무 희박한 확률이었다. 그리고 그런 희박한 확률에 환자의 생명을 거는 건 절대 하지 말아야 할 도박이었다. 물론 중환자실에서는 그럴 만한 가능성도 있기야 하겠지만, 다른 감염이 아니라 바로 요로 감염으로 이어지는 건 좀 이상했다.

[따라서 장기 공여자에 대한 자료 수집을 요청합니다.]

바루다는 수혁이 유레카를 외치는 사이 자신이 하고자 했던 말을 끝마쳤다. 당연하게도 수혁으로서는 거절할 이유가 없는 요청이었다.

수혁은 여태 의미 없이 전화기나 붙잡고 있던 신현태의 팔을 톡톡 두드렸다. 다른 레지던트와 교수 관계라면야 조금 조심성 없어 보이는 태도일 수 있겠지만, 신현태는 자타 공인 수혁 바라기였다.

"어, 왜. 수혁아."

심지어 다른 과 교수와 통화 중이었음에도 불구하고 수혁을 먼저 돌아보았다. 수혁 또한 지금 사안이 사안이었기 때문에 계속 통화해도 좋다는 사인 대신, 그저 자신이 말해야 하는 바를 털어놓았다.

"교수님. 이 환자의 감염원은 신장입니다."

"응? 그렇지. 여러 정황이 그렇게 가리키고 있지. 그래서 수술장 감염 의심하고 슈퍼 박테리아 치료하려고 드는 거 아냐."

"그 감염이 혹시 장기 공여자분에게서 온 건 아닌가 해서요."

"어? 어……."

아까 수혁이 그랬던 것처럼 신현태 또한 잠시 할 말을 잊었다. 아예 생각지도 못하고 있던 발상의 전환이었기 때문이었다. 이 환자에게 발생한 감염 원인이 이 환자에 있는 게 아니라, 장기를 공여한 아예 다른 사람에게 있다니. 쉽사리 떠올릴 수 있는 생각은 아니지 않은가.

"잠깐. 아……. 류 교수. 미안한데, 지금 일단 전화 좀 끊을게."

하지만 한번 떠올리고 나면, 내가 왜 이 생각을 여태 못 했지 하는 생각이 드는 그런 종류의 발상이었다.

"어, 그래. 수혁아. 이게…… 그러니까 감염원이 공여자일 수 있다, 이거지?"

"네. 만약 슈퍼 박테리아인데 이미페넴도 듣지 않는 균이라고 한다면 사실상 기회가 없다고 봐야 합니다."

"그건……. 그건 그렇지."

신현태는 중환자실에 내려온 지 하루 만에 상태가 더더욱 안 좋아진 환자를 돌아보았다. 이제 폐렴까지 슬슬 퍼지고 있었기 때문에, 이렇게 속수무책으로 있다간 삽시간에 사망으로 이어질 공산이 너무 컸다.

"그렇다면 다른 원인일 경우를 찾아서 그 원인에 대한 치료를 시도해 보는 것이 의미가 있을 것 같습니다. 물론 슈퍼 박테리아라면…… 어쩔 수 없지만. 수술장 감염은 조금 납득이 가지 않아서요."

"그래, 그렇지. 우리 병원 이식외과가 그런 실수를 하진 않을 거야. 그럼 음. 그래, 네 말대로 공여자 측 감염이 더 가능성이 있어."

"그럼 한번 알아보도록 하겠습니다."

"근데 이미 공여가 한 달 전에 이루어졌다고 하면…… 추가 검사는 불가할 텐데?"

"사망 원인 등만 살펴도 원인을 알 수 있을 가능성이 있습니다."

"음."

신현태는 잠시 고민에 빠졌다가 이내 고개를 끄덕였다. 수혁의 말대로 이게 가장 가능성이 크지 않은가. 더구나 지금까지 수혁 말대로 해서 손해를 본 적은 정말이지 단 한 번도 없다고 봐야 했다. 이번에도 그럴 것 같다는 예감이 아주 강하게 들었다. 신현태는 곧장 이식외과 측에 다시 전화를 걸었다.

"아아. 류 교수. 미안, 미안해. 아까 갑자기 뭐가 떠올라서."

이식외과 측 교수는 류진수 교수였다. 얼마 전 수혁에게 보리코나졸 부작용이 발생했던 환자 건으로 도움을 받았던 바로 그 교수였다.

"아, 네. 아닙니다."

이제 갓 조교수를 달았기 때문에 거물에 속하는 신현태에게는 더없이 고분고분했다.

"그래. 그것 때문에 알아볼 게 있어서 그런데. 이 손금숙 환자분. 장기 공여해 주신 분 정보 좀 알 수 있나?"

"네? 어……. 그건……."

본래 장기 공여자에 대한 정보는 비밀로 하는 것이 원칙이었다. 류진수는 감히 뭐라 말을 하지 못하고 망설였다.

"아니, 이 환자 치료 때문에 필수적으로 필요한 정보가 있어서 그래. 그 정보 없으면 지금 환자 죽게 생겼어."

하지만 환자가 죽게 생겼다는데 원칙이 뭐가 중요하단 말인가. 생판 남이면 또 몰라도 자신의 손을 탄, 자신에게 수술을 받은 환자였다. 류진수 교수는 잠깐 고민하다가 이내 고개를 끄덕였다.

"교수님 이메일로 환자 자료 보내겠습니다."

"그래, 고마워. 그 보내는 김에 우리 과 이수혁 선생한테도 포워드해 줘."

"이수혁? 아, 그 선생이 지금 교수님 주치의입니까?"

"어, 그래."

"네, 알겠습니다."

다른 교수였다면 레지던트에게 굳이 보낼 필요 있겠냐는 생각을 했을지도 모르겠지만, 류진수는 아주 결정적인 도움을 받은 적이 있지 않은가. 류진수는 전화를 끊는 즉시 수혁에게도 자료를 보냈다.

*****

이미 각기 다른 자리에 꿰차고 앉은 신현태와 수혁은 동시에 해당 메일을 확인할 수 있었다. 장기 공여자는 태화의료원에서 사망한 것이 아니라 아예 다른 병원에서 사망했기 때문에, 메일에 첨부된 파일은 차트와 소견서 등등이 뒤섞인 형태였다. 분석하는 데만도 시간이 꽤 걸릴 수 있단 얘기였다.

[창 한꺼번에 띄우십시오.]

물론 바루다를 탑재하고 있는 수혁에게는 큰 문제가 되지 않았다. 그는 무려 8개의 창을 띄워 한 번에 8페이지씩 분석에 들어갈 수 있었다.

[환자 나이가 젊군요. 남자 24세라니.]

'기저 질환은 확인된 바 없고……. 한강에서 발견. 음.'

알고 보니 공여자는 성수대교 인근 한강 둔치에서 동료들과 술을 먹다가, 잠시 화장실을 가겠다고 한 후 물에 빠져 사망한 환자였다. 당시 119를 통해 심정지, 호흡 정지 상태로 인근 병원 응급실로 내원하였으나 입원 6일째 뇌사 판정을 받고, 보호자 동의하에 장기 기증을 진행한 모양이었다.

[입원 기간 중 총 세 차례의 발열이 있었군요.]

'혈액, 소변, 객담 배양 검사에서 확인된 건 없어.'

[거기서 뭐가 나왔으면 일이 더 쉬웠을 텐데. 아쉽군요.]

바루다는 원점으로 돌아갔다는 듯한 어투로 혀를 찼다. 아주 아주 안타깝다는 것을 표현할 때 주로 쓰는 행위였는데, 그걸 볼 때마다 진짜 인간인 수혁으로서는 가소롭기 짝이 없었다.

하지만 지금 수혁은 그런 바루다를 비웃는 대신 입을 벌리고 있었다. 그간 바루다의 지도하에, 그리고 본인 주도하에 읽어 왔던 케이스 리포트에서 읽었던 내용이 떠올랐기 때문이었다.

'아니, 아냐. 아쉬워할 필요가 없어.'

[네?]

'원인……. 원인을 알 것 같아.'

[알 것 같다고요?]

바루다는 눈이 있다면 동그랗게 떴을 법한 목소리로 물었다. 지금까지 해 왔던 질문과는 전혀 다른 종류의 질문이었다. 논리를 쌓아 나가기 위한 질문이 아니라, 진짜 그냥 궁금해서 묻는 것이란 뜻이었다.

'어.'

반면 수혁은 지금까지와 같이 차분한 얼굴을 하고 있었다. 심지어 지팡이를 짚고 몸을 일으키면서도 별 표정 변화를 보이지 않았다.

[어디, 어디 가시려고요?]

'진단검사의학과.'

[거긴 왜요?]

'환자 검체 좀 보려고. 배양 검사를 냈어도 나머지 검체를 버리진 않았을 거 아니야.'

[그건……. 그건 그렇겠죠.]

어디 주먹구구식으로 굴러가는 병원이라면 검체 보관에 그렇게까지 열을 올리지 않을 수도 있겠지만, 이곳은 태화의료원이었다. 명실공히 대한민국 최고의 병원이란 뜻이다. 각각 의료진들의 수준도 잘 관리가 되는 편이었지만, 그보다도 시스템을 엄청나게 잘 유지하고 있었다.

"여기 어디에 있는데."

[지도상에는 여기가……. 아, 저게 입구군요.]

머릿속에 이미 병원 전체 지도가 삽입되어 있는 수혁이었지만 아무래도 처음 가는 곳을 거침없이 찾는 건 좀 어려웠다. 특히 불특정 다수에게 노출된 곳이 아니라, 진단검사의학과처럼 가는 사람만 가는 곳이라면 더욱이 그러했다. 바루다의 도움이 있어 아주 어렵진 않았지만.

아무튼, 그는 아주 작은 현판 하나만 달랑 달려 있는 진검으로 다가가 문 옆에 있는 창구에 손을 톡톡 두드렸다.

"누구세요?"

창구에 있던 직원은 수혁이 익숙한 얼굴이 아니란 것을 깨닫곤 조금은 퉁명스럽게 질문을 던져 왔다. 워낙 검사 재촉하는 의료진들을 많이 접하다 보니 어느 정도 피로감이 쌓인 모양이었다.

"내과 1년 차 이수혁입니다. 얼마 전 검사 의뢰했던 검체 때문에 왔습니다."

"검사요? 그거 저희가 예고한 일정대로 나가요."

"아니, 결과 때문에 온 건 아니고요."

"그럼 뭔데요?"

수혁은 여전히 아니, 아까보다도 더 퉁명스러워진 직원을 보며 잠시 고민했다.

[신현태 교수한테 이를까요? 아니면 이현종 원장?]

특히 최근 갑질 아닌 갑질을 하는 데 익숙해진 바루다는 가장 치사한 방법을 제안했다. 하지만 수혁은 원래 흙수저 출신 아니었던가. 어지간하면 자신이 당했던 설움을 상대에게도 느끼게 하고 싶진 않았다.

"검체를 제가 여기서 좀 볼 수 있을까 해서요. 검사에 들어간 검체도 일부분은 한 달간 보관한다고 알고 있습니다."

"음."

직원은 속으로 규정을 셈해 보는 듯한 얼굴이 되었다. 그 저변에 깔린 귀찮음을 읽어 낸 수혁은 재빨리 다음 말을 이었다.

"잠깐이면 됩니다. 환자 생명이 달린 일입니다."

"하……."

과연 직원도 병원에서 일하는 직원이라 다르긴 달랐다. 환자 생명을 입에 올리자마자 어쩔 수 없다는 표정을 짓고는 창구 옆에 있는 문을 열어 주었다.

"환자 이름이 뭔데요? 등록 번호 알아요?"

그러곤 여전히 불친절한 목소리로, 하지만 협조적인 태도로 수혁을 안쪽으로 안내했다. 물론 그의 그러한 태도는 그렇게 오래가진 못했다.

"어? 이수혁 선생? 여긴 웬일이에요?"

마침 검사실에서 나오고 있던 진단검사의학과 교수 하나가 수혁을 알아보곤 아주 반갑게 인사를 건네 왔기 때문이었다.

[홍창기 교수입니다. 신현태랑은 동기, 같이 논문 쓴 적이 많아서 사이가 좋습니다. 주요 논문으로는 「리케차의 병태 생리 및 자연 경과에서의 검사 결과」가 있습니다.]

수혁은 긴가민가한 느낌이었지만, 바루다는 그렇지 않았다. 그는 이미 병원 모든 교수의 이름과 얼굴을 데이터화한 지 한참이었고, 거기에 더해 이현종 및 신현태 등 주요 교수들의 대화를 토대로 각기 친분 관계까지 끊임없이 업데이트하고 있는 중이었다. 딱히 의학적인 측면에서는 전혀 도움이 되지 않는 일이었지만.

"아, 홍창기 교수님! 안녕하세요."

"오. 내 이름을 알아? 우리 처음 보는 거 아닌가?"

"학생 때 뵌 적 있습니다. 리케차(Rickettsia, 세균과 바이러스의 중간적 성질을 나타내는 미생물)에 관한 논문이 너무 인상적이었습니다. 덕분에 치료하는 데 도움 많이 받고 있습니다."

"이야."

그냥 이름만 알 때는 그럴 수도 있겠지 싶었는데, 논문까지 줄줄 꿰고 있을 줄이야. 홍창기 교수로서는 최근 이 병원 전체에서 가장 핫한 존재인 수혁이 정말로 평소에 자신을 존경해 왔다고 굳게 믿을 수밖에 없었다.

"그래. 이현종 원장님 아들이라더니, 진짜 똑똑하구나. 가끔 보자고. 논문도 같이 좀 쓰고. 우리 쪽은 데이터 진짜 많아. 알지?"

"네, 교수님. 감사합니다."

"그럼, 볼일 잘 보고. 아, 김 선생, 여기 이수혁 선생 특별히 잘 챙겨 줘. 병원 실세야, 실세."

홍창기 교수는 기분이 너무 좋아진 나머지 여태 수혁에게 틱틱거리던 직원에게 다소 부담스러운 청탁까지 남긴 후 사라졌다.

"어……."

직원, 그러니까 김 선생의 얼굴이 하얗게 질리게 된 것은 당연한 일이었다. 아무리 생각해 봐도 지금까지 자신이 딱히 친절하지는 않지 않았던가. 아니, 오히려 불친절했다는 표현이 옳을 것 같았다.

"그……."

사과라도 해야 하나 하는 생각을 하고 있으려니, 수혁이 손을 내저었다.

"안내해 주세요."

"어……. 진짜 원장님 아드님이세요?"

"네? 아, 네. 뭐, 그렇긴 한데, 너무 신경 쓰진 마세요."

수혁은 아까랑 비교했을 때 애처로울 정도로 변해 버린 직원의 얼굴을 보며 다시 한번 손을 내저었다. 하지만 신경 쓰지 말라고 신경이 안 쓰일 수 없는 상황 아닌가. 세상에 원장 아들이라니. 그것도 석좌 교수 이현종 원장의.

"그…… 여기 잠깐 계시면. 제가 바로 검체 들고 오겠습니다. 부, 불편하실 것 같아서."

덕분에 직원은 이제 지나치다 싶을 정도로 친절해져 있었다. 친절하다는 표현보다도 굽신거린다는 표현이 더 어울릴 정도였다. 물론 수혁도 아주 호인은 아니라, 자발적인 태도까지 만류하진 않았다. 마침 지팡이 짚으며 좁디좁은 진단검사의학과 내에 난 복도 걷는 것이 힘들기도 했고.

"네. 그럼 일단 제가 앱세스(abscess, 고름이 몰린 염증)로 내린 검체 좀 가져와 주세요. 혈액은 됐어요."

"네네."

수혁은 현미경이 놓인 검사실에 한가롭게 앉아 검체를 기다릴 수 있었다. 원래대로라면 직접 검체 보관실에 가서 뒤적거려야 했을 텐데, 잘된 일이라 할 수 있었다.

"여기, 여기 있습니다. 혹시 뭐 또 필요한 거 있으면 바로 불러 주세요."

"네."

과연 직원은 검체 찾는 것에 숙달되어 있어서 정말이지 금세 찾아 왔다.

[혼자 했으면 몇십 분은 까먹었을 수도 있는 일인데. 좋군요.]

'옛날엔 몰랐는데, 힘 있는 게 진짜 좋은 일이긴 해.'

[원장 아들도 이 정도인데, 나중에 원장 되면 볼 만하겠습니다.]

'너무 먼 얘기 아니냐?'

둘은 이러쿵저러쿵 대화를 나누면서도 검체 슬라이드를 현미경에 제대로 위치시켰다. 수혁은 슬라이드가 딸깍 소리를 내며 고정된 것을 확인한 후, 현미경에 눈을 가져갔다.

[흠. 일반적인 고름 형태 말고는 모르겠는데요.]

'그렇지 않았다면 벌써 진검에서 찾아서 연락이 왔겠지. 이건 의심하고 보지 않으면 아마 안 보일 거야.'

[대체 뭘 의심하고 있는 건데요?]

'직접 봐.'

[음.]

바루다는 애태우며 슬라이드를 연신 바꿔 끼우고 있는 수혁에게 짤막한 불만을 표시했다. 하지만 애초에 만들어지기를, 진단을 위한 A.I.로 만들어진 바루다이기에 곧 슬라이드 자체에만 집중하기 시작했다.

[아.]

그리고 수혁이 대략 다섯 번째 슬라이드를 끼웠을 때, 탄성을 내뱉었다. 그제야 수혁이 뭘 의심하고 있고, 뭘 찾으려고 하고 있는지 알 수 있었기 때문이었다.

[이거…….]

'찾았다. 없을 수도 있을 것 같아서 좀 불안했는데.'

둘이 동시에 바라보고 있는 것은, 죽어 버린 백혈구들과 그들의 먹잇감이 된 세균들의 사체들 사이에 길게 뻗은 푸른색 선이었다. 푸른색 선을 잘 따라가다 보면 마치 올챙이 머리처럼 생긴 타원형의 둥근 형태가 나왔다.

[곰팡이…… 종류는…….]

'스케도스포륨(scedosporium).'

[아, 케이스 리포트에서 분석해 놓았던 결과가 있군요. 이걸 장기 이식과 연결 지을 생각은 못 했는데.]

바루다는 마치 자책이라도 하듯 한숨을 쉬었다. 수혁은 사람 같은 반응을 보이고 있는 바루다를 뒤로한 채, 자신이 방금 발견한 스케도스포륨의 정보를 떠올렸다.

'오염된 물에 서식하는 진균이지.'

일반적인 경우엔 이 진균에 감염될 걱정 따위는 하지 않아도 좋았다. 하지만 면역이 억제된 경우엔 얼마든지 감염을 일으킬 수 있었다. 그게 아니라고 해도 감염을 일으킬 수 있는 경우가 있었는데, 익사자인 경우였다.

'뇌사 공여자분이 돌아가시기 전에 이 균에 감염되었을 거야.'

[일반적인 배양 검사에서는 배양이 되지 않았을 테니…….]

'원인 미상의 발열로만 잡혔겠지.'

아마 환자에게 있어서 주요 문제가 발열이었다면 보다 철저한 검사를 진행했을 수도 있었다. 하지만 뇌사자는 이미 구조된 이후 내내 저산소증에 의해 뇌사가 빠르게 진행되던 시점이

때론 원인이

었다. 간혹 찾아오는 발열은 의료진의 관심 대상이 아니었다는 뜻이었다.

'손금숙 환자는 이게 퍼진 신장을 이식받고, 면역 억제제를 복용한 거야.'

[당연히 감염이 진행되었겠군요.]

'항생제를 때려 부어도 소용이 없던 것도 설명이 돼.'

[당장 올라가야 합니다. 이러고 있을 시간이 없어요.]

'그래.'

진균은 정상 면역력을 가진 사람에게는 아무런 해도 끼치지 못하는 경우가 대부분이었지만, 면역이 억제된 사람에게는 충격과 공포 그 자체였다. 균주 종류에 따라 정말이지 시시각각 감염 범위가 변하는 것도 있었다. 이 스케도스포륨은 다행히 그 정도는 아니긴 했지만, 그렇다고 해서 시간이 많은 건 아니었다. 이미 폐를 침범하기 시작했으니까. 이대로 두었다간 불과 하루이틀이면 잘못될 공산이 컸다.

"저, 죄송한데. 이거 뒷정리 좀 부탁드릴 수 있을까요?"

"아, 네네. 물론이죠."

"죄송해요. 방금 너무 중요한 걸 봐서. 환자한테 빨리 가야 할 것 같아요."

"아뇨, 아뇨. 죄송은요. 조심히 가세요, 도련…… 아니, 이수혁 선생님."

수혁은 직원에게 뒷일을 맡긴 후, 지팡이를 부지런히 짚어 가며 진단검사의학과를 빠져나갔다. 그러곤 곧장 중환자실로 올라갔다.

/////

"하, 뭐야. 뭐가 원인이야."

그때까지도 신현태는 머리를 싸맨 채 고민에 빠져 있었다. 고개만 돌리면 손금숙 환자가 보이고, 동시에 죽어 가고 있지 않은가. 비록 환자와 원래부터 알고 있던 사이도 아니고, 그저 응급실로 실려 온 후 쌓인 관계일 뿐이긴 하지만, 의사에게는 자신에게 자의든 타의든 목숨을 맡기게 된 환자가 늘 특별할 수밖에 없었다.

"하아……."

신현태가 한숨을 거의 백 번가량 쏟아 내고 있을 때쯤, 수혁이 그의 앞에 섰다. 특유의 지팡이 짚는 소리를 내면서였기에 신현태는 바로 고개를 들어 수혁을 마주할 수 있었다.

"너……."

동시에 수혁이 뭔가 아주 확실한 것을 알아냈을 때 짓는 표정을 하고 있다는 것까지 알아차렸다. 수혁은 반가워 죽겠다는 신현태를 향해 자신의 핸드폰을 건네주었다. 진검에 있는 현미경으로 찍은 사진이었다.

"이거……. 이게 뭐야?"

"고름에서 확인한 겁니다. 여기 이거 푸른색을 보시면……."

"음? 진균인가? 종류가……."

"스케도스포륨입니다."

"스케도스……. 공여자분이…… 익사자시지?"

"네."

"하, 이거네. 이거야! 이거라고!"

신현태는 누가 뭐래도 상당히 우수한 감염내과 전문의였다. 당연히 스케도스포륨이라는 상당히 낯선 진균 이름도 들으면 떠올릴 수 있는 사람이었다. 그래서 더 수혁의 대단함을 인정할 수 있었다.

'얘는……. 얘는 진짜…….'

만약 자기 밑에 있는 장덕수 교수가 이런 조언을 해 주었더라면, 그래도 물론 놀라긴 놀랐을 테지만 이 정도는 아니었을 터였다. 그 사람은 자기처럼 평생을 감염내과에 몸담아 온 사람이니까. 하지만 수혁은 어떠한가. 이제 겨우 1년 차 아닌가.

[약제 변경을 요청합니다.]

바루다는 수혁의 말을 들은 신현태 교수가 거의 전율에 가까운 반응을 보이고 있을 때도 조언을 아끼지 않았다. 진단은 치료로 이루어질 때에야 비로소 의미를 가질 수 있기 때문이었다. 기껏 병명 맞혀 놓고 시간을 허비했다가 환자를 잃는다면, 그것보다 한심한 일도 없을 터였다.

'보리코나졸(voriconazole, 항진균제)?'

[네. 현재까지 보고된 논문을 보면 스케도스포륨에 대해 가장 치료 역가가 좋은 치료제는 보리코나졸입니다.]

'그래.'

수혁 또한 같은 의견이었기 때문에 곧장 입을 열었다.

"교수님."

"어, 어."

신현태는 한창 기분이 좋은 마당이지 않은가. 당연하게도 싱글벙글한 얼굴이었다.

"약제 변경해야 하지 않을까요?"

"아, 그렇지. 그래."

"보리코나졸로 치료 시작할까요?"

"그렇지. 보리코나졸을 써야지. 그래. 보리코나졸."

그러다 환자 치료로 대화가 넘어가자, 아까보다는 현저히 진중한 얼굴이 되었다. 병리 슬라이드에서 스케도스포륨이 보였고, 공여자가 익사자이니 십중팔구는 이것이 바로 원인균일 터였다. 보리코나졸은 그 스케도스포륨에 대해 가장 효과적인 약이었다.

'하지만 현재 상태가 너무 좋지 못해······.'

때론 원인이

하지만 좋은 약이고 뭐고 간에, 중요한 것은 환자 상태였다. 상태가 너무 나쁘면 무슨 약을 써도 무효할 가능성이 있었다.

'면역 억제제라도 끊을 수 있으면 좋은데.'

신장내과와 이식외과 모두 끊지 않는 게 좋겠다는 의견을 밝혀 온 터였다. 이미 이식해 준 신장 기능이 어느 정도 떨어져 있는 상태인데, 여기서 억제제까지 끊는다면 방법이 없어질 수 있다는 것이었다.

신현태 생각에는 일단 지금 발생한 감염부터 해결해야 후일도 도모할 수 있을 것 같았지만, 현대 의학이라는 게 어디 개인 의견만으로 굴러가는가. 지식이 늘어 가고, 또 깊어짐에 따라 제아무리 교수라 해도 남들의 말을 듣긴 해야 했다.

"그래. 일단 억제제 유지하고, 보리코나졸 추가하자."

"항생제도 유지하는 게 좋겠죠?"

"그렇지. 복합 감염일 거야."

"네."

감염 초기인 경우에는 한 가지 균이 문제를 일으키는 경우가 많았다. 하지만 감염이 생기고, 그 감염이 진행하다 보면 해당 조직은 점점 더 다른 감염에도 취약해지기 마련 아니겠는가.

지금 이 환자에서 가장 큰 문제가 되고 있는 것은 당연히 이식받은 신장을 통해 들어온 스케도스포륨이라 하는 진균이겠지만, 그렇다고 다른 세균들을 무시할 수 있는 건 아니었다. 아니, 그래선 큰일이었다.

"이게 잘 들어야 할 텐데."

신현태는 곧 수혁의 처방에 따라 환자에게 들어가기 시작한 보리코나졸을 보며 중얼거렸다. 저 약이 잘 듣는다면 내일 조금은 멀쩡해진 환자를 마주할 수 있을 것이었고, 그렇지 못하다면 싸늘한 주검을 마주해야 할 수도 있었다. 워낙 기저 질환이 심각한 환자를 봐야 하는 내과이니만큼 죽음이 익숙하긴 했지만, 익숙하다고 해서 괜찮은 건 아니었다.

"제가 밤에 중환자실 당직실에서 자면서 좀 지켜보겠습니다."

"그래. 수액이나 이런 거 조절하는 것도 영향을 주긴 할 거야."

"네, 교수님."

"그래……."

신현태는 수혁을 잠깐 바라보다가, 재차 환자에게로 고개를 돌렸다. 병원에 입원했으면 상태가 좋아져야 할 텐데, 어찌 된 게 회진을 돌 때마다 더 나빠지고만 있었다.

"내일 보자. 혹시 상태 안 좋아지면 연락하고."

"네, 교수님."

하지만 신현태에게 맡겨진 책무는 이 환자뿐만은 아니었다. 다른 여러 환자도 있었고, 과장에 교수까지 맡고 있기 때문에 내과 전체가 그의 어깨에 매달려 있다고 해도 과언이 아니었다.

신현태는 잠시 더 환자를 바라보고 있긴 했지만, 더 오래 머물지는 못하고 중환자실을 떠야만 했다. 그나마 그가 알고 있는 레지던트 중 가장 우수한 수혁에게 뒤를 맡겼다는 생각에 죄책감을 덜어 놓으면서였다.

[수혁, 일단 관련 논문을 더 찾아볼 것을 요청합니다.]

바루다는 신현태가 완전히 중환자실을 나서길 기다렸다는 듯 즉시 입을 열었다.

'응?'

[진단명은 스케도스포륨이 맞다고 봅니다. 하지만 보리코나졸이 잘 듣는다는 건 일반적인 상황에서일 뿐입니다. 이 환자는 아주 특수한 상태에서의 감염입니다.]

'아, 그건…… 그렇지.'

수혁이 보기에 바루다의 의견은 일리가 있었다. 같은 세균이라 해도 숙주의 상태에 따라 얼마나 다양한 감염 경과를 보였던가. 어쩌면 치료에도 변화가 있을 수 있었다.

다행히 세상은 엄청나게 발전해 있었던지라, 돈만 내면 어디서든 모든 학회의 논문을 뒤적거려 볼 수 있었다. 더구나 수혁은 이현종에게 넘겨받은 원장 아이디까지 지니고 있는 참이었다. 태화의료원은 명색이 국내 제일의 병원을 표방하고 있는 만큼, 대부분의 학회지에 어마어마한 금액을 지불해 열람권을 확보하고 있었다. 더욱이 주요 교수들은 거기에 더해 더 많은 학회에 돈을 지불하고 있었다. 즉 그가 접근할 수 없는 논문은 아직 발표되지 않은 것뿐이라 해도 과언이 아니란 얘기였다.

'어디…….'

수혁은 곧장 중환자실 스테이션에 있는 컴퓨터 한 대를 붙잡고 자리에 앉았다.

['스케도스포륨, 포스트 트랜스플랜테이션 인펙션(post transplantation infection)'으로 쳐 보시죠.]

바루다는 그런 수혁에게 스케도스포륨에 의한 이식 수술 후 감염에 대해 검색하라고 조언했다. 굉장히 희귀한 상황일 것 같았지만, 역시나 검색되는 문서는 어마어마하게 많았다. 여기서 쓸 만한 문서를 찾아내는 것이 일이었다.

'일단 인용 수로 거르자.'

[네.]

물론 수혁은 여태 워낙 많은 논문을 읽어 왔기 때문에 어느 정도 노하우가 쌓인 참이었다. 인용 수, 즉 해당 논문을 참고 문헌으로 삼은 경우가 적은 논문일수록 질이 떨어지는 경우가 많았다. 물론 일반화하기는 어렵겠지만, 대부분 그렇다고 보면 되었다.

[인용 수가 대부분 적긴 하군요.]

하지만 지금처럼 논문 자체가 희귀한 상황에 해당하는 경우에는 인용 수가 전체적으로 다 적었다. 이런 상황이 적은데 어떻게 인용 수가 많을 수 있겠는가. 수혁은 좀 더 노가다스러운 방법으로 논문을 추려야만 했다.

'그럼 일단 초록을 뒤지자.'

[네.]

'아……. 컴퓨터 진짜 느리네.'

[병동 컴퓨터가 그렇지요, 뭐.]

바루다는 한때 세계 최고의 컴퓨터에 몸 담겨 있던 칩이니만큼, 한심하다는 듯 혀를 쯧쯧 찼다. 그래 봐야 속도가 더 빨라지는 건 아니었기 때문에 둘은 하염없이 시간을 허비할 수밖에 없었다.

'후.'

[계속 보십시오.]

'눈알 빠질 거 같은데.'

[점검 결과 괜찮습니다. 약간의 안구 건조증이 있으니 의식적으로 눈을 깜빡이십시오.]

'후…….'

[환자 살려야죠.]

'알아, 나도.'

다행한 점은 수혁은 인간이지만 바루다는 인간이 아니라는 점이었다. 때문에 다소 비인간적으로 환자를 위할 수 있었다. 듣기에 따라 좀 이상하게 들리겠지만, 실제로 그러했다.

'아, 이거……. 이거 상황이 우리랑 비슷하네.'

[음.]

그러다 오후 9시가 넘어갈 무렵에 이르러서야, 수혁은 쓸 만한 논문을 찾을 수 있었다.

[MD 앤더슨에서 발표된 논문이군요. 국제이식학회에 실렸고요.]

일단 발표한 기관과 실린 학회지가 신뢰감을 주었다. 태화의료원이 국내 제일을 표방하고 있다면, MD 앤더슨은 감히 세계 제일을 꿈꾸고 있는 병원 아니던가. 거기서 허투루 논문을 써 댈 리가 없었다.

'어디……. 공여자는 익사자고, 개울에 빠져서 돌아가셨어.'

[더러운 고인 물이라는 점에서 일치하는군요.]

'뇌사 판정 전에 대략 두 차례의 발열이 있었고. 불명열로 처리되었어.'

[첫 번째 케이스에서는 이식받은 환자가 사망했군요.]

수혁은 미리 의심한 덕에 이미 스케도스포룸이라는 진균을 포착했지만, MD 앤더슨에서는 환자 사망 후 부검을 하고 나서야 해당 균주를 포착한 모양이었다.

[그 후 MD 앤더슨 내부 지침이 생겼군요. 이식받은 환자에게서 불명열이 발생할 경우 무조건 공여자 자료를 보게끔.]

'흠……. 그래서 두 번째 케이스는…… 근데 이 케이스도 사망했네.'

[이미 다발성 장기부전으로 진행한 후에 진단이 되었군요. 그럼 방법이 없었을 겁니다.]

감염에 의해 신장, 간, 뇌, 심장 등 주요 장기 기능이 떨어지게 된 것을 다발성 장기부전이라 한다. 원래 건강했던 사람이라 해도 이 상황에 빠지게 되면 사망하기 십상인데, 이식받은 환자에게는 그저 이 자체가 사망 선고라고 볼 수도 있을 정도로 심각한 상황이었다.

'세 번째는……. 여기서 살렸구나. 잘 보자.'

[일단 진단 자체가 빨랐습니다. 발열 5일째군요.]

'우리가 더 빠르네. 고무적이야.'

[이 환자에서도 신장 이식이었군요.]

'치료는 어떻게 했지? 그게 중요해, 지금.'

[좀 더 스크롤 내려 보시죠.]

'알았어.'

수혁은 바루다와 끊임없이 의견을 교환하면서 스크롤을 아래로 내렸다. 다행히 MD 앤더슨은 이와 같이 주요 케이스에 대한 여러 경험을 나눌 때 제일 중요한 것을 잊지 않았다. 치료가 나와 있었다.

'기본은 보리코나졸이네, 역시.'

[거기에 병용 요법을 사용했군요.]

'이건…… 이건 낯선 약인데.'

[에키노칸딘(echinocandin). 항진균제의 일종입니다만, 임상에서 적용되는 경우는 적습니다. 데이터 분석 결과 태화의료원에는 소량 구비되어 있습니다.]

'거기에…… 아. 이것도 적용할 수 있을까?'

수혁은 그나마 여기가 태화의료원이란 사실에 안도하며 마지막 약제 근처에서 마우스를 굴렸다. GM-CSF라는 약제였다.

[우리 환자도 면역 억제 상태이니 충분히 시도해 볼 수 있을 거로 생각합니다.]

'그렇지? 대식 세포면 역시……. 진균 잡는 데는 도움이 될 테니까.'

저 생소한, 아예 약 이름처럼 보이지도 않는 약의 우리말은 '과립구 대식 세포 콜로니 자극 인자'라 했다. 원래 우리 몸에서도 만들어지는 것인데, 이걸 주면 우리 몸의 대식 세포가 활성화되는 효과를 볼 수 있었다. 대식 세포는 대개 커다란 적을 상대하는 데 효과적이니만큼, 이 상황에서 도움이 될 터였다.

[적용할 것을 요청합니다.]

'오케이.'

수혁은 일단 신현태와 짤막한 상의를 하고, 당연하게도 칭찬과 함께 해당 약을 들이부었다.

그 덕택이었을까. 다음 날 둘이 마주한 환자의 모습은 사뭇 달라져 있었다.

"산소 포화도가 올라오네. 엑스레이는 어때?"

"폐는 깨끗합니다. 약이 잘 듣습니다."

"좋아······. 수혁아, 네가 환자 살렸다."

"감사합니다."

"정말 너는 천재야."

신현태와 수혁 둘이서 이러쿵저러쿵, 주거니 받거니 하며 서로의 얼굴에 금칠을 해 주고 있으려는데 바루다가 초를 쳤다.

[수혁, 안심할 때가 아닙니다.]

'왜 또.'

[공여자는 신장 외에도 간, 심장, 폐를 기증했습니다.]

'아.'

[이를 이식받은 환자들도 위험합니다.]

"이런 망할."

수혁은 자신도 모르게 욕설을 내뱉었다. 옆에 신현태 교수가 있다는 사실을 충분히 인지하고 있었음에도 그러했다. 당연한 일이었다. 환자를 죽음에 이르게 하고 있던 진균이 다른 세 명의 이름 모를 환자에게도 갔다는 사실을 방금 깨달았으니까.

"응? 왜 그러니?"

당연히 신현태로서는 무척 놀랐다는 얼굴을 하고 있었다. 비록 초반엔 이현종이 하도 야단법석을 쳐서 이수혁이 좀 이상한 것 아닌가 한 적도 있긴 했지만, 그 이후로는 이상하긴 해도 절대 폭력적인 성향은 없다는 것을 깨닫게 된 지 한참이지 않은가. 근데 갑자기 욕이라니. 안 놀라면 그게 더 이상했다.

[잘하는 짓입니다, 수혁…….]

바루다는 짧은 분석을 통해 신현태가 얼마나 놀랐는지 잡아낸 후 혀를 끌끌 찼다. 물론 수혁은 그냥 그렇게 멍하니 있진 않았다.

"아, 죄송합니다. 방금 깨달은 게 하나 있어서요. 환자와 관련된 일입니다."

"음? 환자 상태는 좋잖아? 이 환자 말고 다른 환자들도 지금 문제 있는 환자는 없는데."

감염 질환에서 올바른 타깃 설정은 거의 치료의 전부라고 해도 좋을 정도로 중요했다. 수혁은 워낙에 그걸 잘하는 편이었기 때문에, 병동의 다른 환자들은 모두 순조롭게 회복 중이었다. 눈앞에 누워 있는 손금숙 환자야 두말할 것도 없었다. 도대체 이놈이 왜 이러나 싶은 순간이란 뜻이었다.

"아, 아뇨. 공여자분 말입니다."

"공여자?"

"그분, 장기 이식을 이분 말고도 세 분에게 더 했습니다."

"아."

하지만 신현태 또한 수혁에게 이 얘기를 듣고 나서 더는 태연히 있을 수가 없었다.

"이런 망할."

신현태는 방금 수혁이 내뱉었던 욕설을 그대로 내뱉은 채 전화기를 빼 들었다. 그러곤 이식외과 류진수 교수에게 전화를 걸었다.

"본관 수술방 23번 방입니다."

지금은 수술 중인지 교수가 받질 않고 수술방 간호사가 받았다. 평소라면 방해되지 않도록 끊었을 테지만, 지금은 그럴 수가 없는 상황 아닌가.

"아, 네. 저 감염내과 신현태 교수입니다. 류진수 교수님 통화 괜찮은가요?"

"어……. 지금 현미경 보고 계시는데요."

간호사는 나중에 걸라는 말을 돌려서 표현했다. 하지만 신현태는 그럴 수가 없었다. 현미경이고 나발이고 진균 감염은 치료가 조금만 늦어져도 사망에 이르는 질환 아니던가. 지금 이 시간에도 누군가는 죽어 가고 있을 터였다. 아니, 어쩌면 이미 죽었을 수도 있었다. 이식 후 벌써 한 달도 넘게 지났으니까.

"그래도 빨리 통화 연결해 주세요."

"어……."

"환자 목숨이 달린 일이에요."

"아, 네."

보통 수술방에서 집도의는 신이나 다름없는 대접을 받았다. 그 사람 손에 환자의 목숨이 걸려 있기 때문에, 그의 편의를 다 봐주는 것이었다. 그래서 현미경 수술처럼 어렵고, 그래서 짜증이 솟구치는 술기를 할 때는 안 건드리는 게 상책이었다. 성질이 괜찮은 사람도 성질이 더러워지는 상황이었기 때문이었다.

하지만 목숨 얘기가 나오는데 가만히 있을 수 있는 의료진이 몇이나 되겠는가. 간호사는 아랫입술을 질끈 깨문 채 류진수에게 다가갔다.

"저, 교수님."

"지금 혈관 잇고 있잖아. 이따."

"신현태 교수님이 환자 목숨이 걸린 일이라고 해서요."

"신현태?"

"네."

"음."

신현태라는 이름에 류진수는 잠시 손을 멈추었다.

'차기 기조실장에……. 이미 실세. 거기에…….'

그는 신현태의 애제자 이수혁에게 빚을 진 경험이 있었다. 그리고 들리는 소문에 의하면 그 이수혁이 이현종의 아들이기도 했고. 신현태가 대놓고 우리 조카, 우리 조카 하고 있으니 틀림없는 사실이었다. 게다가 환자 목숨이 달렸다고 하지 않는가. 수술이야 몇 분 좀 늦어진다고 해도 대세에 지장은 없으니 전화를 받는 게 여러모로 옳았다.

"네, 신현태 교수님. 저 류진수입니다."

"아, 류 교수. 수술 중인데 미안해요."

"아닙니다. 무슨 일입니까?"

"전에 우리 협진 냈던 손금숙 환자 아시죠?"

"알죠. 어제도 보고 왔는데……. 상태 안 좋던데요? 혹시 그 환자 더 나빠졌습니까?"

류진수의 미간에 주름이 잡혔다. 자신이 수술했던 환자가 그리됐다는 생각을 하니 기분이 나빠진 탓이었다.

"아뇨, 아뇨. 아주 좋아졌습니다."

"아……. 그런데 그럼 무슨……."

"이 환자 원인균이 스케도스포륨이에요."

"스케……. 네?"

류진수는 안도했다는 표정을 짓다가 문득 고개를 갸웃거렸다. 스케도스포륨이라니. 단연코 난생처음 들어 보는 균이었다.

"진균인데. 사람한테 흔히 발견되는 균은 아닙니다."

"아……. 근데 그걸 어떻게 진단했습니까?"

"제 주치의 이수혁 선생이 환자에게 장기를 공여해 주신 공여자분의 사망 원인에 집중했습니다."

"공여자……?"

류진수는 이제 완전히 기구까지 놓고 있었다. 얘기를 듣다 보니 점점 빠져들게 되는 매력이 있었기 때문이었다.

"네, 공여자분이 익사자입니다. 스케도스포륨은 더러운 물에 사는 진균이고요."

"아, 그럼…….."

"네. 공여자분이 먼저 감염됐고, 손금숙 님은 그 감염된 장기를 이식받은 겁니다."

"그렇군요. 아니, 아니. 그럼?"

"네. 다른 장기들도 이식 수술을 한 것으로 알고 있습니다. 혹시 대상자들 명단 알고 있나요? 모두 목숨이 위험합니다."

"이, 이런. 이런 망할."

급기야 류진수는 몸을 부리나케 일으켰다. 그 바람에 천장에 달려 있던 무영등에 머리를 들이받긴 했지만, 그런 것 따위는 아무 문제가 되지 못했다. 심장, 폐, 간까지 모두 이곳 태화의료원에서 수술했기 때문이었다.

"아, 죄송합니다."

"아뇨, 아뇨. 저도 아까 욕했어요."

"저, 그럼 잠시만요. 저도 확인을 해 봐야 해서. 나 여기 컴퓨터 메일 좀 열어 줘."

때론 원인이

류진수는 신현태 교수에게 양해를 구한 후, 옆에 있던 레지던트를 불렀다. 제1보조의인 펠로우가 현미경에 붙은 상황이었기 때문에 그는 하릴없이 기다리고 있던 참이었다. 잠시 손을 써도 되나 고민하던 그는 이내 장갑을 벗어 던지고 컴퓨터로 붙었다. 어차피 현미경으로 혈관 잇는 동안에 손 다시 닦고 들어오면 되지 않는가. 괜히 미적거리고 있을 필요가 없었다.
"거기, 거기. 아냐! 한 달 전이니까 한참 뒤로. 뒤로! 앞이 아니라!"
"네네."
류진수는 그런 레지던트를 닦달해서 한 달 전, 즉 공여자에게 장기를 받아 이식해 준 날로 돌아갔다.
"그래, 그거. 그거 열어 봐."
"네."
다른 대형 병원들과는 달리 한국장기조직기증원과 직접 연계가 되어 있는 태화의료원은 모든 장기 이식 수술에 대해 아주 자세한 자료를 남겨 놓고 있었다. 이번 케이스라고 해서 예외는 아니었기 때문에 자료는 고스란히 남아 있었다.
"신현태 교수님, 지금 듣고 계십니까?"
"네."
"네. 세 명 모두 본원에서 수술했습니다. 먼저 심장은 20180809번 고미선 님. 폐는 20190826번 유수연, 간은…… 20170

922번 표은주 님입니다. 받아 적으셨나요?"

"네네. 감사합니다."

"네. 꼭 좀 확인 부탁드립니다. 저도 수술 끝나자마자 알아보겠습니다."

"네."

𝅘𝅥𝅮𝅘𝅥𝅮𝅘𝅥𝅮𝅘𝅥𝅮𝅘𝅥𝅮

신현태는 그렇게 전화를 끊었고, 수혁은 그사이 신현태가 적어 놓은 번호와 이름을 치고 들어가 개인 정보를 습득했다. 워낙에 중한 질환을 앓고 있던 사람들인 데다가, 이식 수술까지 해 놓았기 때문에 집 전화 말고 개인 전화번호까지 모조리 데이터베이스에 올라가 있었다.

"네, 혹시 고미선 님 보호자분 되시나요?"

"네……."

전화를 걸었는데, 어쩐지 목소리가 어두웠다. 안 좋은 예감에 수혁 또한 목소리를 낮춘 채 말을 이어 갔다.

"태화의료원 내과 이수혁입니다. 혹시 고미선 님 지금 어디 계시나요?"

"아, 태화……."

보호자는 잠시 울먹이는 듯한 소리를 내곤 천천히 입을 뗐다.

"1주 전에 돌아가셨어요. 수술받고 고향 내려가셨다가 열나서 근처 병원 입원했는데……."

"아."

"이런."

옆에 있던 신현태가 낭패라는 표정을 지어 보였다.

'하긴. 우리도 놓쳤던 진단명인데…….'

태화의료원이라는 거대 조직에서조차 떠올리지 못했던 진단명이었고, 진균이지 않았던가. 작은 병원이었다면, 어쩌면 슈퍼박테리아 자체에 대한 대응도 제대로 안 되었을 수도 있었다.

'아니지……. 나도 뭐…….'

신현태는 규모를 탓하다가 돌연 수혁을 바라보았다. 눈앞에 있는 이 어린 친구가 없었다면 아마 여기서도 진단이 안 되었을 터였다. 손금숙 환자는 빠르게 죽어 가고 있었을 터였고, 이렇게 전화를 돌릴 생각도 하지 못했을 터였다.

"어, 끊겼다."

수혁은 보호자가 끊은 전화를 바라보다가, 이내 다른 환자에게 전화를 걸었다. 벌써 한 명이 사망한 마당 아닌가. 어쩌면 다 죽었을지도 모르겠다는 생각이 자꾸 들어서 기분이 몹시 언짢아지는 상황이었다. 그때 신현태가 여태껏 붙들고 있던 전화기에서 소리가 들려왔다.

"여보세요?"

"아, 안녕하십니까. 유수연 님 보호자 되시죠?"

"네? 네. 누구시죠?"

"태화의료원 내과 신현태 교수입니다. 환자분에 관해 여쭤볼 게 있어서 전화드렸습니다."

"아……?"

보호자는 뭔가 이해가 잘 안된다는 목소리였다. 반면 신현태는 그저 급하기만 했다.

"혹시 환자분 살아 계십니까?"

"네?"

해서 조금 이상한 질문을 던지고야 말았다. 신현태는 보호자의 이상한 반응과 자신을 더 이상한 눈빛으로 바라보고 있는 수혁을 보고 나서야 실수를 인지했다.

"아니, 아뇨. 그……. 괜찮으신가요?"

"아……. 아뇨. 지금 응급실입니다. 열이 나셔서."

"응급실? 어디 응급실이요?"

"태화의료원이요."

"아! 지금 내려가겠습니다!"

"네?"

태화의료원의 응급실은 사람이 많은 곳이었다. 워낙에 큰 병원인 데다가 중증도 있는 환자들을 많이 보는 병원이니 당연한 일이었다. 거기서 열난다고 해 봐야 대수롭지 않게 여기기 일쑤였다.
 유수연 환자 또한 일단 대기 중이었다. 침대도 내주지 않아서 의자에 앉아 있었다. 그런데 교수가 대뜸 전화를 걸더니 내려온다니. 보호자는 이게 무슨 상황인지 잘 이해가 가지 않았다.
 "아, 표은주 님 보호자분? 아, 응급실이에요? 지금 내려가겠습니다."
 그사이 수혁 또한 통화에 성공했고, 환자가 응급실에 왔다는 사실 또한 알 수 있었다. 수혁과 신현태는 동시에 1층 응급실로 향했다.
 "네가 표은주, 내가 유수연 환자한테 갈게."
 "네, 교수님."
 "가자마자 일단 보리코나졸부터 때려 붓자."
 "네."
 결의를 다지면서였는데, 과연 둘은 엘리베이터 문이 열리자마자 밖으로 튀어 나갔다. 각기 다른 이름을 부르면서였다.
 "유수연 님!"
 "표은주 님!"
 아마 그냥 일반인이 이러고 있었다면 가드라도 와서 잡아갔을 텐데, 둘은 의사 아니던가. 게다가 병원에서 꽤 유명한. 자연히 누구도 시비를 걸지 않았고, 심지어 도와주는 사람까지 있었다.

"환자 찾으십니까? 유수연 님!"

"표은주 님!"

"아, 여기요!"

그렇게 해서 둘은 그리 오래 걸리지 않아 각기 환자를 찾을 수 있었다. 아무래도 폐를 이식받은 유수연 환자의 상태가 훨씬 좋지 못했다. 그냥 열만 나는 게 아니라 숨도 차 오고 있었다. 물론 간 또한 크고 중요한 장기였기에, 표은주 환자도 비슷한 상황이었다.

'그래도……. 아직 살았다.'

신현태와 수혁은 그나마 기회가 있음에 감사하며 처방을 내렸다.

"보리…… 보리코나졸 일단 줘요."

2년 차

"이것으로 공여자에게 감염된 스케도스포륨에 의한 사망 케이스 1건 및 보리코나졸, 에키노칸딘, GM-CSF 병합 요법을 이용해서 치료에 성공한 케이스 3건에 대한 발표를 마치겠습니다."

수혁은 추계 학회에서보다도 더 자신감 넘치는 얼굴로 고개를 숙였다.

"역시! 쟤는 천재라니까?"

이현종은 여느 때처럼 완벽하기 그지없는 발표를 해낸 수혁을 향해 엄지를 내둘렀다. 손바닥에 불이 나도록 손뼉을 치고 있던 신현태 또한 고개를 끄덕이며 그의 의견에 동조했다.

"그러니까요. 아니, 저걸 1년 차가 진단했다고 하면 누가 믿겠어요."

"그러니까. 게다가 발표는 또 왜 이렇게 잘해."

거의 누가 대본을 읽어 주기라도 하는 건 아닌가 싶을 정도로 완벽했다. 발음도, 단어 선택도, 심지어 접미사나 접두사까지도 철저히 계산되어 있었고, 조사 또한 완벽해서 마치 대통령 연설문이라도 듣는 기분이었다.

[잘했습니다.]

'불러 주는 대로 읽은 건데 뭐.'

물론 당사자인 수혁은 그저 오늘도 할 일 하나 했다는 심정이었다. 발표 자체도 떨리는 일이긴 했지만, 실제 환자 보는 것에 비하면 아무것도 아니지 않겠는가. 누군가의 목숨이 왔다 갔다 하는 상황은 아니었으니까. 게다가 수혁은 정말로 바루다가 읽어 주는 대로 읽기만 하면 되는 상황이었다.

[사람들이 나가는군요.]

바루다는 수혁의 눈을 통해 강의장을 빠져나가는 인원을 바라보았다. 평소 학회와는 달리 사람들의 복장이 무척 자연스러웠다. 정장 입은 사람은 무조건 발표자라고 보면 될 지경이었다. 대부분은 운동복을 아니, 좀 더 정확히 말하자면 스키복을 입고 있었다.

'스키 학회잖아. 오전 강의 들었으면 부리나케 스키 타고 놀아야지.'

대학 병원 교수를 하다 보면, 특히 큰 병원 교수를 하다 보면 따로 놀 시간이 아예 없다시피 하게 되는 법이었다. 시간 나면 학회를 다녀야 하니 당연한 일 아니겠는가. 그러다 보니 알게 모르게 불만이 쌓였는데, 그걸 좀 해결해 보자는 취지에서 만들어진 학회가 바로 스키 학회였다. 오전에만 공부하고 오후부터는 스키 타고 놀라는 학회라니. 처음 만들어질 때 회원들의 반발이 컸지만 지금은 가장 사랑받는 학회 중 하나가 되어 있었다.

[아쉽게 됐군요. 수혁.]

바루다는 우르르 빠져나가는 회원들과 수혁의 다리 쪽을 힐끔거리며 중얼거렸다. 말 그대로 안타깝다는 어조였다. 수혁 또한 비슷한 심정이긴 했지만, 이미 다리 다친 것에 대한 적응은 끝난 참이었다. 워낙에 어렵게 크다 보니, 어쩔 수 없는 일에 대한 체념이 빠른 편이었다.

'괜찮아. 여기 사우나도 좋다고 그랬어.'

천천히 단상에서 내려오고 있으니, 태화의료원 내과 삼인방이 쪼르르 그에게 달려왔다.

순환기내과 이현종, 감염내과 신현태, 그리고 혈액종양내과 조태진이 그들이었다.

"잘했다."

"넌 역시 천재다."

"나는 그런 균이 있는지도 몰랐네. 혈종에도 면역 억제 환자들 많은데, 오히려 내가 배운다야."

셋은 질세라 칭찬부터 건네주었다. 수혁은 이 중에서 심심치 않게 용돈까지 찔러주고 있는, 실질적 양아버지 역할을 해 주고 있는 이현종에게 먼저 고개를 숙였다.

"감사합니다, 원장님."

"그래."

이현종은 그런 수혁을 어딘지 모르게 씁쓸하다는 눈빛으로 바라보았다. 수혁이 순환기내과에 남으면 정말 정말 좋을 것 같은데, 저놈의 다리가 걸림돌이었다. 조영술을 하든, 심장 초음파를 하든 서 있거나 움직일 일이 많은 게 순환기내과 아니던가. 다리 한쪽이 불편한 수혁에게는 취약인 분과라고 볼 수 있었다. 그렇다 보니 이현종도 수혁에게 순환기내과를 강권하고 있진 못했다.

"감사합니다, 과장님."

"그래, 그래."

그에 비해 신현태는 아주 푸근해 보이는 얼굴이었다. 일단 이번 발표에 쓰인 케이스가 자신이 맡았던 케이스이기도 했고, 다리쯤이야 불편해도 감염내과에서는 얼마든지 일할 수 있지 않겠는가. 아직 수혁이 확실히 뜻을 표시한 적이 없긴 하지만, 아무래도 감염내과 아닐까 하는 생각을 하고 있었다.

"감사합니다. 교수님."

"응, 그래. 우리 수혁이."

조태진은 셋 중에서 제일 자신감 넘치는 얼굴이었다. 비록 자신이 이현종, 신현태에 비하면 한참 연배가 처지긴 했지만, 혈액종양내과야말로 21세기 내과학에 있어 감히 꽃이라 부를 수 있는 분야 아니겠는가.

전염병의 종결로 완전히 골로 갈 줄 알았던 감염내과가 고령화 및 늘어나는 암 환자 수명으로 다시 치고 올라오고 있고, 심혈관계 질환의 가파른 증가로 인해 순환기내과의 인기 또한 높아지고는 있었지만, 역시 혈종이 짱이란 생각은 변하지 않았다.

"우리 사우나 갈 건데, 같이 갈래?"

셋은 그렇게 수혁에 대해 치하를 한 차례 더 한 후, 사우나를 제시했다.

[가지 맙시다.]

'응, 그래.'

교수 셋과 사우나라니. 아무리 격의 없이 지내는 사이라지만, 이건 좀 너무하지 않은가.

"전 좀 피곤해서 방에서 쉬려고 합니다."

"아아, 그래. 이것 참. 그럼 쉬어야지. 네 방은 룸서비스 되니까, 배고프면 시켜 먹어. 회식 안 와도 되니까. 나중에 우리끼리 따로 먹자."

"아, 감사합니다. 교수님."

"감사는 무슨, 부자지간에. 하하."

다행히 이현종이나 다른 교수들이나, 수혁에 대해서는 철저하게 예외를 두고 있는 상황이었다. 셋은 수혁을 남겨 둔 채 강의실을 빠져나갔다.

"후."

혼자 남게 된 수혁은 짤막한 한숨을 쉬었다. 카펫 깔린 바닥에 지팡이를 짚고 천천히 걸어가고 있으려니, 누군가가 눈에 들어왔다. 모두 편한 차림으로 온 학회에 보기 드물게 정장을 차려입은 무리였다.

"아, 안녕하십니까! 이수혁 선생님!"

4명가량 되었는데, 지나치다 싶을 정도로 긴장을 하고 있었다. 수혁은 이놈들이 누군가 하는 눈으로 바라보다가 바루다의 말을 듣고서야 알아차릴 수 있었다.

[예비 1년 차들입니다. 당장 내일모레부터 근무하게 됩니다.]

'아, 맞아. 인턴 돌았던 애들도 있네.'

[너무 교수들만 신경 쓰지 말고 아래도 좀 보십시오.]

'그렇게 말하니까 내가 너무 세속적인 것 같잖아.'

[아닌가요?]

'맞지.'

수혁은 실제로 기억나는 인턴의 이름은커녕 얼굴도 없다는 사실을 인정하며, 재차 자기 앞에 모여든 예비 1년 차들을 돌아보았다.

"아, 그래. 반가워요."

"말씀 낮춰 주십시오! 이수혁 선생님."

"아니······. 왜 이렇게 군기가 바짝 들었어요? 내과 분위기 안 그런데요."

"저희 모두 이수혁 선생님을 존경해서 들어왔습니다!"

"존경······이요?"

수혁은 얼핏 봐도 자기보다 나이가 많아 뵈는 예비 1년 차를 무려 셋이나 골라낼 수 있었다. 절대로 착각이나 지레짐작은 아니었다. 저 얼굴로 수혁보다 나이가 어리려면 대체 얼마나 고생을 해야만 하는 건지 감도 안 잡힐 지경이었으니까. 특히 지금 존경이란 단어를 입에 올린 분은 머리카락이 반쯤 비어 있기까지 했다. 솔직히 앞에서 고개를 조아릴 때마다 송구스러워서 죽을 것 같은 심정이었다.

"네, 존경합니다! 선생님! 태화의료원 개원 이래 최고의 천재라고 들었습니다!"

"아니······. 그런 소문은 대체 어디서 도는 거예요······. 저 1등 졸업도 아닌데."

"과외에 아르바이트까지 하시느라 학업에 온전히 신경 쓰지 못했다고 들었습니다."

"그, 그건······. 그건 맞긴 한데······."

수혁이 술만 마시면 입버릇처럼 하던 말이기도 했다. 만약 형편만 좋았으면 아니, 다른 일을 할 정도만 아니었으면 1등으로 졸업했을 거라고. 장학금이야 워낙 태화의료원 재단이 단단해서 빵빵 나왔지만, 어디 사람이 물만 먹고 살 수 있겠는가. 생활비만큼은 수혁이 벌어야만 했다.

"그러니까요! 정말 이수혁 선생님 밑으로 들어오게 되어서 저희가 얼마나 기쁜지 모릅니다. 아직도 저 인턴 돌 때 딱딱 환자 진단하고 치료하시던 모습이 눈에 선합니다."

"그…… 그래요. 음."

수혁은 교수들에게 예쁨받는 거야 아주 익숙했지만, 같은 레지던트들에게 이런 식의 관심을 받는 건 처음이었다. 동기들이나 선배들이나 질투하거나 경원시하기 바빴지 눈앞에서 존경이니 뭐니 하지는 않았으니, 당연한 일이라 할 수 있었다.

[뭐라도 좀 사시죠. 어차피 카드도 받았는데.]

'아, 그럴까?'

[원래 입은 닫고 지갑은 여는 선배가 멋지다고 배웠습니다.]

'그런 건 또 어디서 배웠대.'

[드라마요.]

'그래……. 뭐……. 맞는 말이긴 하지.'

수혁은 잠시 당황하고 있었지만, 다행히 바루다의 시기적절한 조언 덕에 제대로 된 판단을 내릴 수 있었다.

"여기서 이럴 게 아니라, 뭐 좀 먹을래요? 회식이야 어차피 강제 참석은 아니니까."

"이, 이수혁 선배님과 함께요?"

"그렇게 오버하지 말고. 몸을 왜 떨어요······. 무섭게."

"너무 좋아서 그랬습니다! 죄송합니다. 어디로 갈까요!"

수혁은 어느새 자신 앞으로 선 후배를 보며 잠시 한숨을 쉬었다. 어디로 가야 하는지도 모르면서 앞장을 서다니. 꼭 신출내기 인턴이라도 보는 느낌이었다.

'하긴······.'

아마 수혁도 바루다가 없었다면 딱 이랬을 터였다. 사실 인턴보다도 더 힘든 것이 1년 차였으니까. 특히 사람 생명을 다루어야 하는 내과 1년 차는 더더욱 긴장하게 되기 마련이었다. 그런 상태에서 1년이라도 더 배운 위 연차의 존재란 거의 하늘이었다.

"방으로 가죠. 룸서비스 먹으면 되니까."

"오······. 룸서비스······. 전 처음 먹어 봅니다."

수혁의 말에 예비 1년 차는 거의 몸을 바르르 떨었다. 그 사이 바루다는 인턴 때의 모습과 지금의 모습을 대조 분석하던 작업을 끝냈다.

[아, 이 사람 이름은 안대훈입니다. 나이는 27.]

'27? 이 얼굴로?'

[우여곡절이 좀 있었나 본데, 더 이상의 정보는 지원서를 봐야 알 수 있습니다.]

'아니, 뭐……. 그래. 27……. 나보다 어리다니……. 근데 대체 왜 이러는 거야.'

[3월에 인턴이었습니다. 아마 인상 깊었을 겁니다. 다른 1년 차들은 아무것도 못 할 때 수혁은 날아다녔으니까.]

'아…….'

그렇게 생각을 해 보니 또 이해가 되었다.

"저는 원래 피부과 할 생각이었거든요. 제가 원래 머리에도 관심이 많았어서."

그사이 안대훈은 정말로 기분이 좋은지 상기된 얼굴로 입을 열었다. 수혁은 어쩐지 안대훈의 입에서 머리 얘기가 나오자 숙연해지는 기분이 들어서 아까보다는 좀 더 친절하게 대꾸해 주었다.

"아, 그랬구나. 공부 잘하셨나 보다. 피부과 생각하려면."

"아뇨, 아뇨! 저희 학번에는 이수혁 선배님 같은 천재는 없었거든요. 그래도 수석은 못 했고 차석 했습니다."

"차석? 지원자 중 1등이겠는데요?"

안타까운 일이긴 하지만, 내과는 점점 더 인기가 떨어지고 있는 상황이었다. 심지어 수련 기간을 3년으로 줄였는데도 그러했다. 목숨을 다뤄야 한다는 것이 사명보다는 부담으로 다가오는 데다가, 아무래도 다른 과보다 너무 힘들면서 금전적인 보상은 떨어지기에 더더욱 그러했다. 특히 피부과랑 비교하는 건 좀 잔인할 지경이었다. 피부과는 삶의 질, 노동 강도, 금전적인 보상 모두 최상위권이었으니까.

"하지만 3월에 딱 이수혁 선배님이 환자 진단하는 걸 보고 나니까, 아……. 역시 의사는 내과란 생각이 들었습니다. 그래서 지원했습니다."

"저 때문에 내과를……. 어이구."

그런데 그런 피부과를 포기하고 내과로 온 게 자기 때문이라니. 수혁은 좋아해야 할지 슬퍼해야 할지 모르겠는 기분이었다. 물론 바루다는 좋아했다.

[역시 세계 최고의 내과 의사가 될 자질이 있군요. 벌써 추종자가 생기다니.]

'뭐……. 나쁜 일은 아니지.'

위에서야 너무 수혁을 이뻐하고 있었지만, 상대적으로 레지던트들의 지지는 약한 편이었다. 이게 절대적이지는 않을지 몰라도, 발목을 잡을 수는 있었다. 평판 또한 교수가 되는 데 있어 중요했으니까. 수혁은 재차 안대훈을 비롯한 예비 1년 차들을 보며 흐뭇한 미소를 지어 보였다.

'발판이로구만.'

[사람을 너무 수단으로만 생각하지 마십시오, 수혁.]

'인공지능이 할 말은 아니지 않아?'

[인공지능에게 이런 말을 들었다는 게 문제 아닐까요?]

'어후.'

▰▰▰▰▰

"네. 그렇게 가져다주시면 감사하겠습니다."

수혁은 레지던트가 아니라 학회 발표자로 초대받았기 때문에 혼자 방을 배정받은 참이었다. 거기에 이현종이 돈을 더 얹어 주어서 방은 제법 컸다. 혼자가 아니라 서너 명이 써도 좋을 정도로 넓은 온돌방이었는데, 침대까지 놓여 있을 정도였다.

"와······. 역시 선생님은 벌써 교수급 대우군요."

사실 다른 레지던트들이 볼 때는 특혜라고 보일 수도 있는 일이거늘, 안대훈은 그저 대단하게만 여겨지는 모양이었다.

"아니, 그냥 발표자라서 그래요."

조금 자신을 낮추려고 말을 꺼냈는데, 그게 오히려 화근이 되었다. 여태 조용히 있던 다른 녀석들까지 난리였다.

"와, 그러고 보니 오늘 발표!"

"어떻게 그런 생각을 하신 거예요?"

"익사자에 발생할 수 있는 균이라니······."

"저 아직도 소름이······."

거의 무슨 팬클럽 같은 분위기였다. 수혁으로서는 세상에서 제일 어색한 분위기라고 보면 되었다. 고등학교 때나 대학교 때나 그렇게까지 인기 있는 편은 아니었으니까.

━━━━━

"여긴 음식도 맛이 좋네요."
"이수혁 선생님과 먹어서 그런가, 사르르 녹습니다."
하지만 이런 분위기는 음식이 도착한 후에도 한동안 계속되었다. 심지어 술을 그렇게까지 즐기는 편이 아닌 수혁인 데다가 룸서비스로 오는 맥주는 가격이 몇 배로 뛰기 때문에 아예 안 시켰음에도 그러했다.
[약간 귀찮군요. 자습은 언제 시킬 겁니까?]
때문에 처음엔 즐거워하던 바루다도 이제는 슬슬 귀찮다는 기색을 내보이기 시작했다.
'이제 시켜야겠다. 고막 터질 듯.'
수혁 또한 비슷한 심정이었다. 아니, 바루다보다 더 정도가 심했다. 바루다야 일일이 대응할 이유가 전혀 없었지만, 수혁은 그게 아니었으니까.
"자, 일단 이거 밖으로 놓고요."
때문에 다 먹은 식기를 방 밖으로 밀어 놓자마자, 본색을 드러내기로 했다.

쾅!

다소 강한 기세로 문이 닫혔음에도 불구하고 여태 신이 나서 수혁 칭찬을 늘어놓던 네 명의 예비 1년 차들은 낌새를 전혀 눈치채지 못했다. 오히려 누군가는 박력 있다고 중얼거리고 있을 지경이었다. 거의 무슨 종교처럼 세뇌를 당한 모양인데, 당사자인 수혁은 그런 적이 없으니 신기하기만 했다.

"자, 이제 시간이 늦었으니까 공부하려고 하는데. 같이 할래요?"

수혁은 어처구니없는 심정을 억지로 숨긴 채 네 명의 예비 1년 차들을 돌아보았다. 그제야 절반은 조금은 후회가 된다는 듯한 얼굴로 창가를 바라봤다. 커다란 슬로프가 내다보였는데, 이 넷을 제외한 모든 예비 1년 차는 지금 저기 있었다. 아니, 어쩌면 회식 장소로 이동하고 있을는지도 모르겠지만, 공부하고 있는 사람은 없을 터였다.

"여, 영광입니다."

물론 좋아하는 인간도 있었다. 바로 안대훈이었는데, 그는 진심으로 수혁과 공부하게 된 지금 이 현실이 너무 좋은 듯해 보였다.

'미친 사람인가.'

[열정이 좋군요. 수혁은 억지로 시켜야 했었는데.]

수혁은 바루다의 쓴소리를 애써 무시한 채 노트북을 꺼내 들었다. 이현종이 사비를 털어 사 준 노트북이었는데, 가벼우면서도 성능이 아주 좋았다. 심지어 강의 연습하라고 간이 빔 프로젝터까지 선물을 해 준 참이었다. 수혁은 그것도 꺼내 들고는 벽면을 향해 빔을 쏘았다. 그러자 수혁이 여태 정리해 둔, 공부 자료와 환자 자료 및 발표 자료가 든 폴더가 떴다.

"오."

다른 녀석들은 얼굴이 썩어 가는 데 반해 안대훈만은 눈을 초롱초롱 빛냈다. 그것보다 좀 더 빛나는 정수리가 있어 수혁의 마음을 아프게 하긴 했지만.

수혁은 손을 쉬지 않고 놀려 자신이 정리해 둔 파일 하나를 열었다. 아주, 아주 거대한 파일이었다. 기껏해야 한글 파일인 주제에 100MB가 넘어갔으니까. 잠시 로딩이 있다가 뜬 파일에는 3월부터 수혁이 진단했던 환자 케이스가 쫙 나와 있었다.

"이, 이건······."

"제 1년간의 기록이에요. 너무 쉬운 환자들은 다 뺐는데, 그래도 중복되는 진단명은 싹 넣어 뒀어요."

"와······. 이거······. 이건 보물이네요."

태화의료원은 인턴 때 그저 인턴 일만 시키는 병원은 아니었다. 응급실을 돌 때는 나름 진단 과정에 참여를 시키는 병원이었다. 그때 인턴들도 의사로서 역할이 무엇인지 대강이나마 감을 잡게 되기 때문이었다. 그 덕인지 뭔지는 몰라도 이젠 안대훈뿐만이 아니라, 다른 친구들도 눈을 빛내고 있었다.

"증상에…… 병력에 진단 추론까지……. 이걸……. 이걸 언제 다 정리하신 거예요?"

물론 안대훈이 제일 적극적이긴 했다. 그는 수혁이 천천히 스크롤을 내리며 보여 주는 것을 빠짐없이 읽고는 감탄을 터뜨렸다. 수혁이 이 환자를 어떻게 검진했고, 어떤 과정을 통해 어떤 질환을 의심했는지에 대한 과정이 아주 상세하게 적혀 있었기 때문이었다.

'이거 하느라 진짜 돼지는 줄 알았지.'

[그래도 덕분에 제 알고리즘이 많이 좋아졌습니다.]

'더…… 해야 하는 거지?'

[당연하죠.]

'하.'

생각만 해도 한숨이 절로 나올 정도로 힘든 작업이었다. 하지만 보람은 차고 넘치도록 있었다. 이젠 심지어 스케도스포륨을 진단해 냈을 때보다도 더 합리적인 알고리즘을 갖게 되었으니까.

물론 여전히 부족한 임상 경험과 배경지식이 발목을 잡고 있긴 하지만, 이젠 수혁도 알아서 공부하고 있었으니 그건 시간이 해결해 줄 수 있을 터였다.

"이거 각자 메일로 보내 줄 테니까, 공부 좀 해 봐요. 모르는 거 있으면 12시 전까진 언제든 물어보고. 그 이전에는 안 자니까."

만들 당시에만 해도 기껏해야 알고리즘 강화 및 수혁의 진단 능력 증진을 위한, 즉 아주 개인적인 작업이었거늘, 2년 차가 되어 후배들을 받아 보니 교육 목적으로도 쓸 수 있어 보였다. 아무래도 인공지능을 탑재하지 않은 친구들이라 제한이 있긴 하겠지만, 그래도 시중에 나와 있는 교과서보다 실질적인 지식을 전수해 줄 수 있는 교재였다.

"와……. 이걸 그냥 받아도 되는 겁니까?"

이 자료가 얼마나 귀중한 것인지에 대해서는 예비 1년 차들도 바로 알 수 있었다. 그냥 딱 한 케이스만 읽어 봐도 직접 같이 환자를 본 것처럼 생생하지 않은가.

"대신 조건이 있어요."

"조건……이요?"

"일단 3월 자료를 줄 테니까. 다음 주 토요일 오전 10시에 의국에서 봅시다. 그때 얼마나 숙지하고 있는지를 보고 4월 치를 줄게요."

"아……."

이 말인즉슨, 공부하지 않으면 자료를 주지 않겠다는 뜻이었다.

'반대로 말하면, 공부만 하면 이수혁 선생님의 애제자가 될 수 있다는 건가……!'

안대훈은 본인이 존경해 마지않고 있는 수혁을 애타는 눈으로 바라보았다. 솔직히 수혁은 단 한 번도 애제자니 뭐니 하는 소리를 하지 않았다는 걸 그도 잘 알고 있긴 했지만, 멋대로 생각하기로 했다. 그는 정말로 수혁의 어마어마한 능력에 강하게 감화된 후였으니까.

"하, 하겠습니다."

안대훈은 정말이지 흔쾌히 아니, 어떻게 보면 다급하게 느껴질 정도로 빨리 고개를 끄덕였다. 옆에 놓여 있던 메모장에 자신의 메일 주소를 적어 놓으면서였다.

"저, 저도……."

그러자 옆에서 눈치만 보고 있던 다른 예비 1년 차들도 슬금슬금 다가와 메일 주소를 적었다. 뭐가 어찌 되었건 수혁은 현재 내과 의국에서 실세가 아니었던가. 레지던트 중에서는 3년 차조차 수혁에게 시비를 트지 못할 지경이었다. 심지어 교수들도 수혁에게만큼은 예외를 둘 지경이었다. 공부도 잘하고, 환자도 잘 보지만, 무엇보다 원장 아들이어서 그랬다.

"좋아요. 그럼 공부하고 다음 주에 봅시다. 양이 꽤 많아서 아마 오늘부터 보긴 해야 할 거예요. 바로 보내 줄게요."

수혁은 드디어 혼자만 따로 공부하는 외로운 생활에 종지부를 찍게 되어 기쁘다는 얼굴로 허허 웃었다. 안대훈을 제외한 나머지는 몸을 흠칫 떨었지만, 그러든가 말든가 알 바 아니란 생각이었다.

'내과를 왔으면 공부를 해야지.'

시건방진 생각이라고도 볼 수 있을 터였다. 하지만 수혁을 지난 일 년간 가까이에서 봐 온 사람이라면 절대 이런 말을 할 수 없었다. 수혁 본인은 바루다를 몸에 들인 이후, 단 하루도 빼놓지 않고 공부를 해 왔으니까.

"자, 그럼 각자 방으로 가세요. 다 보냈으니까. 지금부터 부지런히 보고 다음 주에 봅시다."

"아, 네! 그렇게 하겠습니다!"

"네, 선생님……."

안대훈을 제외한 나머지의 목소리는 '유난히'라는 단어를 써도 좋을 정도로 작았다. 수혁은 그러거나 말거나 그들이 나가자마자 방문을 닫고는, 터덜터덜 노트북을 향해 걸어갔다.

'솔직히 미드 하나만 보면 안 되나?'

바루다에게 딜을 치면서였다.

[남들 놀 때 다 놀면 언제 세계 최고의 내과 의사가 된답니까?]

물론 바루다에게는 씨알도 먹히지 않았다. 정말이지 인정머리라고는 없는 녀석이었다. 애초에 인공지능이니 그런 걸 기대하는 거 자체가 좀 이상한 일이긴 했지만.

'아니, 오늘은 발표도 했잖아…….'

[발표가 공부던가요?]

'하…….'

일언지하에 잘린 후에도 몇 번인가 더 시도를 해 보았지만 역시나 소용은 없었다. 수혁은 바탕화면에 몰래 깔아 둔 폴더 쪽을 영 아쉽다는 눈빛으로 바라보다가 이내 다른 폴더 쪽으로 눈을 돌렸다. 아까 예비 1년 차들에게 보여 주었던 것과는 달리, 아예 논문만 모여 있는 폴더였다. 그것도 그냥 논문들이 모여 있는 곳이 아니라 나름 국제심장학회 에디터로 있는 이현종, 국내 감염내과학회 교육 이사를 맡고 있는 신현태, 혈액종양내과 신진 세력인 조태진 등이 각기 정리해 준 논문들이었다.

"어후."

대가들이 보내 준 논문들이니만큼 어마어마하게 어려운 논문들이었다. 바루다의 연산 능력이 세계 최고의 반도체 칩에서 수혁의 뇌로 다운그레이드된 탓에 바로바로 이해하기는 꽤 어려웠다. 그나마 다행인 점은 언어의 장벽은 없다는 점이었다.

'어렵네……. 확실히 분자 단위 연구는 어렵다……. 그냥 임상도 아니고…….'

[최근 연구 트렌드가 이쪽이니 어쩔 수 없죠. 임상 경험이야 병원에서 충분히 쌓을 수 있으니, 연구에 대한 지식은 이렇게 얻는 수밖에 없습니다.]

'이런 거 보면 아직 우리나라 의료가…… 연구 쪽은 먼 것 같아.'

[그럴 수밖에 없죠. 이런 거 연구 하나 하는 데 필요한 금액이 수십억입니다.]

'역시 미국에 가야 하나?'

[뭐, 여름에 미국 가게 되지 않았습니까? 가서 분위기 한번 보시죠.]

바루다는 8월에 잡힌 아이오와주립대학교병원 연수를 상기시켰다. 수혁은 그렇지 않아도 그 일정을 무척 기대 중이었기에 기분이 좋아졌다. 비행기라고는 단 한 번도 타 보지 못한 몸인데, 첫 비행의 행선지가 미국이라니. 기분이 나쁘면 그게 더 이상한 일 아니겠는가.

하지만 그러자면 아직 시간이 한참 남아 있었다. 일단 험악한 3월을 넘겨야만 했다. 미숙하기 짝이 없는 1년 차들, 그리고 인턴들과 함께하는 3월을.

*****

"어? 아니 무슨 소리야? 아까까지만 해도 멀쩡하던 환자분이 왜 그래."

"그……. 갑자기 숨을 꺽꺽 쉬시더니…….."

"보호자처럼 말하지 말고, 의학 용어로 말해 봐. 임프레션이 뭔데."

"그…… 디습니아(dyspnea, 호흡 곤란)?"

"그건 진단명이 아니라 증상이잖……. 에이. 어디야."

Dyspnea

"하."

이제 막 1년 차가 된 안대훈은 옅은 한숨과 함께 전화를 끊었다. 생각 같아서는 인턴 때 보았던 3월의 이수혁처럼 휙휙 날아다니고 싶은데. 위 연차들은커녕 교수조차 떠올리지 못했던 진단명을 딱딱 말해 주고 싶은데. 현실은 시궁창이었다.

"하아……. 하아."

이제 고작해야 나이 23살의 젊은 청년이 숨을 헐떡이고 있음에도 안대훈 혼자서는 해 줄 수 있는 것이 전혀 없었다.

"동맥혈 검사했습니다!"

마구 한숨을 짓다 말고 고개를 돌려 보니, 역시나 이제 막 인턴이 되어 긴장감을 떨치지 못하고 있는 우하윤이 눈에 들어왔다.

'하필이면 3월 응급실 인턴이라니…….'

안대훈은 자기도 자기지만 우하윤은 더 힘들겠다는 생각이 들었다.

"어, 어디 봐 봐."

"네. 여기 검사 결과지입니다."

대훈은 긴장감을 감추고, 최대한 부드러운 표정을 지은 채 우하윤이 건네준 결과지를 받아 들었다.

"어떤가요, 선배?"

하윤은 늘 그렇듯 응급실에서도 붙임성이 참 좋았다. 안대훈과는 같은 동아리 출신이기도 했으니 더더욱 그러했다.

'하, 씨.'

안대훈도 하윤의 기대에 부응하고 싶었지만, 그러기가 참 어려웠다. 환자의 동맥혈 검사는 이렇다 할 특징이 없어 보였다.

'그냥 과호흡……인가?'

산소 포화도는 100%. 혈중 이산화탄소는 약간 떨어져 있었으며, pH(수소 이온 농도 지수, 정상 수치보다 높으면 알칼리성)는 반대로 약간 올라가 있었다. 이산화탄소가 빠져나가면서 몸이 알칼리성이 되었다는 뜻인데, 엊그제까지만 해도 인턴이었던 안대훈의 머릿속에 떠오르는 진단명이라고는 과호흡 증후군뿐이었다.

하지만 단순 과호흡이라고 하기엔 환자의 호흡이 정말로 힘들어 보였다. 과호흡하면서 갈비뼈 사이의 근육이 푹푹 들어가는 경우가 어디 있단 말인가.

'으.'

멘붕에 빠져 있을 때, 어디선가 달칵거리는 소리가 들려왔다.

탁. 탁.

여느 발걸음 소리와는 조금 다른, 그래서 더 반가운 소리. 수혁이었다.

"안녕하십니까!"

그런 수혁을 발견하자마자 일단 하윤이 고개를 푹 숙이며 인사를 건넸다. 원래 3월 인턴은 군기가 빡 들어 있기 마련이었지만, 이건 정도가 좀 지나쳐 보였다. 아마도 수혁 개인에 대한 존경심이 가득 담겨 있기 때문일 터였다.

"어? 아……. 인턴 됐구나?"

"네, 선배. 오랜만이에요."

"미안하네. 보자고 말만 하고, 너무 바빠서."

"아닙니다. 진짜 바쁘시잖아요."

"응급실이면 이번 달에 자주 보겠네. 식사나 한번 하자."

"저, 정말요? 네. 감사합니다."

하윤은 이후로도 좀 더 여기에 붙어 있고 싶은 마음이 간절해 보였지만, 3월 응급실 인턴이라는 건, 다른 말로 하면 진짜 노예 그 자체라 할 수 있었다. 그 사람이 로열이건 뭐건 별 관계 없었다. 특히 하윤처럼 열심히 해 보려는 사람은 더더욱 그 정도가 심했다.

"네, 지금 갑니다!"

하윤은 곧 다른 환자에게로 뛰어가야만 했다. 그때까지도 검사 결과표와 환자를 번갈아 보고 있던 안대훈은 여전히 깊은 고민에 빠져 결론을 내리지 못한 채 수혁에게 다가왔다. 뭔가 죄라도 지은 듯 잔뜩 주눅 들어 있었다.

[뭐라도 할 줄 알았나 보군요.]

바루다는 그런 1년 차 안대훈을 보며 심드렁한 어조로 말했다.

'너무 그러지 마. 1년 차는 다 그래. 특히 3월은.'

자신도 얼마나 의욕에 차 있었던가. 다행인지 불행인지 바루다를 만났기에 망정이지, 그렇지 않았다면 정말로 많은 시행착오를 겪었을 터였다. 그러면서 자신이 얼마나 보잘것없는 의사인지 깨달았을 터였다. 멀리 볼 것도 없이, 자신과 비슷한 수준이었던 동기들을 보면 알 수 있었다. 세상엔 노력만으론 극복할 수 없는 것도 있는 법이었다. 경험이 쌓이기 전엔, 머리에 있는 지식은 모조리 죽은 지식일 뿐이었다.

"동맥혈 검사야? 어때?"

"과, 과호흡 증후군 같습니다."

"과호흡……?"

수혁 또한 눈이 있지 않은가. 그가 보기에 환자는 절대로 단순 과호흡 증후군이 아니었다. 정말로 호흡이 어려워 보였으니까. 물론 호흡수가 올라가 있긴 했지만, 그건 어려운 호흡을 보상하기 위함일 터였다.

[호흡이 얕군요. 지금 분당 호흡수가 40에 가까운데, 혈중 이산화탄소 감소가 그렇게까지 두드러지지 않습니다.]

'물이 찼나?'

[아마도요. 검진해 보시죠.]

'좋아.'

수혁은 성큼성큼 걸어 환자에게로 다가갔다.

"안녕하세요, 음. 김승준 환자분."

"네……. 허어……."

"일주일 전부터 시작된 겁니까?"

"네……."

수혁은 일단 질문을 해 가면서 환자의 전신을 살폈다. 아무래도 나이가 워낙 젊은 남성이다 보니, 무척 건강해 보였다. 그렇다고 아예 이상 소견이 없는 건 아니었다.

[머리카락이 좀 없는데요?]

'정수리가 비었네. 2~3cm가량.'

[스트레스가 많은가?]

'모르지. 흠.'

일단 정수리 부근에 원형 탈모가 있었다.

[광대 부근이 붉군요.]

'햇볕에 타서 발생하는 양상은 아닌데. 그것보단…….'

[발진 같죠?]

'응.'

[흠.]

'기저 질환은 없는 거로 되어 있던데.'

수혁은 이상 소견을 머릿속에 갈무리하며 환자와의 대화도 이어 나갔다. 어차피 환자는 워낙에 숨이 차 보였기 때문에, 조금 느리게 말하는 것이 오히려 더 나을 지경이었다.

"그전에는 전혀 증상이 없었나요?"

"네. 아, 음……. 흐……. 한…… 1년 전…….."

"네."

"결핵…… 치료받은…… 적이 있습니다."

"결핵이라."

결핵이라면 완전히 치료되지 않은 경우 얼마든지 재발할 수 있었다. 탈모나 얼굴의 발진 등과는 별 관계가 없겠지만, 각각 다른 원인으로도 발생할 수 있는 문제이지 않은가. 처음부터 너무 모든 것을 한 가지 원인으로 이어 가려고 하면 난관에 부딪히기 마련이었다. 바루다와 함께 지난 1년간의 케이스를 정리하면서 알게 된 사실이었다.

"그 외에 당뇨나 고혈압을 진단받은 적도 있습니까?"

"네? 아뇨."

환자는 확실히 젊기 때문에 그런지, 기저 질환은 거의 없는 듯했다. 수혁이 그 외에도 몇 가지 수술 이력 등을 물어보았지만 별로 걸리는 건 없었다.

"자, 그럼 청음 좀 해 볼게요. 아, 엑스레이 찍었나?"

"아, 아뇨. 아직······."

"그럼 지금 처방 내요. 나 검진하는 사이에."

"네네."

수혁은 안대훈에게 처방을 내게 한 후, 환자의 폐 하엽을 콩콩 두드려 보았다. 무언가 둔탁한, 뭔가 좀 차 있는 느낌이 들었다. 예전 같았으면야 바루다는 이런 식의 검진에서 전혀 도움이 되지 않았을 테지만, 지난 1년간 나름 오감에 대한 데이터도 쌓아 온 터였다.

[물. 물이 차 있군요.]

'역시······. 일단 엑스레이부터 빨리 찍어야겠어. 열은 없는 거로 보면······ 결핵일 수도 있어, 진짜.'

[네, 저도 그렇게 생각합니다.]

한때 결핵이 빠른 속도로 급감하던 시절도 있었다. 하지만 해외여행이 늘어나고, 또 해외에서 대한민국으로 오는 경우 역시 확 늘어나면서 슬금슬금 감염률이 올라오는 추세였다. 즉 절대 배제해서는 안 된다는 뜻이었다.

"배도 좀 볼게요. 누워 볼 수 있어요?"

"누, 누우면 더 숨이……. 하……. 찹니다."

"그래도 잠깐만 누워 보세요."

"음……. 네."

환자는 마지못해 자리에 누웠다. 어찌 됐건 병원에 왔으니 의사 말은 들어야 하지 않겠는가. 게다가 아까 하윤이나 지금 대훈의 태도로 미루어 볼 때, 수혁은 꽤 높은 사람 같았다.

'음. 비장은 왜 커져 있지?'

그사이 수혁은 환자의 배를 아주 빠른 속도로 훑었다.

[그러게요. 뭔가 시스테믹한(전신에 영향을 주는) 병도 의심해야 겠습니다.]

그러다 비장의 비대가 있는 것을 깨달았는데, 상당히 이상한 일이라 할 수 있었다. 환자는 젊었고, 아무 기저 질환이 없다고 했으니까. 잠시 고민에 빠져 있으니, 대훈이 말을 걸어왔다.

"선생님, 준비됐습니다. 바로 가면 된다고 합니다."

"아, 그. 미안한데 같이 데리고 갔다 와 줄래? 내가 다리가 이래서."

"아, 아닙니다! 아닙니다! 미안하긴요! 제가 갔다 오겠습니다!"

"고마워."

"아뇨, 아뇨."

안대훈은 황송하다는 얼굴로 환자와 함께 엑스레이 촬영실로 사라져 갔다. 덕분에 환자는 수혁이 레지던트 2년 차가 아니라, 아주 젊어 보이는 교수인가 하는 착각에 빠졌다.

'뭐라고 하든 말 잘 들어야겠다······.'

예기치 않게 안대훈이 선순환의 역할을 하게 된 셈이었다.

▰▰▰▰▰

흉부 엑스레이는 시간 걸릴 일이 없는 검사기도 하고, 환자가 거동에 문제가 있는 상황도 아니었기에 금세 사진을 찍고 되돌아올 수 있었다.

"선생님, 왔습니다!"

"아직 안 넘어왔네."

"넘기라고 할까요?"

"아니, 아니. 그럴 것까진 없어. 어, 넘어온다."

수혁은 의욕 넘치는 안대훈의 모습에 실소를 머금은 채 엑스레이를 향해 고개를 돌렸다. 그러곤 혀를 찼다. 폐에 물이 찬 것은 맞았는데, 다른 곳에도 물이 차 있었기 때문이었다.

'심낭에······ 물이 찼어.'

[심막염입니다. 이 역시 결핵이 원인이 될 수는 있습니다.]

'일단 물부터 빼자. 양이 너무 많아 보여. 심장 박동수가 110회잖아. 이러다 심장 처지면······.'

[이현종 원장에게 부탁하면 될 것 같습니다.]

'아니, 이건 내가 하지 뭐.'

[아. 하긴. 충분히 가능하겠습니다.]

심혈관 조영술이 필요한 경우라면 반드시 이현종을 불러야 할 터였다. 하지만 이건 그냥 초음파로 보면서 밖에서 처치하면 되는 일 아닌가. 물론 2년 차 주제에 이걸 하겠다고 하는 건 시건방진 것을 넘어 미친 수준이긴 했지만, 수혁은 일반적인 2년 차가 아니지 않은가. 벌써 몇 번이나 해 본 경험도 있었다.

"여기 심초음파 봐야 하니까, 초음파 좀 가져와 줘."

"아, 네! 펠로우 선생님 노티도 드릴까요?"

"응? 아니. 노티는 이따 내가 할게. 일단 내가 보려고."

"아……. 역시!"

안대훈은 과연 천재 이수혁이라는 생각과 함께 내달린 후, 초음파를 들고 왔다. 아무래도 태화의료원이다 보니, 응급실 처치실에도 심장 초음파 기기가 비치되어 있었다.

"음."

수혁은 그 기기를 아주 능숙하게 켜고는 환자의 가슴에 가져다 댔다.

"조금 차갑습니다."

"으……. 네."

"조금만 참으시면 편해지실 거예요."

"네……."

환자는 눕자마자, 앉아 있을 때와 비교하면 훨씬 더 숨이 찬 모습을 보였다. 심장에 물이 차 있으니 어쩔 수 없는 일이었다. 그나마 다행인 점은, 수혁이 초음파 보는 일에 아주 능숙하다는 점이었다.

"따끔해요."

어느 틈엔가 소독을 했나 싶더니, 바로 찔러야 할 지점을 잡고는 주삿바늘을 찔러 넣었다.

"읍."

"지금 잘 나오고 있습니다."

"네, 네……."

수혁은 그렇게 100cc가량의 물을 뽑아낼 수 있었다. 육안으로 보기에도 어마어마한 양인데, 이게 심낭 안에 들어 있었다고 생각해 보라. 환자가 엄청 힘들었을 거란 걸 쉽게 예상할 수 있었다.

"어?"

그에 비례해 환자는 아주 편안해져 있었다.

"어때요?"

"조, 좋아요. 저 다 나은 건가요?"

심지어 다 나았냐고 물을 정도였다. 물론 그럴 리는 없었다.

"아뇨. 이제 치료 시작입니다. 다시 차오를 수도 있어요. 일단 입원하셔야 해요."

수혁은 그렇게 말하면서 방금 뽑아낸 액을 들여다보았다. 아주 맑지는 않았지만, 그렇다고 탁하지도 않았다.

[결핵이 원인은 아니겠는데요.]

'바이러스성 질환일까?'

[아직은……. 아직은 모르겠습니다. 보다 많은 정보가 필요합니다.]

'입원시킬 거니까, 일단 두고 보자고. 설마 하루이틀 사이에 어떻게 되진 않겠지.'

▰▰▰▰▰

환자는 일단 신현태 교수 앞으로 입원하게 되었다. 이게 감염인지 뭔지 잘 모르는 상황이긴 했지만, 이전 결핵 병력과 더불어 폐에 차 있는 물 등을 고려한 결정이었다.

[과장님이니, 필요하면 다른 분과로 전과도 쉽겠죠.]

'응, 그런 것도 있지.'

물론 약간 정치적인 고려도 있긴 했다. 괜히 어린 교수에게 입원장을 냈다가는 곤란한 일을 겪게 될 공산이 크지 않겠는가. 다행히 처음 진단이 잘 맞으면 치료가 쭉 이어지겠지만, 만약 다른 분과 또는 아예 다른 과로의 전과가 필요한 상황이 되면 그때가 문제였다. 신현태라면 전화 한 통화 걸어서 '어, 내

환자 좀 받아 줘.'라고 하면 될 것을 이런저런 근거를 한가득 달아야만 했다.

'환자분은 어떠려나?'

[밤새 콜이 없었으니 괜찮을 겁니다. 호전도 별로 없었겠지만요.]

'음.'

수혁은 바루다의 말에 기뻐해야 할지 아니면 슬퍼해야 할지 모르겠다는 얼굴을 한 채 병동으로 향했다.

𝅘𝅥𝅮𝅘𝅥𝅮𝅘𝅥𝅮𝅘𝅥𝅮𝅘𝅥𝅮

병동 스테이션 앞에는 잔뜩 긴장한 얼굴의 안대훈이 서 있었다. 손에 들고 있는 환자 일보에는 벌써 여러 개의 주름이 져 있었다. 새벽부터 나와서 여러 차례 들여다본 모양이었다.

"아, 선생님!"

그는 수혁을 발견하자마자 90도로 인사를 올렸다.

"아, 아니. 그렇게까지는 좀……."

여전히 어색하기만 한 수혁은 그런 대훈을 말렸지만, 말리면서도 알 수 있었다. 죽을 때까지 고쳐지지 않을 것 같다는 사실을.

"아무튼, 어제 그 환자 어때요? 김승준 환자."

"네. 어제 심낭 천자(심낭에 고인 물을 빼는 것)해서 검체실에 보냈던 거 결과 나왔습니다."

"아. 그거 좋네. 볼까요?"

"네. 여기 제가 띄워 놨습니다."

안대훈은 어제처럼 군기가 바짝 든 채 모니터를 가리켰다. 모니터에는 그가 방금 말했던 것처럼 검사 결과가 쫙 떠 있었다. Turbidity(혼탁 정도), RBC(적혈구), WBC(백혈구) 등등 무수히 많은 결과가 떠 있었는데, 그중에서 수혁이 제일 먼저 확인한 것은 ADA(adenosine deaminase)였다. 주로 결핵 활성도를 보기 위해 내는 검사였는데, 이게 높으면 결핵일 가능성이 있었다.

[61U/L이군요.]

'낮은데.'

[위음성(양성이어야 할 결과가 음성으로 잘못 나온 경우)일 가능성도 완전히 배제할 수는 없겠지만, 결핵일 가능성은 거의 없어진 셈입니다.]

'그럼……. 다른 전신 질환이라는 얘긴데.'

[환자의 탈모와 광대 주변 발진을 염두에 두고 보아야 합니다. 모두 한 가지 원인일 가능성도 있습니다.]

탈모, 광대 주변 발진, 그리고 심낭염에 폐렴까지. 이 모든 것을 한 번에 보일 수 있는 질환이라.

'자가 면역 관련일까?'

[환자의 젊은 나이를 고려할 때 가장 가능성이 큽니다.]

'하긴, 비장도 커져 있었지……. 다른 혈액 검사는 어땠지?'

[기본 검사만 이루어지긴 했는데, 헤모글로빈 9.5g/dL(남성 정상 수치 13~18)에 백혈구 수치는 2,600(정상 수치 4,000~10,000)이었습니다.]

'둘 다 떨어져 있어. 그런 것도 역시 자가 면역 질환에서 나타날 수 있는 특징이지.'

수혁은 어제 보았던 환자의 소견 및 지금까지 나가 있는 별거 아닌 검사들을 토대로 환자의 진단명을 다시 잡아 가기 시작했다. 이 모든 과정이 말 한마디 없이 진행되고 있었기 때문에 안대훈으로서는 조금 답답할 따름이었다.

'역시……. 천재라더니 달라…….'

물론 이미 콩깍지가 씌어도 제대로 씐 탓에 그저 좋게만 보일 뿐이긴 했다.

[자가 면역 질환 유무를 확인할 수 있는 검사를 요청합니다. ANA(항핵 항체), Histone Ab(항히스톤 항체), Anti-dsDNA(항DNA 항체), ANCA IF(항호중구 세포질 항체), C3(항체 기능을 돕는 보체, 단백질의 일종), C4(항체 기능을 돕는 보체, 단백질의 일종), CH50(보체 총활성도)입니다.]

방금 바루다가 읊어 댄 검사 항목들은 내과 아닌 다른 과 의사들은 학생 때 슬쩍 훑고 지나가기만 하는 항목들이었다. 굉장히 생소할 수 있는 항목들인데, 내과 의사들에게는 아주 중요한 항목이기도 했다. 대부분의 자가 면역 질환을 이걸로 감별할 수 있었기 때문이었다.

"아……."

수혁은 환자 진단하는 데 있어서 시간 낭비하는 스타일이 아니었기 때문에 즉시 처방을 내기 시작했다. 그것을 본 안대훈은 역시나 영문을 모르겠다는 얼굴로 입을 헤 하고 벌렸다. 그제야 수혁은 너무 자기 혼자 케이스를 주도하고 있다는 생각이 들었다.

'교수님들은 딱 보면 바로 알지만…….'

안대훈은 1년 차 아니던가. 낫 놓고 기역 자도 모른다고 봐도 무방할 시기란 얘기였다.

"일단 어제 나간 검사를 보면 ADA가 낮잖아. 결핵이 아니란 거지. 근데 환자가 빈혈에 백혈구 결핍에 비장 종대까지 보이고 있잖아. 그럼 뭘 의심해야 해?"

"어……."

"1년 차니까 괜찮아. 자가 면역 질환을 의심해 볼 수 있지."

"아……. 아! 그래서 이 검사가 나가는 거군요?"

"그래. 학생 때 배운 거지? 근데 처방전에 쓰여 있어서 낯설었을 거야. 나도 그렇더라고."

물론 수혁은 바루다 덕에 바로바로 교정을 받을 수 있었지만, 낯설게만 느껴졌던 거 자체는 사실이었다.

"아……. 그럼 약을 바꿀까요? 항생제 끊고?"

"아니, 아니. 이건 굉장히 주의해야 해."

지금까지 나온 결과를 보자면, 감염성 질환의 가능성은 크게 줄어든 참이었다. 하지만 그렇다고 해서 냅다 새롭게 의심되는 자가 면역 질환에 대한 약을 쓸 수는 없었다. 써야 하는 약이 스테로이드였기 때문이었다. 진단명이 맞다면 반응을 보이겠지만, 틀린다면 어떻게 될까.

'균이나 바이러스에 환자가 잡아먹힌다…….'

스테로이드는 아주 다양한 역할을 하는 약이었다. 동시에 정말 강력한 약이기도 했고, 가격도 저렴했다. 그래서 아주 많은 과에서, 아주 많은 질환에서 쓰고 있긴 한데 주의가 필요한 약물인 것도 사실이었다. 여러 기전이 다 문제가 될 수 있지만, 지금은 역시 면역 억제 기능 때문에 그랬다.

'전에 전원되어 왔던 환자분은 결국 돌아가셨지.'

곰팡이가 있는지 모르고 스테로이드를 썼다가 곰팡이균, 즉 진균에 환자가 실시간으로 잡아먹히는 것을 보고 있어야만 했던 상황이었다. 그나마 빨리 왔으면 좀 나았을 텐데, 환자가 워낙 고령인 데다 기저 질환들이 있어 초기에 증상이 없었던 것이 화였다.

수혁은 그런 상황을 자신이 직접 본 환자에게서 되풀이하고 싶은 생각은 추호도 없었다. 분초를 다투는 응급 상황이라면야 묻지도 따지지도 않고 쓰겠지만, 지금은 그게 아니지 않은가. 그렇다면 최대한 안전하게 가는 것이 옳았다.

"면역 억제제는 주의해야 해. 일단 항생제 유지하면서 검사 결과를 보고 결정해도 늦지 않아."

"아, 네."

"처방 다 냈으니까, 환자 보러 가자."

"네, 선생님!"

안대훈은 마치 교수님이라도 모시는 듯한 태도로 부리나케 병실을 향해 달렸다. 시간이 애매하면 일단 환자가 병실에 있는지부터 확인해야 할 테지만, 지금은 7시가 되기에도 한참 전이었다. 게다가 김승준 환자가 어딜 나다닐 몸 상태도 아니었고.

"환자분."

덕분에 수혁은 병실 안으로 들어서자마자 환자를 마주할 수 있었다. 환자 옆에는 금일 시행한 심전도가 놓여 있었는데, 아마 안대훈이 병동 스테이션에 있는 동안 인턴이 다녀간 모양이었다.

"아, 네. 선생님."

환자는 어제 심낭 천자를 해서 그런지 확연히 상태가 좋아져 있었다. 다행히 다시 차거나 하지도 않은 모양이었다. 수혁은 만족스럽다는 얼굴로 고개를 끄덕이며 일단 심전도부터 살폈다.

[심장 박동수는 정상 범위로 내려와 있군요.]

'음……. 근데 약간……. 전도가 약해진 느낌이 들지 않아?'

[느낌이요? 근거 중심 의학이라는 말은 잊은 겁니까?]

'아니, 아니. 확실히 조금 약하잖아. 어제 찍은 심전도랑 비교해 보라고.'

수혁은 다른 사람이라면 절대로 하지 못할 일을 해내고 있었다.

바로 머릿속에서 정확히 어제 찍었던 심전도를 소환해 낸 후, 지금 심전도와 비교하는 일이었다. 이 모든 것을 가능케 한 장본인이라 할 수 있는 바루다 또한 수혁의 말이 있고 나서부터는 다소 불안하다는 어조로 변해 버렸다.

[그러고 보니 아주 살짝 약하군요.]

'인턴 차인가? 심전도에서 이 정도 에러는 있을 수 있잖아.'

[에러 축에도 못 끼긴 할 겁니다. 이걸 잡아내는 사람이 없을 테니.]

'그래도 분석할 때 이것도 넣기는 해 봐. 혹시 모르니까.'

[음. 알겠습니다. 타당한 의견이라고 생각합니다.]

수혁은 그렇게 바루다와의 대화를 빠르게 마친 후, 재차 환자를 바라보았다.

"열나는 것 같진 않아요?"

"네? 아……. 네. 괜찮습니다."

"숨찬 건 어떠세요?"

"훨씬 낫습니다."

"기침은 없고요?"

"네."

질문을 던짐과 동시에 어제 관찰했던 바를 확인하는 과정이었다.

'탈모에 광대 주변 발진. 이건 변하질 않네.'

[그렇군요.]

그사이 병동 간호사 한 명이 병실 안으로 들어와 환자의 팔뚝을 걷었다.

"검사가 있어서요. 피 좀 뽑을게요."

"아, 네."

그러곤 피를 제법 많이 뽑아 갔다. 아무래도 워낙 젊은 환자라 그런지 검사는 수월했다. 수혁은 그렇게 뽑힌 붉은 피에 잠시 시선을 두었다가 이내 환자를 돌아보았다.

"결과는 아마 오후면 볼 수 있을 거예요. 그때 또 설명해 드리겠습니다."

"아, 네……. 근데 저 심각한 건가요? 입원했다고 하니까 부모님이 걱정하셔서."

"음."

수혁은 잠시 고민했다. 물론 바루다와 함께였다.

[지금까지 경과를 보면, 아주 심각한 상황으로 이어질 것 같진 않습니다.]

'그렇지?'

[네.]

그의 의견이나 바루다의 의견이나 매한가지였기 때문에 조심스럽지만, 긍정적인 대꾸를 할 수 있었다.

"너무 걱정하진 마시죠. 일단 확인하는 절차입니다."

"아, 네……. 감사합니다."

"혹시 이상 증상 생기면 바로 말씀해 주시고요."

"네."

수혁은 그렇게 환자를 잔뜩 안심시켜 주고는 병실을 빠져나왔다. 그가 다시 병실을 찾은 건 오후 늦었을 때였다. 검사 결과가 나온 후였는데, 신현태와 함께 병실 안으로 들어갔다. 안대훈은 마치 문 여는 기계라도 된 것처럼 앞장서서 신현태와 수혁 둘 앞에 걸리적거리는 것이 없도록 조치했다.

"환자분, 신현태 교수입니다. 아까 저희 이수혁 선생이 말씀드렸던 것처럼 결과가 나와서요."

"아, 안녕하세요."

"네. 보호자분도 들으시죠. 일단……."

신현태는 자신이 직접 얘기하기보다는 수혁이 말하는 것이 더 좋겠다고 판단하여 수혁을 돌아보았다.

'직접 진단한 사람이 말하는 게 낫지.'

수혁은 다른 레지던트들과는 달리 당황하지 않고 앞으로 나섰다. 아까 회진 전 신현태 교수에게 브리핑했던 것을 떠올리면서였다.

'비록 ANA가 낮기는 해. 하지만 Anti-dsDNA가 확 떠 있고, C3, C4는 떨어져 있어. 100% SLE(전신 홍반 루푸스, 만성 염증성 자가 면역 질환)야.'

이미 바루다와도 함께 확인한 바였기에, 상당히 자신 있는 어조로 입을 열 수 있었다.

"검사 결과 환자분은 전신 홍반 루푸스, 일명 'SLE'입니다."

"그……. 그거 뭔가 심각한 병 아닌가요?"

"난치성 질환 중 하나로 인식되고 있지만, 최근엔 관리가 아주 잘되는 편입니다."

"그래도 군 면제는 되는 병 아닌가요?"

여기서 군 얘기라니. 수혁은 좀 황당했지만 이내 친절히 대답해 주었다.

"환자분은 급성 악화를 보이고 있기 때문에 이 정도 수준의 루푸스면 면제입니다."

"아, 괜히 갔다 왔네……."

환자는 지금 당장 증상이 썩 괜찮으니, 마음이 느긋한 모양이었다. 앞으로 하나의 만성 질환을 쭉 달고 살아야 한다는 것이 무엇을 뜻하는지 잘 모르는 듯한 느낌이었다.

하지만 수혁은 굳이 루푸스 환자의 어려움을 세세히 짚진 않았다. 그건 어차피 천천히 알아 갈 테니까. 지금은 지금 생긴 문제에 집중하는 것이 좋았다.

"아무튼 환자분은 아직 심낭에 물이 조금씩 차고 있어요. 오후에 시행한 흉부 엑스레이를 보면 아직 폐에도 물이 차 있고요. 때문에 일단 입원을 유지하고 스테로이드 치료를 시작할 겁니다."

"아……. 그럼 괜찮아지는 거죠?"

"네. 잘만 따라오시면 괜찮을 겁니다."

"네, 뭐……. 알겠습니다."

환자는 순순히 고개를 끄덕였고, 수혁 또한 그렇게 크게 긴장하지 않았다. 다시 찾아온 주말, 안대훈에게 노티가 오기 전까지만 해도 그랬다.

*****

"선생님! 환자 열이 납니다! 숨도 차고요!"

"오늘 갑자기?"

"어제……. 어젯밤에 잠깐 그러다 말았는데. 아침에 더 심해졌습니다!"

"뭐지? 지금 갈게."

염증 수치가 천천히 좋아지고 있던 참이었기에, 마치 지뢰라도 밟은 듯한 기분이었다. 어제 오후 회진 때까지만 해도 환자 상태는 퍽 좋았지만 지금 마주한 환자는 그렇지 못했다. 놀라서 달려온 신현태 그리고 협진 형식을 통해 환자를 진료 중이던 류마티스내과 정민경 교수 또한 얼굴이 좋지 못했다.

"언제……. 언제부터 이랬다고?"

신현태 과장은 당황스럽다는 얼굴로 안대훈을 돌아보았다. 안대훈 또한 당황스럽기는 마찬가지였다. 어제까지만 해도 주말 지나면 퇴원하자는 얘기가 오갔으니까.

하지만 지금은 어떠한가. 환자 상태는 거의 최악을 향해 달리고 있었다.

"어제……. 어젯밤입니다. 근데 그때는 진짜 잠시뿐이었고, 바로 좋아졌습니다."

"음."

"환자 소변 검사는 어땠죠?"

신현태는 입을 다물었고, 그사이 류마티스 정민경 교수가 입을 열었다. 그 말에 안대훈은 급히 환자의 검사 결과를 뒤적거리기 시작했다. 툭 치면 결과가 툭 나오는 사람은 없었으니 당연한 일이었다.

"혈뇨에 단백뇨가 지속되고 있었습니다. 하지만 소변량이 하루 I/O(주입 대비 배출량)에 맞아서 경과 관찰 중이었습니다."

물론 수혁은 예외였다. 그의 머릿속에는 환자 검사 결과는 물론 어지간한 교과서까지 모조리 수록되어 있었으니까.

"오늘 흉부 엑스레이는?"

"그건 아직 확인 못 했습니다. 죄송합니다."

수혁도 이 환자는 백만 보고 있을 뿐, 자기 환자는 아니었기 때문에 매일 아침 확인을 하고 있지는 않았다. 문제가 생겼다는 것도 방금 연락을 받고 알게 된 참 아니던가. 게다가 토요일 아침 6시 반의 일이니 딱히 책망받을 만한 일은 아니었다.

"아니, 괜찮아요. 지금 확인합시다. 1년 차 쌤?"

"네. 아……. 여기 있습니다."

"음."

금일 시행한 흉부 엑스레이와 어제 엑스레이는 일견 별 차이가 없어 보였다. 하지만 자세히 보면 차이가 보였다.

"여기……. 횡격막 라인이 약간 둔해졌습니다."

그 사실을 바루다의 도움으로 누구보다 빨리 캐치한 수혁이 모니터 좌측 하방을 가리켰다. 환자의 우측 가슴 하방이 위치한 곳이었다.

"아……. 물이 찼네."

그간 스테로이드 치료를 통해 빠르게 호전되었던 환자의 폐에 다시 물이 찬 순간이었다. 원인이 뭘까.

수혁은 엑스레이를 보는 순간 직감할 수 있었다. 물론 류마티스내과 교수로서 전신 홍반성 루푸스 환자를 많이 보아 온 경험이 있는 정민경 교수 또한 마찬가지였다.

"신부전……. 아마도 루푸스가 신장을 침범한 것 같습니다."

정민경 교수는 신현태보다 직급이 한참 아래였기 때문에 일단 보고 형식을 취했다. 신현태는 어두워진 얼굴이 되어 고개를 끄덕였다. 신장이라니. 너무 중요한 장기 아니던가.

"수혁이 생각은?"

"네. 제 의견도 같습니다. 급성으로 확 염증이 일어날 때, 신장을 침범하는 경우가 잦습니다. 환자 소변 검사 수치도 이를 반영한다고 생각합니다."

"그럼……."

"스테로이드를 프레드니솔론(항염증 및 면역 억제제) 60mg으로 증량하고 하이드록시클로로퀸(루푸스 치료제)을 추가해야 합니다. 아, 죄송합니다. 정민경 교수님께 물은 건데……."

수혁은 습관처럼 신현태의 질문에 답을 해 나가다가, 정민경 교수를 바라보았다. 이제 막 조교수를 단 그녀는 제법 무서운 교수 중 하나였다. 하지만 동시에 수혁의 위치를 아주 잘 파악하고 있는 사람이기도 했다.

"아냐, 아냐. 역시가 역시네. 제 의견도 같습니다. 일단 약 그렇게 변경하고……. 그나마 컨디션이 허락할 때 빨리 신장 조직 검사를 해야 한다고 생각합니다."

"조직 검사라. 그게 그냥 진단만을 위한 건 아니지?"

"네. 약제 종류를 결정하기 위해 필요한 조치입니다."

신장 조직 검사는 이름만 봐도 알 수 있듯 상당히 침습적인 검사였다. 지금처럼 환자 상태가 나빠진 상황에서 단순 진단 목적으로 하기엔 무리가 있다는 얘기였다. 하지만 치료 방침을 결정할 수 있다고 하면 얘기가 많이 달라졌다.

"그럼…… 해야지. 내가 보호자한테 설명할게. 검사는……."

"제가 영상의학과 김진실 교수님 노티하겠습니다."

수혁은 이제 겨우 2년 차가 된 사람답지 않게 병원 내에서 꽤 발이 넓은 편이었다. 워낙에 원장 아들이라는 소문이 그를 밀어주고 있는 것도 있었지만, 실제 능력이 워낙 좋기도 하지 않던가. 일단 수혁과 한 번만이라도 진료를 해 본 사람이라면 거의 다 호감을 느끼기 마련이었다. 덕분에 감히 다른 과 교수에게 컨택하겠다는 말을, 그것도 주말에, 이토록 거침없이 해 댈 수 있었다.

"그래. 그럼 수혁이가 하도록 하고. 정민경 교수는……. 미안하지만, 주말 사이에 환자 잘 좀 같이 봐줘."

"네, 과장님. 걱정 마세요. 제 환자라고 생각하고 있습니다."

⫻⫻⫻⫻⫻

그렇게 해서 환자는 곧 1층 영상의학과 초음파실로 내려가게 되었다. 원래 같으면 레지던트가 굳이 따라가진 않아도 되었지만, 지금은 환자가 너무 좋지 않은 상황 아니던가. 주말이라 달리 할 일이 없기도 했고.

"선생님, 죄송합니다. 저 때문에……."

그게 미안한 안대훈은 연신 고개를 숙여 댔다.

"아니, 아냐. 같은 파트잖아. 내가 너 백이고. 어제…… 오후에 봤을 때 눈치를 챘어야 했는데……."

물론 수혁은 전혀 그렇게 생각하지 않고 있었다.

[그러게요. 왜 몰랐을까요?]

바루다 또한 마찬가지였다. 둘 다 안대훈을 탓하기는커녕 자신만 탓하고 있었다.

'종아리를 한 번만이라도 짚어 볼걸.'

[그런데…… 소변 검사는 매일 나가고 있지 않습니까?]

'그렇지.'

[변화가 있던가요?]

'변화는…… 없지.'

[그럼 그게 이 증상의 원인이라고 할 수 있을까요?]

둘은 안절부절못하고 있는 안대훈을 옆에 둔 채로 끊임없는 대화를 나누기 시작했다. 이미 바루다의 분석 능력이 상당히 발전해 있는 데다가, 수혁의 실력까지 늘어서 굉장히 생산적인 대화라 할 수 있었다.

'음……. 원인이 아니라고? 근데 그럼 뭘 의심하는데?'

[그걸 모르겠어서 여기까지 그냥 내려온 거죠.]

일단 바루다는 이제 더는 대안 없는 반대를 늘어놓지 않았다. 물론 환자에게 해가 될 것 같으면 당연히 반대하겠지만, 더 좋은 의견을 분석해 내기 전까지는 기다릴 줄 알게 되었다.

'아무튼, 신장 조직 검사 자체는 의미가 있지.'

[그렇습니다. 하지만 꽝일 가능성 또한 염두에 두고 있어야 합니다.]

'네 말을 듣고 보니까 그렇네……. 음…….'

[이제 수혁도 분석 능력이 많이 발전했으니, 한번 고민해 보십시오.]

'알았어. 흠.'

수혁과 바루다는 그대로 입을 다문 채 각기 생각에 잠겼다.

"아, 수혁 선생."

잠깐 그러고 있자니 김진실 교수가 나타났다. 주말이라 집에 있다가 온 건지, 완전 사복 차림이었다.

"김진실 교수님. 죄송합니다."

"아냐. 환자 급하다며. 검사해야지. 근데 검사하면 검체 봐 줄 사람은 있는 거지?"

"네. 신현태 과장님이 백방으로 알아보셨습니다."

"뭐 VIP야?"

"아뇨. 그건 아닌데……. 환자가 너무 젊어서요."

"아, 하긴. 신 과장님이나 수혁 선생이나……. 열혈이지, 열혈."

김 교수는 주말임에도 불구하고 최선을 다하는 둘을 신기하다는 듯 바라보다가, 이내 초음파실 안쪽으로 들어갔다.

안에는 환자가 앉은 채로 김 교수를 기다리고 있었다. 눕히면 숨이 차니, 어쩔 수가 없는 일이었다.

"검사 시에는 잠깐 엎드려야 되는데, 괜찮나요?"

"네. 괜찮습니다. 여차하면 처치하려고 같이 내려왔습니다."

김진실 교수의 말에 답을 한 사람은 환자가 아니라 수혁이었다. 그는 옆에 미리 챙겨 둔 삽관 세트를 톡톡 두드리고 있었다. 영상의학과 입장에서는 퍽 든든해지는 순간이라 할 수 있었다.

"오케이. 그럼……. 일단 엎드리시고. 따끔해요."

김진실 교수는 즉시 검사에 나섰다. 워낙 손이 좋기로 유명한 데다가, 환자가 젊은 성인이라 검사는 정말이지 금세 끝이 났다.

"자, 여기 잘 눌러요. 루푸스면 출혈 경향이 있을 거 아냐. 안 누르면 큰일 나."

"네, 교수님. 감사합니다."

"아냐. 근데 나 이제 어디 가거든? 또 부를 거 같은 일 있으면 지금 말해. 지금 하게."

Dyspnea

"아뇨, 교수님. 이제 그럴 일은 없을 겁니다."

"그래, 그럼. 수고하시고……. 논문 관련해서는 다음에, 다음에 얘기하자."

"네, 교수님."

김진실 교수는 거의 오자마자 가는 느낌으로 검사실을 떠났다. 그녀의 말대로 신장 조직 검사는, 특히 환자가 루푸스와 같은 전신 질환을 가진 환자일 때는 꽤 위험할 수 있었다. 때문에 안대훈은 수혁의 코치를 받아 지금 막 검사한 부위를 강하게 압박했다. 이미 붕대를 두르고 눌러 감았음에도 그러했다.

[저만하면 출혈이 생기진 않을 겁니다.]

바루다의 마음에 들 정도로 강하고 효과적인 압박이었다. 수혁 또한 안심을 하고, 신현태에게 진행 상황을 보고하며 병실로 향했다.

"네, 교수님. 검체 올려 보냈습니다."

"어어. 수고했다. 바로 검사할 거야. 약은 일단 그대로 유지하자고. 정민경 교수가 아까 네가 말한 대로 처방 넣어 놨어."

"네, 교수님."

"그래. 무슨 일 생기면 또 연락해라. 나 그냥 병원 근처에 있으려고."

"네."

신현태는 뭔가 계획적으로 간다는 느낌이 들긴 했지만, 그렇다고 완전히 안심할 수도 없어 병원 앞 식당으로 향했다. 여기서 식사라도 가족이랑 하기 위함이었다.

▰▰▰▰▰

그사이 수혁은 안대훈과 함께 환자를 병실로 옮기고, 역시 마찬가지로 식당으로 향했다. 당연히 밖은 아니었고, 지하 1층에 있는 직원 식당이었다.

"밥은 먹어야 해. 안 그러면 못 버텨."

"네, 선생님."

별것 아닌 말이었지만 안대훈은 마치 금과옥조 같은 말씀이라도 되는 듯 가슴속 깊이 새겼다.

그러곤 병원 밥을 폈는데, 솔직히 진짜 별로였다. 토요일 점심 직원 식당 아니던가. 당직 서는 레지던트나 인턴 또는 듀티 온인 간호사들 말고는 먹는 사람이 아무도 없다는 뜻이었다. 그나마 태화의료원이라 망정이지, 그렇지 않았다면 쓰레기가 나올 수도 있었다.

"음."

"후."

깨작깨작 밀어 넣고 있는데, 전화기가 울렸다. 우우우웅. 왜애애앵. 수혁과 대훈 둘의 핸드폰이 동시에 울렸다. 둘 다 같은 번호가 찍혀 있었다. 바로 김승준 환자가 입원해 있는 그 병동 번호였다.

"설마?"

둘은 바로 입에 있던 것을 내뱉으며 전화를 받았다.

"환자……. 혈압이 떨어집니다!"

"바이털 90에 55입니다!"

90에 55. 단기간에 빠졌다고 치면 상당히 많이 떨어진 참이었다. 이러다 '어…….' 하는 사이에 훅 가는 경우도 많았다. 다른 과 환자들처럼 건강한 환자들이라면 버틸 수도 있지만, 내과는 달랐다.

"올라갈게요!"

"지금 갑니다!"

때문에 둘은 동시에 자리에서 일어났다. 아직 식판엔 남아 있는 게 꽤 많았지만, 그 누구도 잔반 버린다고 뭐라고 하진 않았다. 레지던트들이 저렇게 급히 움직일 땐 반드시 누군가의 생명이 걸려 있는 거니까.

둘은 그대로 엘리베이터를 향해 달렸다. 물론 수혁은 한쪽 다리가 불편해 속도가 아주 빠르진 않았지만, 안대훈이 거의 목숨을 걸다시피 부축을 해서 제대로 금세 올라탈 수 있었다.

그동안 둘은 한마디도 나누지 않았다. 안대훈은 패닉 상태에 빠져서였고, 수혁은 바루다와 대화를 하느라 그랬다.

[신장 조직 검사 후 발생한 출혈일까요?]

'가능성이 있을까? 그렇게 눌렀는데?'

[그럼 왜 혈압이 떨어질까요? 일단은 출혈로 인한 저혈압을 생각해 봐야 합니다. 늘 가능성 큰 게 우선이니까요.]

'일단 가서 봐야지.'

[그럼 빨리 가시죠, 수혁.]

'엘리베이터를 내가 모냐?'

[원장님한테 전화해 보세요. 혹시 압니까.]

'헛소리하지 말고…….'

/////

"선생님! 처치실로 옮겼습니다!"

수혁이 병동 스테이션에 도달하자마자 간호사들의 새된 소리가 귓전을 때렸다. 흡사 비명처럼 보이기까지 했는데, 아주 당연한 일이라 할 수 있었다. 방금 무언가 침습적인 처치를 하고 온 환자가 혈압이 떨어지고 있지 않은가. 의료 사고까지는 아니더라도 무언가 처치와 관계가 있을 거란 생각이 들 수밖에 없었다.

"처치실. 알겠어요. 대훈아, 네가 먼저 가서 일단 보고 있어. 바로 따라갈게."

"어, 네!"

대훈은 수혁을 부축하려다 말고 즉시 처치실을 향해 달렸다. 다행히 아직 심폐소생이 필요한, 즉 코드 블루 상황은 아니었지만 처치실에 의사 하나쯤은 있어야 하지 않겠냐는 생각에서였다. 수혁은 그렇게 대훈을 먼저 보낸 후, 부리나케 지팡이를 놀려 댔다.

[이제 이것보단 더 빨라질 때도 되지 않았을까요? 연습에 너무 게으른 거 아닙니까?]

'시끄러워, 인마. 다리 불편한 사람한테 그게 할 소리냐?'

[화가 나면 빨라지길래 한번 말해 봤습니다. 역시 속도가 대략 11% 정도 증가하는군요.]

'아오.'

점점 더 빨라지고 있었는데, 인정하기는 싫지만 바루다 덕이라고 볼 수도 있었다. 확실히 빡친 후로는 속도가 나고 있었으니까.

"음."

그렇게 도달한 처치실에는 환자가 침대째로 옮겨져 있었다. 먼저 온 대훈이 삽관이라도 해야 하나 하는 얼굴로 튜브를 들고 있었지만, 아무리 봐도 저 녀석 혼자서는 목구멍에 제대로 넣을 수 있을 거 같지 않았다.

오히려 그게 가능하면 더 이상한 일이었다. 1년 차 3월 첫째

주에 삽관이라니. 아마 해낸다면 수혁보다 더 대단한 놈이 왔다는 소문이 퍼지지 않을까.

[바이털이나 보시죠. 안대훈은 지금 전혀 도움이 되지 못합니다. 작년 수혁도 저것보단 나았습니다.]

'저것?'

[그냥 넘어가죠. 말투를 수혁한테 배워 놔서.]

'어후.'

어떻게 된 게 날이 가면 갈수록 빡치게 하는 실력만 늘고 있었다. 아니, 뭐 진단하는 능력도 늘고 있긴 했지만. 아무튼, 수혁은 바루다의 의견을 받아 환자의 바이털 쪽을 바라보았다.

'혈압은 90에 55……. 아까 노티받은 거랑 같고.'

[심장 박동수가 무려 136회입니다. 너무 빨라요.]

그에 비하면 체온이나 호흡수는 정상이었다. 누군가에게는 그냥 그런가 보다 싶은 수준의 단서겠지만, 바루다가 함께하고 있는 수혁에게는 아닐 수 있었다.

그렇기에 수혁은 다시 한번 바이털 수치를 머릿속에 새겨 넣으며 환자에게로 다가갔다. 어느새 손에 청진기가 들려 있었는데, 미처 응급 검사가 이루어지기 전에 뭐라도 하나 더 알아내기 위함이었다.

'호흡……. 거친데. 어떤 거 같아?'

[분석 중입니다.]

'얼마나 걸려?'

[지금 끝났습니다. 수혁이 획득한 청음 데이터 12,752건을 토대로 분석한 결과, 환자는 우측 하엽에 혼탁음이 있으며 원인은 폐부종일 가능성이 98%입니다.]

'폐렴은 아니고?'

[폐렴일 가능성 또한 0.9%가량 있으나, 바이털 수치 중 호흡수와 체온이 정상임을 고려할 때 무시할 수 있는 수치가 됩니다.]

'그렇군. 듣고 보니까, 그래.'

의학은 종합적인 사고를 요구하는 학문이었다. 단서 하나에만 매달려 있을 게 아니라, 전부를 떠올려야 한다는 뜻이었다. 바루다는 그간의 연습을 통해 상당한 능력을 키워 왔고, 동시에 수혁 또한 훈련을 받았기 때문에 같은 결론에 도달할 수 있었다.

'폐부종. 그럼 원인은?'

[일단 신장 조직 검사 부위에서의 출혈은 아닌 것으로 보입니다.]

'그렇겠지. 상처 부위가 너무 깨끗해.'

수혁은 혹시 몰라 간호사 하나가 꾹꾹 누르고 있던 검사 부위를 들춰 보고는 고개를 가로저었다. 그쪽은 그저 깨끗하기만 했다. 바늘구멍 하나 나 있을 뿐이었고, 새어 나오는 것도 하나 없었다. 심지어 부은 흔적조차 전혀 없었다.

'게다가 출혈이 폐부종을 일으키기도 쉽지 않지.'

[그렇다면…….]

바루다는 환자의 심장 박동수를 상기시켰다. 분당 무려 132회. 정상 속도에 비해 거의 두 배는 빨라져 있는 셈이었다.

'피가 많이 나서 혈류가 부족해진 것도 아닌데 왜 이렇게 빨리 뛰고 있을까.'

[심장 기능……. 자체의 문제일 수 있습니다. 심전도 검사를 요청합니다.]

'좋아.'

그때 마침 병동에서 부른 방사선사가 이동 가능한 엑스레이 기기를 들고 밀고 들어오고 있었다. 뭐가 어찌 되었건 흉부 엑스레이는 상당히 많은 정보를 주기 때문에, 원래대로라면 이 검사를 먼저 시행해야 할 터였다. 하지만 지금의 수혁이나 바루다에게는 아니었다. 이미 폐부종이라는 결론을 내리지 않았던가. 현대 의사들이 경시하는 청진기 하나만 달랑 들고서, 게다가 더 급한 검사까지 떠올린 마당이었다.

"잠깐! 잠깐 대기!"

수혁은 일단 방사선사를 제지하고 옆에 있던 인턴의 어깨를 두드렸다.

"선생님, 바로 EKG(심전도 검사) 좀 찍읍시다. 병동 스테이션에 있으니까 바로 들고 와요. 바로 옆이야."

"아……. 네!"

인턴의 고민은 그리 길지 않았다. 비록 방사선사가 똥 씹은 얼굴을 하고 있긴 했지만, 저쪽도 일단 순순히 나가고 있지 않은가. 그에 반해 수혁은 대세였다. 의학적으로 옳고 그름을 따지기 이전에 이 사람 말이라면 듣는 것이 좋았다.

인턴은 옆쪽으로 난 통로를 통해 즉시 EKG를 끌고 왔다. 수혁은 본인 다리만 온전했으면 직접 들고 왔을 정도로 마음이 급했기 때문에 힘을 합쳐 환자의 몸에 EKG 기기의 리드를 붙여 나가기 시작했다. 시선은 EKG 모니터에 고정한 채였다.

"이런 젠장."

모든 리드가 연결되어 모니터에 온전한 심전도가 뜨자마자 수혁의 입에서 욕설이 튀어나왔다.

[V4, 5, 6에서 T 웨이브가 반전되었습니다.]

수혁은 바루다의 말이 무엇을 의미하는지 바로 알아차릴 수 있었기 때문이었다.

'심근병증(심장근육 기능장애)……. 경색일까?'

[경색의 가능성도 있습니다만, 확률은 떨어집니다. 환자 나이 및 기저 질환을 고려해야 합니다.]

상황이 워낙 급했기 때문에 바루다는 드립도 치지 못하고 의견만 제시하고 있었다. 수혁 또한 그 의견을 기반으로 다른 의견을 내기에 급급했다. 다른 장기도 아니고 심장이라서 그러했다.

'기저 질환이라…….'

[루푸스뿐입니다. 당뇨, 고혈압은 없습니다.]

만약 이 환자가 40대라도 되었거나, 당뇨 혹은 고혈압이 있었다면야 당연히 경색을 1순위로 올려다 둬야 할 터였다. 하지만 수혁의 눈앞에 있는 환자의 나이는 이제 고작해야 23세. 딱히 비만하지도 않았고 오히려 건장하다는 표현이 어울릴 정도였다.

"일단 심초음파! 초음파 있죠? 병동에!"

"아, 네! 가져올까요?"

"네. 그…… 기사님 죄송합니다! 조금만 더 기다려 주세요!"

"아뇨, 아뇨. 괜찮습니다. 네."

아까까지만 해도 불만 가득한 얼굴이 되어 있던 방사선사. 하지만 심전도 사진이 비정상으로 그려지고 있는 것을 보고 난 이후엔 도저히 그럴 수가 없었다.

"그리고 혈액 검사 나갑니다! 일단 기본 풀랩(기본적인 검사) 나가고! CK(근육 효소 검사), CK-MB(심장 CK 검사), TnI(심장 손상 검사)에…… BNP(심부전 중증도 검사) 나가 주세요."

"네, 선생님!"

설령 불만이 남아 있다고 해도 그걸 표출할 수 있을 만한 분위기도 아니었다. 처치실 안은 그야말로 여느 전쟁터를 방불케 할 정도로 정신없이 돌아가고 있었으니까. 그 한가운데 서서

Dyspnea

모든 것을 지휘하고 있는 수혁은 이제 겨우 레지던트 2년 차가 된 사람이라고 하기엔 너무 능숙해 보였다.

'역시…… 이 사람은…….'

안대훈은 그런 수혁을 마치 어떤 신이라도 마주한 듯한 얼굴로 바라보았다. 그사이 간호사의 손에 의해 피가 얼마간 뽑혔고, 인턴은 초음파 기기를 들고 나타났다.

"네, 교수님. 지금 일단 초음파 보고 있겠습니다."

"어어! 바로 갈게!"

"네."

수혁은 짬이 난 틈을 타서 신현태에게 걸었던 전화를 끊고 초음파를 받아 들었다. 그러곤 곧장 젤을 짜낸 후, 환자의 심장에 가져다 댔다. 그러자 어딘지 모르게 힘없어 보이는 심장이 모습을 드러냈다. 그냥 느낌만 그런 게 아니라, 확실히 심장 뛰는 모습이 좀 이상했다.

'전체적으로 움직임이 떨어져.'

[분석 결과, 두드러지게 움직임이 떨어져 있는 부위는 없어 보입니다.]

'역시 경색에 합당한 소견은 아니군. 그럼 심박출량(심장이 수축하여 혈액을 뿜는 양)은 얼마나 되지?'

[심초음파에 구비된 CPU는 그 기능이 바루다에 비해 현저히 떨어집니다. 기다려야 합니다.]

'넌 이 상황에서도……. 아, 아이고.'

환자의 심박출 기능은 15%였다. 명백한 심장 기능 부전을 가리키는 수치라 할 수 있었다. 그나마 나이가 젊어서 이만큼이라도 버티는 것이지, 그렇지 않았다면 아마 지금쯤 숨이 넘어갔을 터였다.

'심전도 이상하고, 초음파상에서 심장 움직임 떨어져 있고, 경색 가능성은 떨어져.'

[최근 두부 충격도 없었으며, 피오크로모사이토마(pheochromocytoma, 갈색세포종)도 없으며, 뇌출혈도 없었습니다.]

'그렇다면…….'

[스트레스성 심근병증을 의심할 수 있습니다.]

바루다는 지금껏 처치실에서부터 쌓아 올린 근거를 토대로 가장 합리적인 진단명을 내놓았다. 일단 혈압의 저하에 대한 원인이 신장 조직 검사로 인한 출혈이 아닌, 폐부종을 일으킨 심장 쪽 원인일 것이라고 가닥을 잡았고, 심전도 및 환자 기저 질환, 초음파 소견 등을 통해 심장의 기능 부전이 경색이 아닌 다른 원인, 즉 스트레스성 심근병증이란 결론에 도달한 것이었다.

"이런 젠장."

수혁으로서는 욕설을 내뱉을 수밖에 없는 상황이라 할 수 있었다. 스트레스성 심근병증은 이름만 들어 보면 별거 아닌 거 아니냐 싶을 수도 있겠지만, 지금처럼 심근 기능이 떨어진 경우엔 죽음에 이를 가능성이 매우 큰 질환이었으니까.

"일단…… 도파(도파민) 달고! 바로 심혈관계 중환자실로! 대훈아! 넌 교수님한테 연락드려! 중환자실 간다고!"

"네, 네! 그, 근데 병명은 뭐라고 전달……."

"스트레스성 심근병증, EF(심박출률) 15%라고 전해! 그럼 바로 뛰어오실 거야!"

"네!"

"자, 자. 일단 내려갑니다! 혈액 검사 결과는 나왔어요?"

수혁은 지팡이도 내팽개친 채, 침대를 밀며 물었다. 인턴들이나 간호사들도 한마음 한뜻이었는데 그중 한 명이 고개를 돌려 수혁을 향해 외쳤다.

"네! 그……. 다른 건 다 괜찮은데, CK를 비롯한 심근 효소들은 올라 있습니다!"

"그거야 그럴 수밖에 없죠. 다른 건?"

심근병증 아닌가. 심장근육이 파괴되고 있으니, 안쪽에 있는 효소들이 혈액으로 흘러나와 검출되는 건 어쩔 수 없는 일이라 할 수 있었다.

"아, 간 수치가 떴습니다! AST/ALT(정상 수치 0~40)가 2022, 2617입니다!"

"아. 이거 정말……."

심장 기능이 떨어지는 건 이래서 무서웠다. 멀쩡한 성인 남자 폐에 물이 차질 않나. 간이 괴사에 들어가질 않나. 이 상태가 조금 더 지속된다면 다발성 장기부전으로 인한 사망으로 이어질 것이 뻔했다.

[현 상황을 바탕으로 최적의 치료 방법을 분석하겠습니다. 한동안 대화는 불가합니다.]

심각성을 인지한 바루다는 아예 분석 모드로 들어갔다. 수혁은 그런 바루다에게 고맙다는 말도 하지 못한 채 침대를 밀었다.

"어, 어떻게……. 어떻게 된 거야?"

중간에 신현태를 만나기 전까지는 아예 입도 열지 않았다.

"환자 혈압이 떨어져서……. 진찰해 보니 폐부종이 있었고, 심장 원인이라 생각해 시행한 심전도에서 V4에서 6번까지 T 분절 하강이 있어 스트레스성 심근병증 가능성을 의심했습니다. 심초음파에서도 이에 합당한 소견이 보여 도파 걸고 내려온 겁니다."

"아."

신현태는 이런 진단 흐름이 레지던트 2년 차에게 가능한 건가 하는 생각이 들었다. 그에게 살려 달라는 말을 듣고 달려온 이현종 또한 마찬가지였다.

'진짜 아깝단 말이지.'

만약 다리만 괜찮았으면 바로 순환기내과에서 낚아채는 건데. 이현종은 수혁의 다리에서 겨우 눈을 뗀 후, 수혁의 얼굴을 마주했다.

"그럼 계획은? 계속 도파 걸고 볼 거야?"

무언가 시험하기 위함이 아닌, 정말 네 생각이 뭔지 궁금하다는 질문을 던지면서였다. 물론 수혁은 그 질문에 곧장 답하진 못했다.

'야, 아직이야?'

바루다가 가만히 있었으니까.

'야, 야.'

[1분. 1분만 끄십시오. 입 잘 털지 않습니까?]

'입을 털라니. 이놈아…….'

수혁은 당황한 나머지 한 번 더 바루다를 불렀지만, 바루다는 말이 없었다. 다시 연산에 들어간 덕이었다. 슈퍼컴퓨터를 가지고 있던 놈이 기껏해야 수혁의 뇌나 굴리게 되었으니 무리도 아니긴 했다.

"치료는 어쩌려고?"

그사이 환자는 심혈관계 중환자실, 일명 CCU에 들어왔다. 신현태 환자인 데다가 이현종 원장의 아들 수혁이 백을 봐주고 있는 환자 아니던가. 당연하게도 자리는 한참 전에 마련되어 있었다.

"삽관 준비하고……. 벤틸(인공호흡기) 조정 미리 해 주시고요."

수혁은 일단 이현종의 질문을 애써 무시한 채 빠르게 지시를 내렸다. 생각 같아서는 이걸로 1분을 때우고 싶었지만, 환자 상태가 상태다 보니 시간을 끌 수는 없는 노릇이었다. 부리나케 지시를 내리다 보니 무려 20초 만에 모든 지시를 내리고야 말았다.

'하여간 너무 우수한 것도 탈이구나.'

일부러 바루다를 도발해 보았지만 여전히 묵묵부답이었다.

'하.'

수혁은 잠시 한숨을 쉰 후, 환자를 바라보았다. 이제 환자는 숨마저 껄떡거리고 있었다. 산소 포화도는 아직 유지되고 있었지만, 아마 오늘이 가기 전에 삽관해야 할 가능성이 커 보였다.

'정말 그렇게 호흡만 잡는 게 능사일까?'

아까 자신이 직접 보았던 환자의 심장 기능을 떠올려 보지 않을 수 없는 순간이었다. 고작해야 15%. 중증 심부전이라는 뜻이었다. 물론 스트레스성 심근병증은 대개 4주 이내에 돌아온다고 하지만, 15% 상태로 1주만 계속되어도 환자는 사망하게 될 터였다. 뭐라도 해야 한다는 뜻이었다.

"일단 스트레스성 심근병증의 원인이라고 할 수 있는……. 루푸스에 대한 치료는 지속하는 것이 좋겠습니다."

"지금처럼 스테로이드에 면역 억제까지?"

"아뇨. 심장에 부담이 될 수 있는 약제는 소거하고, 스테로이드만…… 프레드니솔론 60mg 그대로 유지하겠습니다."

"음."

이현종은 평소와는 달리 긴가민가한 얼굴로 고개를 끄덕였다. 본인도 동의는 하겠는데, 이게 최선인지는 모르겠다는 그런 반응이었다.

당연한 일이었다. 이렇게 젊은 나이에, 이렇게 급작스러운 진행은 드물었으니까. 제아무리 천재라 해도 바로바로 치료 계획을 수립하는 건 불가능했다. 그나마 수혁이 기가 막히는 진단 흐름으로 여기까지 끌고 온 게 용하다는 생각만 들 뿐이었다.

"그리고?"

"일단 혈압을 봐야 하는데⋯⋯."

수혁은 그렇게 말하면서 환자의 머리맡에 달린 모니터를 바라보았다. 혈압은 아까 약을 줬음에도 불구하고 수축기 100을 회복하지 못하고 있었다. 그에 더해 심장 박동수는 120여 회를 유지하고 있었다. 이러다 심장 처지면 그대로 죽음이었다.

"어쩐다."

이현종은 흐릿해진 환자의 의식을 확인하고는 본심을 털어 놓았다. 명쾌한 답 대신 고민이 튀어나오는 순간이었다. 그 바람에 딱 그만 믿고 있던 신현태가 비명 비슷한 것을 질렀다.

"혀, 형. 형이 이러면 어떡해요."

"어쩌긴. 경과가 너무 빠르잖아. 이건 뭐⋯⋯. 의료진이 어떻게 할 수 있는 게 아니라고."

"그래도……. 환자가 젊잖아요. 저 회진 돌 때마다 보호자분한테 괜찮을 거라고 했는데."

"그땐……. 그때 기준에서는 그랬지."

스트레스성 심근병증이 올지 몰랐으니까. 그저 하루하루 좋아지는 염증 수치와 폐 사진만 확인하고 있었으니까. 딱히 이게 잘못되었다는 건 아니었다. 그저 상황이 바뀌었을 뿐이었다.

"그래서 수혁이한테도 혹시 해서 물었는데……. 쟤도 명확하진 않네."

"다, 당연하죠. 형, 쟤 2년 차예요. 교수 아니라고."

"언제는 벌써 교수 수준이네 어쩌네 해 놓고서는?"

"그건 형도 동의했잖아요."

"야, 야. 다 좋은데, 여기 병원이야. 형이라고 하면 어쩌니."

"원장님이라고 하면 답 나와요?"

"응? 아니. 고민 좀 해 봐야 할 거 같은데. 근데 버틸 수 있을지……. 그게 문제야."

이현종은 계속해서 신현태 입장에서는 복장 터지는 소리만 해 대고 있었다. 신현태는 그때마다 발을 동동 굴렀지만 그뿐이었다.

어차피 심장에 관해서는 이현종이 최고 아닌가. 딱히 신현태와 비교해서 그런 것도 아니었다. 아마 여전히 국내 제일일 터였다. 그러니 이현종의 입에서 뭔가 그럴싸한 계획이 그럴싸한 근거와 함께 나오기만을 기다려야 했다.

[분석 완료.]

만약 바루다가 없었다면 그랬을 터였다.

'오. 뭐 나왔어?'

[수혁, 그래도 죽어라고 뭘 읽기는 했더군요. 관련 자료가 입력되어 있었습니다. 흐릿해서 좀 오래 걸리긴 했지만.]

'뭐, 뭔데.'

[현재로서는 최선의 방안이라고 생각됩니다만, 저항이 있을 수도 있습니다.]

'저항? 뭐……. 많이 위험한 치료야?'

[보기에 따라 그렇게 보일 수 있습니다.]

'시바…….'

위험하다는 말에 수혁의 머릿속엔 여러 치료들이 떠올랐다. 장기가 다른 장기라면 또 모르겠지만, 이건 심장이지 않은가. 위험하게 나가려면 얼마든지 위험하게 나갈 수 있었다. 그중에서는 범인들의 상상을 초월하는 것들도 있었다.

[거기까지 가진 말고요. 인공 심장은 뭡니까? 나왔어요? 그거?]

다행히 바루다는 안드로메다를 향해 날아가던 수혁의 사고를 붙잡아 주었다. 제대로 된 분석 결과를 얘기해 주면서였다.

[우선 에크모를 달아야 합니다.]

물론 이것도 그렇게 만만한 치료는 아니었다.

'에크모……? 아직 심정지는 아니잖아. 에크모는…….'

에크모(ECMO). Extra-Corporeal Membrane Oxygenation. 일명 체외막 산소 공급 장치. 쉽게 말하면 사람의 폐와 심장 기능을 대신해 주는 기기였다. 다시 말해 심폐소생이 필요하거나, 곧 필요할 거 같은 사람에게서 수명을 강제로 연장시켜 주는 기기라고 보면 되었다.

[수혁이 6개월 전 획득한 자료에 따르면 루푸스로 인한 스트레스성 심근병증에서 초기 심박출량이 15% 정도인 경우 90% 확률로 심정지를 경험하게 됩니다.]

'6개월 전…….'

[이 경우 예후는 극히 좋지 못합니다. 대부분 사망으로 이어집니다.]

'그건 안 되지.'

[또한 수혁이 3개월 전 획득한 자료에 따르면 원인과 관계없이 스트레스성 심근병증에서 에크모를 2주간 시도하는 것이 환자 예후에 긍정적인 효과를 준다고 보고된 바 있습니다.]

'그건……. 그럴 수도 있겠네.'

에크모를 돌리게 되면 그 기간 심장은 반강제적인 휴식에 들어갈 수 있었다. 뭔가 다른 원인, 즉 심근경색 등에 의해 아예 해당 혈관이 먹여 살리던 근육이 죽어 버렸다면야 당연히 소생 가능성은 희박하겠지만, 스트레스성 심근병증은 근육이 죽는 게 아니라 단지 탈진 상태에 빠진다고 이해하면 쉬웠다. 쉽게 해 주는 것이 의미가 있다는 뜻이었다.

[하지만 2주간 시도했음에도 심장 움직임이 정상화되지 않는 경우에는 심장 이식이 필요합니다.]

'하……. 왜?'

[아직 통계로 잡힌 것은 아닙니다. 다만 메이오 클리닉의 판단은 그랬습니다. 근거는 '에크모를 돌리면서 지켜본 2주가 그렇지 않은 상태에서의 4주와 비슷하다.'입니다.]

'그럴싸하네. 하긴……. 에크모를 2주 이상 돌리는 건 부담이지. 그럼 끊어야 하는데 그때까지도 그 모양이면 이식을 고려해야겠지.'

[정리가 됩니까? 수혁? 어려우면 한 번 더 설명하는 건 어렵지 않습니다.]

바루다는 수혁의 시야에 비친 이현종과 신현태를 상기시키며 말했다. 둘은 이미 둘만의 세계에 빠진 지 오래라 수혁은 안중에도 없었다. 아니, 정확히 말하면 이현종을 쥐어 짜내는 중이었다.

"아, 모르겠다고. 지금은. 이런 상황이 어디 흔하니?"

"심장 세계 최고라며. 이거 뭐 NEJM 후루꾸로 받은 거 아니야?"

"후루꾸? 이 새끼가 어디서 이상한 말을 지어내서 써. 뭔 뜻이야, 그거. 엄청 기분 나빠 지금?"

"이해한 그대로의 뜻이지 뭐."

"이 자식이 정말, 근데. 아, 일단 나도 자료 본다고."

"환자 상태가 이런데 어딜 가. 여기서 봐."

"와, 이놈 봐. 꼬박꼬박 형이라고 하더니 이렇게 막 대하네."

수혁 또한 바루다와 비슷한 눈빛으로, 약간은 한심하다는 눈으로 바라보다가 이내 고개를 저었다.

'아니, 이해했어.'

[그럼 이 추한 말싸움을 끝내 주시죠. 더는 못 보겠습니다.]

'오케이.'

수혁은 바루다의 말에 '음' 하는 소리를 내고는, 들고 있던 지팡이로 바닥을 콩콩 찍었다. 수혁이 생각하기에 다리를 절게 된 이후 그나마 좋은 일이 있다면 아마 이것이 아닐까 싶었다. 상당히 손쉽게, 다른 사람의 마음을 상하게 하기는커녕 동정심을 사면서 주목을 끌 수 있었으니까.

"음?"

"왜. 수혁아."

게다가 이현종, 신현태는 자타 공인 수혁 바보가 아니던가. 아마 '야, 이 새끼들아, 할 말 있다.' 뭐 이런 식으로 불렀어도 돌아보긴 했을 터였다.

"교수님, 제가 전에 읽어 본 논문 중 메이오 클리닉에서 발표한 것이 있는데요."

"음, 말해 봐."

메이오라면 세계적인 명성을 지닌, 미네소타주에 있는 커다란 병원이었다. 세계 최고라고 자부해도 별말 안 나올 만한 그런 병원이기도 했다.

"루푸스의 급성 발작으로 인한 심근병증에서…… 이 환자처럼 심장박출량이 15%까지 떨어진 경우 1주 이내 심정지를 경험하게 될 확률이 무려 90%입니다."

"어? 90? 그렇게 높아? 루푸스는?"

"네. 그렇게 보고되어 있습니다. 워낙 사례가 적어 조심스럽다는 문구가 있긴 했지만, 메이오의 경험은 그렇습니다."

"계속해 봐."

이현종은 이제 완전히 수혁을 향해 고개를 틀고 있었다. 그런 이현종을 향해 답을 졸라 대고 있던 신현태는 아예 몸까지 틀었다.

"때문에 선제적인 에크모 삽입이 어떨까 합니다. 쉽지 않은 선택이고, 보호자 설득이 필요하겠지만……. 너무 위험합니다."

"에크모……. 음."

에크모라는 말에 두 교수의 얼굴이 동시에 어두워졌다. 에크모란 진짜 죽은 사람 살리는 용도로 쓰는 기기였기 때문이었다. 특히 이 환자가 아직 그 정도까지는 아니겠지 하고 있던 신현태는 갑자기 환자의 얼굴이 좀 더 창백해 보이기 시작할 지경이었다.

"교수님. 벌써 의식이 흐려집니다. 어쩌면 아까보다 더 심장 박동이 약해졌을 수도 있습니다. 제가 내려오기 전에 도파를 걸었다는 걸 감안하면, 상황이 나쁩니다."

"그래."

다행히 이현종의 고민은 길지 않았다. 누가 뭐래도 심장에 있어서만큼은 세계적인 권위자가 아니던가. 딱 이와 같은 케이스를 본 경험은 없었지만, 비슷한 케이스라고 하면 수도 없이 겪은 것이 바로 그였다.

"달자. 보호자 연락해. 일단 먼저 단다고. 책임은 내가 진다. 원장이 진다고 하면 설마 불만을 가지진 않겠지."

"네? 원장님이요?"

"그래. 안 그래도 나도 에크모를 생각은 했어. 근데 너 말을 듣고 보니, 그리고 환자 상태 보니까 안 할 이유가 없어. 지금 너무 위험해."

"가, 감사합니다."

"그래. 그럼 되나?"

이현종은 벌써 흉부외과 쪽 번호를 누르면서 수혁을 향해 물었다. 설마 더 나올 게 없겠지 하는 얼굴이었다.

하지만 여기서 멈추면 이수혁이 아니지 않은가. 그에게는 벌써 계획이 다 있었다. 바루다가 무려 2주 앞까지 내다보고 짠 계획이. 당연하게도 입술을 달싹거리며 시동을 걸고 있었다.

[부릉부릉.]

'이상한 효과음 넣지 마.'

[푸슈슉…….]

'불안한 건 더 넣지 말고.'

[그럼 빨리 말씀드리세요. 저쪽 표정도 초조합니다.]

바루다의 말을 듣고 보니, 과연 신현태나 이현종이나 상당히 초조해 보였다. 환자 상태가 좋지 않은 정도가 아니라 에크모를 달 정도이지 않은가. 예전 같았으면 죽었단 얘기였다.

수혁은 더 시간을 끌지 않고 곧장 입을 놀렸다. 물론 바루다가 짠 계획대로였다.

"아닙니다. 지금 즉시 심장 이식 대기자 명단에도 올려야 합니다. 물론 이식하지 않을 가능성도 있으나, 2주 후에도 심장 기능이 돌아오지 않을 경우 영구적 손상으로 판단하고 이식을 해야 합니다."

"이식 대기자……."

신현태는 좀 충격을 먹었는지 자기 근처에 있던 테이블을 짚었다. 다리가 휘청이는 게 보일 지경이었다. 그에 반해 이현종은 어느 정도 염두에 두고 있었는지 아주 많이 놀라진 않았다.

"음. 그래. 올리자. 에크모를 다는데, 올리지 않을 이유는 없지."

"네. 좋아지면 취소하면 되는 문제니까요."

"그래. 좋아. 그럼……. 일단 에크모……. 아……. 장기전이 되겠는데."

이현종은 방금 부른 흉부외과를 기다리기 위해 옆에 있던 의자를 당겨다 앉았다. 비록 토요일 오전이라 정규 근무 시간이 아니긴 하지만, 일단 자신의 손을 탄 환자 상태가 나빠지고 있지 않은가. 그렇다면 대강 정리가 될 때까지는 자리를 지키는 것이 도리어 마음이 편했다. 비단 이현종만의 생각은 아니었기 때문에 신현태 또한 그 바로 옆에 자리를 잡았다.

"너희도 앉아. 근데 수혁아. 너 뒤에 그 친구는 누구냐?"

이현종은 딱 등을 기대고 앉고 나서야 안대훈을 발견했는지, 수혁을 향해 질문을 던졌다. 그러고 보니 어른들 얘기하는데 자꾸 안절부절못하고 있는 어린 녀석 하나가 있지 않은가. 보니까 가슴팍에는 내과 의사 명찰도 하나 달고 있고.

"네, 원장님! 이번에 1년 차로 들어온 안대훈입니다."

그 말에 안대훈이 예의 그 군기 바짝 든 모습으로 인사를 올렸다. 이현종은 딱히 그런 것에 감동하는 타입은 아니었기 때문에 심드렁했다.

"왜 여기 있어? 1년 차는 중환자 없잖아, 아직."

"아……. 이 환자분 주치의가 접니다. 이수혁 선생님이 제 백을 봐주시고 계십니다."

"응? 수혁아, 네 환자가 아니야?"

이현종은 애초에 안대훈인지 나발인지 하는 1년 차에게는 관심이 없었기 때문에 아예 수혁을 향해 고개를 틀었다. 수혁은 원래 이런 방식의 대화에 익숙해진 터라 별로 당황하지 않았다.

"네. 백 보고 있습니다."

"안대훈이는 노났네. 수혁이가 백이라니. 그냥 교수님이 봐주는 거랑 똑같을 텐데."

"아, 아닙니다. 저는 아직 멀었습니다."

"멀긴. 네가 멀었으면 우리도 다 멀었어. 아무튼, 안대훈이?"

이현종은 수혁이 얼굴만 봐도 기분이 풀리는지 껄껄 웃어 젖히고는 재차 안대훈을 바라보았다. 그렇지 않아도 둘의 대화에 온 신경을 집중하고 있던 안대훈인지라 곧장 답할 수 있었다.

"네!"

"영광인 줄 알아. 수혁이 밑에 있는 거."

"저, 저는 이수혁 선생님처럼 되려고 내과에 지원했습니다! 정말, 정말 영광으로 생각하고 있습니다!"

언제 들어도 참 기운찬 녀석이었다. 꼭 병원이 아니라 군대에 온 것 같은 착각이 들게 할 정도였다. 그 목소리를 듣던 이현종이 잠시 고개를 갸웃거렸다.

"응? 아, 너 안대훈이라고?"

"네!"

"아……. 네가 그놈이구나……. 수혁이 팬클럽을 병원 내부

동아리로 열어 달라고 요청했던."

"네!"

"안 되는 거 알지? 동호회는 등산, 테니스, 와인 뭐 이런, 뭔가 친목 도모 성질이 있어야 해. 나도 뭐 만들고는 싶은데, 안 된대. 이사진이."

"네!"

이현종은 끝까지 씩씩한 모습을 보이는 안대훈을 보다가 고개를 절레절레 저었다.

'팬클럽이라니…….'

미친놈인가 하는 생각을 하면서였다. 물론 그 모습을 보고 있던, 팬클럽 얘기를 처음 듣게 된 수혁 또한 마찬가지였다.

[병원에 또라이가 많군요. 임상 시험이라도 해 보고 싶습니다.]

'그러니까……. 뭔 팬클럽이냐.'

[근데 좀 궁금하긴 합니다.]

'뭐가?'

수혁의 말에 바루다가 잠시 뜸을 들였다. 인공지능이면 인공지능답게 재깍재깍 출력값을 내놓아야 할 텐데. 감각을 너무 다양하게 느끼게 되어서 그런 건지, 아니면 데이터 분석을 사람 뇌로 해서 그런 건지, 사람을 지나치게 닮아 가고 있었다.

[규정상 원내 동호회 신청을 하려면 발기인이 열 명 있어야 합니다. 그렇다는 건…….]

'설마 내 팬클럽이 벌써 열 명이나 있다고? 학생도 아니고, 병원에?'

[네. 그렇습니다. 누구일까요?]

'음.'

[우하윤부터 떠올리지 마시고요. 그러다 상처받습니다.]

'누, 누가 그랬다고!'

수혁은 속으로 버럭 소리를 질렀지만, 내심 우하윤을 생각하고 있기는 했다. 그럴 수밖에 없지 않은가. 벌써 밥도 따로 먹은 사인데. 나름 압도적인 지적 능력을 보여 주기도 했고.

드르륵.

그가 막 너무 멀리까지 상상의 나래를 펼쳐 가려는 순간, 누군가가 중환자실 문을 열고 안으로 들어섰다. 상당히 급해 보였는데 당연한 일이었다. 흉부외과였다.

"원장님. 에크모 환자 어디 있습니까?"

"아. 저기."

"음."

별로 기분이 좋아 보이진 않았다. 당연한 일이었다. 이현종은 흉부외과와 사이가 나쁜 편이었으니까. 게다가 바로 저번엔 이현종이 무려 관상동맥의 해부학적 변이를 NEJM에 싣지 않았던가. 콜 받고 갔다가 그냥 해결된 케이스여서 그런가, 더욱 도둑맞은 기분이 들었다.

"소독하고."

"네."

"기구대 펴. 바로 한다. 환자 혈압이 왜 이래. 빨리해야겠어."

"네, 교수님."

물론 그렇다고 해서 환자 처치를 소홀히 하진 않았다. 개인의 감정을 공적인 영역으로 끌고 올 만큼 개념이 없는 사람은 없었기 때문이었다. 더욱이 태화의료원 아닌가. 여기 있는 의료진들은 전부 프로였다. 이현종만큼 유명하진 못해도, 나름 국제 석학들이란 뜻이었다.

"자, 연결됐습니다. 저희가 연결 부위랑 기기는 매일 와서 볼 거니까 걱정은 하지 마시죠."

덕분에 금세 에크모가 연결되었고, 환자 혈압 또한 정상화되었다. 망가진 심장이 하던 일을 기계가 대신하게 되었으니 당연한 일이었다. 좋아할 일이 아니란 뜻이었다.

"이대로 돌아와야 할 텐데."

특히 자기가 보던 환자가 잘못되어 본 경험이 없는 수혁의 얼굴이 어두웠다. 이미 계획이 다 서 있어서 괜찮을 줄 알았지만, 막상 에크모가 달린 환자를 보고 있자니 울적했다. 그러자 이현종이 다가와 그의 어깨를 툭툭 두드려 주었다.

"때론 기다리는 게 제일 중요한 일일 때도 있는 거야. 특히 내과는……. 기다릴 줄도 알아야 해. 이것도 치료의 일환이야."

"네."

"그래도 네 덕에 여기까지라도 온 거 아냐? 아까 들어 보니까 그렇던데. 충분히 헤맬 수 있는 여지가 있었잖아."

"음……."

"아무튼, 나도 심초음파를 꾸준히 봐 주긴 할 테니까. 일단 기다리자고."

"네, 원장님."

이현종은 방금 자신이 말했던 것처럼 기다릴 줄 아는 사람이었다. 굳이 수혁을 설득하거나 해서 당장 태도를 바꿀 생각을 하기보다는 조용히 중환자실을 빠져나갔다.

"그럼 나도 이만 가 볼게. 오늘 토요일인데 고생 많았다. 환자 때문에 나가진 못하겠지만 그래도 좀 쉬어."

"네, 교수님."

신현태 또한 자잘한 칭찬 및 격려를 하곤 밖으로 나갔다. 둘만 남게 된 수혁과 대훈은 그제야 비로소 서로를 바라볼 수 있었다.

"선생님. 감사합니다……. 정말……."

먼저 입을 연 사람은 대훈이었다. 그야말로 수혁 덕에 자신이 담당하고 있던 환자가 살아난 셈이니 당연한 일이었다. 물론 아직 죽게 될 공산이 큰 상황이긴 했지만, 그게 적어도 오늘은 아니게 되지 않았던가.

감사할 일이었다.

"아니, 뭐. 백 보는 건데, 당연하지."

"아니에요. 역시 선생님은 제 우상이십니다."

"우상은……. 나 너보다 딱 한 살 많아……."

"근데 실력은 교수급 아닙니까. 존경받아 마땅하죠!"

"그, 그런 말 너무 크게 떠들지 마. 안 좋게 보는 사람들 있다고."

모난 돌이 정 맞는다는 소리도 있지 않은가. 설마하니 원장을 뒷배로 둔 수혁의 머리를 칠 사람은 없을 테지만, 혹 모르는 일이었다. 여론은 늘 주의하는 편이 좋았다.

"안 좋게 본다고요? 선배를? 감히?"

"감히라니 인마. 일단 한시름 놨으니까, 밥이나 먹자. 배 안 고파? 아까 먹다 말았잖아."

"아, 그렇고 보니."

둘은 점심을 반도 채 못 먹고 올라온 상태였다. 그 상태 그대로 환자를 보면서 일반 병실에서 중환자실로 내려왔고, 중환자실에서는 무려 에크모까지 단 참이었다. 벌써 점심보다는 저녁을 먹는 게 더 어울리는 시간이 되어 있었다.

[수혁, 아주 중대한 의견이 있습니다.]

직원 식당으로 가려는데, 바루다가 말을 걸어왔다. 내용처럼 엄중한 말투였기에 수혁은 잠시 걸음을 멈추었다.

상당히 뜬금없는 타이밍이었지만, 대훈은 그냥 그런가 보다

하고 덩달아 멈추어 섰다. 원래 수혁이 이런 면이 있다는 것 정도는 팬클럽을 만들려고 했던 사람이니만큼 아주 잘 알고 있었기 때문이었다. 게다가 지금의 안대훈은 설사 수혁이 길바닥에 똥을 싼다고 해도 다 이유가 있겠거니 여길 정도로 콩깍지가 단단히 씌워져 있었다.

'뭔데? 아까 그 환자?'

[아뇨. 그 환자는 상황이 정리됐죠.]

'그럼 뭐야. 뜸 들이지 마. 불안해.'

[지금 직원 식당 가는 거 아닙니까?]

'그렇지.'

[큰일이군요.]

'뭔 헛소리여.'

바루다는 개소리 취급하는 수혁을 보고도 여전히 진지했다.

[잊었습니까? 주말 저녁 직원 식당은 지옥입니다.]

'아.'

그리고 이어지는 말을 들은 수혁 또한 진지한 얼굴이 되었다. 바루다의 말처럼 주말 저녁 직원 식당 메뉴는 이걸 먹으라고 주는 건가 싶을 지경이기 때문이었다. 어지간한 사람은 먹지 않기 때문이라는데, 수혁은 그게 잘 이해가 가질 않았다.

'주말 저녁에도 직원 식당을 먹어야 하는 사람들이면. 잘 먹여야 하는 거 아니냐?'

[그러니까 말입니다.]

바루다 또한 수혁의 의견에 동조를 보내다 이내 말을 이었다.

[아무튼, 시켜 먹을 것을 제안합니다. 또 그것을 욱여넣을 작정이라면……. 이 바루다, 파업을 선언하겠습니다.]

'미친…….'

수혁은 바루다의 말에 고개를 절레절레 저었지만, 손은 자신도 모르게 핸드폰을 향하고 있었다. 무언가를 시켜 먹기 위함이었다.

"대훈아. 시켜 먹자. 오늘 고생했는데, 맛있는 거 먹자."

"아, 네. 선배. 감사합니다."

"피자?"

"전 다 잘 먹습니다."

"오케이."

그렇게 수혁은 피자를 시켰고, 피자집은 병원 앞에 위치하는 집답게 거의 바로 배달을 보내왔다. 1층 로비에서 계산하고 화물 엘리베이터를 통해 당직실로 올라와 뜨뜻한 채로 한입 베어 무니, 그야말로 천국이었다.

[이거지.]

특히 바루다가 좋아했다. 뭔 놈의 인공지능이 기름진 치즈 맛을 좋아하는 건진 몰라도, 녀석은 살찌고 건강에 안 좋은 것을 선호했다.

"좋네."

물론 수혁도 이 점에 대해서는 마찬가지인지라 별로 불만은 없었다.

"맛있습니다, 선생님."

안대훈 또한 수혁 바라기였기에 불만은커녕 즐거워하고 있었다. 존경해 마지않는 수혁과의 식사가 한창이니 당연한 일이었다.

우우웅.

그때 그 모든 것을 끝내 줄 한 통의 전화가 걸려 왔다.

[아……. 시발.]

'욕하지 마, 인공지능 주제에.'

[안 나오게 생겼어요?]

바루다는 안대훈의 핸드폰에 뜬 번호를 보자마자 욕설을 내뱉었다. 응급실 번호였으니 그럴 수도 있겠다 싶은 순간이었다.

"네, 1년 차 안대훈입니다. 아, 발열이요?"

대훈은 전화를 받음과 동시에 수혁을 돌아보았다.

"먼저…… 제가 내려가서 볼까요?"

이런 질문을 하면서였는데, 수혁으로서는 받아들이기 어려웠다.

[혼자 가 봐야 바로 부를 겁니다.]

'그렇겠지.'

대훈의 실력을 알고 있기 때문이었다.
"아니, 같이 가자."

어린데

"하나 들고 올걸."

수혁은 엘리베이터 안에 선 채 중얼거렸다. 올 때는 막 급하게 왔는데, 생각해 보니까 이럴 것까지 있었나 싶었기 때문이었다.

[그러게요. 하나 들고 오시지. 식으면 맛없는데…….]

'아까 좀 말하지. 너는 뒷북치는 경향이 있어.'

[연산을 수혁의 뇌로 해서 그렇습니다. 그래서 느립니다.]

'말을 말자, 말을.'

바루다와의 대화는 보통 이런 패턴으로 흘러간다고 보면 되었다. 어떻게 된 놈의 인공지능이 의학적인 추론 능력보다 사람 빡치게 하는 능력이 더 좋은 것 같았다.

그렇게 고개를 절레절레 흔들고 있으니, 어느새 1층이었다. 안대훈은 문이 열리자마자 부리나케 내려서 앞으로 달려 나갔다.

"먼저 가 있겠습니다!"

이렇게 외치면서였는데, 수혁으로서는 마음만 받고 싶을 뿐이었다.

'그렇게 도움이 될 거 같진 않은데.'

[그래도 잘 가르쳐 보십시오. 혹시 압니까? 나중엔 쓸모 있는 노티를 할 수 있게 될지.]

'아마…… 그렇게 되긴 할 거야. 지금은 아니어서 그렇지.'

동기들을 보면 알 수 있었다. 수혁을 포함한 전부가 내과 가운을 입은 인턴이었는데, 지금은 어엿한 내과 의사들이 되어서 환자를 보고 있지 않은가. 태화의료원 내과 의국 수련이 만만치 않다는 뜻이었다.

타닥. 타닥.

수혁은 그런 생각을 하며 응급실 쪽으로 걸어갔다. 예전엔 이 지팡이질이 그렇게 불편했는데, 지금은 제법 익숙해져 있었다. 나름 속도도 빨랐다. 남들보다는 느렸지만.

"선생님!"

덕분에 그가 도착했을 땐, 이미 대훈이 기본적인 문진을 마쳐 놓은 상황이었다. 수혁은 대훈 뒤쪽에 누워 있는 환자를 힐끔 바라보고는 다시 대훈을 바라보았다.

'여자 21세라.'

젊은 여성에서 발열을 일으킬 수 있는 질환이 뭐가 있을까 생각하면서였다. 그사이 대훈은 방금 자신이 물어봤던 내용에 대해 빠르게 보고했다.

"21세 여환으로 1주일 전에 집 근처 병원에서 충수돌기염을 진단받고 복강경하 충수돌기 절제술을 시행받았습니다."

충수돌기염이란 우리가 흔히 맹장염이라 잘못 알고 있는 질환을 의미했다. 맹장 옆에 돼지 꼬리처럼 생긴 충수돌기에 생기는 염증이었는데, 일반 외과에서 충수돌기 절제술은 거의 기본 수술에 해당했다.

"수술 후 감염인가?"

물론 기본 수술이라고 해서 위험이 없는 것은 아니었다. 수혁은 환자가 수술을 받은 이상, 수술 후 감염을 배제할 수 없겠다 생각했다.

[가능성은 있습니다.]

바루다 또한 마찬가지였다.

"그건……. 아직 모르겠습니다. 아무튼, 3일 전부터 발열이 있었고 오심(메스꺼움), 구토 증상이 동반되었습니다. 수술한 병원에서 시행한 검사에서 간 기능 이상 소견이 있어 금일 본원으로 전원 왔습니다."

"간?"

"네."

"음."

단순 수술 후 감염이라면 국소 진행을 하지, 간 기능 저하를 일으키진 않을 터였다. 상당히 진행한 상태라면야 간이고 신장이고 다 망가뜨리긴 하겠지만, 환자 나이가 젊지 않은가. 뭔가 다른 질환 또한 생각을 해 봐야 한다는 뜻이었다.

[일단 신체 검진부터 하고, 혈액 검사 결과를 봐야 합니다.]

바루다 또한 단순한 케이스가 아닐 가능성을 염두에 둔 채 의견을 제시했다. 수혁은 그의 의견을 십분 받아들인 채 환자에게로 다가갔다. 환자는 안색이 몹시 좋지 못했다.

"안녕하세요. 김이수 환자분."

"아, 안녕하세요······."

우선 입술이 바짝 말라 있었다. 발열 때문에 수분을 빼앗기고 있다는 뜻이었다. 수혁은 일단 환자 팔뚝에 연결된 수액 떨어지는 속도를 높이며 환자를 들여다보았다.

[황달은 관찰되지 않습니다만, 발목에 점상 출혈(점 모양의 검붉은 반점)이 관찰됩니다. 혈액 검사 결과 확인 시 연관성을 봐야 합니다.]

'그렇네. 약간······. 창백해 보이지 않아? 빈혈이 있나?'

[현재까지 수혁이 쌓은 데이터로 미루어 볼 때 빈혈 기준 이하로 헤모글로빈 수치가 떨어져 있을 확률이 95% 이상입니다.]

'숨소리는 괜찮고…….'

수혁은 청진까지 시행한 후, 재차 환자의 얼굴을 마주했다.

"지금부터 배를 좀 눌러 볼 텐데요. 혹시 아픈 곳이 있나요?"

"아……. 네. 수술받은 곳이 조금…….."

"우측 하복부 말씀이시죠?"

수혁은 손가락의 바닥 부위로, 아주 젠틀하게 환자의 우측 하복부를 눌렀다. 동시에 환자의 배 쪽 감촉을 고스란히 느낄 수 있었다.

[경직은 없고, 부드럽습니다.]

안쪽으로 아주 심각한 감염이 있을 가능성은 적다는 얘기였다.

"으. 누르니까 좀 아픈데요."

물론 수혁의 손가락에 힘이 좀 더 들어가자, 환자의 얼굴이 일그러지긴 했다. 하지만 손을 뗄 때는 통증이 더해지지 않았다. 반발 압통은 없단 뜻이었다.

[수술 후 감염 가능성은 적겠습니다.]

'그러니까. 음.'

더구나 환자의 수술 부위 안에 들어가 있는 배액관을 통해 나온 액체의 색 또한 괜찮은 편이었다. 농 같은 것은 아예 없었고, 도리어 투명할 지경이었다.

"우선…… 지금 당장은 무엇 때문에 열이 나는지 말씀드리기가 어렵네요."

수혁은 환자에게서 완전히 손을 뗀 후, 환자와 보호자를 향해 말했다. 환자야 뭐가 됐든 너무 아파서 정신이 없었으나, 보호자의 얼굴에는 약간의 불만이 스쳐 지나갔다. 기껏 큰 병원에 왔는데 진료 보러 내려온 의사들이 너무 어렸기 때문이었다. 그도 그럴 것이 수혁이나 대훈은 실제로도 어렸고, 얼굴은 더더욱 앳되었다. 햇빛 볼 일 없이 병원 안에만 있으니 어쩔 수 없는 일이었다.

"그럼……. 그럼 어떻게 되는 겁니까?"

물론 그렇다고 해서 당장 성깔을 내거나 하진 못했다. 큰 병원은 그 병원 나름의 위압감이 있기 마련 아니던가. 환자로서는 불만이 있더라도 입 밖에 내지 못하는 경우가 대부분이었다. 특히 응급실에서는 더더욱 그러했다.

"일단 기본적인 검사를 하고 결과를 보겠습니다. 점상 출혈도 있기 때문에…… 일단 혈액 검사 결과를 빨리 보는 것이 중요합니다. 아, 수술을 했으니 해당 부위 CT도 찍어 보겠습니다."

"음. 알겠습니다."

환자 보호자는 일단 고개를 끄덕였다.

[불만이 있군요.]

바루다는 그런 보호자의 표정을 알아차렸다.

'괜찮아. 빨리 진단 내리면 되지.'

수혁은 자신감을 내비쳤다. 지금까지 이런 경험이 어디 한두 번이던가. 결과가 좋으면 환자와의 관계도 좋아지는 법이었다.

"선생님! 응급실 와서 나간 검사들 결과 떴습니다!"

"아, 응. 보자."

그때 안대훈이 환자가 내원하자마자 응급실 차원에서 낸 검사가 떴음을 알려 왔다. 그냥 루틴으로 내는 검사들이었지만, 어마어마한 도움이 되어 줄 것이 분명했다. 태화의료원 응급실은 워낙에 중증도가 높은 병원이었기 때문에 애초에 검사를 좀 과하게 내는 경향이 있었기 때문이었다.

[범혈구 감소증(혈구 세포가 모두 감소된 상태)이 있군요.]

바루다는 그 검사를 보자마자 딱하단 말투로 중얼거렸다. 녀석이 말한 것처럼 환자는 백혈구, 적혈구, 혈소판이 모두 크게 감소해 있었다. 원인은 알 수 없었지만, 그냥 이것만 놓고 보더라도 보통 일은 아니었다.

'진짜 간 수치도 떴네. AST, ALT가 2000, 650이야.'

[LDH(세포 활동 중 생성되는 효소, 체내 조직 손상 시 상승)도 떴군요. 빌리루빈은 정상인데. 음.]

이외에도 환자의 출혈 경향 또한 증가해 있음을 확인할 수 있었다. 다행히 아직 디다이머(D-dimer, 혈전이 용해될 때 형성되는 단백질)가 크게 뜨진 않았지만, 이러다 악화되기라도 하면 당장 목숨이 위태로울 수 있었다.

"이런."

수혁의 말에 대훈이 긴장했다. 뭔가 검사 결과가 빨간 것투성이라 좋지 않아 보이긴 하는데, 정확히 얼마나 안 좋은 것인지는 미처 알지 못한 상황이었다. 솔직히 말하자면 환자 나이가 젊어서 내심 괜찮겠거니 하고 있기도 했다. 하지만 수혁의 얼굴을 보고 있자니 그게 아닌 것 같았다.

"서, 선배. 어떤 건가요?"

대훈이 물었으나, 수혁 또한 제대로 된 답을 하진 못했다. 딱 진단을 내리기엔 단서가 아직 많이 부족했다. 다만 문제 목록만을 떠올릴 수 있을 뿐이었다.

[정리하자면 발열, 오심, 구토가 있고 범혈구 감소증이 있습니다. 간 수치 또한 올라 있으며, LDH 또한 상승해 있습니다.]

'그럼 일단 바이러스나 톡신(독소)에 의한 간염을 생각해야지.'

[아직 수술 부위 감염도 완전히 배제하긴 어렵습니다. 패혈증으로 진행됐다면 상기 소견이 모두 가능합니다.]

'약은 뭘 쓰고 있었지? 약에 의해서 범혈구 감소증이 왔을 가능성도 있어.'

[아, 확인 요청 부탁드립니다.]

여러 약제, 특히 항생제는 장기간 사용할 경우 범혈구 감소증을 일으킬 수 있었다. 수혁은 환자의 약제를 확인했고, 수술을 행했던 병원에서 경구 약제로 1세대 세팔로스포린계 약물(세균의 세포벽 합성 억제)을 사용했음을 알 수 있었다.

어린데

'이건 가능성이 떨어지는데.'

[그래도 조심하는 게 좋습니다. 해당 약제는 제외하고 아예 다른 계통의 약물을 사용하시죠. 추천 약제는 아즈트레오남(aztreonam)과 레보플록사신(levofloxacin)입니다.]

'음. 그게 좋겠네. 그리고 간 수치 증가에 대해서는 일단…… 간 보호 치료(hepatotonics)를 해 보는 게 어떨까? 급성이라 근거는 부족하지만…….'

[뭐, 시도해 봐서 나쁠 건 없겠죠. 수혁의 말대로 근거는 부족하지만 할 수 있는 건 다 해 보는 것이 좋겠습니다. 명확한 진단명이 나오지 않은 이상, 환자 치료는 다양한 방법으로 시도하는 것이 좋습니다.]

'오케이. 디다이머는?'

[제일 시급한 문제입니다. 파종성 혈관 내 응고 장애가 이미 진행 중인 것으로 보입니다. 면밀하게 관찰하면서 필요시 혈소판 수혈이 필요합니다.]

'그래. 그렇게 하자.'

수혁은 바루다와 합의를 보고 나서야 가운 주머니에서 핸드폰을 꺼내 들었다.

"대훈아, 내가 교수님 노티드릴 테니까. 넌 가서 입원 결정됐다고 말씀드려."

"아, 네."

대훈은 위 연차를 잘 만났다고 생각하며 환자에게 다가갔다. 보통 일반적인 2년 차들은 노티를 던지고, 환자도 던지기 마련이었기 때문이었다. 그런 면에서 수혁은 정말 착한 2년 차였다. 사실 수혁에게 교수 노티가 전혀 어렵지 않아서이긴 했지만, 아무튼 1년 차에게는 좋은 일이었다.

"네, 교수님."

수혁은 대훈이 환자에게로 간 사이에 신현태에게 전화를 걸었다.

"어, 어. 환자 뭐. 잘못됐어?"

아까 에크모를 박고 돌아간 마당 아니던가. 당연하게도 신현태의 반응은 신속했다. 아니, 다급하다고 해도 좋을 지경이었다.

"아, 아뇨. 그 환자는 안정되었습니다."

"아……. 그럼?"

"다른 환자가 응급실로 와서 연락드렸습니다."

"아아. 어떤 환자지?"

신현태는 다른 환자란 얘기에 비로소 긴장을 풀고는 느긋한 어조로 물어 왔다. 수혁에 대한 신뢰가 꽉꽉 느껴지는 대목이라고 할 수 있었다. 솔직히 수혁이 돌고 있는 달에는 환자에 그렇게까지 큰 신경을 쓰지 않아도 될 지경이지 않은가. 정말이지, '알아서 척척척'이라는 말이 수혁만큼 잘 어울리는 사람을 본 기억이 없었다.

"21세 여환으로 타 병원에서 1주 전 충수돌기염에 대해 복강경하 절제술 받았습니다."

"음."

"3일 전부터 발열과 함께 간 수치가 떠서 해당 병원에서 치료하다가, 본원으로 전원 왔는데요."

"응."

"범혈구 감소증에 간 수치 뜨고, LDH까지 뜨고 있습니다. 아직 디다이머는 5 정도로 크게 높진 않으나…… 출혈 성향 보이고 있고, 이미 점상 출혈도 있습니다."

수혁이 여기까지 말하자, 신현태 교수의 목소리가 재차 떨려 왔다.

"설마 파종성 혈관 내 응고 장애를 의심하는 거니?"

"네."

"갈게……. 입원시켜 둬. 내공 후진 게 너니, 안대훈이니?"

"안대훈 아닐까요?"

"안대훈 이 새끼……. 아무튼, 갈게."

⚞⚞⚞⚞⚞

내공. 병원에서 웬 내공 얘기냐는 말을 할 수도 있겠지만, 실제로 무척 자주 쓰는 말 중 하나였다.

'나는 내공 꽤 괜찮은 편 아닌가?'

[내공이 후져도 제가 있으니까 괜찮았죠.]

내공이 좋다는 건 환자가 적다는 걸 의미했고, 내공이 후지다는 건 환자가 많다는 걸 의미했다. 아니면 너무 상태가 안 좋은 환자를 받게 된다거나. 그런 의미에서 안대훈의 내공은 가히 전설적이라고 할 수 있었다.

'저놈은 뭔 놈의 1년 차가 오자마자 환자가 미어터지냐…….'

[잘된 일 아닙니까? 어지간한 환자로는 이제 우리 실력에 못 미치잖아요.]

'중2병이 생기셨나. 우리 실력에 못 미치기는……. 뭔 미친 소리여 이게.'

[그렇잖아요. 솔직히 지금 수혁 앞으로 입원한 환자 중에 딱 보자마자 퇴원 계획까지 나오지 않은 환자가 있습니까?]

바루다의 말에 수혁은 눈을 깜빡였다. 그러고 보니, 바루다의 말이 맞긴 했다. 확실히 지금 그의 앞으로 입원한 환자들은 딱 보자마자 계획이 서긴 섰으니까.

'그렇긴 하네.'

[그렇죠? 근데 안대훈이 물어 오는 환자 좀 보십시오.]

'되지도 않게 어렵지.'

[네. 어렵습니다. 비전형적인 케이스뿐이에요. 하지만 도움이 될 겁니다.]

'도움이 된다라.'

수혁은 바루다의 말을 들으며 확실히 이 녀석은 인공지능이란 생각을 했다. 환자가 죽을지도 모르는데, 도움이 된다니. 사람이라면 도저히 하지 못할 말 아니던가.

'뭐……. 아무튼, 기다리자.'

물론 수혁은 굳이 바루다에게 그런 생각이 잘못된 것이란 말을 하진 않았다. 사람도 아닌데 그런 걸 가르쳐서 뭘 한단 말인가. 그냥 환자 보는 데 지금처럼만 도움이 된다면 만사 오케이였다.

[네, 수혁.]

바루다 또한 비슷한 의견이었던지라, 둘은 그 자리에 선 채로 신현태 교수를 기다릴 수 있었다.

*****

"수혁아, 어떠냐?"

신현태는 정말 병원 코앞에 있었는지 곧 응급실에 도착했다. 숨을 반쯤 헐떡이고 있었는데, 상당히 급해 보였다. 상대적으로 느긋해 뵈는 수혁과는 전혀 다른 모습이라 할 수 있었다.

"아, 네. 아직 명백한 파종성 혈관 내 응고 장애 소견을 보이고 있진 않습니다만……. 일단 원인을 알 수 없기 때문에 성분 수혈은 혈액은행에 연락을 넣어 두었습니다."

"잘했네. 음……. 진짜 점상 출혈이 있네."

"네. 혈소판이 8만(정상 수치 14~45만)입니다. 젊은 여성 환자인 것을 감안해 보면……."

"너무 낮은데. 기저 질환은 없어?"

"충수돌기염을 수술한 병원 기록에 따르면 없습니다."

"음."

충수돌기염. 별거 아닌 수술로 보일 수도 있겠지만, 어찌 되었건 전신 마취를 해야 하는 수술이었다. 수술 전 검사를 시행해야 한다는 뜻이었다.

"그럼 일단 기본적인 질환이 있진 않겠네."

"네. 일단 해당 병원에서 시행한 바이럴 마커 결과도 들고 왔는데, 음성입니다."

'바이럴 마커'란 바이러스 질환 감염 여부를 확인하기 위한 검사를 의미했다. 당연히 모든 감염 질환을 검사하는 건 아니었고, B형 간염, C형 간염, HIV 등을 검사하는 것이 일반적이었다. 즉, 수혁의 말에 따르면 이러한 바이러스성 질환을 앓고 있는 건 아니란 뜻이었다.

"흠……. 그럼 어떤 걸 의심하니?"

신현태는 잠시 환자에게로 다녀온 후, 재차 수혁에게 의견을 물었다. 확실히 교수 짬밥이 어디 가는 건 아니어서 안심시키는 스킬 또한 장난이 아니었다. 거기에 더해 신현태 교수는 누가 봐도 교수의 얼굴을 하고 있었고, 명찰에는 과장이라는 직함까지 쓰여 있는지라 환자 보호자들의 얼굴엔 안도감이 드리워져 있었다.

"네. 음."

수혁은 그런 보호자들의 얼굴을 잠시 돌아본 후, 이내 입을 열었다.

"우선 범혈구 감소증 및 출혈 경향을 일으킬 수 있는 질환 중 환자 나이를 고려하면 루푸스일 가능성이 크다고 생각합니다."

"루푸스. 그렇지, 음."

둘은 루푸스를 되뇌면서 지금 막 중환자실로 자리를 옮긴 환자를 떠올렸다. 공교롭게도 그 환자 또한 루푸스가 아니었던가. 그 루푸스가 진행하는 바람에 에크모까지 돌리게 되었고. 당연히 사고가 그쪽으로 돌게 될 수밖에 없었다.

"또?"

"약물로 인한 범혈구 감소증일 가능성도 배제하기는 어렵습니다. 실제로 그럴 수 있는 항생제를 썼고, 그래서 일단 교체했습니다."

"잘했어. 확실히 가능성은 있지."

"네. 또한, 혈구를 파괴하는 혈액암일 가능성도 있긴 합니다."

수혁은 일부러 고개를 보호자들 반대편으로 돌리며 입을 열었다. 암이니 뭐니 하는 소리를 듣게 해 봐야 좋을 일은 단 하나도 없기 때문이었다. 신현태 또한 비슷한 의견이었던지라 자연스럽게 몸을 튼 채 고개를 끄덕였다.

"나이를 고려해 보면 충분히 가능하지……. 애초에 충수돌기염의 원인이 혈액암이었을 수도 있어."

"네. 그래서 이전 병원에 연락해 검체를 보내 줄 것을 요구했습니다."

"잘했다. 넌 참…… 그래, 참 잘하는 녀석이야."

뭐만 하려고 하면 이미 했다고 하질 않는가. 이런 레지던트는 정말이지 처음이었다.

'아니, 장덕수 교수 펠로우일 때보다도 나은 거 같아.'

어쩌면 지금도 더 나을 수도 있었다. 하지만 신현태 교수는 딱 거기서 생각을 멈추었다. 여기서 더 나갔다가는 어쩐지 자신에게까지 화살이 향할 것 같아서였다. 그가 자기방어를 한창 펼치는 동안에도 수혁은 말을 이어 갔다.

"그리고 말초 혈액 도말 검사(혈구 관찰 검사)도 진검에 의뢰해 두었습니다."

"아, 잘했네. 흠. 그럼 일단 지금 치료는 항생제 변경하고, 간 보호제 시작하는 건가?"

"네. 간 보호제는 임상적 근거가 떨어지긴 하지만……. 그래도 쓰는 것이 좋겠다고 판단했습니다."

"해 줄 거 없을 땐 뭐라도 해야지. 그래. 입원시키고, 잘 보자고. 또 에크모 넣지는 말아야 할 거 아냐."

"네, 교수님."

"그래, 부탁한다. 난…… 음……. 오늘은 집에 못 가겠네. 연구실에 있을 테니까 뭔 일 나면 연락해 줘. 관련 질환 공부나 좀 하고 있어야겠다."

"네."

신현태는 환자를 부디 잘 돌봐 줄 것을 당부한 후, 총총걸음으로 사라져 갔다. 방금 그가 말했던 것처럼 병원 밖을 향해서가 아니라 자신의 연구실을 향해서였다.

[참 열심이군요. 수혁도 분발하십시오. 교수도 저렇게 열심히 합니다.]

'나도 열심히 하잖아?'

[더 열심히 하라는 뜻입니다.]

'그럼 죽을 텐데…….'

[진짜 죽을 것 같으면 제가 제동 걸면 되죠. 뭘 걱정합니까? 수혁의 건강 검진은 제가 담당하고 있는데.]

'하.'

확실히 바루다가 온 이후로 수혁은 감기 한 번 걸리지 않기는 했다. 뭔가 컨디션이 처질라치면 바루다가 가차 없이 관리에 들어갔기 때문이었다. 그 말은 곧 딱 고 정도로 관리가 되고 있다는 말이기도 했다.

▰▰▰▰▰

수혁은 환자가 병실로 향한 후, 당직 방에 돌아왔다. 상당히 힘든 하루였기에 침대에 쓰러지고 싶었지만, 바루다가 그렇게 놔두지를 않았다.

'이거 다 보고 자라 이거지?'

[네. 관련 논문입니다.]

'하아.'

[웬 한숨? 환자 살리기 싫어요?]

바루다는 늘 그렇듯 멘털 공격을 시전했다. 그리고 수혁은 언제나처럼 홀랑 넘어갔다. 의사에게 환자 목숨 운운하는 공격이라니, 안 넘어갈 수가 없지 않은가.

'아니, 아냐. 읽자…….'

[잘 생각하셨습니다.]

'뭐……. 실제로 환자 살리는 데 도움이 되긴 하겠지.'

수혁은 핸드폰을 만지작거리다가 바지 주머니에 집어넣었다. 뭔 일이라도 나면 안대훈이 바로 전화를 걸 것 아니겠나. 그때 곧장 달려가기 위함이었다.

어린데

[왜애애애애앵!]

'으.'

다행히 밤새 뭔가 연락이 온 것은 전혀 없었다. 그저 바루다의 지랄맞은 알람으로 깼을 뿐이었다.

[예전만큼 머리를 싸매진 않는군요.]

바루다는 뭔가 좀 아쉽다는 투로 말했다. 수혁으로서는 어처구니가 없는 상황이라 할 수 있었다.

'네가 맨날 트니까 그렇지. 이것도 익숙해지긴 하더라. 과연 인간은……. 적응의 동물…….'

[일어났으면 환자 보러 가시죠. 아마 검사 나간 거 결과 나왔을 겁니다.]

'아, 그렇지. 참.'

외과는 칼로 째는 학문인 데 반해, 내과는 밖에서 안을 유추해야 하는 학문이었다. 당연하게도 그 과정이 무지하게 오래 걸렸고, 또 어려웠다. 이런저런 검사는 필수였다. '대학 병원이랍시고 입원했더니 검사만 들입다 하더라!' 같은 말은 이런 연유에서 나온 거라고 보면 되었다.

'일단 내 환자들부터 보자.'

[네. 뭐 별일 없겠지만요.]

'그렇네.'

바루다의 말대로 수혁의 환자들은 정말이지 별일이 없었다. 딱 입원하자마자 알맞은 항생제 찾아서 딱딱 놔 주었으니 당연한 일이었다. 문제는 안대훈에게 있었다. 아니, 안대훈이라기보다는 녀석한테 입원한 환자들에게 있었다.

'에크모는 그냥 그대로 유지해야겠고.'

우선 중환자실로 내려간 환자는 아직 별 변화를 보이지 않고 있었다. 순환기내과 측, 그러니까 이현종이 직접 시행한 심초음파에서 별 변화를 보이지 않았단 뜻이었다.

[1주간은 변화 없을 겁니다. 있으면 좋겠지만, 그런 선례가 없어요.]

바루다는 본인이 분석해 놓은 바에 따라 결과를 해석했다. 수혁 또한 전적으로 동감하고 있는 바였기 때문에 굳이 다른 의견을 내진 않았다. 대신 어제 입원한 여성 환자를 살피기 시작했다. 대량으로 검사를 낸 건 그쪽이었기 때문이었다.

"아, 선생님. 기침하셨습니까."

검사 결과 확인을 하려 하니, 누군가 다가와 다소 부담스러운 인사를 건넸다. 안 봐도 안대훈이었다.

"기침은……. 조선 시대냐. 그냥 안녕하냐고만 하면 돼."

"제, 제가 어찌 감히…….."

"사극 찍어? 그냥 편하게 해."

"아, 안 됩니다. 선배님. 선배님에 대한 제 존경심을 표하려면 지금 당장 무릎이라도…….."

"지랄 말고 그냥 이거나 같이 봐."

"아, 네. 선배님."

녀석은 한동안 주접을 떨어 대다가 수혁의 입에서 거친 말이 나오기 시작하고 나서야 뒤에 의자를 끌고 와 앉았다. 그사이 수혁은 손가락을 부지런히 놀려 어제 낸 검사 결과를 띄웠다. 워낙에 검사를 많이 냈다 보니, 뜨는 것도 엄청 많았다.

'말초 혈액 도말 검사는 정상이네……. 빈혈 소견 말고는 괜찮아.'

[만들어지는 거 자체는 잘 만들어진다는 뜻이군요.]

말초 혈액 도말 검사란 말 그대로 혈액을 밀어서 그 안의 혈구 세포들의 모양을 보는 검사였다. 모양이 정상이란 얘기는 혈구 세포 생산 자체는 정상이란 뜻이었다. 즉, 어제 제일 걱정했던 암과 관련한 진단명이 붙을 가능성은 상당히 줄어든 셈이었다.

"여전히 간 수치는 높고……. LDH도 높고. 음."

수혁은 일부러 안대훈이 들을 수 있도록 소리 내어 말했다. 물론 그렇다고 해서 안대훈이 뭔가 반응을 보이진 않았다. 그에게 수혁은 거의 신이었기 때문이었다. 대신 대꾸해 준 것은 역시나 바루다였다.

[혈중 페리틴(ferritin, 철분) 농도는…… 엄청 올라갔군요. 12,944.5ng/mL입니다.]

'정상 수치가 10에서 290이니까…… 거의 무슨 50배가 높네.'

[이상하군요. 철분이 나온다는 건…….]

'적혈구가 부서지고 있다는 뜻인데. 빈혈도 그거 때문인 거야.'

[그렇죠. 원인이 무엇인가를 확인해 봐야 하는데.]

'일단 지금 문제 목록이…… 발열, 간 기능 부전, 높은 LDH, 페리틴이야.'

[분석에 들어가겠습니다.]

'응.'

바루다는 잠시 윙 하는 소리를 내며 분석에 들어갔다. 수혁은 그동안 검지로 마우스를 툭툭 두드려 가며 기다렸다. 안대훈은 그런 수혁의 입이 열리기만을 경건한 자세로 기다렸다. 수혁이 바루다의 의견만을 기다리고 있으리란 생각은 꿈에도 하지 못했다.

'어쩜……. 생각에 잠기신 모습도 저렇게 멋있으실까…….'

그저 혼자만의 감탄만 터뜨리고 있을 따름이었다.

'아직 멀었냐.'

수혁은 1년 더 대학 병원 생활을 하면서 예전보다 더 눈치가 좋아진 참이었다. 당연히 안대훈이 뭔가 잔뜩 기대하는 기색으로 자신을 바라보고 있다는 사실을 아주 잘 알고 있었다. 여기서 뭔가 허튼소리라도 하게 되면 저 기대감에 누를 끼칠까 걱정이었다. 물론 아무리 헛소리를 해도 저 안대훈은 수혁을 존경할 거 같긴 했지만.

[분석 완료되었습니다. 환자와 같은 케이스 자료가 희박하고, 관련 의학 자료 또한 듬성듬성 떨어져 있어서 시간이 좀 걸렸습니다.]

다행히 바루다는 수혁이 입을 다문 지 10분이 조금 넘었을 무렵, 재차 입을 열었다. 공교롭게도 저 멀리 열리고 있는 엘리베이터에서 신현태 교수가 내리고 있을 때쯤이기도 했다.

'괜찮아. 말해 봐.'

[웬일로 그냥 넘어가는군요? 제 탓을 하지 않고.]

'그래 봐야 원래 CPU 대신 내 머리를 써서 그런 거라고 할 거잖아.'

[늘었군요, 수혁. 맞습니다. 수혁의 뇌를 대신 써서 그렇습니다.]

'망할 놈. 분석한 거나 얘기해 봐. 난 정리가 잘 안돼.'

[알겠습니다.]

바루다는 일단 수혁의 화를 돋운 후에야 제대로 입을 털기 시작했다. 그냥 시작해도 될 것 같은데, 그래야 직성이 풀리는 모양이었다. 인공지능 주제에 감정이라도 있는 건가 하는 의심이 들 지경이었다.

[환자는 현재 루푸스를 비롯한 자가 면역 질환 항체에 전혀 반응을 보이지 않습니다. 즉 자가 면역 질환 가능성은 떨어집니다.]

'그렇지.'

[또한, 수술 전에 통상적으로 시행하는 바이럴 마커 외에 어제 따로 처방한 바이럴 마커들에서도 모두 음성을 보였습니다.]

'맞아.'

다른 바이럴 마커란 CMV(거대 세포 바이러스), EBV(엡스타인-바 바이러스), 헤르페스 등과 같은 그나마 조금은 가능성이 있을 만한 바이러스 질환을 뜻했다. 여기서 모조리 음성이 나왔다는 것은 위에 열거한 바이러스에 감염되었을 가능성은 아예 없다고 봐도 무방하다는 뜻이었다.

[위 두 가지 사실을 염두에 두고, 환자의 문제 목록을 분석해 보았습니다.]

'발열, 빈혈을 비롯한 범혈구 감소증, 증가된 LDH, 페리틴 말이지? 그런데 말초 혈액 도말 검사에서는 모양이 정상으로 나왔고.'

[네. 환자의 범혈구 감소증은 만들어지는 데 문제가 있는 것이 아니라, 혈구가 파괴되고 있는 것이 문제라는 뜻입니다. 즉 조직구 탐식증일 가능성이 큽니다.]

'조직구 탐식증?'

[네.]

'그게…… 그게 왜 갑자기…….'

조직구 탐식증이란 우리 골수 내에 갑자기 탐식 세포가 증가하면서 정상 세포들을 잡아먹는 병을 의미했다. 굉장히 중한 병으로 치료를 받지 않으면 사망에 이를 가능성이 무척 컸다. 당연히 그냥 막 생기진 않았다.

[그 원인을 감별하고, 또 조직구 탐식증인지의 여부를 확실히 판단하기 위해 골수 검사를 제안합니다.]

"골수 검사라……."

수혁은 너무 놀란 나머지 그만 골수 검사란 말을 실제로 내뱉고 말았다. 마침 그 바로 곁에 다가와 있던 신현태는 이게 대체 무슨 소리냐는 얼굴로 안대훈을 바라보았다. 안대훈이야 절대로 알 턱이 없지 않은가.

"모, 모르겠습니다. 아까부터 눈 감고 계시다가 갑자기 이 말을 했습니다."

"아……. 또 그, 그 상태구나."

안대훈의 말을 들은 신현태는 뭔가 알겠다는 표정을 짓고는 그대로 의자를 끌어와 앉았다. 수혁을 건드리거나 하지는 않았다. 수혁이 사색에 잠겨 있을 땐 건드려 봐야 소용이 없다는 것을 잘 알고 있었고, 또 그 사색이 끝났을 때는 거의 항상 기가 막히는 답을 꺼낸다는 것 또한 알고 있었기 때문이었다. 둘은 그냥 그대로 수혁을 바라보기로 했다.

[네, 골수 검사가 필요합니다. 최대한 빨리 시행할 것을 제안합니다.]

'조직구 탐식증일 가능성이 얼마나 되는데?'

[정상 성인 여성에서 이처럼 랩(LAB, 피 검사)이 깨질 가능성은 0.01%도 채 되지 않습니다. 고로 조직구 탐식증일 가능성은 90%가 넘습니다.]

"이런 망할."

수혁은 최근 들어 점점 더 개선되고 있는 바루다의 진단 기술을 떠올렸다. 이 녀석이 90%라고 하면 거의 99%라고 봐도 무방할 터였다. 그리고 조직구 탐식증은 치료를 빨리하지 않으면 사망률이 미친 듯이 상승하는 병이기도 했다. 때문에 수혁은 저도 모르게 욕설을 내뱉은 후, 병동 스테이션 안쪽으로 저벅저벅 들어갔다. 뒤에 있던 신현태나 안대훈으로서는 좀 황당할 따름이었다. 갑자기 욕을 하더니 스테이션 안쪽 창고로 들어갔으니까.

"뭐냐?"

"모, 모르겠습니다."

"말만 하지 말고 따라가 봐."

"교, 교수님은요?"

"나는……."

어린데

신현태는 '당연히 따라가야지.'라는 말을 하려다가 입을 다물었다. 창고에서 나온 수혁이 지팡이를 짚은 채, 웬 수술 세트를 들고 있었기 때문이었다. 심지어 이미 엄청 큰 주사기를 든 채였는데, 감염내과에서는 거의 쓰이지 않는 놈이었다.
　'현종이 형……'
　신현태는 자신도 모르게 이현종이 수혁을 처음 알게 된 이후 줄곧 읊어 댔던 '이수혁 또라이설'을 떠올리며 뒤로 물러섰다. 안대훈도 함께하고 싶었지만, 그것만은 신현태가 막았다.
　"넌 따라가야지."
　"저, 저만요?"
　"그래. 위 연차가 뭘 하는지 봐……봐야 할 거 아냐."
　"그……. 아, 알겠습니다."
　다행히 안대훈은 한때 병원에서 파다했던 '이수혁 또라이설'에 대해 무지했다. 게다가 수혁에 대한 존경심이 그득했다. 조금 이상한 모습을 보이고 있다고 해서 크게 흔들리지는 않는단 뜻이었다.
　그래서 안대훈은 일단 수혁에게로 달려 나갔다. 수혁은 상당히 서두르고 있었지만, 그래 봐야 지팡이를 짚고 있었기 때문에 금세 따라잡혔다.
　"서, 선생님."
　"아, 맞아. 너 있었지. 마침 잘됐다. 따라와."

"어, 어딜요."

"골수 검사를 해야 해."

"고, 골수 검사요?"

안대훈으로서는 대체 누굴 검사하겠다는 건지도 감이 잘 잡히지 않았다. 다짜고짜 골수라니.

"어."

그러다 수혁이 어제 입원시킨 환자가 있는 병실 안으로 들어가고 나서야 누굴 찌르려고 하는 건지 알 수 있었다.

"서, 선생님. 그 환자 혈소판……."

"알아. 처방 냈어."

"냈어요?"

"그래."

다급히 붙잡았지만, 수혁은 어느 틈엔가 혈소판 수혈 처방을 내 놓은 참이었다. 그냥 우수한 레지던트가 아니라 인공지능 바루다가 붙어 있는 몸 아니던가. 적어도 알아도 하는 '실수'는 없다고 보면 옳았다.

"환자분, 안녕히 주무셨어요?"

"으……. 아뇨……. 열이…… 열이 나서……."

수혁은 그대로 안으로 들어가자마자 환자에게 상태부터 물었다.

"못 주무셨어요?"

"네……. 커튼 곁에 어떤 아저씨가 있었어요. 아빠는 없었다고 하는데……."

"음."

그러곤 답변을 들음과 동시에 육안으로 환자를 머리끝부터 발끝까지 살폈다. 잠시 흉부 쪽에 시선이 머물렀는데, 흉부 팽창이 제대로 이루어지는지를 확인하고 분당 호흡수를 재기 위함이었다.

'호흡수가 빨라졌어.'

[분당 28회입니다. 산소 포화도는 정상이지만…….]

'폐……에 물이 차나?'

[그럴 수 있습니다. 진행이 빠릅니다. '커튼에 있던 아저씨' 발언은 섬망이었을 가능성도 있습니다. 최대한 빨리 진단과 치료가 들어가야 합니다. 그렇지 않으면…….]

'알았어, 바로 골수 검사할게.'

그렇게 관찰 소견을 두고 바루다와 의견 교환을 하고 있으니 환자 곁에 있던 보호자가 입을 열었다. 어제부터 불만 있어 보였던 바로 그 아버지였다.

"저, 선생."

"아, 네. 아버님."

"어제 봤던 교수님은 안 오시나? 우리 아이 이거 아무리 봐도 심각해 보이는데."

"곧 오실 겁니다만……. 오시기 전에 일단 검사를 해 봐야 합니다."

"검사? 아니, 와서 치료는 안 하고 천날만날 검사만 하고, 어? 치료하는 거 맞아?"

"음."

수혁은 잠시 행동을 멈추고 아버지를 돌아보았다.

[화가 났다기보다는 불안해하는군요. 아직 감정에 대한 분석은 부정확하니, 참고만 하시기 바랍니다.]

'알고 있어.'

그 즉시 바루다는 보호자에 대한 분석에 들어갔고, 보고를 올렸다. 이해가 가지 않는 건 아니었다. 큰 병원에 올 때만 해도 이제 살았단 생각이 들지 않았겠는가. 근데 환자 상태는 좋아지기는커녕 악화하고 있었다.

"치료……하는 거 맞냐고?"

그사이 보호자가 아예 수혁 앞으로 다가왔다. 앉아 있을 땐 몰랐는데, 서니까 꽤 컸다. 그렇지 않아도 지팡이를 짚고 있는 수혁에게는 꽤 위협적인 모습이었다.

"병이 뭔지도 모르면서 무턱대고 치료할 수는 없습니다, 아버님."

하지만 수혁 또한 더는 애송이 1년 차가 아니었다. 적어도 의학적인 내용에 있어서는 결코 양보하지 않는 법을 배웠단 얘기였다.

"병이…… 뭔지도 몰라? 열이 이렇게 나는데?"

"그렇습니다. 하지만 의심되는 질환을 떠올릴 수 있었고, 그 질환이 맞는지 검사를 하려고 합니다."

"이게 무슨…… 어제 그렇게 많은 검사를 하고서……."

보호자는 화가 난 것인지, 아니면 불안에 떠는 것인지 모르겠는 얼굴이었다. 소리는 치고 있지만 별로 위협적으로 느껴지진 않는단 뜻이었다.

[확실합니다. 불안해하고 있습니다. 안심부터 시켜 드리기를 추천합니다. 그것도 안 되면 아예 협박하는 방법도 있습니다.]

더욱이 수혁은 단지 추측만 하는 게 아니라, 바루다의 조언까지 들을 수 있었다. 덕분에 보다 효과적으로 대화를 이끌어 나갈 수 있었다.

"아버님. 지금 하려는 검사가 가장 중요한 검사입니다. 이 검사가 필요하다는 것을, 어제 시행한 검사들을 통해 알아낼 수 있었습니다. 잠시 비켜 주시죠. 진단만 되면 치료는 바로 시작할 수 있습니다."

"어……. 그…….."

"비켜 주시죠. 진단이 느려지면, 치료도 느려집니다."

"알겠……습니다."

수혁은 바루다의 말대로 안심시키기와 협박을 적절히 섞어 보호자를 옆으로 비켜서게 했다.

"환자분. 이 검사는 조금 아플 수 있어요."

"아……. 그래도……. 그래도 치료만 되면……."

"네. 최대한 안 아프게 해 드릴게요."

오히려 환자 설득은 쉬웠다. 워낙 열이 많이 나는 데다가, 정신 상태가 좋지 않다 보니 뭔가 다른 생각을 하기도 어려웠기 때문이었다.

"대훈아. 너는 인턴 쌤한테 현미경 하나만 들고 오라고 해. 나 이거 준비하는 동안."

"혀, 현미경이요?"

"어. 여기서 바로 보고 진단 내릴 거야."

"아……. 아, 네! 네! 선생님!"

대훈은 그게 가능한가 하는 생각을 하다가 이내 눈앞에 있는 사람이 이수혁이라는 것을 깨닫고는 고개를 끄덕였다.

'역시, 역시! 저 사람은 천재야!'

이런 생각을 하면서였다. 그사이 수혁은 환자를 옆으로 눕게 한 후, 바지를 살짝 아래로 걷어 내렸다. 커튼은 친 상태이긴 했지만, 보호자 마음엔 당연히 들지 않는 처사였다.

"검사를 위해서입니다. 가장 중요한 검사예요."

"누, 누가 뭐랍니까."

하지만 수혁이 말 한마디를 보태자 불만 하나 터뜨리지 못했다. 수혁은 그렇게 보호자를 조용히 시킨 후, 골반뼈 근처를 베타딘으로 쓱쓱 문질러 닦았다. 범위는 꽤 넓었는데, 혹시 감염이라도 생기면 정말 큰일이기에 그러했다.

"자, 마취하겠습니다."

"네……."

"따끔해요."

그러곤 바루다의 조언을 따라 마취 주사를 이리저리 찔러 넣었다. 환자는 수혁이 말했던 것보다 통증이 훨씬 덜했기 때문에 아까보단 안심한 얼굴이 되었다.

'후.'

반면 주사기를 집어 든 수혁의 얼굴은 어둡기 그지없었다.

[어렵지 않습니다. 해 봤잖아요.]

'어렵진 않지. 힘들어서 그렇지.'

[운동도 좀 하고 그러십시오.]

'내 몸 관리는 네가 한다며.'

[그건 죽지 않을 정도의 관리라고 보시면 됩니다.]

'망할.'

골반뼈를 뚫어서 골수를 빼내야 하는 검사이기 때문이었다. 그 자체도 어려웠지만, 일단 힘이 제법 들었다. 체중을 온통 실어야 할 정도였다. 그나마 다행인 것은 바루다의 조언을 들을 수 있다는 점이었는데, 아주 큰 도움이 되었다.

[아니, 3도 정도 틀어서. 그래요. 그렇게.]

특히 이미 CT를 찍어서 골반뼈 구조를 파악하고 있을 때는 더더욱 그러했다.

"옳지. 나온다. 잘됐습니다."

덕분에 수혁은 무슨 피 검사를 하듯이 골수 검사를 마칠 수 있었다. 어찌나 시간이 짧게 걸렸는지, 이제 겨우 인턴이 현미경 끌고 안으로 들어오고 있을 지경이었다.

"어. 이거 나머지는 검체실로 내리고. 요만큼만 밀어서 지금 보자."

수혁은 그런 대훈과 인턴에게 각각 지시를 내린 후, 곧장 현미경을 들여다보았다. 모르는 사람이 보면 정말 아무것도 모를 화면이 잡혔다. 하지만 이미 수천 장의 골수 사진을 보아 온 바 있는 수혁과 바루다에게는 식은 죽 먹기였다.

'조직구 탐식중이 맞네.'

[그걸 일으킨 게 뭔지도 알겠습니다.]

"뭔데 안 나와······."

밖에 있던 신현태 교수는 초조한 마음을 감추지 못하고 있었다. 일단 안에서 무슨 비명 같은 게 들리진 않았으니 다행인 셈이긴 한데, 그래도 한참을 안 나오니 좀 불안했다.

'아까 현미경은 왜 들어간 걸까.'

곰곰이 생각해 보니 그것도 이상한 일이었다.

"헙."

정신을 차려 보니, 어느새 병실 앞에 서 있었다. 불안한 마음에 여기까지 걸어온 모양이었다. 돌아갈까 하는 생각이 들었지만, 이왕 여기까지 온 거 안이나 들여다볼까 하는 마음이 더 크기는 했다.

'음……?'

그렇게 안을 들여다보는 순간 신현태는 수혁의 옆모습을 바라볼 수 있었다. 현미경을 바라보고 있는 장면이었는데, 어찌나 진지한지 아까 안 따라온 것이 좀 미안해질 지경이었다.

생각해 보면 '이수혁 또라이설'이란 것은 결국, 이현종 원장의 설레발에서 비롯된 거 아니었던가. 지금까지 수혁은 조금 이상한 행동을 하기도 했지만, 단 한 번도 남에게 위해가 될 만한 행동을 한 적이 없었다.

'근데……. 뭘 보고 있는 거지?'

안전하다는 생각이 들자마자 호기심이 불끈 솟아올랐다. 마침 현미경은 교육용인지라 메인 렌즈 외에 우측으로 다른 렌즈가 하나 더 나와 있었다. 안대훈이야 감히 수혁이 뭔가 하는데 가까이 다가갈 생각을 하지 못하고 있었고, 인턴은 그저 빨리 일이 끝나서 현미경 돌려주고 쉴 생각만 하고 있었기 때문에 그 렌즈는 떡하니 비어 있었다.

'어디…….'

덕분에 신현태는 홀린 듯 다가가 렌즈를 들여다보고 있었다. 수혁은 본인 렌즈에 워낙 집중을 하고 있는 데다가, 바루다와 대화 중이었기 때문에 그런 신현태를 눈치채지 못했다. 물론 신현태가 최대한 수혁을 방해하지 않도록 조용히 다가온 탓도 있었다.

'뭐야 이거……. 이거 골수 아냐?'

딱 렌즈에 눈을 가져다 대자마자 든 생각은 '이 새끼가 돌았나.'였다. 갑자기 새벽에 병실로 쳐들어가서 골수 검사를 할 줄이야. 그리고 그렇게 뽑아낸 골수를 그 자리에서 보고 있을 줄이야. 1년 차 때도 제법 당돌한 면이 있었는데, 2년 차가 되고 나니 완전 무데뽀였다. 그를 더 기가 막히게 하는 것은 골수 검사는 물론이고, 현미경 앵글마저 완벽하다는 점이었다.

'미친……. 그사이에 벌써 골수를 뽑았어? 보니까 한 방에 뽑은 건데……. 양이 이렇게 많아? 애는 진짜 괴물인가?'

늘 이현종이라는 천재를 마주하고 있었기 때문에 감탄할 일은 없을 거라 믿고 살아왔던 신현태였건만, 어찌 된 게 이수혁을 알고 난 이후로는 놀랄 일밖에 없는 것 같았다. 그사이 수혁은 뭔가 중얼거리고 있었는데, 워낙 집중하고 있다 보니 본인이 소리를 내고 있는지도 모르는 듯했다.

[세포 비중은 30%. 역시 정상입니다. 암 같은 것은 아닙니다.]

"골수가 정상이라고 다행이라고 할 수는 없을 거 같은데……."

[그렇습니다. 탐식 중인 세포가 상당히 많이 관찰됩니다.]

"이유는 역시……."

[전거대 적아구(골수에 나타나는 대형 병적 세포)가 관찰됩니다.]

"전거대 적아구는 파보바이러스 감염에서 관찰되지."

일명 파보바이러스라고 불리는 'parvovirus B19'에 감염이 되면 드물게 급성 간염과 함께 조직구 탐식증을 일으킬 수 있었다.

"이런 미친……."

그 얘기를 듣던 신현태 교수의 입에서 급기야 욕이 터져 나왔다. 화가 나서 그런 건 당연히 아니었다. 그냥 너무 놀라서였다. 평소 상당한 인격자로 이름나 있는 그가 이랬다는 건 정말이지 보통 일이 아니었다.

"어, 교수님. 언제 오셨어요?"

그제야 수혁은 신현태의 등장을 알아차릴 수 있었고, 메인 렌즈에서 눈을 뗀 채 신현태를 바라보았다. 신현태는 뭐라고 말해야 하나 하는 고민을 하고 있다가, 이내 둘러대기로 결심했다.

"지금 막 왔지. 아무도 없길래 이리로 왔나 싶어서 왔더니 있네."

안대훈이 잠시 그게 무슨 소리냐는 듯한 표정을 지어 보였지만, 신현태의 무언의 압박에 대번에 고개를 숙이고야 말았다.

"아, 그렇군요."

수혁이야 어차피 별생각이 없었기 때문에 그냥 그런가 보다 하고 넘어갔다. 하지만 신현태는 도저히 그러기가 어려웠다. 방금 수혁에게 들었던 말이 여전히 머릿속을 어지럽히고 있었다.

"아, 아까 뭐라고 했어, 근데. 저 현미경 보면서."

"아……. 맞다. 노티드리겠습니다."

"어어. 그래, 해 봐."

신현태는 아직 수혁이 대체 어쩌다가 골수 검사를 하게 되었는지조차 파악이 안 된 상황이었다. 그 궁금증을 해소하려면 당사자인 수혁에게 설명을 들어야만 했다. 신현태는 고개를 세차게 끄덕이면서 벽에 등을 기대었다.

환자 보호자로서는 조금 당황스러운 순간이었다. 새파랗게 어린 의사의 말을, 누가 봐도 높아 보이는 의사가 경청하기 시작했으니까.

"우선 환자의 현재 문제 목록은 발열, 간 수치 이상, 범혈구 감소증, LDH, 페리틴의 증가 등이 있습니다. 이 중 범혈구 감소증이 가장 심각한 상황이라고 생각합니다."

"그거야 그렇지. 혈액암, 항생제로 인한 억제 또는 자가 면역 질환이 있을 거라고 생각해서 검사 들어갔잖아."

"결과 셋 중 어느 하나도 만족시키지 못했습니다. 다른 원인을 생각해 봐야 한다는 뜻인데……."

어제와 상황이 달라졌다는 얘기였다. 그 바람에 신현태는 귀를 더더욱 기울이게 됐고, 어느새 등을 벽에서 떼어 낸 채 수혁을 향해 고꾸라질 듯한 자세로 서 있게 되었다.

"음, 그랬지. 그래서 뭘 의심했지?"

"페리틴은 적혈구가 파괴될 때 올라가는 지표 아닙니까?"

"그렇지."

"그런데 말초 혈액 도말 검사에서는 이상을 보이지 않았습니다. 즉 이 환자의 적혈구를 파괴하는 원인이 뭔가 다른 곳에 있다는 뜻이죠."

"그래서…… 조직구 탐식증을 의심했구나. 골수 검사를 한 건 그걸 확인하기 위함이었고."

"네. 아까 보셨으면 아시겠지만, 조직구 탐식증 소견이 명확합니다."

"어, 뭐. 그래."

사실 신현태가 저 현미경을 보고 파악할 수 있는 건 '아, 이게 골수구나.' 정도일 뿐이었다. 그 안에 소견이 정상인지 아닌지는 알기 어려웠다. 전공이 아니었으니까.

하지만 제자가 눈앞에서 그 정도 아는 건 당연하다는 투로 얘기하고 있는데 어찌 모른다고 할 수 있겠는가. 고개를 끄덕였더니 얘기는 보다 어려운 쪽으로 넘어가 버렸다.

"정상 골수 소견에 탐식 소견이 보였고 전거대 적아구가 관찰되는 것으로 볼 때 파보바이러스에 의한 조직구 탐식증이 확실합니다. 간염 소견까지 보이고 있으니 더더욱 그렇습니다. 파보바이러스는 급성 간염을 일으킬 수 있으니까요."

"어……. 그래."

신현태는 전거대 적아구가 무엇인지 이따 검색해 보든지 누구한테 물어보든지 해야겠단 생각을 하면서 고개를 끄덕였다.

수혁으로서는 그가 모든 말을 다 알아듣고 있다고 생각할 수밖에 없었다. 바루다가 신현태의 표정 분석을 하고 있었으면 좀 다를 수도 있었을 테지만, 아쉽게도 바루다는 환자 진단을 마쳤으니, 이제 치료를 위해 맹렬히 돌아가는 중이었다.

"따라서 즉시 HLH 2004 프로토콜(조직구 탐식증의 항암 요법)에 따라 치료할 것을 제안합니다."

수혁은 그렇게 바루다가 낸 의견을 고대로 읊었고.

"HLH 2004 프로토콜……."

신현태에게는 경악스러울 수밖에 없었다.

'이거 솔직히 잘 모르겠는데…….'

조직구 탐식증은 그 원인이 설사 감염 질환일지라도 더는 감염내과 소관이 아닌 병이었다. 치료 자체가 면역 억제제와 스테로이드로 넘어가 버릴뿐더러, 경과에 따라서는 골수 이식을 해야 하는 경우도 있었기 때문이었다. 즉 이건 혈액종양내과 질환이었다. 신현태가 HLH 2004 프로토콜이라는 치료를 딱 이름만 들어 본 것만 해도 대단하다는 뜻이었다.

"아무래도 감염내과 병동에서는 제대로 된 치료가 어려울 수도 있기 때문에 혈액종양내과 조태진 교수님에게 전과를 드리는 것이 좋을 거 같습니다."

다행히 수혁도 분과에 해당하지 않는 환자를 계속 붙들고 있을 생각은 없었다. 치료에 영향을 미치는 인자 중 의사 못지않게 중요한 것이 바로 간호사들의 숙련도 아니었던가. 아무래도 감염 질환은 감염내과 병동에서, 혈액종양내과 질환은 해당 병동에서 보는 것이 환자 예후에 더 좋았다. 신현태는 전과 얘기를 듣자마자 껄껄 미소 지으면서 고개를 끄덕였다. 잘 모르는 치료를 해야 한다는 생각에 속이 까맣게 타들어 가던 차에 이렇게 알아서 제안이 왔으니 당연한 일이었다.

"어어. 그러자. 내가 전화할게."

"네, 교수님."

"그…… 주치의는 어떻게 할까?"

"보는 환자 별로 없어서 그냥 제가 계속 봐도 괜찮습니다."

"어, 그래. 그게 좋을 거 같다. 아마 태진이도 좋아할 거야."

신현태로서는 마냥 다 좋은 일이었다. 잘 모르겠는 환자가 다른 교수에게로 넘어가게 되었으니까. 딱히 죄책감이 들 만한 일도 아니었다. 본인이 한 건 아니지만, 뭐가 어찌 되었건 진단이 제대로 되지 않았는가. 가서 치료만 제대로 받으면 예후도 제법 좋을 터였다.

'아마…… 이렇게까지 빨리 조직구 탐식증이 진단되는 경우도 거의 없을걸…….'

전화를 걸면서 생각해 보니 정말 황당했다. 입원한 지 이제 겨우 이틀째. 시간으로 따지자면 아직 채 만 24시간도 흐르지 않은 상황이었다. 그런데 21살짜리, 젊다 못해 어린 환자의 갑작스럽게 이환된 조직구 탐식증을 원인까지 감별해서 딱 맞혀 버렸다.

'이 환자……. 나중에 골수 이식 안 받아도 되면 그건 진짜 다 수혁이 덕이다.'

다른 병원으로 갔다면 어떻게 됐을까. 아마 적어도 1주일은 더 지연되었을 터였다. 일단 골수 검사 자체를 결정하는 데 시간이 꽤 걸렸을 테고, 제때 골수 검사를 했더라도 이 골수 검사 판독에도 하루이틀은 걸렸을 테니까.

'아니……. 우리 병원에서도 마찬가지야. 수혁이가 없었으면…….'

태화의료원이라고 무슨 뾰족한 수가 있었겠는가. 수혁이 없었으면 달라질 것이 없었을 터였다.

"네, 과장님. 조태진입니다."

딱 거기까지 신현태의 생각이 닿았을 때쯤, 조태진이 전화를 받았다.

"아, 다른 게 아니고. 내 환자 중에 조직구 탐식증 진단된 환자가 있어서. 파보바이러스 때문인 거 같아."

"네? 그런 환자가 있어요? 협진 주셨었나요?"

"아니."

"그럼 어떻게 진단을 하신 거예요? 의심하기 쉬운 병은 아닌데."

조태진이 놀라는 건 아주 당연한 일이었다. 신현태도 수혁에게 조직구 탐식증이라는 단어를 듣기 전까지는 전혀 의심조차 하지 못하고 있었으니까.

일단 너무 드문 질환이었다. 위험 요소로 수술 또는 급성 컨디션 저하가 있긴 하지만, 발병 확률이 너무 낮지 않은가. 솔직히 말해서 이걸 의심할 수 있는 게 좀 이상한 거였다. 아주 방대한 사고 체계를 가지고 있지 않은 한에는 불가능한 일이란 얘기였다.

"아, 뭐……. 조직구 탐식증이 의심되더라고."

물론 그걸 후배인 조태진에게까지 털어놓진 않았다.

"진짜 과장님이 혼자 진단한 거예요?"

조태진도 마냥 넘어가지는 않았고.

"그래, 인마! 수혁이가 했어!"

신현태는 결국, 화를 내고야 말았다.

"역시."
"역시는 뭐가 역시야. 내가 교수야. 걔가 아니라."
"과장님은 감염내과 교수잖아요."
"그럼 수혁이는? 걔는 어떻게 아는데, 이런 걸."
"걘 천재잖아요. 태화의료원 사상 최고의."
"그건……. 그건 그래. 정말…… 놀랐다, 이번엔."

A. I. 닥터 2

1판 1쇄 발행 2025년 5월 15일

지 은 이 한산이가
펴 낸 이 김재문

총괄책임 진호범
편　　집 김동진 정초희
디 자 인 최재원
펴 낸 곳 출판그룹 상상
출판등록 2010년 5월 27일 제2010-000116호
주　　소 (06646) 서울시 서초구 반포대로28길 42, 6층
전자우편 story@sangsang21.com
블 로 그 blog.naver.com/sangsangbookclub
페이스북 facebook.com/sangsangbookclub
인스타그램 @sangsangbookclub
대표전화 02-588-4589 | 팩스 02-588-3589

ISBN 979-11-91197-45-7 (04810)
　　　 979-11-91197-43-3 (세트)

· 이 책의 판권은 지은이와 출판그룹 상상에 있습니다.
· 웹소설『A. I. 닥터』의 서비스 운영 주체는 (주)작가컴퍼니입니다.
· 이 책 내용의 일부 또는 전부를 재사용하려면 사전에 동의를 받아야 합니다.
· 잘못된 책은 바꾸어 드립니다.